俄苏文学经典译著·长篇小说

列夫·托尔斯泰（1828—1910）

  19世纪俄国伟大的批判现实主义小说家、评论家、剧作家和哲学家。托翁是一位多产作家，也是世界公认的最伟大的作家之一。其代表性作品有《战争与和平》《安娜·卡列尼娜》和《复活》等，影响深远。

郭沫若（1892—1978）

  中国作家、历史学家、考古学家、古文字学家、社会活动家，新诗奠基人之一。原名郭开贞，笔名郭鼎堂等，四川乐山人。著有《女神》《甲骨文字研究》《屈原》《青铜时代》等，有《郭沫若全集》行世。

高地（1911—1960）

  即高植。安徽巢县（今巢湖市）人，作家、翻译家。通晓英、日、俄文，尤致力于俄罗斯文学研究。抗日战争时期与郭沫若联署翻译《战争与和平》，得到普遍赞誉，从此深耕于托翁著作的翻译。此后又陆续翻译了《复活》《幼年·少年·青年》《安娜·卡列尼娜》等作品。

Воина
и
мир

Leo Tolstoy

俄苏文学经典译著·

长 篇 小 说

Russian

Literature

Classic.

NOVEL

战争与和平

【第二卷】

［俄］列夫·托尔斯泰 著

郭沫若 高地 译

Copyright © 2022 by SDX Joint Publishing Company.
All Rights Reserved.
本作品版权由生活·读书·新知三联书店所有。
未经许可,不得翻印。

图书在版编目(CIP)数据

战争与和平/(俄罗斯)列夫·托尔斯泰著;郭沫若,高地译.——北京:生活·读书·新知三联书店,2022.1
(俄苏文学经典译著·长篇小说)
ISBN 978-7-108-07114-9

Ⅰ.①战… Ⅱ.①列…②郭…③高… Ⅲ.①长篇小说-俄罗斯-近代 Ⅳ.①I512.44

中国版本图书馆CIP数据核字(2021)第039003号

第一部

一

一八〇六年初，尼考拉·罗斯托夫告假回家，皆尼索夫也回家赴福罗涅示，罗斯托夫邀他同赴莫斯科，并住在他家里。在最后的前一站遇到了一个友伴，皆尼索夫和他饮了三瓶酒。在赴莫斯科的途中，虽然道路崎岖，他却在罗斯托夫身后的驿橇底板上睡着不醒，而罗斯托夫愈近莫斯科时愈是心急。

"快到了吗？快到了吗？呵，这些难堪的街道、店铺、面包店、街灯、车辆！"当他们在城门口验了准假证并进莫斯科时，罗斯托夫这么想。

"皆尼索夫，到了！睡了！"他说，把整个的身体冲向前，好像他希望用这种姿势增加雪车的速度。皆尼索夫未回答。

"这里是十字路拐,车夫萨哈尔常站在这里。这里是萨哈尔,仍然是同样的马。这里是小商店,我们常在这里买姜饼。快到了吗?咴!"

"到哪家?"车夫问。

"在那边街头上,大房子,你没有看见吗?这是我们家,"罗斯托夫说,"这就是我们家!"

"皆尼索夫!皆尼索夫!我们马上就到了。"

皆尼索夫抬起头,哼了喉嗓,未作回答。

"德米特锐,"罗斯托夫向御者座上的听差说,"那是我们家的灯火吗?"

"当然是的,你父亲的书房里亮了。"

"还没有睡觉吗?啊?你以为怎样呢?"

"当心不要忘记,立刻拿给我新上衣。"罗斯托夫添说,摸着新胡须。

"咴,走吧,"他向车夫大声说,"醒吧,发夏。"他向皆尼索夫说,他又垂了头。

"咴,快走,三个银卢布酒钱,快走!"在雪车离大门口尚隔三家时,罗斯托夫大声说。他似乎觉得马不在动。终于雪车到了右边的大门前,在头上罗斯托夫看见了熟识的泥灰剥落的飞檐、台阶、道旁的灯柱。他在车子进门时跳下雪车,跑进门廊。屋宇那样不动地、不欢迎地站着,好像谁来了也与它无关。门廊里没有人。"我的上帝!一切都好吗?"罗斯托夫想,带着忧恐的心情站了一下,立刻又顺门廊和熟识的、弯曲的阶层向前跑。同样的门把柄——伯爵夫人常因为它不干净而发怒——同样无力地打开了。前厅里点了一支蜡烛。

老米哈益洛睡在箱子上。出门的跟班卜罗考非,他是那么有力,可以在背上扛起车子,他坐着,穿了编打的鞋。他看着打开的门,他的淡漠、睡意的表情忽然变为喜乐的惊讶。

"嘀哟,天呀!小伯爵!"他认出了小主东,大声说,"这是怎么的啊?我亲爱的?"于是卜罗考非因兴奋而头抖着,奔向客厅的门,大概是要去通报,但显然地又变了计,回转身,伏到小主人肩膀上。

"都好吗?"罗斯托夫问,抽出自己的手。

"谢谢上帝!一切谢谢上帝!刚刚吃过饭!让我去看看老爷!"

"一切都十分好吗?"

"谢谢上帝,谢谢上帝!"

罗斯托夫完全忘记了皆尼索夫,不愿人去通报,抛开皮袄,踮脚跑进黑暗的大厅。一切如旧,如旧的牌桌,如旧的蒙布的大蜡烛台。但已经有人看见了年轻的主人,他还未及跑到客厅,便从旁门里直冲地飞出了一个人,好像暴风,抱他,并开始吻他。另一个、第三个同样的人从另一个、第三个门里跳出,又抱他,又吻他,又是喊叫与欢喜之泪。他不能分辨谁是爸爸,谁是娜塔莎,谁是彼洽。大家都同时喊叫,说话,吻他。只有他的母亲不在内——他记得。

"我不知道……尼考卢施卡……我亲爱的!"

"他在这里……我们的……我亲爱的,考利亚……变了样子了!没有灯!茶!"

"吻我呀!"

"心爱的……也吻我。"

索尼亚、娜塔莎、彼洽、安娜·米哈洛芙娜、韦娅和老伯爵都抱他，男仆、女仆拥满了房间，说话，呼叫。

彼洽抱他的腿。

"还有我！"他大叫。

娜塔莎把他扳弯过来，吻了他全脸之后，从他身边跳开，抓住他上衣的边裔，在同一的地方跳着像一只羊，并尖锐地叫着。

各方面是闪耀着欢喜之泪的可爱的眼睛，各方面是寻找接吻的嘴唇。

索尼亚脸红得像红布，也抓住他的胛膊，发出幸福的目光，射入他的眼里。这眼睛是她所期待的。索尼亚已经过了十六岁，她很美丽，特别是在这个快乐的、狂喜的、兴奋的时候。她看他，不离眼，笑着并屏住气息。他感激地瞥她，但他仍然期待并寻找什么人。老伯爵夫人尚未出来，现在听到门口的足音了，步子是那么快，这不是他母亲的步子。

但这是她，穿了他不在家时新做的，他不知道的衣服。大家放掉他，他跑到她面前，当他们走到一起时，她在胸口啜泣。她不能抬头，只把脸贴他的衣服束带上。皆尼索夫不被人注意，走进房来，站在那里看他们，拭自己的眼睛。

"发西卡·皆尼索夫，令郎的朋友。"他说，向伯爵介绍自己，疑问地看他。

"非常欢迎，久仰，久仰。"伯爵说，吻皆尼索夫并抱他。尼考卢施卡信上说过……娜塔莎、韦娅，这就是他，皆尼索夫。

同样快乐、狂喜的许多脸，看着皆尼索夫的多毛的容貌，并环绕着他。

"亲爱的，皆尼索夫！"娜塔莎大叫，狂喜得忘记了自己，跑到他面前，抱他，吻他。大家都因为娜塔莎的行为而窘惑。皆尼索夫也发赤，但笑着，执娜塔莎的手吻她。

皆尼索夫被人领进给他预备的房间，而罗斯托夫家的人都在休息室里，在尼考卢施卡的身边。

老伯爵夫人和他并坐，不放开她每分钟所吻的他的手。别人环挤着他们，注视他的每个动作、每个字、每个目光，狂喜亲爱的眼睛不离开他。弟弟和妹妹们争吵着，并互相争夺靠近他的地方，并竞争着谁为他取茶、取手帕、取烟斗。

罗斯托夫因为他们对他所表示的亲爱而很快乐。但相会的第一分钟是那么幸福，以致他现在的快乐显得微小，他总是期待更多、更多、更多的。

次日早晨，他们睡到九点多钟。

在外房里散乱着军刀、行囊、剑袋、打开的箱子和脏靴子。两双有马刺的擦净的靴子刚才放在墙边。仆人送来盥洗盆、剃胡子的热水和刷净的衣服。房里有烟草与男性的气味。

"哎，格锐施卡，烟斗！"发西卡·皆尼索夫的沙声大叫，"罗斯托夫，起来！"

罗斯托夫揉着粘连的眼睛，从温暖的枕头上抬起发乱的头。

"迟了吗？"

"迟了，快十点钟了。"娜塔莎的声音回答，在隔壁的房间里可以听到浆过的衣服的窸窣声、低语声和女孩们的笑声。从半开的门里闪过了什么蓝色的东西、缎带、黑发和愉快的脸。他们是娜塔莎和索尼亚及彼洽,是来探问他们起来没有。

"尼考林卡,起来!"又听到娜塔莎在门外的声音。

"立刻。"

这时彼洽在外房里看见并抓起了军刀,感觉到小孩们在从军的哥哥面前所有的狂喜,把门打开,忘记了让姐姐们看见未穿衣的男子是无礼的事。

"这是你的军刀吗?"他大声说。

女孩们逃走。皆尼索夫带着惊惶的眼睛把他的多毛的腿藏进被里,看着他的伙伴求助。彼洽进门后,门又关上,在门外听到笑声。

"尼考林卡,穿睡衣出来。"娜塔莎的声音说。

"这是你的军刀吗?"彼洽问,"这是你的吗?"他带着谦虚的敬意问黑色的、有胡子的皆尼索夫。

罗斯托夫赶快穿了鞋,穿了睡衣走出去。娜塔莎穿上了一只有马刺的靴子,并在穿另一只。当他进来的时候,索尼亚在打旋,正要撒开衣服坐下来。两人都穿了同样的蓝色的新衣服——活泼、红润、愉快。索尼亚跑走,但娜塔莎抓住哥哥的手臂,牵他进了休息室,于是他们开始了谈话。他们来不及互相问答成千的,只能对于他们有趣的琐事。娜塔莎对于他所说的和自己所说的每一个字都发笑,不是因为他们所说的可笑,而是因为他愉快,她不能抑制自己用笑声所表现的喜悦。

"啊,多么好,好极了!"她对一切都这么说。

在爱情的温暖光辉之下,罗斯托夫半年来第一次感觉到在他心中和面上发出了那种小孩的笑容，这笑容是他离家后即不曾笑过的。

"不，你听着，"她说，"你现在完全是大人了吗？我非常欢喜，你是我的哥哥。"她摸他的胡髭，"我想知道，你们男子是什么样的人，和我们一样吗？不吗？"

"为什么索尼亚跑了？"罗斯托夫问。

"是的。这又说来话长！你要怎么同索尼亚说话呢？你呢还是你呢？"[1]

"看情形如何。"罗斯托夫说。

"请你叫她'您'，我以后再向你说。"

"但什么缘故呢？"

"好，我现在说。你知道，索尼亚是我的朋友，那样好的朋友，我为她烧了胛膊。你看这里。"她卷起细纱的袖子，在肩下离肘很远的地方（这里是舞衣也可遮蔽的）指示瘦、长、柔软胛膊上的红痕。

"我烧它，向她证明我的爱情。我只是在火里烧了一个尺，贴在这里。"

坐在他从前书房里的沙发上，扶手上搭着垫子，看着娜塔莎狂热的眼睛，罗斯托夫又回到那种自己的家庭的儿童的世界里。这世界，除了对于他，对于别人没有任何意义，但给了他一种最大的人生欢快，而用尺烫胛膊表示爱情，对于他不是无用的，他明白，并不惊异。

---

[1] Tbl（你）为单数第二人称，有亲密之意。通常称"你"及"你们"皆用多数第二人称的 Bbl（你），无亲密之意，但较客气。

"就是这样吗？没有别的吗？"他问。

"是那样好的朋友，那样好的朋友！那是没有意义的——这个尺，但我们永远是朋友。她爱了谁，便永远是那样的，但我不明白这个，我马上就忘记。"

"还有别的呢？"

"是的，她那么爱我和你。"娜塔莎忽然脸红。"你记得，在你出门以前，她说，你要忘记这一切的……她说，我要永远爱他，但听他自由。确实这是极好的，高贵的！是的，是吗？很高贵的？是吗？"娜塔莎那么严肃地、兴奋地问，显然她现在所说的，是她先前含泪说过的。罗斯托夫想了一下。

"我绝不收回自己的话。"他说，"此外，索尼亚是那样优美，为什么要放弃自己的幸福做那样的呆瓜呢？"

"不，不，"娜塔莎大声说，"这件事我和她已经谈到过了，我们知道你要说这话的。但是不需这样，因为你明白，假使你说——你认为自己受到言语的束缚，那么就是，好像她有意说这话了。就是，你仍然勉强要娶她，可完全不是这回事。"

罗斯托夫看到，这一切是她们周密考虑过的。索尼亚昨天晚上用她的美丽感动了他。今天，瞥见她，他觉得似乎更加美丽。她是十六岁的美丽女孩，显然是热情地爱他（对于这个他一刻也不怀疑）。"为什么现在他不爱她，甚至不想娶她，"罗斯托夫想，"但……现在还有这么多别的喜悦与兴趣！""是的，她们把这事好好想过了，"他想，"应当保持自由。"

"那好极了。"他说。"以后再说吧。呵，我多么高兴看到你！"

他添说。"呶,你怎样,对保理斯没有变吗?"哥哥问。

"这是呆话!"娜塔莎发笑,大声说,"我不想到他和任何人,并且不愿知道。"

"当真的!那么你要怎样呢?"

"我?"娜塔莎问,快乐的笑容在她脸上现出,"你看见过丢报黑吗?"

"没有。"

"没有看见著名的跳舞家丢报黑吗?所以你不懂,我就是要这样的。"娜塔莎弯了手臂,抓起她的裙子,好像跳舞时一样,她跑开几步,打了旋,做了足趾旋转,把脚靠近脚,站在脚趾尖上,走了几步。

"看见我站吗?这样的,"她说,但不能用脚尖久站,"我就是要这样的!我绝不同谁说结婚,我要做一个跳舞家。但是不要向人说。"

罗斯托夫那样高声愉快地笑,以致皆尼索夫在房里顿生羡慕。娜塔莎不能约制,和他一同大声笑。

"不,好不好呢?"她仍然说。

"好。你已经不想和保理斯结婚了吗?"

娜塔莎脸红。

"我不想嫁任何人。看见了他,我要亲自向他说。"

"当真的!"罗斯托夫说。

"但这都是空话,"娜塔莎继续说,"那么,皆尼索夫好吗?"

"他好。"

"好,再见吧,去穿衣服。他是可怕的——皆尼索夫?"

"为什么是可怕的?"尼考拉问,"不,发西卡是可爱的。"

"你叫他发西卡吗?……奇怪。他是很好吗?"

"很好。"

"好吧,赶快来吃茶。大家在一起。"

娜塔莎用脚尖站起,好像跳舞家一样地穿过了房间,但那样地笑着,只是快乐的十五岁的女孩这么笑。在客厅里遇见了索尼亚时,罗斯托夫脸红。他不知道如何对待她。昨天他们在相见欢喜的第一分钟里接吻,但今天他们觉得不能这么做。他觉得大家,母亲和妹妹们,都疑问地看他,并且等着看他如何对待她。他吻她的手,称她"您——索尼亚"。但他们的眼睛相遇时互相称"你"并温柔地接吻。她用自己的目光,求他原谅她竟敢由娜塔莎向他提起他的许诺,并感谢他的爱情。他用自己的目光感谢她给他自由,并向她说,无论如此或不如此,他绝不停止爱她,因为不能不爱她。

"但多么奇怪啊,"韦娅选了大家静默的时候说,"索尼亚和尼考林卡现在见面称呼'您',好像生人一样了。"

韦娅的看法是对的,和她所有的意见一样,但和她的大部分意见一样,大家都觉得不自如,不仅索尼亚、尼考拉和娜塔莎,并且老伯爵夫人也脸红如女孩,她恐怕儿子对于索尼亚的爱情会妨碍他的合适的姻缘。

皆尼索夫令罗斯托夫诧异,穿了新军服,擦了发油与香水,在客厅里显得和他在战场上一样漂亮,对于女子和绅士是那么有礼,罗斯托夫想不到他会如此这般。

二

自军中回到了莫斯科，尼考拉·罗斯托夫被家人当作最好的儿子、英雄和至宝的尼考卢施卡，亲戚当他是可爱的、悦人的、恭敬的青年，朋友当他是美丽的骠骑兵中尉、优良的跳舞家、莫斯科的最好的配偶之一。

罗斯托夫家的交游是全莫斯科。老伯爵今年的钱是充足的，因为所有的田庄典押了，所以尼考卢施卡能够很愉快地度日，养了自己的赛跑的马，穿最时新的、在莫斯科没有人穿过的马裤，最时髦的、头子极尖的、有小银马刺的靴子。罗斯托夫回到家，在短时期内适应旧日生活的环境之后，感觉到悦意的情绪，他觉得他已经长大成人了。因经文考试失败而有的失望，为车夫向加夫锐拉借钱，和索尼亚的偷吻——他想起了这一切，好像想起他的童年，他现在距童年是不可测量地遥远了。现在他成了骠骑兵中尉，穿银边上衣，佩兵士的圣乔治勋章，准备了马匹赛跑，和著名的骑手，有年纪的、可敬的人在一起了。他有一个认识的女子在树道街，他晚间去看她。他在阿尔哈罗夫家跳舞会里指导"美最佳"[1]舞，和卡明斯基元帅谈到战事，赴英国俱乐部，和一个四十岁的上校称"你"，这人是皆尼索夫介绍的。

在莫斯科他对于皇帝的热情稍减了，因为他在这时候没有看见他，但他仍然常常说到皇帝，说到他对皇帝的爱，使人觉得他并未说出他对于皇帝的全部情感，这不是大家都可以了解的，并且他一心一意赞同当时莫斯科崇拜亚历山大·巴夫诺维支皇帝的一般情绪，当时莫斯科给了他一个名字叫作"肉身的天使"。

在罗斯托夫于莫斯科的短时间勾留中，在他回到军队之前，他不接近索尼亚，且反疏远她。她是很美丽、可爱且显然是热烈地爱他的。但他是在青春的那个阶段，这时候似乎有许多事情要做，而无暇注意这事，并且年轻人怕受束缚——宝贵的自由，这是他为了许多别的事所需要的。这次在莫斯科的时候，当他想到索尼亚，他便向自己说："哎！还有许多许多这样的女子，在那里什么地方，还有许多我不认识的。在我希望讲爱情的时候，还有很多时候，但现在我没有时间。"此外，他还觉得在妇女团体中有什么屈辱男性尊严的地方。他赴跳舞会，赴妇女团体，装作他是违反自己意志而做这事。赛马，英国俱乐部和皆尼索夫的闹酒，到什么地方去——这是另一回事，这是

---

[1] 美最佳，Мазурка 的音译，是一种波兰双人舞名称。——译

青年骠骑兵所适宜的。

三月初,依利亚·安德来维支·罗斯托夫老伯爵在英国俱乐部忙着布置欢迎巴格拉齐翁郡王的宴会。

伯爵穿着睡衣在大厅里走着,向俱乐部的账房著名的费克齐斯特与庖长吩咐关于巴格拉齐翁郡王欢迎宴会上的龙须菜、鲜胡瓜、杨梅、犊肉、鱼等事。从这个俱乐部成立时,伯爵便是会员和理事。俱乐部派他布置庆祝巴格拉齐翁的宴会,因为很少有人能够那样大手笔地布置周到的宴会,尤其是因为假使宴会的筹备需要钱的时候,很少有人能够并愿意掏腰包。俱乐部的厨子和账房带着愉快的面孔听伯爵的命令,因为他们知道,不能在任何人面前比在他面前,获得更多的宴会的利益,这个宴会要花费几千卢布。

"要当心,包子上要有折扇花,折扇花,你知道!"

"冷菜是三道吗?"厨子问。

伯爵想了一下。

"不能再少了,三道……橄榄油拌蛋黄一道。"他说,曲着手指。

"那么,吩咐用大鳣鱼吗?"账房问。

"怎么办呢,就是价钱不跌,也要用。啊,我的天,我几乎忘记了,我们桌上还必须有一道别的副菜。啊,我的天!"他抓头。"谁替我拿花去了呢?德米特锐!呵,德米特锐!你快跑,德米特锐,到莫斯科郊外去。"他向应召而来的管家说,"你快骑马到莫斯科郊外去,立刻命令花匠马克谢姆卡派家奴们做事。你说,把花房里的东西都搬到这里来,用毯子裹起来。要在星期五搬二百盆到这里来。"

又发了更多其他的命令,他正要到伯爵夫人那里去休息,但他想起来了重要的事，便回转身，叫回厨子和账房，又开始发出命令。门外传来男子轻微的足音和马刺的响声，美丽、红润、有发黑的胡子的年轻伯爵走了进来，他显然是休养得很好，并在莫斯科的安逸生活中装饰得很考究。

"呵，我的孩子，我的头打旋了，"伯爵说，在儿子面前笑着，好像是发羞，"那么，就是你来帮忙吧！你晓得我们还要歌手。我们的音乐是有了，吉卜赛歌手要不要叫呢？你军队里的弟兄喜欢这个。"

"真的，爸爸，我想，巴格拉齐翁郡王准备射恩格拉本战役时，还没有你现在这样忙。"他笑着说。

老伯爵装作要发怒的样子。

"好，你说，你来试试！"于是伯爵又转向厨子。他带着智慧的、恭敬的面孔，注意地、亲善地看父亲和儿子。

"年轻人成什么样子，费克齐斯特？"他说，"笑我们老头儿！"

"当然，大人，他们只要吃好的，但布置一切、预备宴席，这不是他们的事。"

"不错，不错！"伯爵大声说，并且愉快地抓住儿子的双手，大声说道，"你晓得，你落到我手里来了！你马上坐双马雪车，你到别素号夫伯爵那里去，你说，依利亚·安德来维支伯爵派我来借鲜杨梅和鲜凤梨，这是别人那里弄不到的。他若不在家，你就进去，向郡主们说，并且从那里，你就去杂耍场，车夫依巴特卡知道，你在那里找吉卜赛人依牛施卡，他就是那天在奥尔洛夫伯爵家跳舞的那个，记着，穿白色卡萨克衣服，你把他带来，带我这里来。"

"把他的吉卜赛姑娘带这里来吗？"尼考拉笑着说，"呶！……"

这时，安娜·米哈洛芙娜无声地走进来，带着办事的、烦心的，同时又有基督徒温柔的神情，这是她脸上一向所有的。虽然每天安娜·米哈洛芙娜看见伯爵穿睡衣，但每次他都在她面前局促，并因为衣服而求恕。

"没有什么，伯爵，亲爱的。"她说，温和地闭眼。"我要去看别素号夫伯爵，"她说，"年轻的别素号夫到了，伯爵我们现在要从他的花房里弄到一切，我也需要去看他。他替保理斯带了信来。谢谢上帝，保理斯现在在司令部里了。"

伯爵欢喜，因为安娜·米哈洛芙娜担任了他的事务的一部分，于是命人为她预备小马车。

"你告别素号夫说，要他来，我要写下他的名字。他和夫人一同来的吗？"他问。

安娜·米哈洛芙娜竖起眼睛，她脸上显出深愁……

"啊，我亲爱的，他很不幸，"她说，"假使我们所听的是真的，这是可怕的。当我们为他的幸福欢喜的时候，我们怎能想得到，这个年轻的别素号夫有那么崇高的天使心肠！是的，我从心里可怜他，我需要尽我的力量，给他安慰。"

"但为了什么呢？"罗斯托夫小声问。

安娜·米哈洛芙娜深深叹气。

"道洛号夫，玛丽亚·依发诺芙娜的儿子。"她用神秘的低语说。"据说，十分拖累她。彼挨尔带他出去，邀他住在彼得堡他的家里，而现在……她到这里来了，这个无赖跟着她。"安娜·米哈洛芙娜说。她希望表示对于彼挨尔的同情，但在不觉的语调和半笑之中表示了她对于无赖——她这么称呼道洛号夫的同情。"据说,彼挨尔自己恼得要死。"

"好,无论怎样,向他说,要他到俱乐部来——散散心。这是一个盛会。"

次日,三月三日,下午一时许,二百五十名英国俱乐部会员和五十名来宾等候贵宾——奥地利战役的英雄巴格拉齐翁郡王来赴宴。

最初,在接到奥斯特里兹战役的消息时,莫斯科发狂了。那时俄国人是那么惯于胜利,在接到失败的消息时,有些人简直不信,又有些人对于那样奇怪的事件寻找某种异常的解释。在英国俱乐部里,聚集了一切有名的、有可靠消息、有势力的人。这里,在十二月,当消息开始传来时,他们绝不谈到战争和最近失败,好像大家议定了对这件事沉默。领导谈话的人,如拉斯托卜卿伯爵、尤锐·乌拉济米饶维支·道高儒考夫郡王、发虑耶夫、马尔考夫伯爵、维亚率姆斯基郡王不在俱乐部中出现,却聚集在家中,在他们亲密的小团体里,而随声附和的莫斯科人们(依利亚·安德来维支·罗斯托夫属于这一类人)在会里留很短的时间,对于战事没有确定的观念,又没有领导。莫斯科人们觉得有什么不好的事,而批评这些坏消息是困难的,因此最好是沉默。但过了相当时候,好像陪审官走出会议室,首领们又出来了,在俱乐部发表意见,说的话又明白而确定了。他们找出了俄军失败这种不可信、未前闻、不可能的事件之原因,于是一切明白了,在莫斯科的各个角落里他们说同样的话。这些原因是奥国人的欺诈,不良的军需,波兰人卜尔惹倍涉夫斯基和法国人兰惹隆的奸诈,库图索夫的无能,和(低声说的)皇帝的年轻与无经验,他相信无德无能的人。但军队，俄国的军队，他们说，是异常的，并且完成了英勇奇迹。兵士的军官们、将官们——都是英雄。但英雄中之英雄是巴格拉齐翁郡王，他的闻名是由于射恩格拉本战役和从奥斯特里兹的撤退，在这里只有把他的纵队整齐地带出，并且整天地打退了多一倍力量的敌人。巴格拉齐翁在莫斯科被选为英雄，是因为他和莫斯科方面没有关系，他是外人。他们当面把光荣给这个英勇的、简单的、没有背景与阴谋的，仍然与意大利远征的回忆及苏佛罗夫的名字有联系的俄国兵。此外，给他这种光荣，是对于库图索夫表示不满与不赞同的最好方法。

"假使没有巴格拉齐翁，就应当发明一个。"诙谐家沈升仿效伏尔泰的话说。没有人说到库图索夫，有的低声诋诟他，称他为朝廷的老淫夫。

全莫斯科都重复道高儒考夫郡王这句话："玩土必沾泥。"在失败中用过去的胜利安慰自己，并且重复拉斯托卜卿伯爵的话，说对于法军必须用兴奋的话刺激我们去打仗，说对于日耳曼人必须逻辑地证明，使他们相信跑走比跑上前更危险。但对于俄军只需约制，并要求安静！在各方面不断地听到关于我国兵士们、奥军官们在奥斯特里兹所表现的个别英勇的新事迹，有的救了军旗，有的一手杀死五个法兵，有的独自装五门大炮的弹。不相识的人说到别尔格，说他右手受伤，左手持刀前行。没有人说到保尔康斯基，只有最相识的人可惜他早死，留下有孕的夫人和怪癖的父亲。

三

三月三日，英国俱乐部各个房间都有谈话的嘈杂声。俱乐部的会员和宾客们穿军服、礼服，甚至有人打粉，穿卡夫丹（一种俄国长袍——译），好像一群春天的蜂子，前后地走动，坐、立、聚、散。头发打粉的，穿低口靴、长筒袜和号衣的听差们站在每道门前，细心注意会员与宾客的每一动作，以便上前侍候。在座的大部分是年长的受人尊敬的人，有宽大自信的脸、胖手指、坚决的动作与声音。这种宾客与会员坐在一定习惯的地方，合成一定习惯的团体。在座一小部分是偶然的宾客——主要是年轻人，其中有皆尼索夫、罗斯托夫和道洛号夫（他现在又是塞米诺夫部队的军官）。在青年们的脸上，特别是军官们，有那种对于老人们轻视的尊敬表情，好像是向长辈说：

"我们准备尊敬并敬重你们,但记着,我们将来也是如此!"

聂斯维次基是老会员,也在这里。彼挨尔奉夫人命令任头发长长,去除了眼镜,他穿了时髦的衣服,但带着忧悒丧气的神情在大厅里走动。和在各处一样,许多人围绕他,敬拜他的财富,他带着习惯的权势和无心的轻视对待他们。

论年龄,他属于年轻的团体;论财富和关系,他属于年长尊贵宾客的团体,因此他在两个团体间来往。最著名的长者组成各团体的中心,甚至不相识的人也恭敬地走来听名人的话。几个较大的团体是在拉斯托卜卿伯爵、发虑耶夫和那锐施金的四周。拉斯托卜卿说到俄军如何被逃跑的奥军拥挤,而不得不用刺刀在逃跑者之间夺取道路。

发虑耶夫确信地说,乌发罗夫从彼得堡被派出来调查莫斯科方面对于奥斯特里兹战役的意见。

在第三个团体里,那锐施金说到奥国军事参议院的会议,在会议里苏佛罗夫好像雄鸡一样,大声回答奥国将军的蠢话。站在那里的沈升想说笑话,说库图索夫显然还不能像苏佛罗夫学会这种不难的本领——叫得像雄鸡。但长者们严厉地看这个说笑话的人,使他觉得,今天这里甚至说到库图索夫也是不相宜的。

依利亚·安德来维支·罗斯托夫伯爵穿着软靴,烦神地、忙碌地在餐厅与客厅之间来往,匆促地、完全同样地问候他所认识的、重要的与不重要的人,有时他用眼睛搜寻他的整齐漂亮的儿子,高兴地把目光落在他身上,向他眨眼。小罗斯托夫和道洛号夫站在窗前,他认识他不久,却很看重他的友谊。老伯爵走到他们面前,和道洛号夫握手。

"请到舍下来玩,你同我的孩子是朋友……一同在那里,好同做英雄事业……啊！发西利·依格那齐支……你好，老先生。"他向走进来的老人说。但还不及寒暄完毕，大家都骚动，奔跑的听差带着惊异的面色，报告："来了！"

铃声响，理事们跑上前，散在各房间的宾客好像锹上拢合的稞麦，挤成一堆，停在大客厅的门前。

巴格拉齐翁在前厅的门口出现了，没有帽子与佩刀，按照俱乐部的习惯，都交给了阍守。他未戴羊皮帽，肩头未挂皮带，像罗斯托夫在奥斯特里兹战役的前夜所见的那样，他穿着新紧的军服，佩了俄国和外国勋章，左边胸脯上有圣·乔治勋章。他显然是正在赴宴之前剪了发，刮了胡须，这反损害了他的面相。他脸上有一种单纯欢乐的表情，这连同他的坚决雄壮的神色，甚至在他脸上加了几分喜剧的表情。和他同来的别克列邵夫及费道尔·彼得罗维支、乌发罗夫停在门口，希望让他这个主要的客人走上前。巴格拉齐翁局促了一下，不愿接受他们的恭敬，在门口停滞了一下，终于巴格拉齐翁走在前。他羞涩地、不自如地走在客厅的嵌木地板上，不知道把手放在何处。他在火线下的耕地上行走，如同他在射恩格拉本走在库尔斯克团的前面，却更习惯且更自如。理事们在第一道门前迎接他，向他说了几句话，说到他们看到这样高贵的客人时的高兴，并且不等他回答，便围绕着他，领他进客厅，好像是支配了他。客厅的门口，由于会员与宾客的拥挤，是无法通过的，他们互相拥挤，并企图互相从肩头上望见巴格拉齐翁，好像是看稀有的野兽。依利亚·安德来维支伯爵比大家笑得更有劲，说着："请让，亲爱的，请让，请让。"推开人群，领客人们进了客厅，坐到当中的沙发上。要人们、尊贵的会员们，围绕着新来的客人。依利亚·安德来维支伯爵又在人群中推辟道路，走出客厅，一分钟后又和另一理事带了一个银盘出现了，他把这个银盘带给了巴格拉齐翁郡王，盘上放了一首印成的颂扬英雄的诗。巴格拉齐翁看见了盘子，惊惶地盼顾，好像是寻找帮助，但所有的眼睛都要求他顺从。觉得自己是在他们的权力之下，巴格拉齐翁坚决地用双手接了盘子，并且愤怒地、谴责地看着带来盘子的伯爵。有人殷勤地拿开巴格拉齐翁手中的盘子（好像不然，他便要这样地拿到晚，这样地走上餐桌），并要他注意这首诗。巴格拉齐翁好像是说："好，我来读。"他把疲倦的眼睛看着纸，开始用注意的和严肃的神情阅读。作诗的人拿了这首诗开始诵读。巴格拉齐翁郡王垂头面听。[1]

> 亚历山大皇朝之光荣，
> 为我们保护齐特于御椅，
> 乃善良君子与盖世英雄，
> 战场之恺撒，祖国所褝倚。
> 而侥幸的拿破勒翁[2]，
> 凭经验认识巴格拉齐翁，
> 不敢再向俄国人做挑衅……

但他还未读完诗句，听差头自己大声喊叫："酒席准备好了！"门

---

[1] 这里的诗是用很坏的俄文作的。——毛
[2] 拿破仑原文音系如此，因此句与下句押韵，故译如此。——译

开了，餐厅里响亮地送出波兰曲调："发出胜利之呼声，欢乐啊，勇敢的俄国人。"于是依利亚·安德来维支愤怒地看了看还在读诗的作者，向巴格拉齐翁鞠躬。大家站起，觉得宴会比诗更重要，于是巴格拉齐翁又在别人之前走进餐室，巴格拉齐翁坐在首座上，在两个亚历山大——别克列邵夫与那锐施金之间，这是有意要影射皇帝的名字。三百个人按照阶级与身份分坐在餐厅里，那些较为重要的人——较为接近著名的客人。这是那样自然，正如同水愈深的地方是愈低下。

在吃饭之前，依利亚·安德来维支把他的儿子介绍给郡王。巴格拉齐翁认识了他，说了几句不连贯的、不自如的话，和他这天所说的话一样。当巴格拉齐翁郡王和他的儿子说话时，依利亚·安德来维支伯爵高兴地、骄傲地看所有的人。

尼考拉·罗斯托夫和皆尼索夫及新相识的道洛号夫几乎是一同坐在桌子的当中。彼挨尔和聂斯维次基郡王坐在他们对面。依利亚·安德来维支伯爵和别的理事们坐在巴格拉齐翁的对面，他招待郡王，把自己作为莫斯科款待的化身。

他的努力没有落空。他的酒席、瘦肉和菜肴是精美的，但直到席终他才完全心安。他向厨子眨眼，低声吩咐听差，并且兴奋地等着每一道他所知道的菜。一切都优美。在第二道菜，上大鳣鱼时（看到这个，依利亚·安德来维支更高兴，发羞得脸红），听差们开始拔出瓶塞，斟香槟酒。在这道发生了相当好感的鱼之后，依利亚·安德来维支伯爵和别的理事们交换目光。"还有许多饮祝，正是开端！"他低声说，拿了杯子，立起。大家沉默，等着他要说什么。

"祝君主皇帝的健康！"他大呼，同时他的善良的眼睛里漾出了高兴与狂喜之泪,同时乐队奏出:"发出胜利的呼声。"大家都从位子上站起,大呼:"乌拉!"巴格拉齐翁用他在射恩格拉本战场上同样的声音大呼:"乌拉!"年轻的罗斯托夫狂喜的声音在三百人的声音中是最高的,他几乎要流泪。"祝君主皇帝的健康,"他大呼,"乌拉!"一口饮尽了酒,他把杯子抛到地上。许多人仿效他,高大的叫声经过了很久。叫声停止时,听差们拾起了破片,大家又开始坐下,谈话,对于他们的叫声笑着。依利亚·安德来维支又站起,看了看他的碟子旁的字条,提议饮祝我们上次战事中的英雄彼得·依发诺维支·巴格拉齐翁郡王的健康,伯爵的蓝眼睛又漾出了泪水。"乌拉!"三百个声音又大呼,而代替音乐的是唱歌班唱出巴弗尔·依发诺维支·库图索夫的曲子:[1]

对俄人的妨碍都是空,

勇敢是胜利的誓言,

我们有巴格拉齐翁,

一切敌人都踏在足前……

唱歌班刚唱完,便接连了更多更多的饮祝,依利亚·安德来维支伯爵对这些饮祝更受感动,大家碰碎了更多的酒杯,叫出更多的呼声。他们饮祝别克列邵夫、那锐施金、乌发罗夫、道高儒考夫、阿卜拉克生、发虑耶夫的健康,饮祝理事们的健康,饮祝主席的健康,饮祝全部会员的健康,饮祝全体来宾的健康,最后单独饮祝宴会筹备人依利亚·安德来维支伯爵的健康。在这次饮祝时伯爵取出手帕,蒙了脸大哭起来了。

---

[1] 注:是一个诗人,不是那位将军。——毛

四

彼挨尔坐在道洛号夫与尼考拉·罗斯托夫的对面。他贪馋地吃了很多，饮了很多，同平常一样。但那些新近知道他的人，看见他今天发生了很大的改变。他在全部宴会的时间沉默着，并且瞇眼皱眉环顾四周，或者眼睛注视不动，带着完全心不在焉的神情，用手指拭鼻梁，他的脸色惨淡而忧悒。他似乎未看见、未听见他身边所发生的任何事情，而想着一件痛苦而未能解决的问题。

这个未解决的、苦恼他的问题——是郡主，在莫斯科的表姐，暗示道洛号夫和他的夫人的接近和今天早晨接到的一封匿名信。这信带着一切匿名信所共有的恶意嘲讽，说他不能从他的眼镜里看得清楚，说他的夫人和道洛号夫的关系只对于他一个人是秘密的。彼挨尔决定不相信郡主们的暗示和匿名信。但他现在怕看坐在对面的道洛号夫，每次当他无意的目光和道洛号夫美丽傲慢的眼睛相遇时，彼挨尔觉得他心中似乎升起了一种可怖的、丑恶的东西，他赶快地转过了头，不觉地想起了他夫人一切的过去和她对道洛号夫的态度。彼挨尔明白地看到，假使这不是关于他的夫人，则信中所说的或许是真的，至少或许似乎是真的。彼挨尔不禁想起战后复职的道洛号夫如何回返彼得堡并去看他。利用他和彼挨尔酒肉朋友的关系，道洛号夫一直来到他的家，而彼挨尔容纳了他，借钱给他。彼挨尔想起爱仑如何笑着表示她不满意道洛号夫住在他们家里，以及道洛号夫如何讥刺地向他称赞他夫人的美丽，以及他如何从那时直到他来到莫斯科没有一时离开他们。

"是的，他很美丽，"彼挨尔想，"我知道他，他有一件优美的事，就是侮辱我的名字，嘲笑我，正因为我为他出力，并照拂他，帮助他。我知道，我懂得，在他心目中这件事对于他的欺骗加了什么滋味，假使这是真的，是的，假使这是真的。但我不相信，我没有权利相信，并且不能相信。"他想起道洛号夫在残忍发作时的面部表情，例如在他把警官绑到熊背上抛入海中的时候，或者在他无故地向人挑衅的时候，或者在他用枪去毙车夫的马时。当他看他的时候，这种表情常常现于道洛号夫脸上。"是的，他是一个鲁夫。"彼挨尔想。"杀人在他看来是不算什么的，他一定觉得大家都怕他，他一定欢喜这样，他一定以为我也怕他。确实我怕他。"彼挨尔想。在发生这种思想时，他觉得他心中升起了一种可怕的、丑恶的东西。道洛号夫、皆尼索夫和罗斯托夫此刻坐在彼挨尔的对面，似乎很愉快。罗斯托夫愉快地和他的两个朋友——一个是勇敢的骠骑兵,一个是著名的莽汉和无赖——交谈,并偶尔嘲笑地看彼挨尔,他在宴会的时候以他的凝思的、精神涣散的、魁梧的身躯而令人惊异。罗斯托夫恶意地看彼挨尔,第一,因为彼挨尔在他骠骑兵的目光中是一个非军人的富翁,美人的丈夫,总之,一个老太婆;第二,因为彼挨尔在凝思与精神涣散中没有认出罗斯托夫,未回答他的敬礼。当他们开始饮祝皇帝健康时,彼挨尔沉思着不曾站起,未举杯。

"他在干什么?"罗斯托夫向他大声说,用狂喜而愤怒的眼睛看他,"难道你没有听到:祝君主皇帝的健康!"

彼挨尔叹气,顺从地站起,饮尽他的酒杯。等到大家坐下时,他带着仁慈的笑容对着罗斯托夫。

"呵,我没有认出你。"他说。

但罗斯托夫未注意到这个,他大呼"乌拉"!

"你为什么不恢复友谊?"道洛号夫向罗斯托夫说。

"上帝保佑他,呆瓜。"罗斯托夫说。

"对于美人的丈夫应当客气。"皆尼索夫说。彼挨尔没有听到他们说了什么,但知道他们是说他。他脸红,掉转头。

"好,现在祝美人健康。"道洛号夫说,他带着严肃的神情,但在口边上带着笑容,拿着酒杯向彼挨尔。

"祝美人健康,彼得路沙,和她们的爱人们健康。"他说。

彼挨尔垂下眼睛,喝了杯里的酒,不看道洛号夫,也不回答他。听差分散库图索夫的曲子,在彼挨尔面前放了一张,把他当作较尊贵的来宾。他想拿起,但道洛号夫伸过手来,从他手里夺去,开始阅读。彼挨尔瞥了瞥道洛号夫,他的瞳子又下垂,升起了一种可怕的、丑恶的、在全部宴会时间苦恼他的东西,并且支配了他。他将全部胖大的身躯伸过桌子。"你敢拿?"他大叫。

听到这个叫声,并看到他是对谁,聂斯维次基和邻座的人从右边惊惶地、匆促地看别素号夫。

"够了,够了,你干什么?"许多惊惶的声音说。道洛号夫用明亮、愉快、残忍的眼睛看彼挨尔,好像他说:"我就喜欢这样。"

"我不给。"他清晰地说。

彼挨尔脸发白,嘴唇打战,夺取这张纸。

"你……你……流氓……我挑衅你!"他说,移动椅子,在桌旁立起。在彼挨尔做这行为、说这话的俄顷之间,他觉得,这个一日来苦恼他的,关于夫人罪状的问题,是最后无疑、肯定地解决了。他恨她,并且永远和她破裂了。虽然皆尼索夫劝罗斯托夫莫干预这件事,罗斯托夫却同意了做道洛号夫的见证人,饭后同别素号夫的见证人聂斯维次基谈判决斗的条件。彼挨尔回了家,但罗斯托夫和道洛号夫及皆尼索夫在俱乐部坐到晚间很迟的时候,听吉卜赛人歌舞和其他歌曲。

"明天在索考尔尼兹再见。"道洛号夫和罗斯托夫在俱乐部台阶上分别时说。

"你安心吗?"罗斯托夫问。

道洛号夫停住。

"你看,我用两句话向你说明决斗的全部秘密。假使你去决斗时,你写遗嘱,写亲爱的信给父母,假使你想到你会被打死,你便是一个呆子,并且一定要失败。但你带着坚决的、杀死对手的意向,尽可能迅速而确信地去决斗,那么一切都好了。像我们考斯特罗马的杀熊的人向我说的,他说,谁不怕熊呢?但你来看见一只熊,恐惧就消失了,只要熊不走开了!我也就是这个意思。明天见,亲爱的!"

次日上午八时,彼挨尔和聂斯维次基来到索考尔尼兹森林,看到道洛号夫、皆尼索夫及罗斯托夫已在那里。彼挨尔的精神好像一个人专心注意在与目前事件毫无关系的思虑上,他的消瘦的脸发黄,他显然这天夜里没有睡。他精神涣散地四顾,并且皱眉,好像是因为炫目的太阳。两种思虑完全占据了他:夫人的罪过——经过无眠的一夜,这已没有丝毫怀疑——和道洛号夫的无罪,他没有任何理由要尊重对他陌生人的荣誉。"也许假使我处在他的地位上,我要做同样的事情。"彼挨尔想。"甚至确实我要做同样的事,这个决斗,这个屠杀是为什么呢?或者我打死他,或者他打中我的头、我的肘、我的膝。从这里走开,逃跑,把自己埋藏到什么地方去吧。"这思想来到他的脑里。但正当他发生了这种思想的时候,他带着特别镇静的、无心的、引起看他的人们的尊敬的神情,问道:"快了吗,准备好了吗?"

当一切都预备完毕,剑插在雪里作为距离的界线,而手枪已实弹时,聂斯维次基走近彼挨尔。

"伯爵,"他用羞涩的声音说,"假使我在这个重要的时候,很重要的时候,我不向你说出全部的事实,我便是没有尽我的责任,对不起你选我做见证人,给我的信任与尊敬。我以为这件事没有充分的理由,不值得为这件事流血……你是不对的,完全不对的,你发了脾气……"

"呵，是的，笨得可怕……"彼挨尔说。

"那么请你让我传达你的歉意，我相信我们的对手会同意接受你的道歉。"聂斯维次基说（他好像别的参与此事的人，好像此类事件中一切的人，不相信事情已到了真正决斗的时候），"伯爵，你知道，承认自己的错，较之把事情弄到不可收拾的地步，是远为高贵的。双方都没有侮辱。让我去说……"

"不行，你说什么！"彼挨尔说。"一切都是一样……那么，准备好了吗？"他添说。"你只要向我说，向哪里走，向哪里射击？"他说，不自然地微笑着。他拿起手枪，开始探问射击的方法。因为他从来不曾手里拿过枪，但他不承认这件事。"呵，对了，我知道，我只是忘记了。"他说。

"没有道歉，绝不。"道洛号夫向皆尼索夫说，他在那方面也做了和解的尝试，也走到指定的地点。

决斗的地点选择在停橇车的路旁八十步处，在松林中一小块空地上，这里遮盖着数日来融化的残雪。对手们站得彼此相隔四十步，在空地的边际。见证人们量着步子，在湿深的雪中踏着，从他们所站的地方，留下足迹，直到聂斯维次基与皆尼索夫的剑插得相隔十步表示界线的地方。雪汽与雾还存在，在四十步外不能看见任何东西。三分钟内一切都准备好了，但仍然延迟开始。大家无言。

五

"呶，开始了！"道洛号夫说。

"好。"彼挨尔说，仍然笑着。

情形显得可怕。显然是这件事，开始得那么轻易，已无法挽回；这件事自动地进行，已脱离人们的意志，而且必须完成。皆尼索夫最先走到界线，宣布：

"因为对手们拒绝和解，那么就请开始吧，拿手枪，听到'三'就动步。"

"一……二！三……"皆尼索夫愤怒地大呼，走到边上，两人在踏成的道路上渐渐接近，在雾中彼此相认着。对手们走到界线即有权利如愿地开枪。道洛号夫走得很慢，没有举枪，用明亮的、发光的蓝眼睛看对手的脸,他的嘴和平常一样带着笑容。

听到"三",彼埃尔用快步走上前,走出了踏成的道路,走到未踏的雪上。彼埃尔执枪,向前伸开右手,显然是恐怕这把手枪打死自己。他小心地把左手留到后边,因为他想用它支持右手,但他知道这是不可能的。走了六步,从路上走到雪上,彼埃尔看了看脚下,又迅速看道洛号夫,并且如他所学的弯了手指,开了枪。毫未料到这样大的声音,彼埃尔因为自己的射击而惊异,然后又笑自己的情绪,并且停住。因雾而特别浓厚的枪烟,在开始阻挡了他的视线,但他所期待的另一枪声没有发出。只听到道洛号夫急速的步声,在烟气中显出了他的身躯。他一手叉着左腰,另一手抓着下垂的手枪,他的脸发白,罗斯托夫跑上前,向他说了什么。

"不……不,"道洛号夫从牙齿里说,"不,没有完。"他又走了几个踉跄的、摇摆的步子,达到剑前,倒在剑旁的雪上。他的左手有血,他在衣服上拭,并倚靠在左臂上。他的脸发白,打皱,打战。

"请……"道洛号夫开始说,但他不能一下说出来……"请来吧。"他费力地说。彼埃尔,不能约制哭泣,向道洛号夫跑去,他想越过界线之间的那个空间,道洛号夫大呼:"到界线!"于是彼埃尔明白了是什么意思,停止在剑前。他们只相隔十步。道洛号夫把头垂到雪上,贪饶地啃雪,又抬起头,挺起身躯,缩进腿子坐着,寻找着稳妥的重力中心。他吞进一口雪,并嗦着,他的嘴唇打战,但仍然笑着,他的眼睛显出他的努力和最后挣扎的愤怒。他举起手枪,并开始瞄准。

"到边上去,用手枪掩护你自己。"聂斯维次基说。

"掩护你自己……"皆尼索夫甚至也不能约制,向对方大声说。

彼挨尔带着同情与懊悔的微笑，无助地伸开臂与腿，带着他的宽胸脯对直地站在道洛号夫的面前，悲伤地看他。皆尼索夫、罗斯托夫和聂斯维次基合眼，同时他们听到枪声和道洛号夫的怒吼。

"过了！"道洛号夫说，脸向下无力地躺在雪上。彼挨尔抱了头，转过身，走入森林，完全走在雪上，并且出声地说着不可懂的话：

"蠢……蠢！死……谎……"他皱着眉重复。聂斯维次基叫他站住，并领他回家。

罗斯托夫和皆尼索夫抬走受伤的道洛号夫。道洛号夫沉默着，眼闭着，躺在雪车上，对于向他所发的问题未回答只字。但进了莫斯科，他忽然清醒了，并且困难地抬起头，拉住坐在身旁的罗斯托夫的手。罗斯托夫惊异道洛号夫脸上完全改变的和意外兴奋温柔的表情。

"怎样？你觉得如何？"罗斯托夫问。

"坏！但要点并不在这里，我的朋友，"道洛号夫用断续的声音说，"我们在哪里？我们在莫斯科，我知道，我没有关系，但我杀死了她，杀了她……她受不住这件事。她不能忍受……"

"谁？"罗斯托夫问。

"我的母亲，我的母亲，我的天使，我崇拜的天使，母亲。"道洛号夫流泪，紧握罗斯托夫的手。当他稍微镇静时，他向罗斯托夫说明，他和母亲同住，假使他母亲看见他要死，她是忍受不了的。他求罗斯托夫到她那里去先为布置。

罗斯托夫前去执行了这个任务，令他大大惊异的是，他知道了道洛号夫，这个暴徒、莽夫道洛号夫，在莫斯科和老母及驼背的姐姐住在一起，并且是最温柔的儿子和兄弟。

六

　　彼挨尔近来很少和夫人单独相处。在他们彼得堡和莫斯科的家里不断地宾客满座。在决斗之后的夜晚，他未回卧室，却留在他父亲的大书房里，别素号夫伯爵即是在这里逝世的。他常常如此。

　　他躺在沙发上并且想睡觉，以便忘记他所发生的一切，但他不能做这个。那样的一阵情绪、思想与回忆的风暴，突然在他心中发作，以致他不但不能睡，而且还不能坐在一定的地方，必须从沙发上跳起，快步地在房中徘徊。他时而想起她在新婚后的样子，她的敞露的肩膀和疲倦、热情的目光，但立刻又想到道洛号夫美丽、傲慢、坚决、嘲讽的脸，如同他在宴会上所见的，又看见道洛号夫这苍白、抖索、痛苦的同一的脸，如同他转过来跌倒雪上时所有的。

"发生了什么呢?"他问自己,"我杀死了一个情人,是的,我杀死了自己夫人的情人。是的,是这回事。为什么?我怎样地走到这个地步?"内在的声音回答:"因为你娶了她。"

"但是我的过错在什么地方呢?"他问,"在这里,你娶她,而不爱她;在这里,你欺骗了自己和她。"于是他生动地想起在发西利郡王家晚饭后的那个时间,他那时说出了这句不由衷的话:"我爱你。""全是因为这个!我那时就觉得,"他想,"我那时觉得这不是适合的事,觉得我对于这件事是没有权利的。就是这样发生的。"他想起蜜月,并且对于这些回忆而脸红。特别生动、屈辱可羞的是,他想起有一天,在婚后不久,在正午十二时,他穿着绸睡衣从卧室走进书房,并且在书房里看见了总管家,他恭敬地鞠躬,看彼挨尔的脸,他的睡衣,并且微笑,好像是用这种笑容对于主人的幸福表示恭敬的同情。

"我常常为她而骄傲,为她的绝色、她的社交才能而骄傲,"他想,"为我的屋子而骄傲,他在这里招待全彼得堡的人,为她的不可接近与美丽而骄傲。这就是我所骄傲的地方?我那时想到,我不了解她。我常常想到她的性格,我向自己说过,我有过错,我不了解她,我不了解那种永久的安宁与满足,以及一切爱好与欲望的无有,而全部的解答是这句可怕的话,'她是淫荡的'女人,我向自己说过这句话,一切都明白了!"

"阿那托尔常来向她借钱,吻她的光肩膀。她不给他钱,但让他吻自己。她父亲说笑话,引起她的嫉妒,她带着镇静的笑容说,她不至于呆笨得去嫉妒:让他去做他愿意做的,她这样说到我。有一大我问她是否感觉到怀孕的征兆,她轻蔑地笑,并且说,她不是呆子,她不要小孩，说她绝不替我养小孩。"

然后他想起她思想的粗鲁与肤浅，她特有的言语的鄙俗，虽然她是在高级贵族团体中长成的。"我不是呆子……你自己去试试看……你走开吧。"她常常这么说。常常，看到她在年老和年轻男子与女子目光中的成功，彼挨尔不明白，为什么他不爱她。"是的，我从来不爱她，"彼挨尔向自己说，"我知，她是淫荡的女人。"他向自己重复，但不敢向自己承认。

"现在道洛号夫，他在那里坐在雪上，并且勉强地笑着，要死了，也许用他一种虚伪的英勇回答我的忏悔！"

彼挨尔属于这一类的人，他们虽有所谓外在的性格的弱点，却不为他们的忧愁去寻找可告的知己。他独自在他的忧愁中煎熬着。

"一切在她，一切的过错在她一个人。"他向自己说，"但这有什么意义呢？为什么我使自己同她发生关系呢，为什么我向她说'我爱你'，这是一句谎话，比谎话更坏。"他向自己说："我有过错，应当忍受……什么？名誉的败坏，生活的不幸吗？哎，都不相干。"他想："名誉和尊严的败坏，一切是相对的，一切都不决定于我。"

"路易十六被处死，因为他们说，他卑鄙，他是一个犯人，"彼挨尔心里想，"他们在自己的观点上是对的，正如同那些为他殉难，并尊他为圣人的人们也是对的。后来号柏斯彼挨黑被处死，因为他是暴君。谁对，谁错？没有谁。但活的时候，你活吧，明天你要死，如同我会在一小时前死去。在生命比诸永恒仅是一瞬的时候，值得去自己苦恼吗？"但在他认为自己因为这种思索而安宁时，他忽然想起了她，想起他极热烈地向她表示虚伪爱情的那些时候，于是他觉得血向心中流注,并且必须又站起来,走动,击碎,并撕毁手所碰到的东西。"为什么我向她说'我爱你'?"他仍然向自己重复。重复这个问题到十次时,他脑子里想起了莫里哀的话:"但他在这里做什么鬼呢?"于是他自己笑自己。

夜间他唤来侍仆,令他收拾行李去彼得堡。他不能和她住在一个屋子里,他不能自己设想,他现在要向她怎么说。他决定明天走,丢一封信给她,在信中他向她说明他要永远离开她的意思。

早晨当侍仆带来咖啡走进房时,彼埃尔躺在折椅上,手拿一本打开的书睡着了。

他醒来惊惶地盼顾很久,不能明白他在何处。

"伯爵夫人派人来问大人在不在家。"侍仆说。

但彼埃尔还不及决定做何回答,伯爵夫人自己已经穿着白绸绣银花睡衣,带着未修饰的头发(两条粗大的辫子在她美丽的头上绕了两圈,有如冠冕)安静地尊严地走进房,只在她的大理石的微凸的额上有一抹怒容。她带着压制的镇静,没有在侍仆面前开始说话。她知道了决斗,并且来说这事,她一直等到侍仆放下咖啡走出去。彼埃尔胆怯地从眼镜上边看她,好像被群犬围绕的兔子,压下耳朵,继续在敌人面前躺着,所以他试图继续读书。但觉得这是无意义而不可能的,于是又胆怯地看她。她未坐下,带着轻视的笑容看他,等候侍仆走了出去。

"这是怎么回事?你做了些什么?我问你。"她严厉地说。

"我?我什么?"彼埃尔说。

"现在成了勇士了!好,你回答,这个决斗是什么意思?你要用它证明什么？什么？我问你。"

彼挨尔在沙发上沉重地转身，张嘴不能回答。

"假使你不回答，我便向你说……"爱仑继续说，"你相信他们向你所说的一切。他们向你说……"爱仑笑了一下，"说道洛号夫是我的情人，"她用法文说，以她的言语之粗鲁的准确，说出"情人"这词，和任何别的词一样，"你就相信！但你用这个证明了什么？你用这个决斗证明了什么？你是一个呆子，大家都知道了！这会发生什么呢？就是我要成为全莫斯科的笑柄，就是大家都说你吃醉酒不明白自己的时候，向一个你无故嫉妒的人挑衅，"爱仑的声音渐渐地提高，更加兴奋，"这个人在各方面比你好……"

"喂……喂……"彼挨尔哼着，皱眉，不看她，手足不动。

"你为什么相信他是我的情人呢？……为什么？因为我愿意同他来往吗？假使你更聪明、更可爱，我更欢喜你了。"

"不要同我说……我请你。"彼挨尔沙声地低语。

"为什么我不说呢！我能说，我敢说，女子有了像你这样的丈夫，很少不找情人的，但我没有做这事。"她说。彼挨尔想说什么，用奇怪的眼神看她，她不明白他眼神的意思，他又躺下。他这时生理上苦痛：他的胸脯紧压，他不能透气。他知道，他应该做点什么来结束这个痛苦，但他所想做的事太可怕。

"我们最好分开吧。"他继续地说。

"分开，请吧，只是你要给我财产，"爱仑说，"分开，用这个来威胁我！"

彼挨尔从沙发上跳起，摇摆地走到她面前。

"我要杀死你!"他大叫,用他尚不知道的力量,从桌上抓起大理石板,走近她,向她举起。

爱仑的脸显得可怕,她尖声喊叫,逃开了他。他父亲的性格在他身上表现出来,彼挨尔感觉到愤怒的渴望与魔力。他掷下大理石板,将它摔碎,并且伸开手臂走近爱仑,用那可怕的声音大呼"滚开"!全家都恐怖地听到这个叫声。假使不是爱仑从房里跑出,上帝知道这时候彼挨尔做了什么。

* * *

一周后,彼挨尔交托夫人管理在大俄罗斯的全部田庄,这是他财产的大部分,他独自去彼得堡。

七

童山方面接到奥斯特里兹失败及安德来郡王阵亡的消息后,已是两个月。虽有经过使馆的一切信件与一切的调查,他的身体却没有找出,他也不在俘虏名单里。对于他的亲属最坏的情形是,他们还存着这种希望,以为他被当地居民从战场上拾起,并且也许他独自躺在异域的什么地方,在复原中或者将死,而无力寄出自己的消息。老郡王从报上最先得知奥斯特里兹的失败,报上与平常一样,极简短而含糊地说到俄军在光荣的战事之后不得不撤退,而且撤退得十分有秩序。老郡王从这个官方消息中明白了我军被打败。在带来奥斯特里兹失败消息的报纸之后一星期,来了一封库图索夫的信,向郡王报告他儿子所遭遇的不幸。

"你的儿子,我亲眼看见,"库图索夫写,"手执军旗,在队伍的前面,英勇地倒下,对得起他的父亲和他的祖国。我及全军都很抱歉,直到现在还不知道——他是否尚生。我用这个希望安慰自己和你,就是,你的儿子是活着,因为不然他便要列名在战场上所找到的军官之中,我由军使获得了他们的名单。"

晚间很迟的时候,他独自在房中获得这个消息。第二天老郡王和平常一样出门做早晨的散步,但他对于管家、园丁和建筑师沉默着,虽然有怒意,却未向任何人说什么。

当玛丽亚郡主在寻常时间进他房时,他站在车床上工作,但和寻常一样,没有看她。

"啊,玛丽亚郡主。"忽然他不自然地说,丢了凿子。(轮子因为动力还在转动。玛丽亚郡主还记得这个渐微的轮盘声,这声音和以后所发生的事混合在一起。)

玛丽亚郡主走近他,看见他的脸,她心中忽然有什么东西震惊了。她的眼睛不复能看得清楚。由于她父亲的脸不悲伤、不颓丧,但愤怒而不自然地激动着的脸,她看到,有一种可怕的不幸悬在她头上,并且压迫她,这是生活中最坏的不幸,她还不曾经验过,这是不可补救的、不可了解的不幸——所爱者的死。

"爸爸!安德来吗?"不优美、不自在的郡主说,带着那种不可表现的悲哀与自忘之美,以致她父亲不能忍受她的目光,并且哭泣着转过身。

"接到信。不在俘虏里,不在阵亡名单里。库图索夫写的,"他尖锐地大叫,好像是要用这叫声赶走郡主,"死了!"

郡主未跌倒，未昏厥，她已经脸色发白。但当她听到这话时，她的脸变了，她的炯灼美丽眼睛里有什么东西在发光，似乎是一种喜悦，崇高的喜悦，与人世的悲喜无关的喜悦，淹没了那种在她心中的强烈的悲哀。她忘记了对于父亲的一切恐惧，走近他，抓他的手，拉他到自己面前，拥抱他的干枯、有筋的颈子。

"爸爸，"她说，"不要背着我，我们一道哭。"

"混蛋们，恶汉们！"老人大叫，把脸避开她，"毁灭军队，毁灭人们！为什么？去，去，告诉莉萨。"

郡主无力地倒在父亲旁边的椅子上流泪。她现在看见了她的哥哥，一如他带着温柔与骄傲的神情与她和莉萨分别时。她看见了他，一如他温柔地、嘲笑地挂上圣像时。"他信仰了吗？他因为自己的不信仰而懊悔了吗？他现在在那里吗？在那里，在永久安宁与幸福的净土吗？"她想。

"爸爸，告诉我，这是怎么的？"她含泪问。

"去，去，在战争里打死了，把俄国最好的人们和俄国的光荣带到战争里毁灭了。去吧，玛丽亚郡主，去告诉莉萨。我就来。"

当玛丽亚郡主从父亲那里回转时，娇小的郡妃坐着在做活，她带着孕妇特有的内心快乐安宁的神情看玛丽亚郡主。显然是她的眼睛没有看玛丽亚郡主，却看深奥的，看自己，看自己身中所要完成的那种快乐的、神秘的东西。

"玛丽，"她说，离开绣架向后仰靠，"把手放这里来。"她拿了郡主的手放在自己的肚子上。她的眼睛期待地笑着，有毫毛的嘴噘着，小孩般快乐地尽噘着。

玛丽亚郡主在她面前跪下，把脸藏在嫂嫂衣褶里。

"这里，这里——听见吗？我觉得很奇怪。你知道，玛丽，我要很爱他。"莉萨说，用明亮快乐的眼睛看小姑。玛丽亚郡主不能抬头，她流泪。

"你怎么啦？玛莎？"

"没有什么……我觉得难过……为安德来难过。"她说，在膝盖上擦着眼泪。早晨，玛丽亚郡主几次开始准备暗示嫂嫂，但每次都开始流泪了。眼泪的原因是娇小郡妃不知道的，却激动了她，虽然她是不大留心的。她未说什么，但不安地环顾，寻找着什么。在午饭前老郡王走到她的房前，她一向怕他，他现在带着特别不安的、愠然的脸，一个字也未说，又走出。她看玛丽亚郡主，然后带着孕妇们专心注意在自己内部的眼睛表情，想了一下，于是忽然地流泪。

"接到了安德来什么消息吗？"她说。

"没有，你知道，消息还不能够来，但爸爸不安，我觉得可怕。"

"那么，没有什么吗？"

"没有什么。"玛丽亚郡主说，用炯炯的眼神坚决地看嫂嫂。她决定不向她说，并劝父亲把这可怕的消息隐瞒到嫂嫂分娩以后，分娩期快到了。玛丽亚郡主和老郡王各用自己的方法忍受并隐蒙了各自的悲伤。老郡王不做希望了：他断定，安德来郡王被打死了，虽然他派了一个雇员到奥地利去调查儿子的踪迹，他却为他在莫斯科订了一个纪念碑，打算立在他的花园里，并且他向大家说，他的儿子被打死了。他企图不改变从前的生活形式，但他的力量使他改变了：他走路更少，饮食更少，睡觉更少，一天一天变弱了。玛丽亚郡主怀着希望，她为哥哥祈祷，好像是为活人，并且时时等候他回家的消息。

八

"我亲爱的。"三月十九日上午早饭后娇小郡妃说,她的有毫毛的上唇如旧地噘着。但因为自从接到可怕的消息那天以后,不仅在全家的笑容中,而且在话声中,甚至步伐中,都带着悲哀,所以娇小郡妃受了一般情绪的影响而不知道原因,她现在的笑容显得她比别人含着更多的悲哀。

"我亲爱的,我怕今天早晨的 Fruschtjque[1]。"

"你有什么事吗,我心爱的?你脸发白,啊,你脸很白。"玛丽亚郡主惊惶地说,用沉重而柔软的步子跑到嫂嫂面前。

---

[1] 应为 Fruhsuck,早餐之意。像厨子福卡说的使我不舒服。——毛

"小姐，要派人找玛丽亚·保格大诺芙娜吗？"在场的女仆之一说（玛丽亚·保格大诺芙娜是附近县城里的产婆，在童山已住了两星期）。

"好的，好的，"玛丽亚郡主接上说，"大概，确是的，我就去。不要怕，我的天使！"她吻了莉萨，想走出房。

"啊，不是，不是！"在苍白之外，娇小郡妃的脸上显出小孩般对于不可免的生理痛苦的恐惧。

"不是，这是胃，你说是胃，说，玛丽，说……"郡妃小孩般地痛苦地、任性地，甚至有几分娇柔地流泪，扭着她的小手。郡主跑出房去找玛丽亚·保格大诺芙娜。

"我的上帝！我的上帝！哦！"她听到身后的声音。

产婆已经带着庄重而镇静的脸向她迎面走来，拭着她的肥小白手。

"玛丽亚·保格大诺芙娜！好像是，开始了。"玛丽亚郡主说，用惊惶大睁的眼睛看产婆。

"哦，谢谢上帝哦，郡主，"玛丽亚·保格大诺芙娜说，未加快步伐，"你们，姑娘们，不用知道这些事情。"

"但医生怎么还不从莫斯科来呢？"郡主说（依照莉萨与安德来郡王的愿望，他们事前曾派人去莫斯科，请产科医生，并时时盼望他来到）。

"没有什么，郡主，不要心焦，"玛丽亚·保格大诺芙娜说，"没有医生也都会好的。"

五分钟后，郡主在自己房里听到有人抬沉重的东西。她窥探了一下,仆役们为了什么缘故把安德来郡王书房中的皮沙发抬入卧室,在搬抬者的脸上有严肃的、压制的神情。

玛丽亚郡主独自坐在房中,听着屋里的声音,有时在别人走过时,把门打开,并注视走廊上所发生的事。几个妇人轻步地走来走去,看看郡主,又转过头去。她不敢问,闭了门,回到自己房中,有时坐在自己的椅子上,有时拿起祈祷书,有时跪在神龛前。使她不快而惊异的是,她觉得她的祈祷没有平服她的兴奋。忽然她的房门轻轻地开了,她的戴头巾的老保姆卜拉斯考维亚·萨维施娜在房门口出现了。由于郡王的禁止,她几乎从未进过她的房。

"玛丽亚,我来陪你坐一下,"保姆说,"我把郡王结婚蜡烛带来了点在圣像的前面,我的天使。"她叹气说。

"啊,我多么高兴啊,保姆。"

"上帝是仁慈的,我亲爱的。"保姆把镶金花的蜡烛点在神龛前,穿着袜子坐在门边。玛丽亚郡主拿了书开始阅读。只在听到足音或话声时,郡主便惊异地、疑问地,而保姆镇定地,相互观看。屋子的每个角落里都洋溢着玛丽亚郡主坐在自己房中所感觉到的那种情绪,并且支配了所有的人。因为相信:知道产妇痛苦的人愈少,则产妇受苦愈少,所以大家都企图装作不知道,没有人谈到这件事。但所有的人,在郡王家里素常沉着与恭敬的好礼貌之外,都显出一种共同的焦虑、心软,以及意识到一种伟大、不可解、在此时完成的事情。

在女仆的大房间里听不到笑声。在男仆的房里,所有的仆人都坐着无言,准备着做什么。在奴仆的房里点了火与蜡烛,不睡觉。老郡王踮跄地在书房里徘徊,派齐杭去向玛丽亚·保格大诺芙娜探问:什么情形?

"只说郡王派我来问:什么情形?再来说她所讲的。"

"报告郡王,开始临盆了。"玛丽亚·保格大诺芙娜说,郑重地看探询的人。齐杭去报告了郡王。

"很好。"郡王说,闭了身后的门,于是齐抗不再听到书房中任何微小的声音。等了一会儿,齐杭走进书房,好像是调理蜡烛。看到郡王躺在沙发上,齐杭注视他和他烦恼的脸,摇摇头,无言地走近他,吻了他的肩膀,然后走出房,没有调理蜡烛,也没有说他为什么进来。世界上最严肃的神秘继续在完成。初夜已过,深夜来到,在不可知的神秘前的期待与心软之情绪,没有减弱,却在加强。无人睡觉。

* * *

是那样的一个三月之夜,好像冬季还希望当令,带着激怒撒下最后的雪与寒风。他们派了一群轮替的马到大路上,去迎接时刻盼望的从莫斯科来的日耳曼医生,又派了一群骑马的人带了灯笼去道路转弯处,以便领他走过水洼与雪下濠凹。

玛丽亚郡主早已放下了书,她沉默地坐着。她的明亮的眼睛注视在保姆打皱的、她熟悉得无微不至的脸上,看她头巾下漏出的灰色发绺,看她颏下垂挂如袋的皮。

保姆萨维施娜手拿袜子,低声地说话,她自己听不到并且不懂自己话意,她说过上百次了,说已故前王妃如何在基锡涅夫生玛丽亚郡主,那时只有一个摩尔大维阿的农妇,没有接生的。

"上帝仁慈,医生是绝不需要的。"她说。

忽然一阵风吹在一扇外窗已除下的窗框上(奉郡王的命令,百灵鸟鸣时,每个房间都打开外框),[1]吹开一个未闩好的窗闩,吹动了丝幔,吹进了冷风与雪,吹熄了蜡烛。玛丽亚郡主打战。保姆放下袜子,走到窗前,伸出头去抓吹开的窗框。冷风吹动她的巾角和露出的灰色发绺。

"郡主,亲爱的,有人从大路上来了!"她说,抓着窗框,却未关上,"有灯笼,一定是医生!"

"啊,我的上帝!谢谢上帝!"玛丽亚郡主说,"我应当去迎他,他不懂俄文。"

玛丽亚郡主披上肩巾,跑去迎接来的人。当她走过前厅时,她在窗子里看见一辆马车和许多灯笼停在门前。她走上楼梯,在栏杆的柱子上有一支蜡烛,因风而流蜡。仆役菲利普带着惊惶的脸,手里拿着另一支蜡烛,站在楼梯下边的第一级上。更下边,在楼梯转弯处,可以听到暖鞋的走来声。玛丽亚郡主觉得很熟悉的一种声音在说什么。

"谢谢上帝!"这个声音说,"父亲呢?"

"上床睡了。"下面厨子皆密亚恩的声音回答。

后来这个声音又说了什么,皆密亚恩回答了什么,暖鞋的脚步迅速地走到楼梯上不可见的转弯处。

"这是安德来!"玛丽亚郡主想,"不是,这是不可能的,这是太

---

[1] 为温暖计,俄国冬季窗子是双层的,但妨碍空气流通。故天气稍暖时,即去除一层窗子。——毛

非常了。"并且正当她这么想的时候,在执烛的仆役的所站的地方出现了安德来郡王的脸和身躯,他皮衣的领上有落雪。是的,这是他,但苍白而消瘦,并且有改变的、异样柔和的但兴奋的面部表情。他走上楼梯并搂抱妹妹。

"你没有接到我的信吗?"他问,没有等待回答,而回答是他得不到的,因为郡主不能说话。他转过身,又和他身后的产科医生(他是在最后一站上和他相遇的)快步地走上楼梯,又搂抱妹妹。

"多么奇怪的命运呢!"他说,"亲爱的玛莎。"于是脱下了皮衣与套靴,向郡妃的房走去。

九

娇小郡妃躺在枕头上，戴着白睡帽（痛苦刚刚脱离了她）。黑色发绺垂在她的发肿、发汗的腮上，有长了黑毛的上唇的、红润的、美丽的小嘴张开着，她喜悦地笑着。安德来郡王走进房间，站在她面前，在她所躺的沙发的脚头。她的小孩般的、惊惶的、兴奋的、看人的明亮的眼睛停在他身上，不改变神情。"我爱你们所有的人，我没有向任何人做坏事，为什么我受痛苦呢？帮助我。"她的表情这么说。她看丈夫，但她不明白此刻他出现在面前的意义。安德来郡王绕过沙发，吻她的额头。

"我心爱的，"他说，这种称呼是他从来未向她说过的，"上帝慈悲……"她疑问地、小孩般地、谴责地看他。

"我期待你的帮助,却什么也没有,你也是什么没有!"她的眼睛说。她不诧异他来此,她没有明白他来到这里。他的来临对于她的痛苦和痛苦的减轻毫无关系。疼痛又开始了,玛丽亚·保格大诺芙娜劝安德来郡王走出房。

产科医生进了房。安德来郡王走了出去,遇见玛丽亚郡主,又走近她。他们低声谈话,但谈话常常静默。他们等待着,倾听着。

"去,亲爱的。"玛丽亚郡主说。安德来郡王又走近夫人,在隔壁的房间里坐着等候。一个妇人带着惊惶的脸从房里走出,看见了安德来郡王,便慌乱起来。她用手蒙了脸,这样地坐了几分钟。在门那边可以听到可怜的、无助的野兽般呻吟声。安德来郡王立起,走到门前,打算打开。有谁抓住了门。

"不能,不能!"惊悸的声音在那边说,他开始在房中徘徊。叫声停止,又过了几秒钟,忽然一个可怕的叫声在隔壁的房里传出——这不是她的叫声,她不能这么喊叫。安德来郡王跑到门前,叫声静止,听到了婴儿的啼声。

"为什么带了一个小孩子到那里?"安德来郡王在第一秒钟这么想,"小孩吗?什么样的?……为什么那里有小孩?是小孩生了吗?"

当他忽然明白了这啼声的全部可喜的意义时,眼泪阻塞了他,他把双手支在窗槛上,啜泣、流泪,好像小孩哭。门开了。医生穿着卷袖的衬衫,未穿上衣,脸色发白,下颏打战,走出房间。安德来郡王向他说话,但医生神驰地看他,一个字未说,从他身边走过。一个妇人跑出,看见了安德来郡王,在门口迟疑住。他走进了夫人的房。她死了,躺在五分钟前他看见她时同样的姿势中。虽有定了神的眼睛和苍白的腮，在那个有长着黑毛的嘴唇的、美丽的、小孩般的脸上，仍然有同样的表情。

"我爱你们所有的人，没有向任何人做坏事，你们向我做了什么呢？"她的美丽、可怜的死脸上说。在房角里，玛丽亚·保格大诺芙娜抖索的白手里有什么微小的红色东西在啼叫。

* * *

两小时后，安德来郡王轻步走进父亲的房。老人已经知道了一切。他站在门口，门刚刚打开，老人便无言地用老迈的、粗鲁的手，像钳子一样，抱住儿子的颈子，并哭泣如小孩。

* * *

埋葬了娇小的郡妃的三天后，安德来郡王走到墓穴中和她永诀，甚至在棺材里，虽然眼闭着，她的脸还是如旧。"啊，你们向我做了什么呢？"她的脸仍然这么说。安德来郡王觉得，在他心中有什么东西陨落了，对于那个他不能补救，不能遗忘的罪过，他是有罪的。他不能流泪。老人也走进去吻她的如蜡的小手，这手宁静地、高高地搭在另一只手上，他也觉得她的脸说："呵，你们向我做了什么，为什么？"看到这个脸，老人愤怒地转过身。

* * *

又过了五天，他们命名了小郡王尼考拉·安德来维支。当神父用鹅毛在婴儿打皱的红色手掌与脚掌上涂油时，奶妈用下巴颏儿夹着襁褓。

　　充教父的祖父恐怕落下婴儿，战栗着，抱着他绕过锡打的洗礼盆，把他递给教母玛丽亚郡主。安德来郡王因为恐怕淹死婴儿而心惊，坐在另一个房间里，等候仪式完结。当奶妈把婴儿带出的时候，他喜悦地看他；当奶妈向他说抛在洗礼盆中的蜡和婴儿头发没有沉下却浮起时，他赞同地点头。[1]

---

[1] 俄国受洗时风俗，由神甫剪小孩头发一撮连蜡投水，如蜡与发浮起，即为吉祥。——毛

十

　　罗斯托夫参与道洛号夫与别素号夫决斗的事被老伯爵的努力隐瞒了，并且罗斯托夫没有如他所期待地被降级，反被任命为莫斯科总督的副官，因此他不能随同全家的人赴乡下，为了新职务而全夏留在莫斯科。道洛号夫复原了，罗斯托夫在他复原的时候和他特别友善。道洛号夫卧病在母亲处，她热情地、温柔地爱他。老妇人玛丽亚·依发诺芙娜，因为他和费佳的友情而爱罗斯托夫，常常向他说到自己的儿子。

　　"是的，伯爵，对于我们现在腐化的社会，他太高尚了，心太纯洁了。"她说，"没有人爱美德，它刺大家的眼睛。你说，伯爵，在别素号夫那方面这是对的吗，是光荣的吗？费佳凭自己的好意爱他，现在也从不说对他不好的话,在彼得堡和警官的恶作剧,在那里闹了许多笑话,他们不是在一起做的吗?为什么别素号夫毫无责任,费佳却要自己肩上担负一切呢?他要担负什么呢!我们知道,他复级了,但他们能不使他复级呢?我想,像他这样的勇士和祖国的子孙是不多的。现在是什么——这个决斗?这些人有感觉有名誉吗!知道他是独子,向他挑衅,对直地向他放枪!好吧,上帝可怜我们。为了什么呢?呵,我们这个时候,谁没有阴谋呢?假使他是那样地嫉妒,为什么?我明白,他可以早使人觉得,这已经继续一年了。为什么挑衅,以为费佳因为自己欠他钱就不打他!多么卑鄙!多么恶劣!我知道,你了解费佳?我亲爱的伯爵,因此我诚心爱你,相信我。很少的人了解他。他有那样崇高的天上的心灵!"

道洛号夫自己在复原期间,常向罗斯托夫说这些话,这些话是绝不能期望他说出来的。

"他们认为我是坏人,我知道,"他说,"让他们说吧。除了我所爱的,我不愿知道任何人,但对于我所爱的,我那样地爱他,我会为他舍命。但其余的假使阻碍我,我便毁掉他们。我有一个敬重的、宝贵的母亲,两三个朋友,你在其内,对于其余的,我只看他们有用或有害而去注意。几乎所有的人都有害,尤其是女子。是的,我亲爱的。"他继续说,"男子们我遇见过亲爱的、善良的、高尚的,但女子们,除了出卖的动物——伯爵夫人们或者厨娘们都是一样——我还没有遇到过别的,我还没有遇到我在妇女中所寻求的那种天使的纯洁和虔诚。假使我找到了这种女子,我便为她舍命。但这些……"他做了轻视的手势,"你相信我,假使我还宝贵生命,我宝贵它只是为了我还希望遇到这种天人,她革新我、涤清我、提高我。但你不懂这个。"

"不然,我很懂得。"罗斯托夫回答,他是处在他的新朋友的影响之下。

*　　*　　*

秋间罗斯托夫的家庭回到莫斯科。在冬初皆尼索夫也回来住在罗斯托夫家。尼考拉·罗斯托夫在莫斯科所过的一八〇六年的冬初,是他和他全家最幸福、最愉快的一个时期。尼考拉带了许多年轻人来到父母的家里。韦娅是二十岁的美女。索尼亚是十六岁的女孩,具有初开花朵的一切艳美。娜塔莎半是少女,半是小孩,有时可爱如小孩,有时可爱如少女。

这时候在罗斯托夫家有一种特别的爱情气氛,在有很年轻、很美丽的女孩们的家庭里这是常有的。每个来到罗斯托夫家的年轻人,看到这些年轻的、易感动的、为什么原因(也许是为了自己的美丽)笑着的少女的面孔,看到这种活泼的骚动,听到这种不连贯的但对大家友善的,对一切有准备的、充满希望的年轻女性的话声,听到这些不连贯的声音,有时是歌唱,有时是音乐,便感觉到那种准备恋爱与期待幸福的情绪,一如罗斯托夫家年轻人们所感觉到的。

道洛号夫是罗斯托夫最先带来家的年轻人之一,全家的人都欢喜他,除了娜塔莎。为了道洛号夫她几乎同哥哥吵嘴。她认定,他是坏人,在他和别素号夫的决斗中,彼埃尔是对的,而道洛号夫是错的,他是可恶的、不自然的。

"我什么都不明白"!娜塔莎带着固执的刚愎大声说,"他心坏,没有感情。现在你知道我欢喜你的皆尼索夫，他是浪子，是一切，但我仍然欢喜他，这我明白，我不知道，要向你怎么说，他的一切都是规定的，但我不欢喜这样。皆尼索夫……"

"呵，皆尼索夫又是一回事，"尼考拉回答，使人觉得甚至皆尼索夫比之道洛号夫也不足轻重，"应当明白，这个道洛号夫有多么好的心肠，应当看见他和他母亲在一起的时候，那样好的心肠。"

"我还不知道这个，但他使我觉得不舒服，你知道，他爱上了索尼亚吗？"

"什么样的蠢话……"

"我相信，你会看到的。"

娜塔莎的预言实现了。不欢喜妇女的道洛号夫开始常来到他们家，并且他为谁而来的问题立刻这样解答了（虽然没有人说到它），他是为索尼亚而来。索尼亚虽然从不敢说这个，她却知道，每次见到道洛号夫都脸红得像红布。

道洛号夫常常在罗斯托夫家吃饭，从不放过任何一次有他们在场的表演，常赴约盖勒家的青年跳舞会，罗斯托夫家的人总是在这里的。他向索尼亚做爱慕的注意，并且用那样的眼睛看她，不仅她不能看到这种目光而不脸红，而且老伯爵夫人和娜塔莎看到这种目光也脸红。

显然，这个强壮奇怪的人是处在这个黑色、优美的女子对他所发生的不可抗的影响中，这女子却爱另一个人。

罗斯托夫在道洛号夫与索尼亚之间发现了新的关系，但他没有向自己确定这个新的关系是什么样的。"她们都爱上了什么人。"他为索尼亚及娜塔莎想。但他不像从前那样对于索尼亚及道洛号夫觉得自然，他开始很少在家。

在一八〇六年秋，大家又怀着比上年更大的热情说到对拿破仑的战争。下了命令，不仅要在每千人中征十名新兵，并且还有九名后备义勇兵。处处诅咒保拿巴特，在莫斯科只谈到迫近的战争。对于罗斯托夫家，这些战争准备的全部兴趣只限于此，就是尼考卢施卡绝不同意留在莫斯科，只等候皆尼索夫假期的结束，以便同他一道在节期之后回返队伍。目前的离别不仅不妨碍他耍乐，且甚至鼓励他去耍乐。他把大部分时间用在家庭以外，在宴会上、夜会上和跳舞会上。

十一

在圣诞节后第三天，尼考拉在家吃饭，这是他近来很少的事。这是正式的饯别宴，因为他和皆尼索夫要在受洗节后回营。有二十来人吃饭，其中有道洛号夫与皆尼索夫。

罗斯托夫家爱情的空气和恋爱之气氛从来不曾令人感觉过如此强烈，如同在圣诞节的这几天这样。"抓住快乐的时机，使自己去爱，被爱！只有这是世界上真实的东西，其他皆不足道。我们在这里只注意这一件事。"这个气氛这么说。

尼考拉和平常一样，跑倦了两对马，不遑去到一切他应该去的和邀请他的地方，正在吃饭之前回到家里。他一进门，便注意并感觉到家中爱情的气氛之浓厚，但此外，他还注意到几个人之间所有的异常的窘态。特别兴奋的是索尼亚、道洛号夫、老伯爵夫人,娜塔莎也有一点。尼考拉明白在吃饭之前索尼亚与道洛号夫之间一定要发生什么事情,他带着特有的心智之机敏,在吃饭的时候,很热心地、细心地注意他们俩。在这个节期的第三天晚上,约盖勒(跳舞教师)家仍然有跳舞会,这是他在节期中为所有的男女学徒们举行的。

"尼考林卡,你到约盖勒家去吗?请你也去,"娜塔莎向他说,"他特地请你去,发西利·德米特锐支(这是皆尼索夫)也去。"

"奉伯爵小姐的命令我什么地方也不去!"皆尼索夫说,他在罗斯托夫家戏谑地自居娜塔莎的骑士,"我准备跳披肩舞。"

"假使有空我答应了阿尔哈罗夫,他们有夜会。"尼考拉说。

"你呢……"他向道洛号夫说。刚刚问了这话,他注意到这是不该问的。

"是的,也许……"道洛号夫冷淡地、愤怒地回答,看了看索尼亚,并且皱眉,又用他在俱乐部宴会上看彼挨尔的同样目光看尼考拉。

"有了什么事情。"尼考拉想,道洛号夫在饭后立刻便走了,于是他更相信这个推测。他叫来娜塔莎,问是怎么回事。

"我找了你,"娜塔莎说,跑到他面前,"我说过,你仍然不愿相信我。"她胜利地说:"他向索尼亚求婚。"

无论尼考拉近来如何不注意到索尼亚,但当他听到这话时,好像他身上掉下了什么东西。道洛号夫对于无嫁产的孤儿索尼亚是适当的,并且在好几方面是良好的配偶。从老伯爵夫人和社会的观点看来,是不能够拒绝他的。所以当他听到这话时,尼考拉的第一个感觉是对于索尼亚的愤怒。他准备要说:"好极了,当然应该忘记了小孩子的许诺,接受这个提议。"但他还来不及说出这话,娜塔莎便说:

"你可以想想看!她拒绝了,完全拒绝了!"稍停后,她添说,"她说,她爱另一个人。"

"是的,我的索尼亚不能有别样的行为!"尼考拉想。

"妈妈求了她许多次,她都拒绝了。我知道,她不会变的,假使她说了什么……"

"妈妈求她!"尼考拉谴责地说。

"是的,"娜塔莎说,"你知道,尼考林卡,不要生气,但我知道,你不会娶她的。我知道,上帝知道为什么,我确实知道你不会娶她。"

"呵,你绝不会知道这个,"尼考拉说,"但我必须同她说,多么美丽啊,这个索尼亚!"他笑着添说。

"她是多么美丽啊!我把她送来给你。"娜塔莎吻了哥哥,跑开。

一分钟后索尼亚进来了,惊惶、无神、有罪般的。尼考拉走近她,吻她的手。这是他们在回家后第一次面对面说到他们的爱情。

"索斐,"他开头畏怯地说,然后渐渐勇敢起来,"假使你愿拒绝一个不仅是显赫的、有益的配偶,并且他是优美的、高贵的人……他是我的朋友……"

索尼亚打断他的话。

"我已经拒绝了。"她赶快地说。

"假使你是为了我而拒绝他,我恐怕我……"

索尼亚又打断他。她用请求的、惊异的目光看他。

"尼考拉，不要向我说这话。"她说。

"不，我一定要说。也许在我这方面这是自信，但仍然最好还是说。假使你为我而拒绝，我应该向你说全部的真情。我爱你，我相信，胜于一切……"

"我觉得够了。"索尼亚赧赤地说。

"不，我爱过一千次，还要爱，不过我不曾对于任何人有过对你这样的友谊、信任与爱情的感觉。那时我年轻，妈妈不愿这事。事实上，我没有答应什么。我请你考虑道洛号夫的提议。"他说，困难地说出朋友名字。

"不要向我说这个，我不希望这样。我爱你，像哥哥，永远要爱你，我不再需要别的。"

"你是天使，我值不上你，但我只怕令你失望。"尼考拉又吻了一次她的手。

十二

　　约盖勒的跳舞会是莫斯科最愉快的。母亲们看着她们的子女们踏着新学会的舞步,这么说,跳得要跌跤的青年男女们自己这么说,带着屈驾的思想而来此的成年女子与年轻人这么说,并且感到最大的愉快。这年在这些跳舞会中造就了两对姻缘——两个美丽的高尔洽考夫郡主找到了求婚者,并且结了婚,使得这些跳舞会更有声名。这些跳舞会中的特色是没有主人与主妇,而有按照舞术原则向后踏足的、飞舞如羽毛的、善良的约盖勒,他向所有的来宾售课程票。还有一点是,只有那些希望跳舞与娱乐的人们才赴这些跳舞会,例如第一次穿长衣的十三四岁的女孩们。除了很少的例外,大家都是或者似乎是很美丽的,他们那样狂喜地笑着,他们的眼睛是那样地发光。有时最好的学生甚至跳"披肩舞",其中最好的是娜塔莎,她以优美著名。但在这最后一次的跳舞会中,他们只跳苏格兰舞、英格兰舞以及刚风行的美最佳舞(一种波兰舞——译)。约盖勒用了别素号夫家的大厅,据大家说,这次跳舞很成功。有很多美丽的姑娘,罗斯托夫家的姑娘们是当中最美丽的,她们俩是特别快乐而活泼。这天晚上,索尼亚因为道洛号夫的求婚、自己的拒绝和对尼考拉的表白而得意,在屋里打旋,不让女仆梳她的头发,现在她透彻地表现出强烈的喜悦。

娜塔莎因为在真正的跳舞会中第一次穿长衣而同样地得意,是更加快乐。她们俩都穿白色,有粉红缎带的纱布衣。

娜塔莎一进舞场时,便置身在恋爱中。她不是爱某一特殊的人,而是爱所有的人。在她看人的时候,她看见了谁,便爱上了谁。

"啊,多么好!"她不断地跑到索尼亚面前说。

尼考拉和皆尼索夫在大厅里走动,亲善地、谦和地看跳舞的人。

"她多么可爱,一定是美人。"皆尼索夫说。

"谁?"

"娜塔莎伯爵小姐。"皆尼索夫回答。

"她跳得多好,多么优美!"沉默了一会儿,他又说。

"你说谁呢?"

"说你的妹妹。"皆尼索夫愤怒地说。

罗斯托夫发笑。

"我亲爱的伯爵,你是我最好学生当中的一个,你应该跳舞。"矮小的约盖勒走到尼考拉面前说。"你看有多少美腿的小姐们。"他用同样的请求向皆尼索夫说,他也曾做过他的学生。

"不，我亲爱的，我在墙边观看吧。"皆尼索夫说，"你不记得你的功课我学得多么坏吗？……"

"呵，不是！"约盖勒说，赶快地安慰他，"你只是不注意，但你有才能，是的，你有才能。"

音乐队奏了新流行的美最佳舞曲。尼考拉不能拒绝约盖勒，邀请了索尼亚。皆尼索夫坐到老太婆们面前，把胳肘支在刀柄上，用脚踏着拍子，看着跳舞的青年们，愉快地说了什么，引得老太婆们发笑。约盖勒最先和他最得意、最好的学生娜塔莎跳舞。轻轻地、温柔地踏着穿低口鞋的脚，约盖勒最先同羞涩的、努力踏步子的娜塔莎飞过了大厅。皆尼索夫眼不离开她，并且用力打拍子，带了那样的神情，这神情明白地说，他不跳舞，只是因为不想跳舞，而不是因为不能。在舞节的当中，他把走过身旁的罗斯托夫唤到面前。

"这完全不对，"他说，"这就是波兰的美最佳舞吗？但她跳得好极了。"

知道皆尼索夫甚至在波兰也以善跳波兰的美最佳舞而著名，尼考拉跑近娜塔莎。

"去选皆尼索夫。他现在跳！非常好！"他说。

在又轮到娜塔莎的时候，她站起，迅速地踏着她的镶缎边的低口鞋，畏怯地独自从大厅里跑到皆尼索夫所坐的角落里。她看见大家都望着她，期待着。尼考拉看见皆尼索夫和娜塔莎带笑地争执什么，皆尼索夫拒绝了，但高兴地笑着。他跑去。

"请，发西利·德米特锐支，"娜塔莎说，"请去吧。"

"呵，放我吧，伯爵小姐。"皆尼索夫说。

"唉,够了,发夏。"尼考拉说。

"他们叫我小猫儿发西卡。"皆尼索夫诙谐地说。

"我唱一整晚的歌给你听。"娜塔莎说。

"妖儿,什么事都向我做!"皆尼索夫说,解了军刀。他从椅子后边走出,紧握着女舞伴的手,抬起头,落后一只腿,等着拍子。只有在马上、在跳美最佳舞时才看不见皆尼索夫的矮身材,他显得那样英勇,正如他替自己所设想的那样。等到了拍子,他胜利地、诙谐地斜视他的女舞伴,突然踏动一只脚,好像球一样,弹性地从地上跳起,并且带了他的女舞伴,打旋地飞舞着。他无声地用一只脚飞过客厅的一半,好像没有看见站在面前的许多椅子,向椅子直冲。但忽然,碰响马刺,撑开双腿,停在脚跟上,这样地站了一秒钟,带了马刺的铿锵声,双脚落在一处,迅速旋转,于是用左脚碰着右脚,又打旋地飞舞。娜塔莎猜中他有意要做的,并且自己不知道如何,跟随他舞步——服从着他。他有时使她打旋,忽而在右手上,忽而在左手上;有时他脆下一膝,使她在自己四周打旋,于是又奔驰,带着那样猛力向前冲,好像他有意要不换气地跑穿全厅;有时又忽然停止,又做新的意外的舞步。当他敏捷地使他的女伴在她位子前打了旋,碰响马刺,在她面前鞠躬时,娜塔莎甚至不曾向他行礼。她迷惑地笑着看他,好像不认识他。

"这是怎么回事?"她问。

虽然约盖勒不承认这是真正的美最佳舞,但所有的人都称赞皆尼索夫的才艺,大家不断地选他,于是老人们开始笑着说到波兰,说到过去的好时代。皆尼索夫因跳舞而脸红,用手巾拭着脸,坐在娜塔莎旁边,在其余跳舞时间一直没有离开她。

十三

跳舞后罗斯托夫两天没有在自己家看见道洛号夫,也未在他家找到他。第三天他接到他的通知。

"因为我由于你知道的原因不愿再到你府上去,并将归营,所以今天晚上我请朋友们举行告别宴——请赴英国旅馆。"在指定的日子,罗斯托夫在十点钟离开他和他家里人及皆尼索夫所在的戏院,赴英国旅馆。他立刻被引至道洛号夫今天所定的旅馆中最好的房间。

有二十来人聚集在桌旁,道洛号夫坐在桌前的两支蜡烛之间。桌上有金币、钞票,道洛号夫做庄。在求婚及被索尼亚拒绝之后,尼考拉便没有看见他,想到他们将如何见面,他觉得不安。

道洛号夫明亮冷静的目光在门口遇见罗斯托夫,好像他等了他很久。

"我们好久不见了,"他说,"谢谢你光临。我马上就要发完,依牛施卡和歌舞圈要来的。"

"我去找过你。"罗斯托夫红着脸说。

道洛号夫未回答。

"你可以下。"他说。

罗斯托夫这时想起他一次和道洛号夫所谈的奇怪的话。"只有呆子赌运气。"道洛号夫那时说。

"你或者是怕同我赌吗?"道洛号夫现在说,好像是猜中了罗斯托夫的思想,并且笑了一下。在这个笑容的后边,罗斯托夫看见了他在俱乐部宴会上及在别的时候所有的那种心情,在那些时候,好像道洛号夫厌倦了逐日的生活,觉得必须用一种奇怪的,大部分是残忍的行为来避免它。

罗斯托夫觉得不自在。他在头脑里搜寻,却没有找出笑话来回答道洛号夫的话。但在他来得及做这个之前,道洛号夫对直地看罗斯托夫的脸,迟缓地、从容地,大家可以听到他向他说:

"你记得,我同你说过赌钱的事……呆子才想凭运气赌钱,要赌可靠的东西,我要试试看。"

"试运气呢,还是赌可靠的东西?"罗斯托夫想。

"是的,你最好不赌,"他添说,拍击一副打开的纸牌,"下注,诸位!"

把钱移到前面,道洛号夫准备发牌。罗斯托夫坐在他旁边,起初未赌。道洛号夫看了看他。

"你为什么不赌呢?"道洛号夫说。很奇怪,尼考拉觉得必须拿牌,下了一小注,开始赌牌。

"我没有带钱来。"罗斯托夫说。

"我相信你!"

罗斯托夫放了五卢布在牌上输了,又下又输。道洛号夫"杀了",即连赢了罗斯托夫十副。

"诸位,"发了一会儿牌,他说,"请把钱放在牌上,不然我会算错的。"

有一个赌的人说,他希望他能够相信他。

"能够相信,但我恐怕弄错,请把钱放在牌上。"道洛号夫回答。"你不要踌躇,我们来算。"他向罗斯托夫添说。

赌博继续,侍役不停地洒香槟酒。

罗斯托夫所有的牌都输了,他输了八百卢布的账。他在一张牌上写了八百卢布,但当侍役给他香槟酒时,他变了意思,又写了通常的数目,二十卢布。

"放手,"道洛号夫说,不过他似乎没有看罗斯托夫,"快要赢回去了。输给了别人,但赢了你。或者是你怕我吗?"他又说。

罗斯托夫服从了,留下写了八百的注子,把他从桌上拿起的破角的红心七放下。他后来记得很清楚,他放下红心七,在上面用破粉笔写了粗圆的数字八〇〇,饮了给他的一杯暖香槟,对于道洛号夫的话笑着,带着焦虑的心情等候看红心七,看着道洛号夫拿一副牌的手。这张红心七的输赢,对于罗斯托夫是很多的钱。在上周的星期日,依利亚·安德来维支伯爵给他儿子两千卢布,他从来不愿向他说到金钱的困难,却向他说,这是在五月前最后的钱了,因此他求儿子这一次较为节省一点。尼考拉说,他觉得这钱太多了,说他要立誓在春季里(欧西以五月下旬为夏季开始——译)不再要钱。现在这笔钱只余一千二百卢布了。所以,红心七不仅有关于一千六百卢布的输出,而且有关于诺言的失信。他带着焦虑的心情看道洛号夫的手,并且想:"唉,赶快吧,把这张牌发给我,我要拿帽子,坐车回家同皆尼索夫、娜塔莎与索尼亚吃晚饭,我确信我手里绝不再拿牌了。"这时候,他的家庭生活和彼洽的笑话,和索尼亚的谈话,和娜塔莎的合唱,和父亲玩兵牌,甚至厨子街的安适的卧室,都那样生动地、明确地、美丽地在他心中出现了,好像这一切是早已过去的、遗失的、未欣赏的幸福。他不能设想,一种恶劣的机会将把七放在右边不放在左边,它将夺去他全部新了解、新发现的幸福,并把他放入未经验过的、不确定的不幸之深渊。这是不可能的,但他仍然焦虑地等道洛号夫手的动作。这双宽骨的、红润的,在袖子下露见毫毛的手把这副牌放下,接了送来的杯子和烟斗。

"那么你不怕和我赌吗?"道洛号夫又说,好像是为了要说一个愉快的故事。他放下牌,靠到椅背上,开始带着笑容迟缓地说话。

"是的,诸位,有人向我说,在莫斯科散布了一种谣言,说我是骗子,因此我劝你们对我要当心。"

"唉,发牌吧!"罗斯托夫说。

"呵,莫斯科的流言!"道洛号夫说,笑着拿起牌。

"啊啊啊啊!"罗斯托夫差一点没有叫起来,把双手举到头发上。他所需要的七已经是在顶上层,是这副牌里的第一张。他所输的超过他能付的。

"但你不要自掘坟墓。"道洛号夫说,瞥了罗斯托夫一眼,继续发牌。

十四

　　经过了一点半钟头，大部分赌钱的都已经对于他们自己的赌博持玩笑的态度了。

　　全部的赌博集中于罗斯托夫一人。代替一千六百卢布的，是为他写了一长列数字，他计算有一万，但现在他模糊地假定已到一万五千。但事实上，这笔账已超过两万。道洛号夫没有听也没有说故事，他注观罗斯托夫每一次手的动作，偶尔地向他的账上扫一眼。他决定继续赌博直到这笔账达到四万三千。他选了这个数目，因为四十三是他的年龄与索尼亚年龄的总和。罗斯托夫把头托在双手里，坐在写了数字的、滴了酒的、堆着牌的桌子前。一个苦恼印象没有离开他：这双宽骨的、红润的、在袖子下露见毫毛的手，这双他所爱的、所恨的手,把他抓在掌握中。

"六百卢布,幺,角,九。赢回来是不可能的……在家里是多么愉快啊……兵牌加倍或清账……这不可能……他为什么对我这样做呢?……"罗斯托夫想。有时他下了很大的注子,但道洛号夫拒绝和他赌这个数目,自己定了一个数目。尼考拉依从了他,有时祷告上帝,如同他在战场上在阿姆世太顿桥上那样的祷告;有时他假定那张牌,在桌下一堆弯曲的牌中落到他手里的第一张牌,会拯救他;有时他算计衣服上线条的数目,打算把全部所输的放在点数相同的一张牌上;有时看着别的赌钱的人求助;有时看着道洛号夫现在冷淡的脸,企图看透他心里在发生什么。

"其实知道这笔损失对我是什么意思。他不能够希望我失败吗?要知道他是我的朋友,要知道我爱他……但他没有过错。在他走运的时候,他要做什么呢?我是无错的。"他向自己说,"我来做任何坏事。难道我杀了谁,损伤了谁,有过恶念吗?为什么有这样可怕的不幸呢?这是何时开始的?不久之前我来到桌前,心想赢一百个卢布,为妈妈在命名日买那样一瓶酒,就回家。我是那样快乐,那样自由,那样愉快!我那时不知道我是多么快乐!那是何时完结的,这个新的可怕的情形是何时开始的?这个改变是如何表现的?我仍旧坐在这个地方,坐在这个桌子上,同样地拿起牌放下牌,看这双宽骨的、伶俐的手。这是何时完成的,完成了什么?我健康、强壮,仍然如旧,仍然在同样的地方。不,这是不可能的,实在,这一切是不得完结的。"

他脸红,全身发汗,虽然房里并不热,他的脸色可怕又可怜,特别是因为他要显得镇定而不能够。

计数达到了四万三千的命定数目。罗斯托夫准备了一张牌,这张牌将加倍或抵消那刚刚记账的三千卢布,这时道洛号夫丢下了这副牌,把牌推开,拿起粉笔,折碎,开始用清晰有劲的笔法写下罗斯托夫欠账的总数。

"吃饭了,是吃饭的时候了!这里有吉卜赛人!"

果然,一群黑色的吉卜赛男女从冷的外面走进来,用吉卜赛人的语音说了什么。尼考拉明白一切都完结了,但他用冷淡的声音说:

"怎么,不来了吗?我准备了这样漂亮的小牌。"好像最使他发生兴趣的是赌博本身的愉快。

"一切都完结了,我失败了!"他想,"现在,子弹进脑袋……只有这一条路了。"同时他用愉快的声音说:

"呶,再来一牌。"

"好。"道洛号夫回答,算完了总账。"好!来二十一个卢布。"他说,指着四万三千旁边的数字二十一,拿起了牌,准备发。罗斯托夫顺从地按下牌角,用心地写了二十一,以代他准备要写的六千。

"这对我都是一样,"他说,"我唯一的兴趣是更要知道你赢那个还是给我那个十。"

道洛号夫开始严肃地发牌。呵,罗斯托夫现在多么恨这双手,短指的,红润的,在袖子下露见毫毛,把他控在掌握中的这双手……十发出了。

"你的账是四万三千,伯爵。"道洛号夫说,伸着腰从桌上站起。"坐得这么久,疲倦了。"他说。

"是的,我也倦了。"罗斯托夫说。

道洛号夫好像是提醒他,不宜说笑话,打断他说:

"我什么时候收钱呢,伯爵?"

罗斯托夫脸红着,把道洛号夫叫进另一间房。

"我不能马上全部给你,你要拿期票。"他说。

"听着,罗斯托夫,"道洛号夫说,活泼地笑着,看着尼考拉的眼睛,"你知道这句话:'在爱情中幸运,在赌博中不幸。'你的表妹爱你,我知道。"

"呵!觉得自己这样地在这个人的掌握中,是可怕的。"罗斯托夫想。罗斯托夫明白这个失败的消息对于父母是多大的打击,他明白避免了这一切是多么幸福,并且明白道洛号夫知道使他避免这耻辱与苦恼是可能的,而现在却想和他玩猫捉鼠。

"你的表妹……"道洛号夫想说,但尼考拉打断他。

"我的表妹同这件事毫无关系,用不着说到她!"他愤怒地大声说。

"那么什么时候收钱呢?"道洛号夫问。

"明天。"罗斯托夫说过,走出房。

十五

说"明天"并维持适宜的语调是不难的,但独自回家,看见妹妹、弟弟、母亲、父亲,懊悔,并要求他在立誓之后无权要求的钱——是可怕的。

他们在家里还未睡。罗斯托夫家的幼辈从戏院里回来,吃了夜饭,坐在钢琴前。尼考拉一进大厅,便笼罩在爱情的、诗意的气氛中,这气氛在这年冬天充满了他们的家,并且现在这气氛在道洛号夫的求婚与约盖勒的跳舞之后,似乎在索尼亚与娜塔莎的头上更加浓厚,好像暴风雨前的空气。索尼亚与娜塔莎穿着蓝色的、在戏院中所穿的衣服,美丽,并且意识到自己美丽、快乐,笑着站在钢琴边。韦娅与沈升在客厅下棋。老伯爵夫人等着儿子与丈夫和住在她家的老贵族妇人玩"摆心思"牌。皆尼索夫带着明亮眼睛和蓬乱头发,一只腿向后曲着,坐在钢琴旁边,用他的短手指按钢琴,奏着和音,转动眼睛,用他的低小、粗沙但正调的声音唱他自己所作的诗《仙女》,他试行为这诗配乐谱。

仙女,你说,是什么劲,
引我重理抛弃的弦音,
在心中燃起来什么样的热情,
手指下流出什么样的喜欣!

他用热情的声音唱,他的玛瑙般的黑眼睛射着惊惶快乐的娜塔莎。

"好极了!好极了!"娜塔莎大声叫。"再唱两句。"她说,没有注意到尼考拉。

"他们一切如旧。"尼考拉想,看着客厅,看见韦娅和母亲及老妇。

"啊!尼考林卡在这里!"娜塔莎跑到他面前。

"爸爸在家吗?"他问。

"我多么高兴啊,你来了!"娜塔莎说,未作回答,"我们是这样的快活。发西利·德米特锐夫为我还留一天,你知道吗?"

"没有,爸爸还没有回来。"索尼亚说。

"考考,你来了,到我这里来,亲爱的!"伯爵夫人在客厅里的声音说。尼考拉走到母亲面前,吻了她的手,无言坐在她桌边,开始看她的摆牌的手。大厅里仍旧传来笑声和向娜塔莎说话的愉快声音。

"啖,好,好,"皆尼索夫大声说,"现在用不着推辞,轮到你唱 Barcarolla 了。"[1]

伯爵夫人盼顾沉默的儿子。

"你有什么事?"母亲问尼考拉。

"啊?没有什么,"他说,好像他已经厌烦了这种同样的问题,"爸爸快回来了吗?"

"我想快了。"

"他们的一切如旧。他们什么都不知道!我到何处去呢?"尼考拉想,又走进有钢琴的大厅。

索尼亚坐在钢琴前奏皆尼索夫特别爱好的《棹歌》序奏,娜塔莎准备唱歌,皆尼索夫用热情的眼睛看她,尼考拉开始在房间里来回走。

"现在有兴致使她唱歌!她能唱什么?这里没有东西是愉快的。"尼考拉想。

索尼亚弹了序奏的第一个和音。

"我的上帝,我是一个败家的、不名誉的人。子弹进脑袋,这是唯一的途径,不是唱歌,"他想,"走吗?但到哪里去呢?都是一样,让他们唱吧。"

继续在房里徘徊着,尼考拉悲悒地看皆尼索夫和女孩子们,避免着他们的目光。

---

[1] 意大利的船夫曲,可译《棹歌》。——译者

"尼考林卡，你有什么事情？"索尼亚的目光注视着他问，她立刻看出他发生了什么事情。

尼考拉避开了她。娜塔莎用自己的敏感也立刻注意到哥哥的心情。她注意到他，但她自己此时是那么愉快，离苦恼、忧愁、谴责是那么遥远，她有意欺骗自己（这是年轻人常有的事）。"不行，我现在太愉快，我不能因为同情别人的苦恼而损害自己的愉快，"她感觉，并向自己说，"不是，我相信我弄错了，他应该是同我一样快活。"

"呶，索尼亚。"她说，走到大厅的当中，韦娅认为这里的反声最好。抬着头，垂下无生气的手，好像跳舞的人们一样，娜塔莎用有力的动作把脚跟贴着脚趾向前行，走到房间的当中停住。

"我就在这里！"她似乎这么说，回答皆尼索夫跟随她的热情目光。

"她高兴什么！"尼考拉想，看着妹妹，"她怎么不觉得乏味，不觉得羞耻！"塔娜莎唱出第一个音，她的喉音扩大，胸脯鼓起，眼睛显出严肃的表情。她在这时不想到任何人，不想到任何事，从带笑的嘴里唱出声音，这些声音可以由任何人在同样的时间里与同样的间隔中唱出，但这些声音使你冷淡过一千次，而在第一千零一次使你兴奋而流泪。

娜塔莎在这年冬天第一次开始严肃地唱歌，特别是因为皆尼索夫极喜欢她的歌唱。她现在唱得不像小孩，在她的歌唱里已经没有了她从前所有的那种可笑的小孩的努力。但照听过她唱的内行批评家说，她唱得还不很好。"未经训练，但是极好的声音，应当训练。"大家都这么说，但他们通常在她的声音停了很久之后才说这话。正当这个未经训练的声音带着不规律的呼吸和紧张的过门在唱时，甚至内行批评家也不说什么，只欣赏这个未经训练的声音，只希望再听这个声音。在她的声音里有那种处女的纯洁、那种对于自己才能的无知和那种尚未锻炼的温柔，它们那样地和唱歌艺术的缺乏合在一起，似乎在这个声音里不能够改变任何东西而不损害它。

"这是怎么回事"？尼考拉想，听到了她的声音，并大睁着眼睛。"她发生了什么？她今天怎样在唱！"他想。忽然他觉得全世界集中在下一乐音与下一乐节的期待里，世界上的一切分成了三个拍子。"Oh, mio crudele affetto……一，二，三……一，二，三……一，二，三……一……Oh, mio crudele affetts（我的残忍的爱情——译）……一，二，三……一。哎，我们无意义的生活！"尼考拉想。"这一切，不幸、金钱、道洛号夫、愤怒、名誉——这一切都没有意义——但这都是真实……呶，娜塔莎！呶，亲爱的！呶，我的姑娘……她要怎样唱 si（7）呵？唱了！谢谢上帝！"他不知自己为了加强这个 si 而在唱，唱了高音的第三度音程的配音。"我的上帝！多么好！我能够唱这个乐音吗？多么快乐啊！"他想。

呵！这个第三度音程如何颤动了，罗斯托夫心中一种更好的东西如何感动了。而这种东西无关于世界上的一切，高过世界上的一切！什么输钱、道洛号夫和诺言……一切是废物！人可以行凶、偷窃，而仍然快乐……

十六

罗斯托夫已经好久不曾像今天感觉到这样的音乐的欢欣。但娜塔莎刚刚唱完了棹歌,他又想起了现实,他什么也未说,走出去,下楼回到自己的房间。过了一刻钟,愉快满意的老伯爵从俱乐部回来了,尼考拉听到他到家,便去见他。

"好,快活吗?"依利亚·安德来维支说,高兴地、骄傲地向着儿子笑。尼考拉想说"是",但不能够,他几乎要哭。伯爵点着了烟斗,没有注意到儿子的心情。

"哎,不可避免!"尼考拉第一次又末一次这么想。忽然好像他是要求坐马车进城,他忽然用不经意的语调向父亲说话,这语调他自己也觉得可憎。

"爸爸,我来找你有事情。我几乎忘记了,我需要钱。"

"真的吗,"父亲说,他处在特别愉快的心情中,"我向你说过,筹不到了很多吗?"

"很多,"尼考拉说,脸发红,带着愚蠢的、无心的笑容,对于这笑容他后来很久不能自恕,"我输了一点钱,就是说,很多,是非常多,四万三千。"

"什么?输给谁的……说笑话!"伯爵大声说,忽然中风般的红了颈子和后项,如同老人们这样红的。

"我答应了明天给。"尼考拉说。

"呶……"老伯爵说,举着双手,无力地坐到沙发上。

"怎么办呢!谁不发生这种事情呢!"儿子用大方的、勇敢的语气说,同时他在心里认为自己是可鄙的恶徒,不能够用全部生命来赎自己的愆过。他想吻父亲的手,跪下求他宽恕,但他用无心的,甚至粗暴的语气说任何人都发生这种事。

依利亚·安德来维支伯爵垂下眼睛,听到儿子这些话,忙乱起来,寻找什么。

"是的,是的,"他说,"困难,我怕,难以筹到……谁不曾发生过!是的,谁不曾发生过……"伯爵向儿子脸上瞥了一眼,从房里走出……尼考拉准备遭拒绝,但未期望到这样。

"爸爸!爸……爸!"他跟在他身后叫,哭着,"饶恕我!"他抓住父亲的手,把嘴唇贴上去,并且流泪。

*　　*　　*

在父亲和儿子说话时,母亲和女儿也有了同样重要的谈话。娜塔莎跑到了母亲面前。

"妈妈……妈妈……他向我……"

"向你什么?"

"向我,向我求婚。妈妈!妈妈!"她叫着。

伯爵夫人不相信自己的耳朵。皆尼索夫求婚?向谁?向这个小女娃娜塔莎,她不久之前还玩木偶,现在还在读书。

"娜塔莎,够了,呆话!"她说,还希望这是笑话。

"是的,呆话!我向你说实情,"娜塔莎愤怒地说,"我来问你怎么办,你向我说'呆话'……"

伯爵夫人耸肩。

"假使是真的,皆尼索夫先生向你求婚,那么你向他说,他是呆子,这就完了。"

"不是,他不是呆子。"娜塔莎愤慨地、严肃地说。

"那么你想怎样呢?你现在总是在恋爱里。好,你爱他,那么你就嫁他,"伯爵夫人说,愤怒地发笑,"上帝保佑你!"

"不是,妈妈,我不爱他,应当是,不爱他。"

"好,就这样向他说。"

"妈妈,你发火了吗?你不要发火,亲爱的,我有什么地方错了吗?"

"不是,但是,我亲爱的,你要愿意,我去同他说。"伯爵夫人笑着说。

"不,我自己去,你教我。一切对你都容易,"她添说,回答她的笑容,"假使你看见他怎样向我说这话!其实我知道,他不想说这话,他偶然说的。"

"但仍然必须拒绝。"

"不,无须。我那么可怜他!他是那样可爱。"

"咦,那么,接受他的求婚,是你结婚的时候了。"母亲愤怒地、玩笑地说。

"不,妈妈,我那么可怜他。我不知道,我要怎么说。"

"好,不用你去说,我自己去说。"伯爵夫人说,因为别人敢把这个幼小的娜塔莎当作大人而发火。

"不,没有关系,我自己去,你在门口听。"于是娜塔莎从客室里跑进大厅,这里皆尼索夫仍旧坐在钢琴前的椅子上,用手蒙了脸。他听到她的轻柔的足音而跳起。

"娜塔莎,"他说,快步地走到她面前,"决定我的命运吧,它在你的手里。"

"发西利·德米特锐支,我那样同情你!……不,但你是这样优美……但无须……这……但我要永远这样爱你。"

皆尼索夫俯首向她的手,但她听到奇怪的,她不明白的声音。她吻了他的黑色、蓬乱卷发的头。这时候听到了伯爵夫人衣服迅速的窸窣声。她走近他们。

"发西利·德米特锐支,我谢谢你给我们的光宠,"伯爵夫人用慌乱的声音说,但皆尼索夫觉得严厉,"但我的女儿太年幼,我觉得你是我儿子的朋友，要先向我说。在那种情形下，你不至于使我一定拒绝你。"

"伯爵夫人！"皆尼索夫带着下垂的眼睛和犯罪的面色说，还想说什么，却口吃。

娜塔莎不能够安静地看着他那么可怜，她开始出声地哭泣。

"伯爵夫人，我对不起你们，"皆尼索夫继续用断续的声音说，"但你知道，我那样崇拜你的女儿和你全家，我要舍两次性命……"他看伯爵夫人，看见了她的严厉的脸……"好，再见，伯爵夫人。"他说，吻了她的手，没有盼顾娜塔莎，用迅速的、坚决的步子走出房。

*　　*　　*

次日罗斯托夫送别了皆尼索夫，他不想在莫斯科再留一天。他所有的莫斯科朋友在吉卜赛杂耍场欢送他，他记不得他们怎样把他放上雪车，怎样走过了前三站。

在皆尼索夫走过后，罗斯托夫等候着老伯爵不能一时筹集的钱，在莫斯科又住了两星期，不出家门，大部分时间是在小姐们的房里。

索尼亚对他比从前更温柔、更诚意。她似乎向他说，他输钱是功绩，她现在因为这个更加爱他，但尼考拉现在认为自己值不上她。

他在女孩们的纸本上抄诗句与乐谱，直到最后寄完了全部的四万三千卢布，收到了道洛号夫的收条，没有辞别任何朋友，在十一月稍起程去赶已在波兰的部队。

第二部

一

　　在他和夫人说明后,彼挨尔乘车去彼得堡。在托尔饶克站上没有马,或者是站守不愿放出来,彼挨尔必须等候。他未脱衣,躺在圆桌前的皮沙发上,把穿着暖鞋的大脚搭在圆桌上,沉思。

　　"箱子要卸下来吗?预备床吗?要茶吗?"随从问。

　　彼挨尔未回答,因为他什么未听见,什么未看见。他在上一站就沉思了,并且继续想着同一的问题——那样重要的问题,他对于身边所发生的事未加任何注意。他不仅不注意他到彼得堡的早迟,或这个站上有没有休息的地方,而且较诸他现在所萦思的思想,这都是无关重要的,他将在这个站上留数小时,或者留一生。

　　站守及其妻、他的随从、一个卖托尔饶克花边的农妇,都走进房来效劳。彼挨尔没有变更跷起的脚的位置,从眼镜上边看他们,不明白他们需要什么,以及他们如何能够生活而不解决现在他所萦思的那些问题。自从那天,在他于决斗后从索考尔尼兹森林回家,并经过了第一个苦恼的无眠之夜以后,这些同样的问题便盘踞了他,只是现在,在旅途的孤独中,它们特别强力地占据了他。无论他开始想到什么,他总是回到同样的问题,这些问题他不能解决,并且不能停止去想。好像他脑筋中维持他全部生命的主要螺旋钉松弛了。这个螺旋钉不再向前紧,也不向后松,却转动,钉不住任何东西,总是在同一的螺旋线上,不能够停止它转动。

站守走进来,开始谦卑地请大人再等两个钟头,在两个钟头之后,他将(无论情形如何)为大人预备驿马。站守显然是说谎,只想从旅客那里获得额外的酒资。"这是好是坏呢?"彼挨尔问自己。"对于我是好,对于别的旅客是不好,对于他自己是不可避免的,因为他没有吃的。他说有一个军官因此打他,因为他必须赶路。我射击道洛号夫,因为我觉得自己受了侮辱。他们处死路易十六,因为他们认为他是罪人。一年后,别人又处死那些杀他的人,也是为了某种缘故。什么是坏?什么是好?应该爱什么,恨什么?为什么生活,我是什么?什么是生,什么是死?什么力量控制这一切?"他问自己。对于这些问题当中的任何问题并无回答,除了一个不逻辑的回答,它完全不是对于这些问题的。这个回答是:"你死吧!一切都完结了。你将死,你将知道一切,或者停止发问。"但死也是可怕的。

托尔饶克的女贩用尖锐的叫声喊售她的物品,特别是羊皮鞋。"我有成百的卢布,无处可用,她却穿着破皮袄站在这里畏怯地看我，"彼埃尔想，"她为什么需要这钱？这些果然能够增加她丝毫的幸福和心地的安宁吗？世界上有什么东西能够使她和我更不受罪恶与死亡的支配吗？死亡，它结束一切，它定今天或者明天就要来到——比之永恒不过一瞬。"于是他又调整那不能钉牢任何东西的螺旋钉，这螺旋钉仍然在同一的地方转动。

他的仆人给了他一册裁了一半的书，苏萨[1]夫人的书信体小说。他开始读到某一阿美丽·德·晏斯腓尔特的痛苦和纯良的奋斗。"当她爱他的时候，"他想，"她为什么要奋斗反对她的引诱者呢？上帝不能在她心中安置违反上帝意志的动机。我从前的妻子不奋斗，也许她是对的。什么也没有找到。"彼埃尔又向自己说："什么也未发现。我们只能够知道这个，就是，我们什么都不知道。这是人类智慧的最高阶段。"

他觉得他自己心中的一切和四周的一切是混乱的、无意义的、可憎的。但在这种对于四周一切的憎恶中，彼埃尔找到一种恼人的欣喜。

"冒昧请大人挤一点，给这位先生。"站守说，他在身后领进屋来另一个也因为马匹缺乏而停顿的旅客。这个旅客是一个矮胖、宽肩、黄色、有皱纹的老人，在明亮的、不确定的、灰色的眼睛之上是高悬的灰眉。

彼埃尔把腿从桌上拿下，站起身，躺到为他预备的床上，偶尔看

---

[1] Souza 夫人（一七六一——一八三六）的小说《阿美丽与阿尔房斯》（*Emileet Alphonsa*）系于一七九九年写成。——毛

一下进房的人。这人带着愠然疲倦的神情,不看彼挨尔,困难地由仆人帮忙脱衣服。身上剩了一件破旧的、南京布面的羊皮袄,瘦而见骨的脚上穿着毡靴。这个旅客坐在沙发上,把他的太阳穴处很大很宽的、头发剪短的头靠在椅背上,看了看别素号夫。这个目光的严肃、智慧的表情,惊动了彼挨尔,他想和这个旅客说话。但当他准备向他说到道路问题时,旅客已经闭了眼睛,交叉了有皱的老年的手,有一只的手指上戴了一个大铁指环,上面有一个亚当头部的像,他不动地坐着,或者是在休息,或者如彼挨尔觉得的,是在缜密地、安宁地思索什么。旅客的仆人是一个有皱纹的、黄色的老人,没有胡子和长须,这显然不是因为剃刮了,而是从来没有生长过。灵活的老仆人打开了箱子,布置了茶桌,搬来一个沸腾的茶炊。当一切都准备完好时,这旅客睁开眼睛,靠近桌子,替自己倒了一杯茶,又替没有胡子的老人倒了一杯。彼挨尔开始觉得不安,觉得必须甚至不可免地同这个旅客攀谈。

他的仆人拿回一只空的、底向上的杯子[1]和一块未吃完的糖,并问他还需要什么。

"不要什么,把书给我。"旅客说。仆人把书给了他,彼挨尔觉得这是一本宗教书,旅客注神地阅读。彼挨尔看他。旅客忽然合了书,夹了记号在书里,拿开了书,又闭了眼睛,把手臂靠在椅背上,坐成先前的姿势。彼挨尔看他,还不及转头,老人已睁开眼睛,把坚

---

[1] 俄国奴隶及农民通常覆杯表示不再需要。为了经济,茶内亦不和糖,仅口衔一块。——毛

决严厉的目光直射着彼挨尔的脸。

彼挨尔觉得自己受窘,想避开这个目光,但明亮的、老迈的眼睛不可抗地吸引了他的注意。

二

"我有荣幸和别素号夫伯爵说话,假使我没有弄错。"旅客从容地、大声地说。彼挨尔无言,疑问地从眼镜上边看对话者。

"我久仰大名,"旅客继续说,"并且听说阁下所遭的不幸。"他似乎着重末后的字,好像他说:"是的,不幸,无论你叫它什么,我知道你在莫斯科所发生的事是不幸。我对阁下的事很是可惜。"

彼挨尔脸红,赶快从床上拿下腿子,向老人伸着头,不自然地、羞怯地笑着。

"我不是由于好奇心向你提起这个,阁下,但是由于重大的理由。"他沉默,目光不离彼挨尔,并且在沙发上移动了一下,这个动作请彼挨尔坐到自己旁边。彼挨尔不愿和这个老人谈话,但他不觉地依从了他,走近,并坐在他身边。

"阁下,你不快乐,"他继续说,"你年轻,我老了,我愿尽我的力量帮助你。"

"啊,是的,"彼挨尔带着不自然的笑容说,"很感激你。请问你是从哪里来的?"旅客的脸是不和善的,甚至是冷淡而严厉的,但虽然如此,这个新相识的言语和面孔却不可抗地、有吸力地感动了彼挨尔。

"假使你因为什么缘故不愿同我说话,"老人说,"那么阁下就向我说。"他忽然露出意外的、父爱的笑容。

"啊,不,完全不,正相反,我很高兴结识你。"彼挨尔说,又看了一下新相识的手,靠近观看指环。他看着亚当人头像,共济会的标识。

"请问,"他说,"你是共济会会员吗?"

"是的,我是共济会会员,"旅客说,更深透地看彼挨尔的眼睛,"我为自己并代表他们向你伸友爱的手。"

"我恐怕,"彼挨尔笑着说,在共济会会员人格对他引起的信仰与他对于共济会会员信仰的素常嘲笑之间游移着,"我恐怕,我太不能了解,就这么说吧,我恐怕,我对于世界的看法和你们的太冲突,我们不能够互相了解。"

"我知道你的见解,"共济会会员说,"你所说的你那种见解,你觉得是你思索的收获,其实它是大部分人的见解,是骄傲、懒惰与无知的不变的成果。请阁下原谅我,假使我不知道这个,我便不同你说了。你的见解是一种可怜的谬误。"

"同样地，我能够假定你是在谬误之中。"彼挨尔微笑着说。

"我从来不敢说我知道真理，"共济会会员说，用他言语的确定与坚决更加感动了彼挨尔。"没有人能够独自达到真理，只有用一块一块的石头，由百万代的人共同参与，从我们的始祖亚当直到我们现在，才能建立那座庙宇，这庙宇应当是伟大上帝的适当居所。"共济会员说，闭了眼睛。

"我应当向你说，我不相信，不……相信上帝。"彼挨尔抱歉地、费力地说，觉得必须说出真话。

共济会会员注意地看彼挨尔，向他笑，好像一个拥有数百万的富翁向一个穷人在笑，这个穷人向他说，他，这个穷人，连五个可以使他快乐的卢布也没有。

"是的，你阁下不知道他，"共济会会员说，"你不能够知道他。你不知道他，因此你不乐。"

"是，是，我不乐，"彼挨尔承认，"但是我该怎么办呢？"

"阁下，你不知道他，因此你很不快乐。你不知道他，但他在这里，他在我心中，在我的话中，他在你心中，甚至在你刚才所说的亵渎的话中。"共济会会员用严厉打战的声音说。

他沉默，叹气，显然是企图安慰自己。

"假使他没有，"他低声说，"阁下，我就不同你说到他了。我们说到什么，说到谁呢？你否认谁呢？"忽然他在声音里带着欢乐的严厉与权力说，"假使他没有，谁发明他的？为什么你有这个假定，以为有那样一种不可解的人物呢？为什么你和全世界都假定这种不可思议的人物——在他的全部性质上万能、永恒、无穷的人物——的存在呢?……"他停住,并且沉默良久。

彼埃尔不能并且不愿打破这种沉默。

"他存在,但明白他是困难的。"共济会会员又说,不看彼埃尔的脸,却看着前面,他的龙钟的手,因为内心的兴奋而不能安静,翻着书页。"假使他是一个被你怀疑了他的存在的人,我便把这个人带到你面前,抓住他的手,指给你看。但我这样一个不重要的凡人,怎样去把他的全部的万能、全部的永恒、全部的恩惠指示给一个瞎子,或者一个闭了眼,不看、不了解他,不看、不了解自己全部卑鄙与罪恶的人呢?"他停了一下。"你是谁?你是什么?你幻想自己是聪明人,因为你能够说出这些亵渎的话,"他带着忧悒的、轻视的嘲笑说,"你比那个玩弄造得巧妙的钟表机件的小孩更笨,更不聪明。这个小孩大胆地说,因为他不明白钟表的用途,所以他不相信造钟表的工匠。认识他是困难的,我们许多世纪以来,从我们始祖亚当直到现在,便研究这种认识,但要达到我们的目的,还是无限得遥远。但在对他的不了解中,我们只看到我们的弱小和他的伟大。"

彼埃尔带着惊栗的心情,用明亮的眼睛看共济会会员的脸,听他说,不打断他,不问他,却一心一意相信这个生人向他所说的。或者是他相信共济会会员言语中的理论立场,或者是他同小孩们一样,相信共济会会员言语中的声调、信念与热诚,偶然几乎打断共济会会员的话声之颤抖,或那双明亮的、老年的、在这种信念中长成的眼睛,或共济会会员全身所显现的镇静、坚决与目的之认识(它们比之他的颓丧与失望,特别有力地惊动了他)。总之,他一心一意希望相信,并且相信,并感觉到了一种安宁、更新与回生的喜悦情绪。

"这不是用理性了解的,而是用生活。"共济会会员说。

"我不懂。"彼挨尔说,惊恐地感觉到发生在自己心中的怀疑。他怕对谈者各项理由的难解与软弱,他怕不相信他。"我不懂,"他说,"怎么人类智慧不能了解你所说的知识。"

共济会会员露出温柔的、父爱的笑容。

"崇高的智慧和真理如同最纯洁的液体,我们希望把它吸收在自己心中,"他说,"我能够在不洁的血脉里容纳这种纯洁的液体并且判断它的纯洁吗?只有借自身内部的清涤,我才能够使这种获得的液体达到某种程度的纯洁。"

"是的,是的,是这样的。"彼挨尔高兴地说。

"崇高的智慧不仅是建立在理性上,还在那些人世的物理、历史、化学等等科学上,理性的知识分为这些科门。崇高的智慧是一,崇高的智慧只有一种科学——整体的科学,这科学解释整个的宇宙,以及人在宇宙中的地位。要将这种科学放在自己心中,必须清涤并更新自己内心的'人',因此,在认识之前,必须信仰,并使自己完善。为达到这些目的,在我们心里放进了上帝的光,它叫作良心。"

"是,是。"彼挨尔同意。

"用你精神的眼睛看你内心的人,并且问你自己,你是否满意自己。仅由智慧领导着,你达到了什么?你是什么?阁下年轻,富实,聪明,有教养。你用这些给予你的福泽做了什么呢?你满意自己和你的生活吗?"

"不,我恨自己的生活。"彼挨尔皱眉说。

"你恨它,那么就改变它,清涤自己,并且由于纯洁你将认识智慧。阁下看看自己的生活吧。你怎么过了你的生活呢？在酗酒与堕落中。从社会上获得一切，什么也不给社会。你获得财产，你怎么利用它呢？你对于你的邻人做了什么呢？你想到过你成万的奴隶，你在物质上和精神上帮助过他们吗？没有。你利用他们的劳力，过荒唐的生活，这就是你所做的。你选择了一种对于你的同类有益的职业吗？没有。你在逍遥中过你的生活。后来你结婚了，阁下负起了领导年轻妇女的责任，你做了什么呢？阁下没有帮助她寻找真理的道路，却使她陷于欺骗与不幸的深渊。有人侮辱了你，你杀了他，你还说你不知道上帝，说你恨自己的生活。阁下，这里没有智慧！"

在这些话之后，共济会会员似乎因为长时的说话而疲倦，又把手臂靠到沙发的背上，闭了眼睛。彼挨尔看着那个严厉的、不动的、老迈的几乎要死的脸，并且无声地动弹了嘴唇。他想说，是的，卑鄙、闲散、堕落的生活——但他不敢打破沉默。

共济会会员沙声地、老态地哼喉噪，并唤仆人。

"马匹怎样？"他问，没有看彼挨尔。

"他们带来了换用的马，"仆人说，"不休息吗？"

"不，叫他们套马。"

"难道他不说完一切，不答应帮助我，就走开，丢下我一个人吗？"彼挨尔想，站起来，垂下头，偶尔地看共济会会员，并开始在房中走动。"是的，我没有想到这个，但我过了可鄙的、腐化的生活，但我不欢喜它，也不希望过这种生活。"彼挨尔想，"这个人知道真理，假使他愿意，他能够把它启示给我。"彼挨尔希望，而不敢把这话向共济会会员说。这个旅客用习惯的老年的手收拾了他的东西，扣

了他的羊皮衣。做完了这些事,他转向彼挨尔,并且冷淡地用恭敬的语气向他说:

"请问阁下现在到哪里去呢?"

"我?我去彼得堡。"彼挨尔用小孩的、犹疑的声音说,"我谢谢你,我完全同意你。但你不要以为我是那么坏。我一心一意希望成为你所希望的那样,但我从来不曾找得任何人的帮助。无论如何,我第一要负一切的责任。帮助我,指教我,也许,我将……"彼挨尔不能再多说,他鼻子喘气,转过身。

共济会会员沉默良久,显然在思索什么。

"只有上帝给人帮助,"他说,"阁下,我们的教会所能给你的那种帮助,他将给你。你去彼得堡,把这交给维拉尔斯基伯爵。"(他取出纸本,在一页四折的大纸上写了几个字。)"让我给你一项劝告,到了首都,你把起初的时间用于孤独与自我批评,不再走上从前的生活道路。因此我祝阁下旅途快乐,"他说,看见他的仆人走进了房,"和成功……"

彼挨尔从站守的簿子上知道这个旅客是奥谢卜·阿列克塞维支·巴斯皆夫。巴斯皆夫是最有名的共济会会员之一,并且是诺维考夫[1]时代的马丁主义者之一。在他走后好久,彼挨尔不躺下睡觉,不问到马,在驿站的房间里徘徊,回想着他荒唐的过去,并且带着生活更新之狂喜,向自己设想幸福的、不可责的、善良的将来,他觉得

---

[1] 诺维考夫(一七四四——一八一八)是一个从事教育的俄国共济会会员。马丁主义者是一七八〇年成立的俄国共济会会员的一个团体。——毛

这是很容易的。他觉得他曾经荒唐，只是因为他偶尔忘记了做善良的人是多么好。他心中没有了从前怀疑的痕迹。他坚决地相信人类友爱的可能，他们在美德之道路上以互相扶助为目的而团结，他觉得共济会是这么友爱。

三

到了彼得堡,彼挨尔不让任何人知道他到此,不到任何地方去,并且开始整天阅读《托马·开姆彼斯》,这本书不知道是谁寄给他的。读这本书的时候,彼挨尔明白一件事,并且只是一件事,他明白了他尚未曾知道的那种欢欣,就是——相信到达完善境地的可能,与奥谢卜·阿列克塞维支启示给他的人们之间积极友爱的可能。在他到后一星期,年轻的波兰伯爵,彼挨尔在彼得堡交际场上仅仅相识的维拉尔斯基,晚间走进他的房间,带了那种正式的、严肃的神情,好像道洛号夫的见证人见他时所有的,他闭了身后的门,相信了房间里除了彼挨尔没有别人,向他说道:

"伯爵,我带着一件使命和建议来见你。"他向他说,没有坐下。

"我们会里一个地位很高的人要求准许你在定期之前入会,并且提议我做你的保证人。我认为执行这个人的意志是神圣的义务。你愿不愿在我的保证之下加入共济会呢?"

这个人冷淡严厉的声音惊动了彼挨尔,彼挨尔几乎总是看见他在跳舞会里,在最显赫的妇女团体中,带着可爱的笑容。

"是的,我愿意。"彼挨尔说。

维拉尔斯基点了点头。

"还有一个问题,伯爵,"他说,"对于这个问题我请你不要像一个未来的共济会会员,却像一个诚实的人十分诚实地回答我:你放弃了你从前的信仰吗,你信仰上帝了吗?"

彼挨尔想了一下。

"是……是,我信仰上帝。"他说。

"既然如此……"维拉尔斯基开言,但彼挨尔打断他。

"是,我信仰上帝。"他又说了一次。

"既然如此,我们可以去,"维拉尔斯基说,"我的马车伺候你。"

维拉尔斯基一路无言。对于彼挨尔的问题——他需要做什么并如何回答,维拉尔斯基只说,比他更有价值的弟兄们要试验他,彼挨尔除了说实话,什么也不需要。

进了会厅的大屋子的门,走过了一道黑暗楼梯,他们进了一个明亮的小前房,在这里他们不借仆人帮忙,脱了皮外衣。他们从前房走进另一个房间。有一个奇怪的人出现在门口,维拉尔斯基走到他面前,用法文向他低声说了什么,走到一个小橱前,彼挨尔看见了里面有他从未见过的衣服。从橱里取了一条手巾,维拉尔斯基把它蒙在彼挨尔的眼睛上，在脑后打了结，把他的头发疼痛地纠扎到结里。然后他将他的面搬到自己面前，吻了他，拉住他的手，引他去到某处。彼挨尔因为头发扎在结里而疼痛，他因为疼痛而皱眉，因某种羞耻而微笑。他庞大的身躯，带着下垂的手，皱眉的、笑着的面相，用不确定的、畏怯的步子跟着维拉尔斯基走。

领他走了十来步，维拉尔斯基停住。

"无论你发生了什么，"他说，"假使你坚决地决定入了我们的会，你就应该勇敢地忍受一切。"（彼挨尔用点头做肯定的回答。）"在你听到门上声音时，你就放开眼睛，"维拉尔斯基添说，"愿你勇敢，成功。"于是同彼挨尔握了手，维拉尔斯基走出。

剩了一个人，彼挨尔继续如旧地笑着。他耸了两次肩，举手靠近手帕，好像是要把它去掉，但又放了手。他扎了眼睛所过的五分钟好像是一小时，他的手麻木，脚软弱，他觉得他疲倦了。他感觉到最复杂的、异样的情绪。他惧怕他所要发生的事情，更怕表现出他的恐惧。他好奇地想知道他将发生什么，别人将向他启示什么。但他觉得最欣喜的是那个时间来到了，就是他终于踏上了革新与积极善良生活的道路，这是他在遇见奥谢卜·阿列克塞维支之后所梦想的。

门上有了重敲声，彼挨尔解了带子，环视四周。房间里墨黑，只在一个地方，在什么白的地方，点了一盏小灯。彼挨尔走近，看见这盏灯在黑桌上，桌上有一本打开的书。这书是福音书，那个点了灯的白的地方是一个有眼眶和牙齿的头壳。读了福音书的第一句："太初有道，道与上帝同在。"彼挨尔绕过桌子，看见一个大的、盛满了东西的、打开的箱子，这是一个有骨骼的棺材。他毫不诧异他所见的，希望着走进全新的生活，完全不似从前的生活，他等待着一切非常的东西，比他所见的更加非常的东西。头壳、棺材、福音书——他觉得这都是他所期待的，他还期待更多的东西。企图在自己心中唤起热诚的情绪，他环视四周。"上帝，死亡，爱情，人类友爱。"他向自己说，在这些话上连接了某种模糊的但欣喜的概念。门开了，有人走进来。

在微弱的，但彼挨尔已习惯的光线里，走进来一个不高的人。显然是从亮处来到暗处，这人站住了，然后用小心的步伐，他走近桌子，把一双不大的、戴皮手套的手放在桌上。

这个不高的人系了白皮围裙，遮着他的胸部和腿上部，他的颈子上戴了项圈之类的东西，在项圈里边凸出高而白的皱领，环绕着他的长的、下部照亮的脸。

"你为什么到这里来？"进来的人说，在彼挨尔做出微声时向着他，"你不相信光明的真理，并且看不见光明，你为什么来到这里？你希望从我们这里获得什么？智慧、美德、开化吗？"

在门打开而不相识的人进房时，彼挨尔感觉到畏惧与恭敬的情绪，好像他幼年在忏悔中所感觉的：他觉得自己面对着一个在生活环境上完全陌生，而在人类友爱上很接近的人。彼挨尔带着影响呼吸的跳动的心走近考问人[1]（共济会中预备求道者入会的人）。彼挨尔走近，认出这个考问人是一个熟人，斯摩力亚尼诺夫，但他觉得认为进来的人是熟人，是侮辱的事，进来的人只是一个同志和善良的导师。

---

[1] 原文 Putop 有辞章家，雄辩家之意。——译

彼挨尔好久不能说话，考问人不得不重述他的问题。

"是，我……我……想革新。"彼挨尔困难地说。

"很好。"斯摩力亚尼诺夫说，于是立即继续。"你明白我们的神圣教会帮助你达到你目的的方法吗？"考问人镇静地、迅速地说。

"我希望……领导……帮助……革新。"彼挨尔说，他的声音打战，言语困难，这是由于兴奋，由于他不惯于用俄语说抽象的事物。

"你对于共济主义有什么见解呢？"

"我以为共济主义是有善良目的的人们的博爱与平等，"彼挨尔说，因为他说的话不适合神圣的时候而觉得羞耻，"我以为……"

"很好，"考问人迅速地说，显然是充分满意这个回答，"你寻找过达到宗教目的的方法吗？"

"没有，我认为它是不正确的，没有遵从它。"彼尔挨说得那么低，考问人听不见，问他说了什么。"我从前是一个无神论者。"彼挨尔回答。

"你寻找真理，为了在生活中遵照它的规律。因此你寻找智慧和美德，是不是？"考问人稍停后这么问。"是，是。"彼挨尔承认。

考问人哼喉嗓，把戴手套的手交叉在胸前，并开始说话。

"现在，我要向你启示我们的教会的主要目的，"他说，"假使这个目的和你的相合，那么你就进我们的会，得益。我们的教会的第一个主要目的和基础——我们的教会就建立在它上面，并且没有任何人力可以摧毁它——是某种重要神秘的保存与流传后世……从最古的时候，甚至从第一个人，直到我们，或者人数的命运就决定在这个神秘上。但因为这种神秘是没有人能够知道、能够利用的，假使他自己没有准备长时间的、劝勉的清涤工作，则没有任何人能够希望迅速地获得它。因此我们有第二个目的，就是准备我们的会员，尽可能地改善他们的心，用那些努力寻求这种神秘的人们借传统而启示给我们的那些方法来清涤并开化他们的智慧，并借此而教导他们能够认识这种神秘，清涤并改革着我们的会员。我们第三步企图改革人类，在我们会员中给人类虔敬与美德的榜样，并企图借此而用全力反对统治世界的罪恶。想想这些，我再到你这里来。"他说后，走出了房。

"反对统治世界的罪恶……"彼挨尔重述，并且幻想到他将来在这种事业上的活动。他幻想着那种和他在两星期前相同的人们，于是他在心里向他们作教训指导的言论。他想象到堕落的、不幸的人们，他将用语言与事实帮助他们。他想象到压迫者，他将拯救出他们的牺牲者。在考问者所提的三个目标之中，最后的一个——人类的改革——最接近彼挨尔。考问者所提的那种重要的神秘，虽引起他的好奇心，却不使他觉得是真实的。第二个目标，自身的清涤与改革，最不引他注意，因为他这时欢乐地觉得自己已经完全改革了从前的罪恶，只准备一心为善。

半小时后，考问人回来向求道者说明七德，这是合乎索罗门神庙的七级，而每个共济会会员必须训练的。七德是：（一）谨慎，遵守教会的秘密，（二）服从上级的会员，（三）道德，（四）对人类的爱，（五）勇敢，（六）慷慨，（七）对死亡的爱。

"第七，"考问者说，"努力常常想到死亡，直到你觉得死亡不是可怕的敌人，而是朋友……它将从不幸的生活中解放出那在美德之努力中疲倦的灵魂，并将它带到有报答与安宁的地方。"

"是，这是应当如此，"彼挨尔想，这时考问人在这些话之后已经走出，让他在独自沉思中，"这是应当如此的，但我还是那么软弱，我爱自己的生命，它的意义只是现在才渐渐展示给我。"但彼挨尔数着手指所想起的其余的五种美德，他觉得已在自己心中，勇敢、慷慨、道德、对人类的爱，尤其是服从，这在他看来甚至不是美德，而是幸福（他现在是那样高兴他脱离了自己的武断，而使自己的意志服从那些知道绝对真理的人）。第七德彼挨尔忘记了，并且无论如何也想不起来。

考问者第三次很快地便回来，并且问彼挨尔他是否还坚持他的意向，是否决定了使自己服从一切向他所要求的。

"我准备了做一切。"彼挨尔说。

"我还要向你说，"考问人说，"我们的教会不只是用文字宣扬它的教义，并且还用别的方法，这些方法对于真正寻求智慧与美德的人，较之仅是文字的说明，也许更有影响。这个会堂一定用它的为你所见陈设，较之用文字更能向你的心说明过了。假使你的心是诚实的，你也许会在以后的入会仪式中看到同样的说明。我们的教会模仿古代的社团，这些社团用象形文字展示它们的教义。"考问人说："象形文字是某种不可感觉的东西的名称，它具有类似被代表物的诸性质。"

彼挨尔很知道什么是象形文字，但不敢说。他沉默地听考问人说，根据一切而觉得试验要开始了。

"假使你坚决，我就向你举行入会式了。"考问人说，向彼挨尔更走近，"为表示慷慨，我求你给我一切宝贵的东西。"

"但我身上什么也没有。"彼挨尔说,以为是要求他分散他所有的一切。

"你身上所有的东西:表、钱、戒指……"

彼挨尔赶快取出了钱袋、表,好久不能从肥手指上取下订婚戒指。这事做完后,共济会会员说:

"为表示服从,请你脱衣服。"彼挨尔奉考问人的命令脱了上衣、背心和左脚的鞋。共济会会员打开他右边胸脯上的衬衣,并且弯着腰,把他左腿上的裤筒卷过膝盖。彼挨尔想赶快也脱掉右脚鞋,卷起裤脚,以免他不相识的这人的劳动,但共济会会员向他说无须如此——并且给了他一只跋鞋穿在左脚上。带着羞涩、怀疑、嘲笑自己的小孩般的笑容——违反意志地露在脸上——彼挨尔垂手撑腿站在考问人的对面,等候他的新命令。

"最后,为表示诚意,我求你向我说明你主要的嗜好。"他说。

"我的嗜好!我有许多嗜好。"彼挨尔说。

"那种嗜好,它较之其他一切最使你在美德的道路上动摇的。"共济会会员说。

彼挨尔沉默,寻索着。

"酒?贪食?安逸?懒惰?暴躁?邪恶?女色?"他思索他的过错,在心中衡量着它们,不知给何种以优势。

"女色。"彼挨尔用低弱的几乎听不见的声音说。共济会会员在这个回答之后没有动作,并且好久没有说话。最后他走近彼挨尔,拿起放在桌上的手巾,又扎了他的眼睛。

"我最后一次向你说,把你全部的注意集中在自己身上,约制你的情绪,不要在热情中寻找幸福,却要在你心中去找。幸福的泉源不在外,却在内……"

彼挨尔已经觉得了自己心中这种清新的幸福泉源,它现在喜悦地、热情地充满他的心。

四

此后不久,进黑暗会堂来找彼挨尔的已非先前的考问人,而是保证人维拉尔斯基,彼挨尔从声音上辨出了他。对于那些关于他意向之坚决的新问题,彼挨尔回答说:

"是,是,我同意。"于是,他带着鲜明的小孩的笑容,带着敞开的胖胸脯,不平地、畏怯地踏着一只穿鞋一只穿趿鞋的脚,随着维拉尔斯基放在他的光胸脯的剑向前行。他由房内被领至走廊,向后向前地转着,最后被领至会所的各门。维拉尔斯基咳嗽,他们用共济会会员的锤声回答他,门在他们前面打开。有谁的低声(他的眼睛仍在扎住)向他问到他是谁,在何处何时降生等问题。后来他又被领至别处,未放他的眼睛,在他行走的时候,有人用比喻向他说到他的参圣的困苦,说到神圣的友爱,说到世界的永恒的创造者,说到勇敢,他必须用勇敢去忍受困苦与危险。在这个参圣的时间,彼挨尔注意到他有时被称为求道者,有时为受苦者,有时为请求者,并且他们用锤子与剑敲出各种声音。在他被领至某种物体前面的时候,他注意到在他的领导人之间发生了迟疑与纷乱。他听到在他四周的人们之间低声争执,有一个人坚持他要走过某一个地毡。然后,有人拿他的右手,放在某种东西的上边,并命他用左手拿着一个罗盘放在左胸前,并使他重说别人所读的文字,宣读忠于教律的誓言。然后,熄灭了蜡灯,点着了火酒,这是彼挨尔从气味上知道的,有人说,他可以看见小光。有人解了他的手巾,于是彼挨尔在微弱的火酒灯光中,好像在梦中一样,看见了几个人,穿着和考问人相同的围裙,站在他对面,拿着剑对住他的胸口,他们当中有一个穿白色、有血迹衬衣的人。看见了这个,彼挨尔把胸脯向前对剑移近,希望剑刺进他的身上,但剑缩回,立刻又把他扎了带子。

"现在你看见了小光。"一个人说。然后又点了蜡灯,有人说,他可以看见完全的光,又去掉他的带子,十多个声音忽然说道:"sic transit gloria mundi。"[1]

彼挨尔开始渐渐恢复镇定,并盼顾房间和房间内的别人。在铺了黑布的长桌旁坐了十二个人,都穿了同样的如他先前所见的那种衣服。有几个人彼挨尔在彼得堡的交际场中相识。

在主席座位上坐了一个不相识的年轻人,颈子上有一个特殊的十

---

[1] 尘世荣华如此消逝。——原文注

字架，右手坐了意大利圣僧，两年前彼挨尔在安娜·芭芙洛芙娜家看见过他。那里还有一个极重要的官吏和一个从前住在库拉根家的瑞士教师，都严肃地沉默着，都听着主席的话，他手里拿着一柄锤子。墙上有星形的光，在桌子的一边有一个小地毡，上面有各种人物，在另一边是祭坛之类的东西，上面有福音书和头壳，在桌子四周有七个巨大的好像教堂所用的灯台。两个同志把彼挨尔领至祭坛前，把他的脚排成直角，命他躺下，说他要匍匐在庙门前。

"他应当先接受铲子。"同志之一低声说。

"啊！请你安静。"另一个说。

彼挨尔没有服从，用不安的、近视的眼睛环顾四周，忽然他发生了怀疑："我在何处？我在做什么？他们不在笑我吗？我想起这个不觉得羞耻吗？"但这种怀疑只经过一瞬。彼挨尔环顾四周人们的严肃面孔，想起他所经过的一切，于是明白了不能停在半途。他因为自己的怀疑而恐惧，企图恢复先前的热诚情绪。他向庙门伏下。果然，他有了比先前更强烈的热诚情绪。他躺了一会儿，有人命他立起，也把他穿上如别人一样的白色皮围裙，在他手里放了一柄铲子和三副手套，然后大教主向他发言。他向他说，他要努力不让任何东西污染围裙的纯白，它象征坚强与纯洁。然后，关于尚未说明的铲子，他向他说，他要用这把铲子铲除他心中的恶过，谦虚地用它铲平邻人的心。然后，关于第一副男手套，教主说，它们的意义彼挨尔不能知道，但应当保管它们；关于第二副男手套，教主说，他要在聚会上套它们；最后，关于第三副女手套，他说：

"亲爱的弟兄，这副女手套也是要给你的。把它们给你所最尊敬的女子，用这个礼品向你选作女共济会会员的人证明你心地的纯洁。"他沉默片刻，添说："但要注意，亲爱的弟兄，不要把这副手套戴在不洁人的手上。"

在教主向他说这最后的话时，彼挨尔觉得主席慌了一下。彼挨尔更慌，脸红得直到落泪，如同小孩们红脸那样，不安地开始环顾，于是有了不自如的沉默。

这沉默被同志中的一人打破了，他领彼挨尔走到地毡前，开始在抄本里读出上边的一切人物的解释，日、月、锤、天平、铲、粗的与立体的石块、柱子、三个窗子等等。然后有人向彼挨尔指定了他的地方，向他指示了会所的记号，向他说了口号，最后准许他坐下。大教主开始读规章。规章很长，彼挨尔由于欣喜、兴奋与羞耻而不能懂得所读的。他只听见最后的条文，这是他记得的。

"在我们的庙宇中我们不知道别的阶级，"大教主读，"只有善恶的分别。当心不要做出足以破坏平等的任何差别。飞往帮助同志，无论他是谁，领导迷途的，扶起跌倒的。对于同志不要怀任何恶念或仇恨，要亲爱、恭敬。在一切的人心中烧起美德的火焰。与邻人同乐，而嫉妒绝不扰乱那种纯洁的喜乐，饶恕你的敌人，不要对他复仇，却对他好。如是地执行最高法则，你将重得古代的、你所失去的光荣和痕迹。"他念完，立起搂抱彼挨尔，并吻他。

彼挨尔在眼睛里含着欣喜之泪，环视四周，不知道如何回答他四周熟人们的庆祝与道贺。他不承认任何熟人，他只把所有的这些人看作同志，他着急地要同他们一道工作。

大教主敲了锤子，大家坐到位子上，有一个人读了关于谦虚之必要之道理。

　　大教主提议做最后的义务，于是负有"捐施收集者"的称号的大官开始在同志间环绕。彼挨尔想在捐册上捐出他所有的钱，但他怕借此显得骄傲，于是捐了和别人同样多的钱。

　　会议完结了，在回家时，彼挨尔觉得他是从什么长途旅行中回来的，他在这段旅行中走了数十年，他完全改变了，并且放弃了从前的生活秩序和习惯。

五

在入会式后的次日,彼挨尔坐在家里,读着一本书,并企图深解方图的意义,它的一边象征上帝,另一边象征道德,第三边象征物体,第四边象征混合物。有时他丢开书本和方图,在自己想象中做出新的生活计划。昨天在会所里有人向他说决斗的消息已传到皇帝的耳里,彼挨尔最好是离开彼得堡。彼挨尔提议去他在南方的田庄,在那里照顾他的农民。他欣喜地想到这个新生活,这时发西利郡王忽然走进他的房。

"我亲爱的,你在莫斯科做了什么?你为什么同辽利亚争吵呢,我亲爱的,你错了,"发西利郡王走进房时说,"我知道一切,我可以确实向你说,爱仑对于你是纯洁的,正如基督对犹太人。"

彼挨尔想说话，但他打断他。

"为什么你不直接坦白地到我这来，如同看朋友一样呢？我知道一切，我明白一切。"他说。"你的行为好像一个看重自己名誉的人所应当做的，也许太急躁，但我们不要讨论这件事。你只要记住，在社会的目光中，甚至在朝廷的目光中，你把她和我放在什么样的地位上。"他添说，抑低声音。"她住在莫斯科，你在这里。记住，我亲爱的，"他抓住他的手向下拖，"这只是一个误会，我想，你自己也这么觉得。立刻写信，由我带去，她要到这里来说明一切，不然，我向你说，你会很容易受苦的，我亲爱的。"

发西利郡王用神地看彼挨尔。

"我从可靠的来源知道皇太后对于这全部的事情很是注意。你知道她对爱仑很仁慈。"

彼挨尔几次要说话，但一方面发西利郡王不让他说，另一方面彼挨尔怕开始用坚决的拒绝与否认之语气说话，而他坚决地决定了要用这语气回答岳父。此外他想起了共济会条文："要亲爱、恭敬。"他皱眉，脸红，站起，又坐下，使自己做他生活中最困难的事——当面向人说不快的话，说这个人没有期待的话，无论这人是谁。他那样惯于服从发西利郡王无意的、自信的语气，甚至现在他也觉得不能反对这语气。但他觉得，他此刻所要说的将决定他将来整个的命运，他将走从前的旧路，还是走新的，共济会会员们这样动人地指示他的，他坚信可以达到新生的道路。

"哎，我亲爱的，"发西利郡王玩笑地说，"向我说'是'，我就自己寄信给她，我们就宰肥牛了。"但发西利郡王还不及说完他的笑话，彼挨尔已面带怒容——这使他像父亲——不看对谈者的眼，低声说道:"郡王，我没有请你来，去吧，请走!"他跳起，替他开了门。"走!"他又说，他自己不相信，却欢喜发西利郡王脸上所表现的慌乱与恐惧之表情。

"你怎么了? 你害病了吗?"

"走!"打战的声音又说了一次。发西利郡王不得不走，没有听到任何说明。

一星期后，彼挨尔辞别了新朋友——共济会员们，留给了他们巨额的慈善捐款，便赴自己的田庄。他的新朋友给了他写给基也夫与奥皆萨两地共济会会员的信，并应许了写信给他，指导他从事他的新活动。

六

彼埃尔和道洛号夫的事情遮掩过去了,虽然当时皇帝对于决斗很是严厉,双方当事人和见证人都未受苦。但决斗的故事——由彼埃尔和夫人的分离所证实——在社会上流传很广。彼埃尔在他是私生子时,大家都垂爱地、提携地看他;在他是俄罗斯帝国最好的配偶时,大家都看重他、颂扬他;在他结婚后,在大闺女们和母亲们不期望他什么时,他的社会声誉便大减了,尤其是因为他不能,并且不愿寻求社会的好感。现在大家对于这事情都指责他一个人,都说他是一个无知的嫉妒者,和他父亲一样,不能克制残忍的脾气。但在彼埃尔走后,爱仑回彼得堡时,她所有的朋友们,因为她的不幸,不仅都对她诚恳,而且还带着恭敬的态度。在谈话涉及她的丈夫时,爱仑做出尊严的表情,这是她凭了她特有的机敏而采取的,但不明白它的意义。这种表情说出,她决定忍受自己的不幸而不抱怨,说她的丈夫是上帝给她的十字架。发西利郡王较公开地表示自己的意见,在谈话涉及彼挨尔时,他耸肩膀,并指着额部,说:

"是一个狂人——我总是这么说。"

"我早就说过,"安娜·芭芙洛芙娜说到彼挨尔,"我那时便立刻在别人之先(她坚持自己的先见),说他是一个疯狂的少年,受了当代恶劣观念的腐化。别人都称赞他的时候,你记得,他初从国外回来,有一天在我家的夜会上,把自己当作马拉特,我那时便说过这话。结果怎样?我那时便不希望这件婚事,预料到一切要发生的事情。"

安娜·芭芙洛芙娜仍旧在无事的日子在自己家里举行如同从前一样的夜会,这种夜会只有她一个人有本领布置。在这些夜会里聚集了"真正好社会的精华,彼得堡社会中智慧分子的花朵",如同安娜·芭芙洛芙娜自己所说的。在社会上精选的人物之外,安娜·芭芙洛芙娜的夜会还有一个特色,就是每次在她的夜会里,安娜·芭芙洛芙娜对于她的团体都拿出新的、有趣的人物,并且没有别的地方像在她这些夜会里一样,那么显明地、可靠地表现出政治温度表上的温度,在这个表上有朝廷的、官方的、彼得堡的社会温度。

一八〇六年末,这时,关于拿破仑在耶拿及奥扼尔斯泰特击破普鲁士军队,以及关于普鲁士要塞大都失陷的一切不幸的详情已经接到;这时我们的军队已经开入普鲁士,并且开始了我们对拿破仑的第二次战争;这时安娜·芭芙洛芙娜在自己家里举行夜会。这个真正好社会的精华包括迷人的、不幸的、被丈夫抛弃的爱仑，莫特马尔，刚从维也纳回来的动人的依包理特郡王，两个外交官，姑母，一个在交际场中被人简单地称为"很有德行的人"的年轻人，一个新任命的女官和她母亲，还有几十个次要的人。

这次夜会里安娜·芭芙洛芙娜招待客人的新人物是保理斯·德路别兹考，他刚从普鲁士军中充任专使到此，并且做了一个很重要的人的副官。

政治温度表在这个夜会里指示给大家的度数如下：无论所有的欧洲君主与将军们怎么放纵保拿巴特，为了对我和一般的我们做出这些不快与苦恼，我们对于保拿巴特的态度是不变的。我们并不停止说出我们对于这个问题的坦白的见解，我们只能向普鲁士国王和别人说：你的情形更坏。"你愿如此，乔治·当庭。"[1]这就是我们所能说的一切，这就是政治温度表在安娜·芭芙洛芙娜的夜会上所指示的。当保理斯——他要被用招待客人——进客厅时，几乎所有的人都聚集了，安娜·芭芙洛芙娜所领导的谈话涉及我们与奥地利的关系，以及我们与奥地利联盟的希望。

保理斯穿华丽的副官制服，魁梧、活泼、红润、自由地走进客室，并且如仪地被领着去问候姑母，然后加入了总团体。

安娜·芭芙洛芙娜把瘦手给他吻，把他介绍给几个他不认识的人，并向他低声叙述每一个人。

"依包理特·库拉根郡王——可爱的青年。克如格先生，哥本哈

---

[1] 莫里哀喜剧中的对话。——毛

根的参赞——一个高深的智士。锡托夫先生，一个很有德行的人。"

保理斯在服务期间，由于安娜·米哈洛芙娜的努力、他自己的趣味以及他的谨慎性格的特点，得以使自己处于军中最有利的地位。他做了极重要的人的副官，在普鲁士有了极重要的使命，并且充任专使刚从那里回来。他充分采用了那在奥尔牟兹使他满意的、不成文的规律。根据这个规律，一个少尉能够无比地站得高于一个将军；根据这个规律，为了在军界上的成功，所需要的不是努力，不是工作，不是勇敢，不是恒毅，而只需要善于交结那些可以使他升级的人——并且他常常诧异自己的迅速成功，诧异别人不能了解这个。由于他这种发现，他全部的生活方式，他和旧友们的一切关系，他所有的未来计划——完全改变了。他不富裕，但他最后的一文他都用来使自己穿得比别人更好。他宁愿剥夺自己许多享受，不肯让自己乘坏马车，或者穿着旧军服出现在彼得堡的街道上。他只接近并交结那些地位高于他，并且能够为他利用的人。他爱彼得堡，并且轻视莫斯科。关于罗斯托夫家以及关于他对娜塔莎的小孩子的情爱之回忆——使他觉得不悦意。他自从进军队后，一次也没有去过罗斯托夫家。他认为进安娜·芭芙洛芙娜的客厅是他事业上的重要发展，在这里他立刻明白了自己的任务，让安娜·芭芙洛芙娜利用他所具有的趣味。他注意地观察每一个人，并估计着与他们每一个人接近的利益与可能。他坐在美丽的爱仑的旁边指定给他的座位上，听着大家的谈话。

"维也纳认为所提的条约的基础是那样地不可达到，就是一串最光荣的成功也不能达到它们，并且怀疑我们达到它们的方法。这是维也纳内阁的确实的话。"丹麦的参赞说。

"怀疑是阿谀。"有高深智慧的人微笑着说。

"我们必须分别维也纳的内阁和奥国皇帝,"莫特马尔说,"奥国皇帝绝不能想到这种事,只是内阁说了这话。"

"唉,我亲爱的子爵,"安娜·芭芙洛芙娜插言,"欧洲绝不会做我们忠实的联盟者。"(她因为某种缘故,用法文中特别美致的发音说"欧洲",这是她同法国人说话时所有的。)

然后安娜·芭芙洛芙娜将谈话转移到普鲁士国王的勇敢与坚决上,要使保理斯加入谈话。

保理斯注意地听着说话的人,等着他的轮次,但同时却向他附近的美人爱仑盼了几眼,她带着笑容和美丽的、年轻的副官的目光交遇了几次。

说到普鲁士的地位时,安娜·芭芙洛芙娜极自然地要求保理斯说他到格罗高的旅行,以及他所见的普鲁士军队的情形。保理斯不慌不忙,用纯粹正确的法语说了极多有趣的关于军队、朝廷的细情,在他说话的全部时间里,他力图避免自己对于他所说的各项事实的意见。在相当时间里保理斯吸引了大家的注意,于是安娜·芭芙洛芙娜觉得她招待客人的新奇人物被全体客人满意地接受了。爱仑对于保理斯的谈话表示最大的兴趣,她几次向他问到旅途中的某些情形,好像她极注意普鲁士军队的情况。他刚说完时,她带着习惯的笑容向他说:

"你绝对地必须来看我。"她用那种音调说,好像由于某种他不能知道的考虑,这是绝对必需的。

"星期二的八九点钟之间,你将使我大大乐意。"

保理斯答应了实现她的愿望,并想同她谈话。这时安娜·芭芙洛芙娜叫走了他，借口姑母希望听他说话。

"你知道她的丈夫吗?"安娜·芭芙洛芙娜说，闭了眼睛，并用忧悒的姿势指着爱仑，"啊，她是那么不幸的、美丽的妇女！不要在她面前说到他，请你不要说。这对于她太难受了！"

七

当保理斯和安娜·芭芙洛芙娜回至大团体时,依包理特郡王的话引起大家的注意,他在椅子上向前伸着说:

"普鲁士国王!"说了这个,他发笑,大家向他注意。"普鲁士国王吗"?依包理特问,又发笑,又安静地、严肃地在他的椅子上向里坐。安娜·芭芙洛芙娜等了他一会儿,但因为依包理特似乎坚决地不愿再说,她开始说到不信神的保拿巴特如何在波兹达姆偷走了腓得烈大帝的剑。

"这是腓得烈大帝的剑,这个我……"她开始说,但依包理特用话打断她:

"普鲁士国王……"刚刚大家在向他注意时,他又道歉,沉默。

安娜·芭芙洛芙娜皱眉。莫特马尔,依包理特的朋友,坚决地向他说:

"呶,你同你的普鲁士国王有什么事吗?"

依包理特发笑,好像是他羞于自己的笑声。

"没有,没有什么,我只想说……"他企望重述他在维也纳所听到的一个笑话,他整晚地准备说这个,"我只想说 que noms avou tort de faire la guerre pour le roi de Frucce。"[1]

保理斯小心地笑着,他的笑容可以被人看作对于笑话的嘲笑或称赞,看这个笑话是如何被人接受。大家发笑。

"这很坏,你的笑话很俏皮,但不公正。"安娜·芭芙洛芙娜说,用打皱的手指向他威吓。"我们不是为了普鲁士国王(即不是无故——译)打仗,而是为了正义。呵,这样的嘴坏,这个依包理特郡王!"她说。

谈话整晚未停,主要的是关于政治新闻。在夜会完结时,谈话特别生动,这时他们谈到皇帝所赐的奖赏。

"上年 NN 得到了一个有画像的鼻烟壶,"那个有高深智慧的人说,"为什么 SS 不能获得同样的奖赏呢?"

"我请你原谅,一个有皇帝画像的鼻烟壶是一件赏品,但不是一种殊荣,外交家说,'宁可说是礼物'。"

"有过很多的前例,我可以向你举出施发曾堡。"

---

[1] "我们为普鲁士国王打仗是错误。"这是一句不可译的文字游戏。法文中"为普鲁士国王"是一句成语,意思是"无意义",或"无益",或"无效果"。意译是"我们为了无益之事而打仗乃是错误"。——译

"这是不可能的。"另一个人反驳。

"打赌,勋绶,是不同的……"

当大家站起来要走时,整晚很少谈话的爱仑又用亲善的、郑重的命令要求保理斯在星期二去看她。

"这是我很需要的。"他说,带着笑盼顾安娜·芭芙洛芙娜。安娜·芭芙洛芙娜带着在她说到她的崇高的女恩主时所有的那种忧戚的笑容,支持了爱仑的愿望。似乎从保理斯在这个夜会中所说关于普鲁士军队的言语里,爱仑忽然发现了他的必要。她似乎是许了他,当他在星期二来时,她将向他说明这种必要。

在星期二晚间进了爱仑的华丽客厅,保理斯没有获得明白的解释,为什么他必须来此。这里有其他客人,伯爵夫人很少同他说话,在他吻她的手时,她只皱眉,带着奇怪的、无笑容的脸,意外地低声向他说:

"明天来吃饭……晚上,你一定要来……来。"

在这次来彼得堡时,保理斯成了别素号夫伯爵夫人家亲近的人。

八

　　战争爆发了，战争舞台靠近俄国边境。处处听到对于人类公敌保拿巴特的咒骂。乡村里召集了后备兵和新兵，并且从战争舞台上传来各种消息，和平常一样，是虚伪的，因此有各种解释。

　　保尔康斯基老郡王、安德来郡王与玛丽亚郡主的生活，自一八〇五年以来，大有改变。

　　老郡王在一八〇六年被任为八个总司令之一，他们是奉命管理全俄民团事务的。老郡王是老迈衰弱了，在他认为他的儿子被打死时，这是特别显著的，虽然衰老，他却认为不该拒绝皇帝亲自任命的职务。而这个新开展给他的活动刺激并加强了他，他不断地观察他所负责的三个省，对于自己的职务确实到拘泥的程度，对于下属严厉到残忍的程度，他亲自过问极小的事情。玛丽亚郡主已停止从他父亲学数学，只在早晨，当父亲在家时，她进他的书房。吃奶的尼考拉郡王和乳母及保姆萨维施娜住在已故郡妃的房里，玛丽亚郡主每天大部分时间花费在育儿室，尽她的力量，对于小侄儿担任母职。部锐昂小姐似乎也热情地爱小孩，玛丽亚郡主常常牺牲自己，把抚养小天使（她这么叫她侄儿）以及和他弄耍的喜乐让给她的女友。

在童山教堂的祭坛的附近是娇小郡妃坟墓上的小祭堂，在小祭堂里有一个从意大利运来的大理石纪念碑，刻成一个天使张开翅翼，准备升天。天使有微微噘起的上唇，好像是要笑。有一天安德来郡王和玛丽亚郡主从小祭堂走出时，互相承认，很奇怪，这个天使的脸使他们想起亡妇的脸。但更奇怪而安德来郡王未向妹妹说的是，在雕刻家无意地在天使脸上刻出的表情上，安德来郡王读到同样的温柔责备的文字，好像他那时在他亡妻脸上所读到的："呵，你们为什么对我做了这件事？……"

在安德来郡王回家后不久，老郡王便分了财产给儿子，给了他保古洽罗佛田庄，是离童山四十里的大田庄。一部分是因为和童山相连的痛苦回忆，一部分是因为安德来郡王觉得自己不能常常忍受父亲的性格，一部分是因为他需要孤独，安德来郡王利用了保古洽罗佛，在那里立业，并将大部分时间用在那里。

安德来郡王在奥斯特里兹战争之后，坚决地决定了永不再从军。在战争开始时，所有的人都要服兵役，他为了避免前线的兵役，乃在父亲的手下担任召集民团的职务。在一八〇五年的战事之后，老郡王和儿子似乎交换了地位。老郡王因活动而兴奋，从目前的战事中期望一切好果。安德来郡王相反，没有参与战事，并暗自懊恨这事，他只看见坏果。

一八〇七年一月二十六日老郡王出外巡察。安德来郡王在父亲出门时，大部分的时间留在童山。小尼考卢施卡生病已是第四日。送老郡王的车夫从城里回来，带了文件和书信给安德来郡王。

听差拿着信，没有在书室里找到年轻的郡王，走到玛丽亚郡主的住处，在那里也未找到他。听差听说郡王在育儿室里。

"请，大人，彼得路沙带了信来。"看护的保姆之一，向着安德来郡王说，他坐在儿童的小椅上，皱着眉毛，用发抖的手，从药瓶里把药水滴在一半是水的杯里。

"是什么事？"他愤怒地说，手大意地打战，从瓶里滴了太多的滴子在杯里。他把杯里的药水倾在地上，又要水。女仆给了他水。

房里有一个小孩的小床、两只箱子、两把椅子、一张桌子、一张小孩桌子、一张小椅子，安德来郡王坐在小椅子上面，窗子都挂了帷幔，桌上点了一支蜡烛，有一个装订的乐谱本子遮挡着，所以烛光照不到小床上。

"我亲爱的，"玛丽亚郡主站在床边向哥哥说，"最好等一下吧……迟迟……"

"啊，赏光吧，你总是说蠢话，你总是等待，等待得这样。"安德来郡王用愤怒的声音说，显然是要刺伤她妹妹的心。

"我亲爱的，确实是最好不要弄醒他，他睡着了。"郡主用请求的声音说。

安德来郡王立起，拿着杯子，用脚尖走近小床。

"果然不要弄醒他吗"？他不决地说。

"随你意思——确实……我想……但随你意思。"玛丽亚郡主说，显然因为自己意见的胜利而畏怯、怕羞。她要哥哥注意那低声唤他的女婢。

这是第二夜，他们俩不睡觉，看护发热的小孩。在这几日之内，他们不相信家庭医生，等着从城中去请的医生，他们时而用这种医药，时而用那种。因不眠而委顿，并且焦急，他们互相发泄愁闷，互相谴责，并且彼此争吵。

"彼得路沙带来你爸爸的信。"女仆低声说。

安德来郡王走出。

"有什么事！"他发火地说，听到父亲的口头命令，接了寄给他的信件和父亲的信，又回到育儿室。"怎么了?"安德来郡王问。

"仍然如旧，为上帝的缘故等一下。卡尔勒·侬发内支总是说，睡眠比一切都好。"玛丽亚郡主叹气，低声说。安德来郡王走近小孩，并抚他。他发热。

"你同你的卡尔勒·侬发内支真讨厌"！他拿了滴过药水的杯子又走到床前。

"安德来，用不着。"玛丽亚郡主说。

但他愤怒地同时痛苦地向她皱眉，拿着杯子俯首靠近小孩。

"我要这样，"他说，"来，我请你给他吃。"

玛丽亚郡主耸肩，但依从地接了孩子，叫来保姆，开始喂药。小孩啼哭、哮喘，安德来郡王皱眉、抓头，走出了房，坐在邻房的沙发上。

信还都在他手里,他机械地打开它们,开始阅读。老郡王在蓝纸上用粗大长体的书法,有时用省写,写了如下的信:

"此时由专使获得极可喜的消息,如其不假,别尼格生在爱劳对保拿巴特似乎获得全胜。彼得堡人人欢呼,慰劳品不断地往军队里送。虽是日耳曼人——我庆贺他。科尔切夫的司令官,某汉德锐考夫,我不明白他在做什么,到现在补充的人和军需还未到。立刻骑马奔去说,如一星期内不一切办妥,我就要下他的头。关于普鲁士·爱劳战役又接到一封撒清卡寄来的信,他参与此役——一切是真的。在不该干预的人不干预时,就是日耳曼人也打败保拿巴特。据说,他跑得极混乱。注意,立刻驰往科尔切夫去执行!"

安德来郡王叹气,又拆别的信封,这是两页俾利平寄来的写得细秀的信。他未看,折了起来,又读父亲的信,末尾一句是:"驰往科尔切夫去执行!"

"不行,请你原谅,现在我不去,要等到小孩病好时。"他想,走到门边,向育儿室里窥探。玛丽亚郡主仍旧站在床边,轻轻摇小孩。

"但,他还写了一件什么不快的事吗?"安德来郡王想起父亲信中的内容,"是的,正在我不服务兵役时,我们对保拿巴特打了胜仗。是的,是的,一切是嘲刺我……呶,祝你好……"于是他开始阅读俾利平的法文信。他看过,懂不到一半,他看只是为了要现在停止想到那件他太长久、太专心、太焦虑地所想的事情。

九

俾利平现在在总司令部里做外交的事务,虽然他用法文写作,用法国笑话,用法国成语,但他却用绝对俄国式的勇敢、自评与自嘲描写了全部战役。俾利平说,他的外交礼节使他苦恼,说他对安德来郡王有可靠的通信是快乐的,他能对他倾吐他因看见军中的情形而积聚在心中的气闷。这封信还是在普鲁士·爱劳战役前写的。

"在我们的奥斯特里兹的伟大成功之后,我亲爱的郡王,你知道,"俾利平写,"我即不曾离开总司令部。确实,我获得了战争的趣味,而且觉得很好。我在这三个月内所见的几乎是不可信的。"

"我就从此开始。'人类的公敌',如同你所知道的,攻击普鲁士人。普鲁士人是我们的忠实同盟者,他们在三年之内只欺骗我们三次。我们为他们而战。但我们发现，人类的公敌毫不注意我们的漂亮谈话，并且用他无礼而野蛮的方法攻击普鲁士人，不给他们有时间结束已开始的检阅，在转瞬之间即使他们败绩，并且他自己进驻波兹达姆宫中。

"普鲁士国王写信给保拿巴特说，'我极诚恳地希望陛下在我宫中受欢迎，受招待，得如尊意，并且我要诚意地在环境许可时采用一切办法达到此目的。但愿我能成功'！普鲁士将军们夸耀我们对法国人的礼貌，在初次劝降时便抛下武器。

"格罗高的卫戍司令有一万人，他问普鲁士国王，假使他被招降，便将如何？……这都是事实。

"总之，我们希望用我们的军事态度来处理事件，但事实是我们打得起劲，不仅如此，我们还在自己的边境上'同'并且'为'普鲁士国王打仗[1]。一切都准备齐全，我们只缺少一件小事，即总司令。因为他们觉得奥斯特里兹的胜利，假若不是总司令年轻，便更有决定性了，他们注意八十岁的老将，并且在卜罗骚夫斯基及卡明斯基之间选择了后者。这位将军仿效苏佛罗夫，坐一辆有篷木车来到我们这里，并且受到喜乐与胜利呼声的欢迎。

"四日，来到彼得堡的第一次邮差。我们把邮件带进将军的房里，他爱亲自过问一切。他叫我帮同检信，并拿下写给我们的。将军看着我们做，并且等着寄给他的信件。我们找了——没有。将军不耐烦，亲自来做这事，发现了皇帝寄给 T 伯爵、V 郡王及他人的信件。

---

[1] 见前注。

于是,他发了一次脾气。他向每个人发脾气,拿了这些信,拆开它们,念了皇帝给别人的这些信。

"'呵,他们这样对我!不相信我!呵,命人监视我,好吧,你们滚走!'

"于是他这天写了有名的命令给别尼格生将军。

"'我伤了,我不能乘马,因此不能指挥军队。你带了你的一军败退到普尔士斯克!这一军暴露在这里,没有木材,没有粮秣,因此需要帮助。又因为你昨天亲自向部克斯海夫顿伯爵说,觉得应该退至我国边境,那么你今天就执行吧。'

"他写给皇帝说,'由于我各次骑马出巡,我受到坐鞍的伤痛,再加之我以前的旅途劳顿,使我完全不能骑马指挥这样广散的军队,因此我将这个指挥权交给位次于我的将军,部克斯海夫顿伯爵,并将我所有的随员与部属派到他那里。我向他建议,假使粮食不够,便向普鲁士内部退却,因为粮食只余一天的额量,如奥斯忒曼与塞德摩来兹基两师长所报告,有的部队已经没有,而农人所有的都吃完了。我自己留在奥斯特罗林卡的医院里,直至复原。此外,微臣敬呈上听者,即假使军队在目前野营中再过半月,则春间便没有一个是健康的'。

"'请让这个老人解甲归田吧,他是那样羞耻,他不能完成选他来做的这种伟大光荣的事业。我将在这里的医院里等候你仁恩的批准,以免我在军中担任书记而非司令的任务。我离开军队,不会发生任何影响,好像一个瞎子离开军队一样。像我这样的人——在俄国有上千的。'

"将军向皇帝发怒,并且处罚我们全体,这不是很逻辑的吗?

"这是第一幕。后来,趣事和笑话都必然地发生了。在将军离开之后,我们发现,我们面对着敌人,并且必须打仗。部克斯海夫顿因为地位上的关系是总司令,但别尼格生将军并不抱这种见解。更因为是他和他的军队面对着敌人,他想利用这个机会,像日耳曼人所说的,'aus ligener hand'(在自己手里)打一仗。他打了一仗,这就是普尔土斯克战役,它被人认为伟大的胜利,但在我看来完全不是。你知道,我们文人有一种很坏的习惯,决定战事的得失。在战后退却的便是失败,这就是我们所说的。根据这个理由,我们在普尔土斯克战役中失败了。总之,我们在战后退却,但我们派了专使去彼得堡,报告胜利的消息,并且将军不将指挥权交给部克斯海夫顿,希望从彼得堡方面获得总司令的地位,酬答他的胜利。在这个间断时期,我们开始了一些极有趣而特创的军事计划。我们的目的并未应分地在求避开或攻击敌军,但只是在求避免部克斯海夫顿将军,他因地位上的关系应做我们的司令官。我们用那么大的力量求达到这个目的,甚至在我们渡过不可涉渡的河流时,我们烧掉桥梁,隔开我们的敌人,这敌人现在不是保拿巴特,却是部克斯海夫顿。部克斯海夫顿几乎被优势的敌军攻击并被擒,这是由于那些良好军策之一,就是我们逃开了他。部克斯海夫顿追赶我们,我们疾奔。他还没有渡到我们这边岸上,我们又渡回那边岸上去了。最后我们的敌人部克斯海夫顿追上我们,并攻击我们。两位将军发火了,甚至在部克斯海夫顿方面有了挑衅,在别尼格生方面有了疯狂的怒火。但正在紧急关头,传达我们普尔土斯克胜利消息的专使,从彼得堡带来我们的总司令的任命,于是第一个敌人部克斯海夫顿打倒了,我们可以想到第二个,保拿巴特。但假使这时我们面前不发生第三个敌人,是多么好啊,这是'正教的军队',他们大声要求面包、肉、饼干、草秸和别的!仓库空虚,道路难行。正教的军队行劫了,并且是那种样子,关于这个,上次的战事不能给你丝毫概念。一半的军队都成了自由的小队,蹂躏四乡,杀人放火。居民彻底破产,医院住满病人,处处是饥荒。总司令两度受到抢劫者的攻击,而总司令不得不亲自要了一营兵赶走他们。在这种攻击的某一次中,我的空箱子和我的睡衣都损失了。皇帝要授权给各师长枪毙行劫者,但我恐怕这要使得一半的军队枪毙另一半。"

安德来郡王开始只是随便看看,但后来,不觉地,他所看的(虽然他知道应该相信俾利平到什么程度)开始渐渐引起他的注意。看到这个地方,他揉了信,抛掉。不是他在信中所看的使他发怒,而使他发怒的是那个生疏地方的生活激动了他。他闭了眼睛,用手擦额头,好像是赶走他对于所读的东西的兴趣,并且他听着育儿室里所发生的事。忽然,他似乎听到门那边的一种奇怪的声音。他觉得恐惧,他怕在他读信的时候,小孩发生了什么事情。他踮着脚尖走近育儿室的门,并把门推开。

在他进门的时候,他看见保姆带着惊惶的面孔,对他藏隐着什么东西,玛丽亚郡主已不在床前。

"我亲爱的。"他似乎听到身后玛丽亚郡主失望的低声。在长久的不眠与长久的兴奋之后,这是常有的,他感觉到无故的恐惧:他脑子里觉得小孩死了。他所见所闻的一切向他证实了他的恐惧。

"一切完了。"他想,他额上发出冷汗。他意乱地走到小床前,相信他发现床是空的，保姆隐藏了尸体。他打开帐子，他的惊惶急迫的眼睛好久找不到小孩。最后他看见了他：红润的小孩，四肢伸开，横躺在床上，头比枕低，在梦中喳唇成声，并且呼吸均匀。

安德来郡王看见了小孩，觉得欣喜，好像他已经失去了他。他俯首，如同妹妹教他的，用嘴唇试探小孩是否有热。娇嫩的额是潮湿的，他用手摸头——甚至头发也湿了，小孩淌了这么多的汗。不仅他没有死，并且现在显然是危机已过，他已转好。安德来郡王想把这个微小、无助的生物抓起，搂紧，贴在自己的胸前，但他不敢这么做。他站在他面前，看他的头和伸在被下的小手、小腿。他听到身旁的低语声，在床帐的下面出现了一个影子。他不盼顾，却看小孩的脸，仍旧听着他的均匀呼吸。黑暗的影子是玛丽亚郡主，她用无声的脚步走到床前，掀起帐子放在身后。安德来郡王没有环顾，知道是她，向她伸出手去。她紧握他的手。

"他发汗。"安德来郡王说。

"我就是来告诉你这话。"

小孩在梦中微微动弹，笑着，用额擦枕。

安德来郡王看着妹妹。玛丽亚郡主的明亮眼睛，在帐下半暗的光线里，因为眼中快乐之泪而异常炯灼。玛丽亚郡主俯首靠近哥哥，并吻他，轻轻地碰了帐子，他们互相警戒，仍旧站在帐下半明的光线里，好像不愿离开使他们三人与其他世界相隔绝的这个世界。安德来郡王在纱帐上绊乱头发，最先离开了床。"是的，现在剩给我的，就是这一件事了。"他叹气而说。

十

在他加入了共济会之后不久,彼挨尔——带着他为自己所写的,关于他应该在自己田庄上所做的事情的详情纲领,去到基也夫省,那里有他的大部分的农奴。

到了基也夫,彼挨尔把所有的管事都召集在他的总账房里,向他们说明自己的计划和期望。他向他们说,他将立刻采取各项步骤使他的农奴从奴隶制度中完全释放,直到他的农奴不再受工役的压迫,妇女与小孩不得派做苦工。对于农奴们应该给予帮助,处罚应该是规劝的而非肉刑的,在每个田庄上应该设立病院、救济院和学校。有几个管事(其中有些不甚识字的账房)惊惶地听了他的话,认为话中的意思是年轻的伯爵不满意他们的管理和中饱;有的在开始的恐惧之后，从彼埃尔的含糊发音和他们未听过的新字眼里发觉兴趣；第三类的，只是听到主东的话声便觉得满意；第四类的，最聪明的总管家在内，从这些话里明白了应当如何应付主东，以达到他们自己的目的。

总管家对于彼埃尔的各项计划表示了最大的同情。但他提出，在这些改良之外，必须普遍地办理在恶劣情形中的各项事件。

虽然有别素号夫伯爵的巨大财产，但自从彼埃尔获得这笔财产，并且据说每年获得五十万的收入以来，他觉得自己较之每年从故伯爵获得一万块钱的时候是更加贫困。在大体上他模糊地感觉到如下的预算。为全部的田庄要付给土地银行约八万，莫斯科郊外田庄、莫斯科的房子及郡主们的开支约三万，用在津贴方面的约一万五千，给慈善机构的约同此数，寄给伯爵夫人的生活费是十五万，债务的利息约七万，两年中已动工的教堂的建筑费各约一万，其余的——约十万——他自己不知道怎样用掉了，几乎每年他被迫借债。此外，每年总管家要报告火灾或歉收，或工厂与作坊的翻建之必要。所以彼埃尔面前的第一件事，是他对之最无能力与志趣的事情——事务的管理。

彼埃尔每天要和总管家接洽事务。但他觉得，他的忙碌没有使事务推进一步。他觉得，他的忙碌与事务全无关系，他的忙碌没有把握住事务的要点，并且没有使事务进展。在一方面，总管家表示事务处于最坏的情况中，向彼埃尔证明偿还债务以及用农奴的劳力——这是彼埃尔不同意的——做新工作的必要；在另一方面，彼埃尔要求他们进行解放工作，对于这件事，总管家揭出了先付土地银行债务的必要以及迅速执行的不可能。

总管家没有说这是完全不可能的。为达到这个目的，他提议出售考斯特罗马省的森林,出售下河的土地以及克利姆的田庄。但这一切的交易,在总管家的言语中,牵涉了那样复杂的程序,禁令的取消、呈请、许可等等,弄得彼埃尔没有主张,只向他说:"是的,你就这么做吧。"

彼埃尔没有那种实际的耐性——这将使他能够直接地问理事务——因此他不爱问事,只在管家的面前,努力装出他问事的样子。管家在伯爵面前也努力装出他认为这番忙碌对于主东是极有用的,而对于自己则不方便。

在大城里有熟人,不相识的人们赶快地来结识,并且热烈地欢迎新来的富人,本省最大的地主。对于彼埃尔的主要弱点——他在入会时所承认的那个——的各种引诱也是那样有力,彼埃尔不能避免它们。彼埃尔整天、整周、整月的生活又那样劳神地、忙碌地消磨在夜会、宴会、早餐、跳舞会里,如同在彼得堡一样,不给他有思索的时间。代替彼埃尔希望去过新生活的,是他仍归过他从前那种生活,只是在另一个环境里。

在共济会的三大宗旨之中,彼埃尔承认他没有实行那一条,就是每个共济会会员要做道德生活的模范。在七项美德之中,他完全没有了两样:道德和对死亡的爱。他这样地安慰他自己说,在另一方面他实行了别的宗旨——人类的改进,并且有了别的美德——对于邻人的爱,尤其是慷慨。

一八〇七年春,彼埃尔决定回彼得堡。在回去的路上,他计划巡视他所有的田庄,并亲自确定他所规定的事有了什么结果,以及上帝交托给他的、他所力图造福的人们现在是什么情形。

总管家认为年轻伯爵的一切设施对于自己，对于他，对于农奴几乎是疯狂的、无益的——他做了让步。继续表示解放工作是不可能的，他布置了在各大田庄上建设校舍、医院和救济院。为了主东的来到，他在各处准备了欢迎——不是严肃庆祝的欢迎，他知道彼挨尔不欢喜这个，而是那种虔敬地感谢的欢迎，带着神像以及面包与盐的欢迎，他了解他的主东，正是这种欢迎会感动伯爵并欺骗他。

南方的春天，在维也纳式车子里舒适迅速的旅行，道路的清静，欢喜地感动了彼挨尔。他未到过的各田庄——是一个比一个生动，各处的人民显得富庶，并且热情地感激他所造的福利。处处是欢迎，它们虽然使彼挨尔不自在，却在他的心底唤起了欣喜的情绪。在这一个地方农民带给他的面包与盐，以及彼得和保罗的圣像，并且要求他准许他们为了尊敬他的天使们彼得与保罗[1]，为了表示对于他所造的福利的爱与感激，用他们自己的钱在大教堂里建立一个新祭坛。在另一个地方妇女带着哺乳的婴儿欢迎他，感谢他把她们从苦工中解放出来。在第三个田庄上，挂十字架的神甫来欢迎他，神甫由小孩们环绕着，他由于伯爵的仁德而教他们写读与经文。在所有的田庄上，彼挨尔亲自看见了按照同一计划在建筑的和已建筑的石屋子、医院、学校、救济院，它们都不久就要开放的。处处彼挨尔看到管事报告农奴的工役较前减少，听到穿蓝色布衣的农奴代表的动人感谢。

只是彼挨尔不知道，在那带盐与面包给他的和建筑彼得与保罗祭

---

[1] 俄国教会于同日纪念二人，"彼挨尔"即"彼得"之意，故说是他的天使们。——毛

坛的地方，是一个买卖村庄，圣·彼得日的集场[1]，而祭坛是村上富农们早已建筑的，他们就是在他面前出现的，而这个村上十分之九的农奴是在极度贫困中。他不知道，因为奉他的命令停止了派遣扶养乳婴的妇女为主人做工，这些哺儿的妇女们在自己的田面上做更苦的工作。他不知道，这个挂十字架的、迎接他的神甫用自己的苛税压迫农奴，而聚在他身旁的学生是父母们含泪抵押给他并用巨额金钱赎回的[2]。他不知道，石屋子由他的苦工们按照计划建立起来，增加了农奴们的工役，而工役只是在纸面上减少了。他不知道，那里，即总管家在簿册上指示他奉他的意志减少三分之一租税的地方，农奴的工役增加了一半。于是因此彼挨尔因为他的巡察田庄而极喜，并且完全回复到他离开彼得堡时的那种慈善心肠，并且写了热情的信给"教师同志"，他这么称呼大教主。

"多么容易啊，做这么多的善事，需要多少的努力啊，"彼挨尔想，"为这些事我们多么不劳神啊！"

他因为对他所表示的感激而快乐，但接受时觉得羞耻。这种感激使他想起他还能够对这些简单善良的人们做更多的事。

总管家，一个极愚笨而奸诈的人，十分了解聪明而单纯的伯爵，并且耍弄他像傀儡，他看到所准备的屡次欢迎对于彼挨尔所发生的影响，更坚决地向他说到农奴解放之不可能，尤其是不需要的理由，他们没有这个也是十分快乐的。

---

[1] 祭坛可以吸引附近各村庄之人来赴集场，于当地农人有益。——毛
[2] 儿童在农民自垦田地上的工作，对于农民是宝贵的。——毛

彼挨尔在心底同意总管家，即是他难以设想更快乐的人，并且上帝知道他们自由的前途是什么。但彼挨尔虽然不愿意，却坚持他认为是正确的事。总管家答应了用各种努力去实现伯爵的意志，明白地知道，伯爵不仅绝不会考核，是否用了各种方法，为了偿还银行债务而出售了森林与田庄，并且也许绝不会问到，也不会知道所盖的房子是空在那儿，并且农奴们继续拿出劳力与金钱，如同他们给别的主人们一样，即拿出他们所能给的一切。

十一

在最快乐的心情中从南方旅行里回转，彼挨尔实现了他早怀在心的计划，即去访他的朋友保尔康斯基，他已两年没有见他。

保古洽罗佛是在不美的、平坦的乡间，四周环绕着田地和已伐及未伐的枞林及桦林。地主的庄院是在笔直顺大路两边的乡村尽头，在新掘的盈满的塘后，培边尚未生草，塘在幼林之中，林间有几株高大松树。

庄院包括打谷场、仆人下房、马厩、浴室、厢房和一座有半圆形正面尚在建筑中的大石房子。在房子的四周是新辟的花园，藩篱和大门都坚牢而崭新。在一个棚子下面有两架救火筒和一只漆绿色的水桶。路径都直，桥都结实，有石栏杆。处处有精确与匠心的印象。迎接的家奴们回答这个问题——郡王住在何处时,指示了塘边新盖的小屋。安德来郡王的老侍从安唐,扶了彼挨尔下车,说郡王在家,领他进了清洁的小前厅。

在煊赫的环境——他曾在这种环境里和他的朋友在彼得堡最后相见之后,彼挨尔惊异这个小而清洁的屋子的适度。他赶快地走进了尚有松木气味的、未涂刷的小厅,还想再向前走,但安唐用脚尖跑上前敲门。

"什么事?"发出了粗暴不快的声音。

"客人。"安唐回答。

"请他等一下。"于是听到椅子推动声。

彼挨尔快步走到门前,面对面地碰见了出房的、皱眉的、变老了的安德来郡王。彼挨尔抱他,摘下眼镜,吻他的腮,凑近看他。

"想不到,我很高兴。"安德来郡王说。

彼挨尔未说什么,他眼睛不动地、惊异地看他的朋友。安德来郡王所生的改变使他诧异。言语是亲爱的,安德来郡王的唇上和脸上有笑容,但目光是无色的、死气的,虽然显著的愿望,安德来郡王却不能在眼中显出欣喜愉快的光芒。在彼挨尔尚未看惯的时候,使他惊讶并觉得疏远的不是他的朋友消瘦、苍白、变老了,而是这种目光和额上的皱纹,表示对于某种东西的长久注神。

在久别后相会时,谈话好久不能停止——这是常有的事。他们简短地问答那些事情,关于这些事情他们自己知道须做长谈。最后,谈话开始渐渐停止在方才约略说及的话上,在关于过去的生活、关于未来的计划、关于彼挨尔的旅行、关于他的事务、关于战争等等问题上。彼挨尔在安德来郡王神色中所见的那种凝神与颓废，现在在他听彼挨尔说话时的笑容中显得更强烈。尤其是在彼挨尔兴奋地、欣喜地说到过去或未来时，好像是安德来郡王期望而不能够对他所说的发生兴趣。彼挨尔开始觉得，在安德来郡王面前，热情、幻想、对于快乐与良善的希望——是不相宜的。他羞于说出他一切的、新的、共济主义的思想，这些思想因为他最近的旅行在他心里特别复生和兴奋。他约制自己，恐怕显得单纯，同时他不能约制地期望赶快向他的朋友表示，他现在是一个全然不同的、较之彼得堡时更好的彼挨尔。

"我不能够向你说，我在这个时候经过了多少事情。我甚至自己认不出自己。"

"是的，自从那个时候，我们变了很多，很多。"安德来郡王说。

"那么，你呢？"彼挨尔问，"你的计划怎样？"

"计划吗？"安德来郡王讽刺地说。"我的计划吗？"他重说，好像是诧异这种字眼的意义，"你看见的，我盖屋子，我想来年全体搬来……"

彼挨尔无言，注神地看安德来郡王变老的脸。

"不是，我问。"彼挨尔说……但安德来郡王打断他：

"但为什么说到我呢……告诉我，告诉我你的旅行，你在自己田庄上所做的一切。"

彼挨尔开始说到他在自己田庄上所做的事情，企图极力掩饰他所做的改革。安德来郡王几次预先向彼挨尔说了他所要说的，好像彼挨尔所做的是久为人知的故事，他不仅不感兴趣地听着，并且甚至好像羞于彼挨尔所说的。

彼挨尔在朋友面前开始不安，甚至沉闷，他无言。

"是这样的，我亲爱的，"安德来郡王说，他显然对于客人也觉得沉闷和不安，"我是在这里宿营，我只是来看看的。我今天又要到妹妹那里去。我要把你介绍给她。但你似乎认识，"他说，显然是在应酬客人，他觉得现在和他没有了任何共同的兴趣，"我们在饭后就去。现在你想看看我的地方吗？"

他们出去走到吃饭的时候，谈着政治新闻和共同的朋友们，好像彼此不很亲密的人。安德来郡王只带了几分热情与兴趣说到他所盖的新房屋与住处，但甚至在这里，在谈话的当中，在足台上，当安德来郡王向彼挨尔说到屋子的将来布置时，他忽然停止。"不过这里没有任何东西是有趣的，我们吃了饭上路吧。"在吃饭时，谈话涉及彼挨尔的婚姻。

"我听到这事的时候，很是诧异。"安德来郡王说。

彼挨尔脸红，如同他每次说到这事时都脸红，他急速地说：

"我什么时候再向你说这一切的经过。但你知道，这一切都完结了，并且是永远的。"

"永远的？"安德来郡主说，"没有东西是永远的。"

"但你知道这一切是怎么完结的吗？听到决斗吗？"

"是的，你经过了这事件。"

"有一件事，我要感谢上帝，就是我没有打死这个人。"彼挨尔说。

"为什么呢？"安德来郡王说，"杀死恶狗也是很好的事。"

"不，杀人是不好的，不对的……"

"为什么不对呢？"安德来郡王重问，"什么是对的，什么不对——这是人不该批评的。人在批评是非的时候，较之做任何事情，是永远有错，并且还要有错。"

"对于别人有害，这就是不对。"彼挨尔说，满意地觉得，自他来此之后，安德来郡王第一次兴奋起来，并且开始说话，并且希望说出使他变为现在这样的一切。

"谁向你说过，什么是对别人的损害呢？"他问。

"损害？损害？"彼挨尔说，"我们都知道什么是对自己的损害。"

"是的，我们知道，但我自己所知道的那种损害，我不能对别人做出来。"安德来郡王说，渐渐地兴奋起来，显然希望向彼挨尔说出他对于事物的新见解。他用法文说："我只知道生活当中有两种很实在的不幸，就是忏悔与疾病。唯一的幸福就是没这两种不幸，为自己生活，只避免这两种不幸，这是我现在全部的哲学。"

"但对邻人的爱呢？自我牺牲呢？"彼挨尔说，"不，我不能和你同意！只为了不做损害、不忏悔而生活，这是不够的。我这样地生活过，我为自己而生活，我毁坏了自己的生活。只是现在，当我生活时，至少我企望（因为礼节彼挨尔纠正自己）为别人而生活，只是现在我才明白了一切人生的快乐。不，我不同意你，确实你也不相信你所说的。"

安德来郡王无言地看彼挨尔，并且嘲讽地笑着。

"你要看见了我妹妹，玛丽亚郡主，你会同她合得来。"他说。"也许你对于你自己是对的，"沉默了片刻，他继续说，"但每个人都照他自己的方法而生活。你曾为自己而生活，你说几乎因此而毁坏自己的生活，而只在你开始为别人而生活才认识了快乐。但我的经验相反，我曾为了光荣而生活（其实什么是光荣呢？同样的对别人的爱，希望为他们做点事情，希望他们的称赞）。我这样地为了别人而生活，并且不是几乎，而是完全毁坏了自己的生活。在我只为自己而生活时，我变得更安静。"

"但你怎么是只为自己而生活呢？"彼挨尔问，激奋起来，"儿子、妹妹和父亲呢？"

"但这都是和我一样，这不是别人。"安德来郡王说，"但别人、邻人们，如同你和玛丽郡主所说的，这是错误与损害的泉源。邻人就是那些人，你的基也夫的农奴们，你希望他们做善事。"

他用嘲笑的、挑衅的目光看彼挨尔，他显然是挑引彼挨尔说。

"你说笑话。"彼挨尔说，渐渐兴奋起来。"在我所希望的事情里（我做得很少很坏），能够有什么错误和损害呢？但我希望做善事，确实做点什么事？不幸的人们，我们的农奴和我们一样的人们，长成、死亡，对于上帝和真理没有别的概念，只有仪式和无意义的祈祷。假使他们学得了安慰的信仰——来生、报复、酬报、安慰，能够有什么损害呢？人们生病而死，没有帮助，在物质上能够那么容易地帮助他们，在我给他们医生、医院、救济衰老的时候，这里有什么损害与错误呢？农夫、农妇和小孩们日夜不能休息，我给他们休息和闲暇，难道这不是具体的，不是无疑的福利吗？……"彼挨尔说，急促而发音含糊。"我做了这些事，虽然不好，虽然不多，但我为了这个而做了点事情，并且你不但没有使我相信我做的是不好的，而且也没有使我相信你自己不是这么想的。而主要的是，"彼挨尔继续说，

"我知道,并且确实知道,做这种善事的喜乐是唯一确实的人生快乐。"

"但,假使这样处理问题,那么这又是一回事了。"安德来郡王说。"我盖房子、辟花园,但你盖医院,两种事情都能够消磨时光。但什么是对,什么是善——让知道一切的人去批评,不是我们。好,你要讨论,"他添说,"好,说吧。"他们从桌旁走出,坐在代替阳台的阶级上。

"好,我们来讨论吧。"安德来郡王说。"你说到学校,"他继续说,弯曲手指,"教导,等等,这就是,你使他,"他说,指着一个从他们身边走过的、脱帽的农奴,"脱离他的兽畜状况,给他精神的需要,但我觉得唯一可能的快乐——是兽畜的生活,你却想剥夺他这个。我羡慕他,你却想使他变成我,但没有给他像我的环境。你说到另一件事:减轻他的工作。在我看来,生理的劳动对于他是那样的一种必要,那样的一种生存条件,正如智慧的劳动对于你和我。你不能够不思想。我两点多钟上床睡觉,各种思想来到我的脑筋里,我不能睡着,我辗转,直到早晨还不能睡着,因为我思想,不能不思想。正如他不能不犁田、不割草,不然他便要进酒店或者生病。正如同我不忍受他的可怕的生理劳动,我在一星期内就要死,同样的他不能忍受我的生理安逸,他要发胖,要死。第三点——你说的是什么呢?"

安德来郡王屈着他的第三个手指。

"呵,是的,病院,医药。他有急症,他要死,你为他放血,治好他。他要做十年残疾人,拖累所有的人。让他死掉,是极为简单而舒服。别的人要生出来,他们这种人很多。假使你可惜损失了一个多余的苦工——我是这样看他——而你由于对他的仁爱,希望治好他,但他不需要这个。此外,医药曾经治好了某某人,这是什么样的一个幻想呢!杀死——那样!"他说,愤怒地皱眉,避开了彼挨尔。

安德来郡王那样明白地、确定地说出的思想,可以看到,他已不止一次想到这个,并且他乐意地、迅速地说,好像一个久不说话的人。他的见解愈悲观,他的神色愈生动。

"呵,这是可怕的,可怕的!"彼挨尔说,"我只是不明白——如何能够怀着这种思想而生活。我有过同样的时候,它不久,在莫斯科和途中的时候,但那时我丧气到那样的程度,我好像不在生活,我觉得一切可憎……主要的,我自己。那时我不吃饭,不洗脸……那么,你怎么样呢?……"

"为什么不洗脸呢,这是不清洁的,"安德来郡王说,"相反,应该尽可能地努力使自己的生活更加悦意。我生活,这是无罪的,所以应该更好一点,不妨碍任何人,活到死。"

"但是什么东西引起你怀着这种思想而生活呢?你要坐着,不动弹,不参与任何事情……"

"生活并不是这样地安安静静。我高兴什么事也不做,但这里,一方面,当地的贵族赏光选我做代表[1],我极力避免了。他们不能明白,我没有那种应有的资格,没有那种显著的、好意的、烦心的庸俗,这是做这种事所需要的。后来是这里的这个房子,这是必须盖起来的,为了我要有一个可以心安的自己的角落。现在有民团。"

---

[1] 贵族代表为一区之贵族及地主之正式代表人。——毛

"你为什么不在军队里服务呢?"

"在奥斯特里兹之后!"安德来郡王愁悒地说。"不是,我很感谢你,我向自己发过誓,我绝不在作战的俄军中服务。即使保拿巴特驻扎在这里,在斯摩楞斯克,威胁童山,我也不,就是那时候,我也不在俄军中服务。好,我向你这样说过,"安德来郡王继续说,恢复着镇静,"现在,民团,父亲是第三区的总司令,我唯一避免军役的办法——是在他下面做事。"

"所以你是在服务吗?"

"我在服务。"他沉默了一会儿。

"那么你为什么服务呢?"

"是为了这个。我父亲是他那时候最显赫的人物之一。他老了,他不残忍,但他有太活动的性格。因为他惯于无限的权柄,现在有皇帝给他做民团总司令的这种权柄,他是可怕的,假使两星期前我要迟了两个钟头,他便要在尤黑诺夫绞死注册员了。"安德来郡王带笑地说,"所以我服务,因为除了我没有人能够感动父亲,我有时从那些事后将令他烦恼的行为中救出他。"

"呵,你看到这里!"

"是的,但这不是如你所想的,"安德来郡王继续说,"我不曾期望,也不希望对于这个卑鄙的注册员做丝毫善事,他偷民团的鞋子,我甚至很愿意看见他绞死,但我可惜我父亲,这又是我自己。"

安德来郡王渐渐兴奋起来。当他企望向彼挨尔证明,在他的行为中,从来没有对邻人做善事的希望时,他的眼睛火热地发光。

"呶,你还想解放农奴,"他继续说,"这很好,但不是为了你

(你，我想，没有杖打过任何人，不送人往西伯利亚)，更不是为了农奴。假使殴打他们，杖打他们，送往西伯利亚，我想，他们毫不觉得这是更坏。在西伯利亚他能够过同样的兽畜生活，身上的伤痕痊愈，他便快乐如旧。但这对于那些人是需要的，他们在道德上堕落，对自己怀着忏悔，压制这种忏悔，并且因为他们能够公正或不公正地判罪而变得无情。我就可怜这种人，我愿为这种人而解放农奴。你也许没有看到，但我看见了，如何好人们生长在这些有无限权力的传统中，多年来，他们变得更暴躁，变得残忍、野蛮，他们知道这个，但他们不能约制自己，并且变得更不幸，更不幸。"

安德来郡王带了那样的热情说这话，彼挨尔不觉地想到这些思想是他的父亲引起安德来郡王的。他没有回答他什么。

"我就是为这个觉得可怜——为人类尊严，为良心的平安，为纯洁，而不是为他们的脊背和额头。这些，无论你怎么打，无论你怎么剃[1]，仍然是同样的脊背和额头。"

"不是，不是，一千个不是！我绝不同意你。"彼挨尔说。

---

[1] 地主可放逐农奴至西伯利亚，去时，农奴头发须剃去一边，如逃跑，可以容易抓回。——毛

十二

傍晚安德来郡王和彼挨尔坐上篷车,赴童山。安德来郡王注意着彼挨尔,有时用言语打破沉默,表示他处在良好的心情中。

指着田地,他向他说到自己农事的改进。

彼挨尔愁闷地沉默,用单音节回答着,并且显得沉浸在自己思想中。

彼挨尔以为安德来郡王是不快乐,以为他错了,以为他不知道真正的光明,并且彼挨尔应该来帮助他、开化他、提起他。但彼挨尔刚刚开始想到要如何说,并说什么,他预见安德来郡王将用一个字、一个理由消灭他教义中的一切,于是他怕开始将他的最心爱神圣的东西放在嘲笑的可能性上。

"不，为什么你想，"彼挨尔忽然开言，垂下头，做出牛触角时的样子，"为什么你那样想呢？你不该那么想。"

"我想什么呢？"安德来郡王诧异地问。

"关于生活，关于人类的目的，这是不可能的。我常常这么想，并且我得救了。你知道是什么吗？——共济主义。不，你不要笑。共济主义——不是宗教的，不是仪式的派别，像我从前所想的，但共济主义是人类最好、最永久方面之最好唯一的表现。"于是他开始照他所了解的向安德来郡王说明共济主义。

他说共济主义是脱离政治与教会羁绊的基督教教义，是平等、友爱与爱情的教义。

"只有做神圣的会员才是人生的真义，其余一切都是梦。"彼挨尔说。"你想吧，我亲爱的，在这个联盟会之外，一切都充满了欺骗与虚伪，并且我同意你，就是对于一个智慧的、善良的人，除了像你，活完一生，只企图不妨碍别人而外，没有别的东西了。但你要采取我们的基本信条，加入我们的会，把你自己交给我们，让我们领导你。我觉得，你立刻便感觉到自己是这个伟大不可见的链条的一部分，它的端倪藏在天上。"彼挨尔说。

安德来郡王无言，看着前面，听彼挨尔说。几次他因为车轮的声音没有听到，重问彼挨尔他所未听到的。由于安德来郡王眼中所燃烧的特别光芒，并由他的沉默，彼挨尔看到他的话没有落空，安德来郡王没有打断他，也没有要笑他的话。

他们走到一条满溢的河前，他们必须用渡船渡过去。留下了车、马，他们走上渡船。

安德来郡王凭在船槛上,沉默地纵观在夕阳中闪耀的溢水。

"那么,你对于这个有什么感想呢?"彼挨尔问,"你为什么沉默呢?"

"我想什么吗?我听你说,一切都很好。"安德来郡王说,"但你说:加入我们的会,我们将向你指示人生的目的、人类的前途和统治世界的规律。可是我们是谁呢?——人们吗?为什么你知道一切?为什么我一个人看不见你所看见的呢?你在地上看到善与真的王国,但我看不见它。"

彼挨尔打断他。

"你相信来生吗?"他问。

"来生吗?"安德来郡王重说,但彼挨尔不给他时间回答,并且认为这重复是反对,尤其是因为他知道安德来郡王先前无神的信念。

"你说,你不能看见地上善与真的王国。我也没有看见,并且它不能被看见,假使要把我们的生活看作一切的终结。在地上,就是在这个地上(彼挨尔指着郊野),没有真理——一切是欺骗与邪恶。但在宇宙中,在整个的宇宙中有真理的王国,我们现在是地上的孩童,且永远是整个宇宙的孩童。我没有在自己心中感觉到,我构成这个巨大、和谐整体的一部分吗?我没有觉得,我在这个巨大无量数的众生之中——在这里面表现了神或崇高的权力,假使你愿意这么说——我构成一环,自下层生物到上层生物的一级吗?假使我看见,明确地看见从植物到人类的这阶梯,则我为什么要假定这个阶梯因我中断,而不再向前、向前呢?我觉得,我不仅不消失,一如宇宙间无物消失,而且我永远要在,并永远在过。我觉得在我之外、在我之上活着精灵，在这个世界里有真理。"

"是的，还是赫德的学说，"安德来郡王说，"但亲爱的，不是这个说服了我，而说服我的是生与死。说服你的是你看见你所宝贵的人，他和你有关系，你对他有过错，并且希望纠正自己。"安德来郡王声音打战，转过身去。"而忽然这个人受苦，不幸，不复存在……为什么？不能够没有回答！并且我相信，回答是有的。就是这个说服我，就是这个说服了我。"安德来郡王说。

"正是，正是，"彼挨尔说，"这不就是我说的那个吗？"

"不是。我只说，使人相信来生之必要的不是理论，而是这个——当你和一个人手牵手地走进生活时，忽然这个人消失在无所的那里，而你停止在这个深渊之前，向下面看。于是我看了……"

"那么，这就对了！你知道，什么是那里，什么是某人！那里是——来生。某人是——上帝。"

安德来郡王没有回答。车和马早已渡过对岸，已经套就，太阳已坠到地平线上，暮霜结在渡口的水潦上如星星，但彼挨尔和安德来使听差、车夫和舟子惊异，仍旧站在渡船上说话。

"假使有上帝、有来生，那么便有真理、有美德，并且人类的最高快乐是在努力达到它们。必须生活，必须爱，必须信仰，"彼挨尔说，"我们并不只是今天生活在这块土地上，而且生活过，并且将永远生活在一切之中。"他指天空。安德来郡王凭在船槛上站着，听彼挨尔说话，眼不离开地看太阳在蓝色水面上的红光反光。彼挨尔无言，是绝对的宁静。渡船停了很久，只有流水的波在船底上打出微弱的浪声。安德来郡王似乎觉得波浪的潺潺对于彼挨尔的话说道："这是真的，相信这个！"

安德来郡王叹气，用明亮的、小孩般的、温柔的目光，看了看彼挨尔发红的、胜利的但仍然在畏友之前畏怯的脸。

"是的，假使这是如此！"他说。"但我们去上车吧。"安德来郡王添说，走出渡船。他看彼挨尔指示给他的天空，在奥斯特里兹战役之后，他第一次看见那个崇高的、永恒的、他躺在奥斯特里兹田野上所见过的天空，并且在他心中睡眠很久的、较好的东西，忽然欣喜地、年轻地在他灵魂中觉醒了。这种情绪在安德来郡王重回到习惯的生活环境时便立刻消失了，但他知道这种情绪——但他不知道如何发展它——活在他心中。和彼挨尔的见面对于安德来郡王是一个新纪元，从这个时候开始了他内在世界的新生活，不过在外表上还是如旧的。

十三

当安德来郡王和彼埃尔来到童山住宅的大门时,已经天黑了。在他的车子到达的时候,安德来郡王笑着要彼埃尔注意门后那里所发生的骚动。一个弯腰的、背上有布囊的老妇和一个不高的、穿黑衣的、有长发的人,看见进来的车子,跑回屋子的正门口。两个妇人跟他们跑。一共四个人,盼顾着车子,惊惶地跑上后门的阶层。

"他们是玛盛的神徒,"[1]安德来郡王说,"他们把我们当作我的父亲。就是这一件事,她不服从他:他命令把这些参圣者赶走,但她接待他们。"

---

[1] 直译则为"上帝之民",与圣徒有别。——译

"但这些神徒是什么人?"彼挨尔问。

安德来郡王不及回答他。仆人们出来迎接,他问老郡王在何处,是否快要回来。

老郡王还在城里,他们时刻地盼望他。

安德来郡王领彼挨尔到了他自己的住处,这是在父亲的屋子里一向为他准备妥帖的,他自己去到育儿室。

"我们去看妹妹,"安德来郡王回到彼挨尔这里说,"我还没有看见她,她现在藏起来了,和她的神徒们坐在一起。她受窘,是她应得的,但你将看见神徒们。这实在是怪事。"

"什么是神徒?"彼挨尔问。

"你会看见的。"

当他们进去看她时,玛丽亚郡主确实窘迫而脸红。在她的舒适房间里有灯笼在神像前,在茶炊后边的沙发上和她并排坐着一个长鼻子、长头发、穿僧服的年轻人。旁边的椅子上坐着一个打皱的、瘦的老妇,在儿童般的面部上有温和表情。

"安德来,为什么不通知我?"她微责地说,在她的参圣者们前面站起,好像鸡雏前的老鸡。

"看见你,我极愉快,我很高兴,看见你。"在彼挨尔吻她的手时,她向他说。她从小认识他,现在他和安德来的友谊,他和夫人的不幸,尤其是他的良善、简单的脸使她对他满意。她用美丽的、炯灼的眼睛看他,好像她说:"我很欢喜你,但请你不要笑我的朋友。"

交换了开头的问候话,他们坐下。

"啊，依发奴示卡在这里。"安德来郡王说，笑着指示年轻的参圣者。

"安德来！"玛丽亚郡主请求地说。

"你要知道，这是一个女人。"安德来用法文向彼挨尔说。

"安德来为了上帝的缘故！"玛丽亚郡主用法文重说。

显然，安德来郡王对于参圣者们的嘲笑态度和玛丽亚郡主对于他们无用的袒护，是他们之间习惯的、确定的态度。

"但我亲爱的，"安德来郡王用法文说，"相反地，你应该感谢我向彼挨尔说了你和这个年轻人的亲密。"

"当真吗？"彼挨尔说，好奇地、严肃地（玛丽亚郡主因此特别感激他），从眼镜上边看依发奴示卡的脸。他明白谈话是关于他，用狡猾的目光看大家。

玛丽亚郡主为了自己朋友的窘迫是完全无用的。他们毫不局促。老妇人垂了眼睛，但侧窥进来的人，她把茶杯底朝上放在茶托里，把嗦过的糖块放在旁边，镇定地、不动地坐在靠背椅上，等着别人再向她倒茶。依发奴示卡从茶托里嗦着茶，垂头地用狡猾的、女性的眼睛看年轻人们。

"在哪里，在基也夫吗？"安德来郡王问老妇。

"是的，先生，"老妇健谈地回答，"在圣诞日我有荣幸在圣徒们那里接受了神圣的、天上的恩惠，现在，先生，在科利亚逊显现了伟大的神恩。"

"呵，依发奴示卡和你在一起吗？"

"我一个人去的，施主，"依发奴示卡说，企望用低声说，"我只在尤黑诺夫碰见撒啦盖尤示卡……"

撒啦盖尤示卡打断了她的同伴,她显然希望说出她所看见的。

"在科利亚逊,先生,伟大的神恩显现了。"

"怎么,新的神骨吗?"安德来郡王问。

"够了,安德来,"玛丽亚郡主说,"不要说,撒啦盖尤示卡。"

"不……为什么,小姐,为什么不说呢?我喜欢他。他仁慈,是上帝选出来的。他是我的施主,给过我十卢布,我记得。我在基也夫的时候,疯子基柔沙向我说(他是一个真正的神徒,冬夏赤脚),他说,为什么你不到你的地方去,到科利亚逊去,那里有显灵的神像,上帝的圣母显现了。听了这话,我便同圣徒告别,我走了。"

大家无言,只有老妇吸着气,用适度的声音说话。

"我来了,我的先生,有人向我说,伟大的神恩启示了,上帝的圣母从腮上流下了圣油……"

"好了,好了,以后再说。"玛丽亚郡主红着脸说。

"让我问她。"彼挨尔说。"你亲自看见的吗?"他问。

"当然,先生,我有荣幸亲自看见,脸上有那样的光,好像天上的光,圣母腮上这样地滴下,这样地滴下……"

"其实这是欺骗。"彼挨尔注意地听了老妇的话,单纯地说。

"呵,先生,你说什么!"撒啦盖尤示卡恐怖地说,向着玛丽亚郡主求助。

"他们骗人。"他重说。

"主耶稣基督啊!"女参圣者画着十字说。"呵,不要说了,先生，有一个将军这样地不相信，他说'道士们骗人'，他说过这话，眼就瞎了。他梦见撒切尔斯基的神母来向他说：'你要相信我，我就治好你。'所以他开始要求：带我到她那里去。这是我向你说的真正的事实，我亲自看见的。他们把他这个瞎子一直带到她那里，他到了，趴下了，说：'治好我吧！'他说：'我要给你沙皇给我的东西。'我亲自看见的，先生，一颗星那样地放在圣像里。当真——复明了。你那样说是罪过，上帝要罚你。"她恭敬地向彼挨尔说。

"星怎么会进圣像里去呢？"彼挨尔问。

"他们把圣母升成将军了吗？"安德来郡王笑着说。

撒啦盖尤示卡顿然脸白，伸出手臂。

"先生，先生，你招罪过，你有儿子！"她说，忽然从苍白变为深红。

"先生，你说了这样的话，上帝饶恕你。"她画十字。"主呵，饶恕他。啊哟，这是怎么回事？……"她向玛丽亚郡主说。她站起，几乎要哭，开始整顿她的布囊。显然，她又恐惧，又羞耻，她在能够说出这样话的人家接受了恩施，并且可惜她现在必须放弃这家的恩施。

"你为什么要说这话呢？"玛丽亚郡主说，"你为什么到这里来的？"

"不，你知道我是说笑话，撒啦盖尤示卡。"彼挨尔说。"郡主，我发誓，我不想侮辱她，我只那么说说。你不要记住，我是说笑话，"他羞怯地笑着说，企望掩饰过错，"这全是我的错，但他是无意的，他是说笑话。"

撒啦盖尤示卡仍不相信，但彼挨尔脸上有诚意忏悔的神情，并且安德来郡王那么温和地时而看撒啦盖尤示卡，时而看彼挨尔，她渐渐地心安了。[1]

---

[1] 此种女参圣者常数月数年甚至终生参诣各处圣地，行乞四方，在俄国甚为普遍，其中亦有残废及神志失常之人。他们常得信士们，如玛丽亚郡主的帮助。——毛德

十四

女参圣者心安了，又被引入话谈中，又很久地谈着阿姆非洛嘿神父，他过着那样神圣的生活，他的手上发生了香气；又说到她相识的几个修道士，在她最近去基也夫朝圣时，给了她墓穴的钥匙，她随身带了干粮，在墓穴里和圣徒们过了两天。"我向这一个祈祷，唱赞美诗，又走近另一个。我睡了，我又去吻圣骨。哎哟，那样的安静，那样的幸福，不再想出来到上帝的世界里来了。"

彼挨尔注意地、严肃地听她说。安德来郡王走出了房。在他之后，玛丽亚郡主领彼挨尔走进客厅，留下神徒们吃完他们的茶。

"你很仁慈。"她向他说。

"啊，我实在不想侮辱她，我那么了解并很尊重这些情绪。"

玛丽亚郡主无言地看他,并温柔地笑。

"你知道我早就知道你了,我爱你如兄弟。"她说。"你觉得安德来是怎么样呢?"她疾速地问,不给他时间对于她的亲善的话有所回答。"他使我很不心安。冬天他的健康好些了,但上个春天伤又开口了。医生说,他应该出门去医治。我在精神上很为他担忧。他没有我们妇女这样的性格,受苦,并哭泄自己的忧愁。他在心里忍受忧愁。今天他愉快、活泼了,但这是你的来到那么影响了他,他很少是这样的。假使你能劝他到国外去,多么好啊!他需要活动,而这种规律的、平静的生活是对他不好的。别人看不出,但我看见。"

约十点钟时,仆役们听到老郡王来车的铃声,奔到阶级上。安德来郡王和彼挨尔也走出到阶级上。

"这是谁?"下了车,看见彼挨尔,老郡王问。

"呵!很欢喜!吻我吧!"他说,知道了不相识的青年是谁。

老郡王心情很好,并且热诚接待彼挨尔。

在夜饭之前,安德来郡王回到父亲书房时发现老郡王和彼挨尔在热烈争执中。彼挨尔证明,将来有一个时候战争不再会有。老郡王嘲笑地,但不发怒地辩驳他。

"血从脉里流出,放进水,那时候就没有战争了。老太婆的见识,老婆子的见识。"他说,但仍然亲善地拍彼挨尔的肩膀,并走到桌前。安德来郡王在那里整理老郡王从城里带来的文件,显然不想加入谈话。老郡王走到他面前,并开始说到事务。

"贵族代表,一个姓罗斯托夫的伯爵,一半的人还没有送来。他来到城里,想请我吃饭——我给他这样好的饭吃……看这里的这个……好，孩子。"尼考拉·安德来维支郡王向儿子说，拍着彼挨尔的肩膀。"你的朋友是好人，我喜欢他！他提起我的精神。别人说聪明话，我不想听，但他说废话，却引起我这个老头儿的精神。去吧，去吧。"他说。"我也许要来，陪你们吃夜饭。我再来讨论。同我的笨姑娘玛丽亚郡主要好吧。"他在门口大声向彼挨尔说。

彼挨尔只是现在，在他来到童山时，才看重他和安德来郡王友谊的全部力量与优美。这种优美表现于他和他本人的关系中的，尚不如表现于他和他家族及家里人的关系中的。彼挨尔和严厉年老的郡王，和温柔羞怯的玛丽亚郡主，虽然他几乎不认识他们，却一见如故。他们都喜欢他。不仅玛丽亚郡主用最炯灼的目光看他——她因为他对女参圣者的温和态度而觉得满意，而且幼小的周岁的尼考拉郡王——祖父这么称呼他——也向彼挨尔笑，向他手里跑。当他和老郡王说话时，米哈伊·依发诺维支和部锐昂小姐带着喜悦的笑容看他。

老郡王出来吃夜饭，这显然是为了彼挨尔。在他客居童山的两天之内，老郡王对他特别和善，并且要他再来看他。

在彼挨尔走后，全家人聚在一起的时候，他们开始谈论他，这是在新客人走后常有的事，而他们都只说到他好的地方，这是少有的事。

十五

在这次假期后回营时,罗斯托夫第一次感觉到并认识了他和皆尼索夫及全团的关系是坚强到什么样的程度。

当罗斯托夫将到军中时,他感觉到的情绪类似他到厨子街的家屋时所感觉到的。当他看见本团第一个衣服未扣的骠骑兵时,当他认出红发的皆明戚也夫时,当他看见栗色马系绳时,当拉夫路施卡高兴地向他主人大声说"伯爵来了"时,当蓬发的、在床上睡觉的皆尼索夫从土屋里跑出搂抱他,而军官们聚集了来看新到的人时——罗斯托夫感觉到他母亲、父亲、妹妹们抱他时的那种情绪,并且喜悦之泪涌上了他的喉嗓,妨碍他说话。军队也是家,是不变的亲爱而宝贵的家,好像父母的家。

报告了团长，接到了任命回原先骑兵连，担任了值班和押运粮秣，加入军中一切微小的兴趣里，觉得自己失去自由，并且钉在一个狭小不变的格子里——罗斯托夫感觉到同样的安宁、同样的供给，并且同样地意识到他在此如同在家、在自己的地方，如同他在父母的家里所感觉到的。这里没有自由世界的那种全部纷乱，在自由世界里他找不到自己的地方，并且在自由选择中发生错误。这里没有索尼亚，他同她应该或不应该有所说明。这里没有到某处或不到某处的可能，一天的二十四小时不能够有那么多不同的用法，没有那么多无数的人——他们当中没有人是较为接近，没有人是较为疏远，没有那种和父亲的不清楚、不确定的金钱关系，没有对道洛号夫的可怕的损失之回忆！这里在军队中一切是明白而简单的。整个的世界分成了两个不相等的部分：一个是我们的巴夫洛格拉德的骑兵团，另一个是所有其余的。对于那些其他的，没有任何关系。在军队里一切是确知的：谁是中尉，谁是上尉，谁好，谁坏，并且主要的——谁是伙伴。随军商人相信他挂账，军饷一年发三次，用不着想和选择，只有不做巴夫洛格拉德骑兵团认为不好的事，派到任务时，做那明白的、清楚的、确定的、命令的事：一切都会好的。

重回到军队生活的这些确定情形里，罗斯托夫感觉到喜悦与安宁，好像一个疲倦的人在躺下休息时所感觉到的。罗斯托夫觉得更喜悦的是在这次战役中的军队生活，因为他在输钱给道洛号夫之后（对于这个行为，虽有他家庭的多方安慰，但他不能饶恕自己），他决定了不再像从前那样服务，而为了补救他的过失，他要好好服务，并做一个完全出色的伙伴和军官，即一个好人，这在人世上显得是那么困难,而在军队里是那么可能。

罗斯托夫自从输钱之后,决定了他要在五年之中向父母偿还这笔债务。他一年收到一万,现在他决定只拿两千,其余的留给父母作为还债。

*　　*　　*

我们的军队在不断地退却、前进,在普尔土斯克与普鲁士·爱劳的战役之后,集中在巴吞示泰恩附近。他们等候皇帝莅军和新战的开始。

巴夫洛格拉德团——属于一八〇五年参与战役的那部分军队——在俄国补充着,没有赶上这次战役的最初战事。他们既未参与普尔土斯克战事,也未参与普鲁士·爱劳战事,在战事的下半期会合了作战的军队,他们属于卜拉托夫支队。

卜拉托夫支队离开大军单独作战,巴夫洛格拉德的骠骑兵几次与敌人小接触,擒获了俘虏,并且有一次甚至夺得了乌地诺将军的许多车辆。四月中,巴夫洛格拉德骠骑兵在一个荒废成墟的、无人的日耳曼村庄附近驻扎了几个星期,未离防地。

是融雪的时候,泥泞,寒冷,河中冰破,道路难行。有好几天没有发粮秣给人马,因为运输不可能,所以兵士们分散在无人的荒村寻找番薯,但是这个也是很少。

一切都吃完了,一切的居民都逃走了。那些留下来的比乞丐情形还坏,不能从他们那里取得什么,甚至没有恻隐之心的兵士们常常把自己最后的东西给他们,而不取得他们的东西。

巴夫洛格拉德团在战事中只损失了两个受伤的人,但因为饥饿与疾病却损失了将近一半的人。在医院中他们一定会死亡,所以疾病发热的和因不良食物而浮肿的兵士们,宁愿服务,在前线上费力地拖着腿子,不想进医院。开春后,兵士们开始发现了一种地上长出的植物,类似龙须菜,因为什么缘故他们叫它玛示卡的甜根,并且分散在场与地上寻找这种玛示卡的甜根(它很苦),用刀掘出来吃,虽然有命令禁止吃这种有毒的植物。春间在兵士当中发生一种新的疾病,手、脚和脸部发肿,它的原因医生认为是吃这种甜根。但虽有禁令,皆尼索夫骑兵连的兵士却主要地吃这种玛示卡的甜根,因为他们用最后的、每人只领得半磅的饼干拖延了两星期,而最后分散的番薯都冻坏了、发芽了。

马匹也用屋上的草顶饲喂了两星期,都瘦得不能看,仍旧披着冬季的凌乱的毛。

虽有这样的不幸,兵士们和军官们的生活却完全如旧。同样地,现在虽然面色苍白浮肿,衣服破碎,骠骑兵们却仍旧排队点名,寻找食物,刷马匹,擦军械,拖下屋顶的草秸代替马秣,到大镬前吃东西,他们饥饿地从那里站起,嘲笑他们的劣食和饥饿。同样如旧地,在军务闲暇时,兵士们燃起燎火,在火前烤袒裸的身体,吸烟,选择并烘烤出芽的腐坏的番薯,说出并听关于波巧姆金及苏佛罗夫战事的故事或关于狡猾的阿辽沙和神甫的雇工米考卡的传说。

军官们仍旧和平常一样,两三人合住无顶的、破败的房子。高级的忙于搜集草秸、番薯和一般兵士们的生活资料,低级的任务和平常一样,有的玩牌(钱很多,但食物缺乏),有的玩天真的游戏——投圈圆和九柱戏。他们很少说到战事的大势，一部分因为不知道任何确实的情形，一部分因为他们空洞地觉得战事的大势是恶转。

罗斯托夫仍旧和皆尼索夫住在一起，他们的友谊关系在他们分别后更加紧密。皆尼索夫从不说到罗斯托夫的家庭，但由于上级官对下级官所表示的温柔友情，罗斯托夫觉得老骠骑兵对娜塔莎的不幸的爱情和这种友谊的加强有点关系。皆尼索夫显然尽可能地使罗斯托夫少受危险，当心他，在战事之后特别欢喜地看见他安然无恙。在某一次的任务中，罗斯托夫在他寻找粮食的无人荒村里，发现一个老波兰人和他的女儿及一个乳婴。他们没有穿的，饥饿，不能走开，又没有出行的工具。罗斯托夫把他们带到自己的营里，住在自己的营里，维持了他们数周，直到老人转好。一个谈到女人的伙伴嘲笑罗斯托夫，说他最狡猾，说他若将伙伴们介绍给所拯救的美丽波兰女子不是错误。罗斯托夫把笑话当作侮辱，并且发火，向这个军官说了那样不快的话，皆尼索夫费了力才压制两人不决斗。军官走后，皆尼索夫不知道罗斯托夫对波兰妇人的关系，开始责备他发怒。罗斯托夫向他说：

"听你怎么说……她对我像是姐妹，我不能向你说这对于我是多大的侮辱……因为……因为……"

皆尼索夫拍他肩膀，开始在房中迅速走动，不看罗斯托夫，这是他在心情兴奋时的行为。

"你们罗斯托夫家是多么呆啊！"他说，罗斯托夫看见了皆尼索夫眼中的泪。

十六

四月中军队因皇帝莅军的消息而兴奋。罗斯托夫未能受到皇帝在巴吞示泰恩所举行的检阅，巴夫洛格拉德的骠骑兵在前卫上，远在巴吞示泰恩的前面。

他们扎着野营。皆尼索夫和罗斯托夫住在兵士们为他们掘成的土窑里，用树枝和草土做顶。土窑是用当时流行的如下的方法盖成的：掘一沟，宽一阿尔申半，深二阿尔申，长三阿尔申半（一阿尔申合〇点九一公尺，二点二中尺——译）。在沟的一端做出阶级，这就是入口和阶层，沟的本身便是房间，在这里，幸运的军官，如骑兵连长，便有木板横在桩上，在里边对着阶级——这是桌子。顺沟的两边掘去一阿尔申宽的土，这便是两张床和沙发。屋顶盖得可以让人在当中站起来，甚至在床上的人如靠近桌子还可以坐。生活阔绰的皆尼索夫在屋顶的前面还有一块板——因为他连里的兵都爱他——在这块板上有一个破的黏合的玻璃。当天气很冷时，他们便在弯曲的铁板上，从兵士的燎火里，把着火带到阶级旁（皆尼索夫叫这部分土窑为客室），使它那么暖，军官们只要穿一层衬衣，在皆尼索夫和罗斯托夫这里总是有许多军官。

四月间罗斯托夫当值。在不眠之夜后，早晨七点多钟回家时，他命人取火，换掉透雨的衣服，祷告上帝，喝茶，把东西有条理地放在自己的角落里和桌上，带着被风吹得发热的脸，穿一件单衫，躺在背上，把双手折在脑后，烤着火。他悦意地想着，他日内便要因为他最近的侦探工作而晋级，并等候着出门的皆尼索夫。罗斯托夫想同他谈话。

在土窑的后边听到了皆尼索夫颤动的叫声，显然是在发怒。罗斯托夫凑近窗子去看他同谁发生了事故，看见了曹长托卜清考。

"我命令你不要让他们吃这种根，玛示卡的什么！"皆尼索夫大声说，"我亲自看见的，拉萨尔秋克从田里拔出来。"

"我命令过了，大人，他们不听。"曹长回答。

罗斯托夫又躺到床上，满意地想着："让他麻烦吧，让他忙碌，我做完了自己的事，躺着——好极了！"他隔墙听到在曹长之外，还有拉夫路施卡在说话，他是皆尼索夫的伶俐、无赖的马弁。拉夫路施卡说到运输车、饼干、牛，这是他出去找粮食时看见的。

在棚子的外边又听到皆尼索夫远处的叫声和话："上马！第二排！""他们到何处去呢？"罗斯托夫想。

五分钟后,皆尼索夫走进棚里,用泥脚蹬上床,愤怒地点着烟斗,乱丢了他所有的东西,拿了鞭和刀,开始走出土窑。对罗斯托夫的问题,何处去?——他愤怒地、不确定地回答说,他有事。

"让上帝和伟大的皇帝审判我!"皆尼索夫出门时说,罗斯托夫听到在棚子的外边有几匹马的蹄子在泥淖中践踏。罗斯托夫甚至不烦心皆尼索夫往何处去。在自己的角落里烘暖后,他睡觉了,直到傍晚他才走出棚子。皆尼索夫还未回来。傍晚天气开朗了,在附近土窑的旁边有两个军官和一个见习军官在玩投圈,带着笑声把萝卜抛在泥泞的软土里。罗斯托夫加入了他们。在游戏的当中,军官们看见向他们赶来的运输车:十五个骠骑兵骑着瘦马赶在后边。骠骑兵护送的车辆赶到马桩绳前,一群骠骑兵环绕了它们。

"看,皆尼索夫总是焦心,"罗斯托夫说,"看,粮食来了。"

"好呀!"军官们说,"兵士们高兴了!"

皆尼索夫来在骠骑兵稍后,陪伴着两个步兵军官,他和他们在说什么。罗斯托夫走去迎接他。

"我警告你,上尉。"军官之一说,此人瘦矮,显然有怒。

"我告诉你,我不能放弃。"皆尼索夫回答。

"上尉,这个暴动你要负责——抢走自己军队的粮食!我们的人两天没有吃了。"

"我的人两周没有吃了。"皆尼索夫回答。

"这是抢劫,你要负责,阁下!"步兵军官提高声音重说。

"但你为什么向我麻烦呢?啊?"皆尼索夫大吼,顿然发火。"我来负责,不是你,你没有受伤,不要在这里。走!"他向军官大吼。

"好!"矮军官大声说,不畏怯,也未走开,"抢劫,所以我向你……"

"趁没有受伤的时候,赶快跑去见鬼。"皆尼索夫向军官掉转马头。

"好,好。"军官威胁地说,掉转坐骑,在鞍子上晃荡着,快步走去。

"篱笆上的狗,篱笆上的活狗。"皆尼索夫在他后边叫,这是骑兵对于骑马的步兵的最大侮辱,他走到罗斯托夫面前大笑。

"从步兵夺来的,用武力夺了运输车!"他说,"难道我要大家饿死吗?"

赶到骠骑兵这里的运输车是指定给步兵的,但从拉夫路施卡知道了这个运输队没有人护送,皆尼索夫便带骠骑兵去夺了来。饼干自由地分散给了兵士们,他们甚至分给了其他骑兵连。

第二天,团长召去皆尼索夫,把叉开的手指遮住眼睛,向他说:"我是这样看这件事,我一点也不知道,也不想过问。但我劝你骑马到司令部去,在军需处掩饰这件事情,并且假如可能,就给收条,说收到若干粮食。不然,若为步兵队写了赔偿要求书,便要发生事情,也许结果不好。"

皆尼索夫从团里直接去司令部,诚意地执行他的劝告。晚间他在那样的情形中回到自己的土窑,罗斯托夫从来不曾看见过他的朋友有这样的情形。皆尼索夫不能说话,并且喘气。当罗斯托夫问他发生了什么事情时,他只用粗沙的、无力的声音说出不可懂的咒骂与恐吓。

罗斯托夫惊异皆尼索夫的情形,提议他脱衣服,喝点水,并去找医生。

"要判我抢劫——哦!再拿水来——让他们判,但我要,永远要打强盗,我要告诉皇帝。给我冰。"他说。

来看病的军医说必须放血。从皆尼索夫有毛的手臂上流出了一深碟子黑血,直到那时他才能够说出他所发生的一切。

"我去了,"皆尼索夫说,"'你们这里的司令在哪里?'他们指示了我。'请你等一下。''我有正事,我走了三十里来的,我没有工夫等,通报吧。'好,贼头出来了,也想教训我:'这是抢劫!'我说:'抢劫的不是那个拿粮食去供给他的兵士们的人,而是那个把粮食放进自己荷包的人!''你愿意安静吗?'好。他说:'写收条给军需官,但你的事情要报告司令部。'我到了军需官那里。我进去——在桌子旁边……谁?不,你想!……谁使我们饿死的。"皆尼索夫大声叫,用他的大拳头拍桌了,那样猛,以致桌子几乎要倒,并且杯子在桌子上跳起。"切李亚宁!'怎么,你使我们饿死!'我在他丑脸上打一次,这样弄得好极了……'呵……你这个人……'我开始打他。因此我高兴,我能说。"皆尼索夫大叫,欣喜地、愤怒地从黑色胡须下边露出他的白齿,"假使他们不拉我,我便打他死了。"

"但你为什么要叫呢,安静一点,"罗斯托夫说,"看,血又流了。等一下,必须扎起来。"

皆尼索夫被裹扎,被放倒睡觉。第二天他醒来愉快并且安静。

但在中午,团部副官带着严肃愁戚的脸走进皆尼索夫与罗斯托夫合住的土窑,惋惜地把团长正式的公文出示给皆尼索夫少校,公文里问到昨日的事件。副官说事情要发生极不利的变化,说指定了军事审判委员会，说在目前对于军队抢劫及逾法的严格性情下，这件事结果降级便是侥幸了。

这件事在原告的方面所呈报的是这样，就是皆尼索夫少校在截夺运输车之后，无故地在酩酊状态中来到军需总监那里，呼他为贼，以打威胁，并当他被领出时，他冲入办公室，殴打了两个公务员，并使一人的胛膊脱节。

皆尼索夫对于罗斯托夫的新问题笑着说，似乎一定有什么别人牵涉在里面，但这一切都是琐屑不足道的事，他绝不恐惧任何审判，假使这些匪徒敢和他争执，他便要给他们不得忘记的回答。

皆尼索夫轻蔑地说到全部的事情，但罗斯托夫太知道他，不用注意他心里的事（他瞒着别人），便知道他怕审判，并因此而苦恼，这件事显然是要有不好的结果。咨询的公文和审判的通知开始每天来到，皆尼索夫奉命于五月一日将骑兵连交给他下面最高级的军官指挥，并赴师部，去说明他在军需处的吵闹。在这前一天，卜拉托夫带了两团卡萨克兵和两连骠骑兵去侦察敌人。皆尼索夫和平常一样，走在哨线的前面，炫耀他的勇敢。法军射击兵放出的一粒枪弹打在他大腿上部的肉里。也许在别的时候，皆尼索夫带着那样的轻伤或许不离开军队，但现在他利用这个机会拒绝赴师部，并且进了医院。

十七

六月里发生了弗利德兰的战役,巴夫洛格拉德的骠骑兵没有参与,在此役之后便宣布了停战。罗斯托夫痛苦地感觉到朋友的分别,白从他走后便没有任何关于他的消息,并且挂心他的案子和伤势,利用了停战的机会,请假去医院看皆尼索夫。

医院是在一个普鲁士小城里,这里被俄、法军队破坏了两次。显然因为这是夏间,田野上是那么好,这个小城市——有破烂的屋顶和篱墙、龌龊的街道、褴褛的居民和街头漫游的醉兵与病兵——显出特别凄惨的景况。

医院是在一个石屋子里,院子里有破篱墙的残余、半破的窗格和玻璃。几个裹扎的、苍白的、浮肿的兵在院中阳光下行坐。

罗斯托夫刚进门，便闻到腐体与医院的气味。在楼梯上他遇见一个俄国军医口衔雪茄。在医生的后边走着一个俄国助手医生。

"我不能够分开，"医生说，"晚上到马卡尔·阿列克塞维支那里来，我在那里。"助手又问了他什么。

"哎！照你所知道的做！岂不都是一样吗？"医生看见了上楼梯的罗斯托夫。

"你干什么，阁下？"医生说，"你干什么？这是子弹打不到你，你想获得伤寒症吗？阁下，这里是瘟疫室。"

"为什么？"罗斯托夫问。

"伤寒症，阁下，谁进来——死。只有我们两个人，我同马凯夫（助手）在这里走动。这里我们医生已经死了五个人了。新的人进来，一星期就完了。"医生带着显然的满意说，"派了普鲁士医生，但我们的同盟者们不愿如此。"

罗斯托夫说明他想看望住在医院里的骠骑兵少校皆尼索夫。

"我不知道，不晓得，阁下。你想想看吧，我一个人要管三个医院，四百个病人！还好，普鲁士的女善士们给我咖啡和裹伤布——一个月两磅，不然我们就死了。"他发笑。"四百，阁下，他们还送新的来。是四百人吗？啊？"他向助手说。

助手显出慌乱神情，他显然厌烦地等候着多言的医生赶快走。

"皆尼索夫少校，"罗斯托夫说，"他在莫利吞受伤的。"

"好像死了。啊？马凯夫。"医生漠然问助手。

但助手没有肯定医生的话。

"那么他是高的、红毛的吗？"医生问。

罗斯托夫形容了皆尼索夫的外表。

"有的，有这个人，"医生似乎欢喜地说，"他一定死了，但我还是来看一下，我有名单。你有吗，马凯夫？"

"名单在马卡尔·阿列克塞维支那里。"助手说。"但是请你到军官病房里去，你在那里自己找。"他向着罗斯托夫添说。

"唉，阁下，最好不去！"医生说，"似乎你还是离开这里吧。"但罗斯托夫向医生鞠了躬，求助手陪他去。

"你以后不要怪我！"医生在楼梯下边大声说。

罗斯托夫和助手走进走廊。在这个黑暗的走廊里，医院的气味是那么强烈，罗斯托夫不得不捏住鼻子停住，鼓起勇气再走。右边的门开了，从这里走出一个撑拐杖的、瘦、黄、赤足，穿一件内衣的人。他倚在门旁，用炯炯的、羡慕的眼睛看来人。窥视门里，罗斯托夫看见生病的和受伤的都睡在地板上，在草秸上和大衣上。

"可以进去看看吗？"罗斯托夫问。

"有什么好看的？"助手说。但正因为助手显然不愿他进去，罗斯托夫走进兵士的病房。他在走廊上已经闻到的气味，在这里是更强烈。这里的气味有点不同，它极强烈，可以感觉到气味正是从这里发出的。

在太阳从大窗子里照亮的长房间里，病的和伤的睡成两列，头向墙，在当中留了一条走道。他们大部分的人是在昏迷状况中，不注意进来的人。那些意识清楚的人都爬起来，或抬起瘦、黄的脸，都带着同样的希望帮助、谴责和羡慕他人健康之表情，不离眼注视罗斯托夫。罗斯托夫走到房间的当中，从打开的门里看相邻的房间，在两边看见同样的情形。他站住,无言地环顾四周。他从未想到看见这种情形。正在他前面,几乎横在过道的当中,在光板上躺着一个病人,大概是卡萨克兵,因为他头发已剃成圆形。这个卡萨克兵仰躺着,伸开大手大腿。他的脸色红紫,眸子完全翻着,所以只看见眼白,在尚是红色的光腿和手上,脉管暴起如绳子。他用后脑撞地板,沙声地说什么,并重复这话。罗斯托夫注意听他所说的,辨出了他所重复的话。这话是:喝——喝——喝!罗斯托夫环顾,看可有人能够把这个病人放在原来的地方,给他水喝。

"谁照顾这里的病人?"他问助手。这时从邻室走出一个军需兵,一个医院侍役,踏着脚步,在罗斯托夫面前伸直身躯。

"祝你好,大人!"这个兵大声说,向罗斯托夫转动眼睛,显然以为他是医院院长。

"把他扶开,给他水喝。"罗斯托夫说,指着卡萨克兵。"就是,大人。"这个兵满意地说,仍然更用力地转动着眼睛,挺立着,但没有离开地方。

"不,这里没有你的事。"罗斯托夫想,垂下眼睛,想走出去,但觉得右边有向他注意地看着的目光,于是他盼顾。几乎是在角落上,有一个年老的兵坐在大衣上,他有一个黄色的,好像骷髅的、枯瘦的、严厉的脸和未剃的灰胡须,他固执地看罗斯托夫。老兵旁边的一个人向他低声说着什么,指着罗斯托夫。罗斯托夫明白了老兵意欲求他什么。他走近,看见老兵只有一只盘曲的腿,另一只腿到膝盖上都没有了。老人的另一边,离他稍远,有一个年轻的兵不动地躺着,他的头向后,在扁鼻子的、有雀斑的脸上是如蜡的苍白,眼睛凹在眶下。罗斯托夫看着扁鼻子的兵,冷气透过了他的背。

"这个人好像是……"他向助手说。

"我们已经求过了,大人,"老兵说,下颏打战,"早上就死了。我们也是人,不是狗……"

"我马上就来,他们应当抬走,抬走,"助手疾速地说,"请吧,大人。"

"我们走,我们走。"罗斯托夫连忙地说,垂着眼睛,缩着身体,企图不被注意地走过注视他的、谴责的、嫉妒的眼睛的行列,他走出了房。

十八

走过走廊，助手领罗斯托夫进了军官病室，这是三间打通了门的房。在这些房间里有床，伤病的军官们都坐、卧在床上。有几个人穿着病院的睡衣在房中走动。罗斯托夫在军官病房中遇见的第一个人是一个矮小、枯瘦、断了一只手的人，戴睡帽，穿医院睡衣，衔着烟斗，在第一间房里走。罗斯托夫看着他，企望想起他在什么地方看见过他。

"上帝带我们在这里会面。"矮小的人说。"屠升，屠升，可记得，我在射恩格拉本带你吗？他们割掉了我一块，这里……"他说，笑着指示睡衣的空袖子。"找发西利·德米特锐支·皆尼索夫吗？——同院的！"他说，知道了罗斯托夫要找谁，"在这里，在这里。"于是屠升领他进了另一间房,房内传出几个人的笑声。

"他们怎能够住在这里并且还笑呢?"罗斯托夫想,仍旧感觉到他在兵士病房里所闻的死尸气味,仍旧看见四周那些在两旁随着他的、嫉妒的目光和那个眼睛凹下的年轻兵士的脸。

皆尼索夫用被蒙到头,睡在床上,虽然已将近正午十二点钟。

"啊,罗斯托夫!你好,你好?"他仍旧用他在军中时的同样声音大叫。但罗斯托夫忧悒地注意到,随同这种习惯的随便和活泼,尚有一种新的、恶劣的、压制的情绪流露在皆尼索夫的面部以及声调、言语里。

虽然受伤已经六周,他的伤虽轻微,却仍还未愈,他的脸上有全体医院里的人所有的那种白皙色。但不是这个惊吓了罗斯托夫,使他惊讶的是,皆尼索夫似乎对他不高兴,并且对他笑得不自然。皆尼索夫不向他问到部队,也不问到战争的大势。当罗斯托夫说到时,皆尼索夫不听。

罗斯托夫甚至注意到,皆尼索夫听他提起部队和医院之外的那种自由生活时便显得不悦。他似乎企望忘记从前的生活,只注意自己和军需官的案子。对于罗斯托夫的问题——这件事在什么情形中——他立刻从枕头下边取出委员会寄来的公文和他的回答底稿。开始读他的文稿时,他兴奋起来,并且特别要罗斯托夫注意他在这个文稿中向自己敌人所说的尖刻语。皆尼索夫的同院伙伴环绕着罗斯托夫——从自由世界中新来此的人,在皆尼索夫开始读他的文稿时,便开始渐渐散去了。从他们的面色上,罗斯托夫明白,所有这些先生们听过他的、听得讨厌的全部故事已非一次。只有邻床的人,肥壮的乌兰兵,坐在病床上，愁戚地皱眉，抽着烟斗。断了一只手的矮小的屠升继续听着，不赞同地摇着头。在念读当中，乌兰兵打断了皆尼索夫。

"据我看，"他向罗斯托夫说，"应当直接请求皇帝恩赦。现在，听说要有很多的奖赏，确实会饶恕的……"

"要我求皇帝吗？"皆尼索夫用这样的声音说，他想在这个声音里加进从前的力量与火气，但这种声音却像无用的愠怒，"为什么？假使我是强盗，我就求恩恕，但我要受审判，为了揭出真正的强盗们，让他们审判，我不怕谁。我纯洁地为沙皇、为祖国服务，我没有偷过！贬我，并且……你听，我这样直接地写给他们，这里我写：'假使我是一个偷窃公物的……'"

"写得很好，没有问题，"屠升说，"但要点不在这里，发西利·德米特锐支，"他也向罗斯托夫说，"应该屈服，但发西利·德米特锐支不愿这么做。你知道，审计官向你说，你的事情不好。"

"唆，让它不好吧。"皆尼索夫说。

"审计官替你写了请愿书，"屠升说，"你应当签字，由这位先生寄去。他一定（他指罗斯托夫）在司令部里有关系。你不能再找到更好的机会了。"

"但你晓得我说过，我不做卑鄙的事。"皆尼索夫插言，又继续念他的文稿。

罗斯托夫不敢劝皆尼索夫，虽然他本能地觉得屠升和别的军官们所提议的路径是最可靠的，虽然假使他能够给皆尼索夫帮助，他便觉得自己快乐。他知道皆尼索夫意志的坚决和坦直的暴躁脾气。

在皆尼索夫恶毒的文稿念了一小时以上，念完毕时，罗斯托夫什么也未说，他在最愁闷的心情中，和重新聚在他身边的皆尼索夫同院的伙伴们在一起，过了这天其余的时间，谈着他所知道的，听着别人的谈话。皆尼索夫在整个的下午，愁闷无言。

在黄昏很迟时，罗斯托夫准备离开，问皆尼索夫可有什么委托的事。

"是的，等一下。"皆尼索夫说，环顾军官们，并从枕下取出文稿，走到有墨水瓶的窗前，坐下写字。

"显然鞭子打不破斧头。"他说，离开窗子，送给罗斯托夫一个大信封。这是审计官所作的给皇帝的请愿书，在它里面皆尼索夫毫未提到军需处的过错，只请求恩旨。

"呈去，似乎是……"他未说完，带着痛苦的、做作的笑容。

十九

回到部队里,向长官报告了皆尼索夫案件的情况,罗斯托夫带着给皇帝的信赴提尔西特。

六月十三日,法、俄两国的皇帝相会于提尔西特。保理斯·德路别兹考请求他所侍随的某要人把他派在指定驻扎提尔西特的侍从里。

"我想看那个伟人。"他说,指拿破仑而言,他一直到现在和别人一样,称他保拿巴特。

"你说保拿巴特吗?"将军笑着向他说。

保理斯疑问地看他的将军,立刻明白,这是一个玩笑的试验。

"郡王,我说的是拿破仑皇帝。"他回答。将军带着笑容拍他的肩膀。

"你前途远大。"他说,并将他带在身边。

在皇帝们相会的那一天,保理斯是在聂门河的少数人之中。他看见有姓名起首字母的木筏,拿破仑在对岸从法国卫兵队前走过,看见亚历山大皇帝沉思的脸,他这时无言地坐在聂门河岸的旅店,等候拿破仑莅临。他看见如何两个皇帝坐上船,如何拿破仑先走上木筏,快步走上前迎接亚历山大,向他伸手以及如何两个皇帝进到彩帐里。自从他进了上层世界以后,保理斯养成了一种习惯,就是留心观察在他四周所发生的事,并笔记下来。在提尔西特会议的时间里,他探问和拿破仑一同来的人们的名字,看他们所穿的军服,并留心地听要人们所说的话。正在皇帝们走进彩帐时,他看了表。当亚历山大从彩帐里走出时,他也没有忘记再看时间。会议经过一小时又五十三分,他在这天晚上把这事和别的事一同记录下来,他认为这些事有历史的意义。因为皇帝的随从很少,所以对于重视职务上成功的人在皇帝们会议时能在提尔西特是一件很重要的事。保理斯在提尔西特,他觉得他的地位从这个时候起便完全稳固了。不仅他们知道他,并且注意他,熟识他。有两次他向皇帝本人传达使命,所以皇帝认识了他,并且所有的近臣不仅不像从前那样对他疏远,认为他是新进,而且假使看不见他,便要惊异。

保理斯和另一个副官——波兰的冉林斯基伯爵同住。冉林斯基在巴黎的波兰人中长成,有钱,热心地爱法国人。在他们驻扎在提尔西特时,几乎每天有法国卫兵队和总司令部的军官们聚集在冉林斯基和保理斯的地方吃午饭和早饭。

六月二十四日晚,保理斯的同屋冉林斯基伯爵,请他的法国朋友们吃晚饭。在这个酒席上，有一个拿破仑的副官，几个法国卫兵军官，一个法国旧贵族家的少年——拿破仑的侍从。在这天，罗斯托夫利用黑暗以免被人认出，穿常服，来到提尔西特，走进冉林斯基和保理斯的住处。

罗斯托夫和全体的军队——他从他们那里来的——一样，对于拿破仑和法军的态度，还不曾发生总司令部及保理斯所发生的那种转变——自敌变友。军中所有的人仍旧感觉到先前对于拿破仑与法人的仇恨、轻视与恐惧之混合情绪。不久之前，罗斯托夫和卜拉托夫的卡萨克兵军官谈话时曾经问道，假使拿破仑被擒，那么对他如对皇帝呢，还是如对犯人。不久之前，在路上遇见一个受伤的法国上校时，罗斯托夫曾经发火，向他证明在合法的皇帝与罪犯保拿巴特之间不能够有和平。因此，保理斯住处的法国军官们使罗斯托夫觉得奇怪，他们穿那同样的衣服，这是他在哨兵线上惯于用完全不同的目光去看的。他刚看见一个从门里伸头的法国军官，他一向看见敌人时所感觉到的那种战争、敌忾的情绪忽然支配了他。他站在门口，用俄语问德路别兹考是否住在这里。保理斯听到门口奇怪的声音，走出来迎接他。他的脸在起初认出罗斯托夫时，显出厌烦。

"呵，是你，很高兴，很高兴看见你。"他仍然这么说，笑着走近他。但罗斯托夫注意到了他起初的动作。

"我似乎来得不适时。"他说。"我不该来，但我有要事。"他冷淡地说。

"不，我只诧异你怎么从部队里来了。"他向一个呼他的声音说，"我马上就替你效劳。"

"我看到我来得不在时。"罗斯托夫重说。

厌烦的表情已经在保理斯脸上消失了,显然是思索了并且决定了他应该怎么做,他特别镇静地抓住他的双手,领他进了相邻的房间。保理斯的眼睛镇定地、固执地看着罗斯托夫,好像掩蒙了什么,好像是戴了一种帷幕——习俗生活的蓝色眼镜。罗斯托夫如是感觉。

"啊,请你不要说了,你会来得不在时吗?"保理斯说。保理斯领他进了摆餐席的房间,介绍了客人,提了他的名字,并说明他不是文人,而是骠骑兵军官,他的老友。"冉林斯基伯爵,伯爵,上尉。"他称呼他的客人们,罗斯托夫皱眉看法国人,勉强地鞠躬,并且沉默。

冉林斯基显然不高兴把这个新识的俄国人接待在自己团体里,未向罗斯托夫说话。保理斯似乎没有注意到新人所产生的窘迫,带着同样的愉快的镇静和他迎接罗斯托夫时眼睛里那种掩蒙的目光,企望使谈话生动起来。法国人之一,带有惯有的法国礼节,对着固执的、沉默的罗斯托夫,并且向他说,他来到提尔西特,也许是为了看看皇帝。

"不是,我有公事。"罗斯托夫简短地回答。

罗斯托夫在他注意到保理斯脸的不满意时便有了脾气,并且发脾气的人都一向如此,他觉得大家都敌意地看他,他妨碍所有的人。确实他妨碍大家,只有他一个人落在重新开始的共同谈话之外。"为什么他坐在这里?"客人们对他注视的目光这么说。他站起,走近保理斯。

"但我使你不安,"他低声向他说,"我们去谈一点正事,我还要走。"

"一点也不行,"保理斯说,"假使你疲倦了,到我房里去,躺着休息。"

"正是……"

他们走进保理斯所住的小房间。保理斯未坐下,罗斯托夫立刻发怒地——好像保理斯在他面前有什么过错——开始向他说了皆尼索夫的事情,问他愿不愿,并且能不能托他的将军为皆尼索夫向皇帝求情,并转递奏呈。在他们俩单独相处时,罗斯托夫第一次觉得他看保理斯的眼睛是不自在的。保理斯腿架腿,用左手拍右手的细指,听罗斯托夫说话,好像将军听属下的报告,有时看着旁边,有时带着同样掩蒙的目光对直看着罗斯托夫的眼睛。罗斯托夫每次在这种时候觉得不自在,他垂下眼睛。

"我听说过这种事情,我知道皇帝对于这样的事是很严格的。我想,这事不该传到陛下那里。我看,最好是求军长……但总之,我想……"

"那么你什么也不愿做,你就说吧!"罗斯托夫几乎叫起来,不看保理斯的眼睛。

保理斯笑着:

"相反,我要做我能做的,只是我想……"

这时在门口听到冉林斯基唤保理斯的声音。

"好,去,去,去……"罗斯托夫说,拒绝晚餐,独自留在小房间里,他在房里来回地走了很久,听着邻室愉快的法语谈话声。

二十

　　罗斯托夫来到提尔西特的这天，最不宜于为皆尼索夫做请求。他自己不能去见当值的将军，因为他穿常服，并且没有长官允许而来到提尔西特。而保理斯即使愿意，也不能在罗斯托夫到此的次日做这件事。这天，六月二十七日，签订了和约的开端条款。皇帝们交换了勋章：亚历山大接受了法国荣誉章，拿破仑授受了圣·安德来一级章，并且规定在这天法国卫兵营请卜来阿不拉任斯克的一营吃饭。皇帝们要参与这个宴会。

　　罗斯托夫对于保理斯觉得那么不自在，不悦意。当保理斯在饭后向他窥探时，他装睡，并且在第二天清晨走出了屋子，企图不见他。穿常服，戴圆帽，尼考拉在城里逛，看法国人和他们的服装，看街道和俄、法两国皇帝们所住的屋子。在市场上他看见了摆设的桌子和宴会的准备，在街上他看见了交联的俄、法国旗和巨大的姓名起首字母A和N，在房屋的窗子里有同样的旗子和起首字母。

"保理斯不愿帮助我，我也不愿去找他。这件事完结了。"罗斯托夫想。"我们当中的一切都完了，但我要不为皆尼索夫做完我能做的一切，尤其是不把呈文递给了皇帝，我便不离开这里。给皇帝……他在这里！"罗斯托夫想，不觉又走到亚历山大所住的屋子前。

屋前有许多坐骑，侍从们聚在一起，显然是准备皇帝出门。

"任何时候我能看见他。"罗斯托夫想。"只要我能够直接把信交给他，并说一切……他们会因为我穿常服逮捕我吗？不可能！他该明白，正义在哪一边。他明白一切，知道一切，谁能比他更公正、更宽宏呢？就是他们因为我在这里，将我逮捕，有什么害呢？"他想，看着一个军官走进皇帝所住的屋子，"他们在这里进去了。唉！都不足道。我要去，并且亲自递呈给皇帝：对于德路别兹考是更坏的，他弄得我做这事。"忽然带着他自己意料不到的坚决，罗斯托夫在荷包里摸着呈文，对直走向皇帝驻节的屋子。

"不，现在我不放弃机会，像在奥斯特里兹战役以后那样了。"他想，时刻等候着遇见皇帝，并且觉得在有此思想时而血涌入心，"我要跪在他脚下求他。他将我扶起，听我说，还感谢我。"罗斯托夫幻想了皇帝向他说的话："在我能做善事的时候，我快乐，但纠正不平是最大的快乐。"在好奇地注视他的许多目光里，他走上皇帝驻足的屋子的阶级上。

从阶级上有宽大的梯级直通楼上，右边可见关闭的门，在楼梯下有门通下层。

"你找谁?"有人问。

"递信,递呈文给陛下。"尼考拉用打战的声音说。

"呈文——给值班的军官,请到这里(他们向他指示下边的门),只恐怕他们不收。"

听到这个无情的话声,罗斯托夫对于他所做的事觉得惊恐,随觉可见皇帝的这种思想是那么引诱他,并且因此是那么可怕,他准备跑走,但一个迎接他的侍从为他打开值班官的房门,罗斯托夫进去了。

一个不高的、肥满的三十岁的人,穿白裤,深筒软靴和一件显然刚才上身的细布衬衫,站在这个房间里。一个用人在他后边扣丝绣的、美丽的、新吊裤带,它因为什么缘故引起了罗斯托夫注意。这个人和别一房间里的人在说话。

"身材优美,娇嫩艳丽。"这个人说,他看见了罗斯托夫,停止说话,并且皱眉。

"你有什么事?请愿书?……"

"怎么回事?"有谁在别的房间里问。

"又是一个请愿的。"挂吊裤带的人回答。

"向他说,迟一下再来。他马上就出来了,我们应该去。"

"迟一下,迟一下,明天,太迟了……"

罗斯托夫转过身,想走出去,但有吊裤带的人止住了他。

"谁派你来的?你是谁?"

"皆尼索夫少校派来的。"罗斯托夫回答。

"你是谁?军官吗?"

"中尉，罗斯托夫伯爵。"

"好大胆子！奉命令来的。自己去，去……"他开始穿上侍仆递给他的军服。

罗斯托夫又走进外厅，并且看见阶级上已有许多穿全礼服的军官和将军们，他必须从他们身边走过。

诅咒着自己的大胆，因为这个思想——他可以随时遇见皇帝，在他面前受辱，并且被捕——而丧气，想着自己行为的充分无礼，并且懊悔着，罗斯托夫垂了眼睛，挤着走出屋子。屋前围绕着一群美丽的侍从，这时有谁的熟识的声音唤他，有谁的手止住他。

"你阁下，穿了常服在这里做什么？"低音问他。

这人是一个骑兵的将军，在这次战役中获得皇帝的殊恩，曾经做过罗斯托夫所在的一师的司令。罗斯托夫开始惊惶地辩护自己，但看见了将军好意的、诙谐的脸，他走到一边，用兴奋的声音向他说了全部的案件，请求将军为了他所认识的皆尼索夫去求情。将军听了罗斯托夫的话，严肃地摇头。

"可惜，可惜勇汉，把信给我。"

罗斯托夫还不及交出呈文，说完皆尼索夫的全部案件，在楼梯上已经听到有靴刺的步声，于是将军离开他，走进阶梯。皇帝的侍从官们跑下楼梯，走向坐骑。马夫爱聂，就是在奥斯特里兹的那个人，牵来御马，在楼梯上听到了轻微的足音，罗斯托夫立刻便辨别出来。忘记了被认出的危险，罗托斯夫和几个好奇的居民走近阶级，并且在两年之后他又看见了他所崇拜的同样的身材、同样的脸、同样的目光、同样的步态、同样的伟大与温柔之和合……那种热情与爱皇帝的情绪带着如前的力量在罗斯托夫心中复生了。皇帝穿卜来阿不拉任斯克部队的制服、白色鹿皮裤、高筒软靴,挂罗斯托夫不认识的星章(这是法国荣誉勋章)走上阶级,在腋下夹着帽子,戴着手套。他站住,环顾着,用他的目光照射四周的一切。他向将军里的一个人说了几句话。他还认出了罗斯托夫的旧师长,向他笑,并召他到自己面前。

所有的侍从官都退后,罗斯托夫看见这个将军很久地向皇帝说了什么。

皇帝向他说了几个字,走了一步,以便上马。一群侍从官和街头群众——罗斯托夫在内——又靠近皇帝。站在马前,手扶马鞍,皇帝向着骑兵的将军大声谈话,显然希望大家都听到他的话。

"我不能,将军,我不能,因为法律比我更有力。"皇帝说,举脚上镫。将军恭敬地点头,皇帝上了马,在街上奔腾。罗斯托夫喜极忘形,随群众跟着他跑。

二十一

在皇帝所去的广场上，卜来阿不拉任斯克的一营兵在右边，戴熊皮帽的法国卫兵营在左边——面对面地站着。

当皇帝走到敬礼的一营的边端时，另一群骑马的人走到对面的那一端，罗斯托夫认出在他们前面是拿破仑。这不会是别的人，他奔驰而来，戴了小帽子，背了圣·安德来勋绶，在白衣上穿着敞开的鹿军服，骑了异常纯种的阿拉伯灰马，马背上有条色绣金的马衣。到了亚历山大面前，他举起帽子，在这个动作中罗斯托夫的骑兵眼睛不能不注意到拿破仑在马上的姿势很坏，并且不稳。各营呼喊："乌拉！""皇帝万岁！"拿破仑向亚历山大说了什么。两个皇帝下了马，互相握手。拿破仑的脸上有不悦的做作笑容，亚历山大带着热诚的表情向他说了什么。

虽然有赶退群众的法国宪兵马匹的踢踏,罗斯托夫却眼不离开,注意亚历山大皇帝和保拿巴特的每一动作。使他意外惊异的是,亚历山大把自己当作保拿巴特的平等的人,而保拿巴特十分自如,如同平等的人对待俄国的沙皇,好像和皇帝在一起对于他是很自然、很习惯的。

亚历山大和拿破仑带着一长列侍从们走到卜来阿不拉任斯克的一营兵的右翼,正对着站在那里的群众。群众意外地发觉他们那样接近皇帝们,站在前列的罗斯托夫觉得恐惧,怕被人认出。

"陛下,我请你允许我将荣誉勋章给你的最勇敢的兵。"一个响亮的、确定的声音说,说出了每个字母。

这是矮小的保拿巴特说的,他对直地仰视亚历山大的眼睛。亚历山大注听他向他所说的,点了头,悦意地笑。

"给那个上次战争里行为最勇敢的人。"拿破仑添说,说出每一个音节,带着令罗斯托夫讨厌的镇静和确信,看着排立在他面前的俄军行列,他们都敬礼,并且不动地注视本国皇帝的脸。

"陛下许我探问上校的意见吗?"亚历山大说,向营长考斯洛夫斯基郡王面前很快地走了几步。保拿巴特这时候从白色小手上取下手套,撕破了,抛掉。副官赶快地从后边走到前面,捡拾起来。

"给谁?"亚历山大皇帝低声用俄语问考斯洛夫斯基。

"陛下吩咐给谁?"

皇帝不满地皱眉,环顾了一下说:

"但总应该回答他。"

考斯洛夫斯基用坚决的神情环顾行伍,并且把罗斯托夫也包括在这个目光里。

"不会是我吧?"罗斯托夫想。

"拉萨来夫。"上校皱眉发令。于是行列中第一个兵,拉萨来夫敏捷地走向前。

"你到哪里去?站这里!"许多低声音向拉萨来夫说,他不知道应当向何处去。拉萨来夫停住,惊惶地侧视上校,他的脸打战,这是被叫到行列前的兵所常有的。

拿破仑微微把头向后转,把他的胖小的手伸到后边,似乎想拿什么。他的侍从里的人在这一秒钟里猜到了是什么事,有了骚动,他们低语,互相传递了什么。一个侍从,就是罗斯托夫昨晚在保理斯处所见的那个人,跑上前,恭敬地向伸出的手鞠躬,不让这只手有一秒钟的等待,在手上放下了一个红绶的勋章。拿破仑看也不看,捏了两个手指,勋章便夹在两指之间。拿破仑走到拉萨来夫前,他大睁着眼睛,继续固执地只看本国皇帝的脸。拿破仑盼顾亚历山大皇帝,借此表示,他现在所做的事,是为了他的同盟者。白小的手拿着勋章,伸到兵士拉萨来夫的衣扣上。好像拿破仑知道,要这个兵永远快乐,有酬报,与世界上其余的人不同,只需要他拿破仑的手垂恩地伸到兵士的胸前。拿破仑刚把十字勋章放在拉萨来夫的胸前,便放了手,转向亚历山大,好像他知道这个十字勋章一定会粘到拉萨来夫的胸上。十字勋章果然粘上了。

俄国的和法国的官员的手立刻接住了十字勋章,把它挂在军服上。拉萨来夫愁闷地看了有白手的矮子,他对他做了什么事情,他继续不动地行着礼，又对直地看亚历山大的眼睛，好像是问他，他还应该站着呢，或者他是否命他现在走开呢，或者也许还要做别的事呢？但他没有命令他什么，他在这种不动的地位中停留了很久。

皇帝们上马走去。卜来阿不拉任斯克的兵士们散队了，和法国的卫兵混杂在一起，坐在为他们预备的桌子前。

拉萨来夫坐在荣誉座位上，俄国和法国的军官们抱他、贺他，和他握手。成群的军官和民众们跑来，只是要看看拉萨来夫。俄国、法国军官们的话声和笑声围绕着广场上的各个桌子。两个得意的、快乐的军官带着发红的脸从罗斯托夫面前走过。

"老兄，宴会怎样？都是银器。"一个说，"看见拉萨来夫吗？"

"看见了。"

"据说，明天卜来阿不拉任斯克的人要请他们。"

"呵，拉萨来夫多么幸福啊！一千二百法郎的生活津贴。"

"这样的帽子，儿郎们！"一个卜来阿不拉任斯克的兵大叫，戴着法兵的皮帽子。

"怪好的，好极了！"

"你听到了口号吗？"卫兵军官向另一人说，"前天是拿破仑，法兰西，勇敢；昨天是亚历山大，俄罗斯，伟大；这一天是我们的皇帝发口号，别一天是拿破仑。明天皇帝要送圣乔治勋章给最勇敢的法国兵。不能不！必须做同样的回答。"

保理斯和他的伙伴冉林斯基也来看宴会。回去时，保理斯看见罗斯托夫站在屋角上。

"罗斯托夫！你好，我们没有碰见。"他问他，并且不能压制不问他,他发生了什么事。罗斯托夫的脸是异常愁闷而烦乱。

"没有什么,没有什么。"罗斯托夫回答。

"你进来吗?"

"是的,我进来。"

罗斯托夫在屋角站了很久,远远地观看宴会。他的脑子里发生了苦恼的思绪,他无法找得结束,他心中起了可怕的怀疑。有时他想起皆尼索夫和他的改变的精神和他的屈服,想起整个医院和断折的手脚和那种污秽与疾病。他那么生动地觉得,他现在闻到医院中腐尸的气味,他在环顾,以求明白从何处发出了这种气味。有时他想起那个自满的拿破仑和他的白手,他现在是皇帝,他受到亚历山大皇帝的亲爱与尊敬。为什么手足被割,人被打死呢?有时他想起受赏的拉萨来夫和受罚的、不被赦的皆尼索夫。他发觉自己是在那些奇怪的,使他害怕的思想中。

宴会上的食香和他的饥饿把他从这种状态中唤出,在动身之前应当吃点什么。他走进他早上所见的那家旅社,在旅社里他看见很多的人和军官们,同他一样地穿着常服来到这里,他很难吃到饭。两个本师里的军官邀他加入,谈话自然地涉及和平。军官们,罗斯托夫的伙伴和大部分的军队一样,不满意弗利德兰战役之后所订的和平。他们说,若再能持久一点,拿破仑便要失败了,他的军队没有了粮食,甚至没有了弹药。尼考拉无言地吃着并痛饮,他独自饮了两瓶酒。他内心所起的思虑没有解决,仍旧苦恼他,他怕被自己的思想征服,又不能脱离这些思想。军官之一说,看法国人是耻辱,听到这话,罗斯托夫忽然带着毫无理由的火气,开始大叫,因此很使军官们诧异。

"你怎么能够批评最好的事情!"他大叫,脸部忽然充血,"你怎么能够批评皇帝的行为,我们有什么权利批评?我们不能明白皇帝的目的和行为!"

"但我没有一个字说到皇帝。"军官自己辩护,不能用别的方法向自己说明他的怒火,只好以为罗斯托夫是吃醉了。

但罗斯托夫没有听他的话。

"我们不是外交官吏,我们是兵,不是别的。"他继续说。"命令我们死——就死。假使处罚我们,那就是——我们有罪,我们不该批评。皇帝陛下愿意承认拿破仑是皇帝,并且和他订结同盟——是应该这样的。假使我们开始批评并讨论一切,就没有东西是神圣的了。我们要照这样地去说没有上帝,没有一切了。"尼考拉大声说,拍着桌子,在他的对谈者看来,这是极不切适的,但在他的思想路径上是极有原因的。

"我们的事务是尽责任,碎尸万段,也不思想,这就是一切。"他说完。

"吃酒吧。"不愿争吵的军官之一说。

"好,吃酒吧。"尼考拉接嘴。"哎,你!再来一瓶"!他大叫。

第三部

一

　　一八〇八年，亚历山大皇帝赴厄尔孚特和拿破仑皇帝再度会议，在彼得堡的上层社会里有许多人说到这个郑重会议的伟大。
　　一八〇九年，世界上两个君主——他们这么称呼拿破仑和亚历山大的亲睦达到那样的程度，当拿破仑在这一年向奥国宣战时，俄军即开赴国外，和从前的敌人拿破仑合作，反对从前的同盟者奥国皇帝。到那样的程度，上层社会里说到拿破仑与亚历山大皇帝的姐妹之一联婚的可能。但在外交政策之外，这时俄国社会的注意是特别有兴趣地对在国内的改革上，这些改革是这时候政府各部分中所发生的。
　　同时，生活——人们现实的生活，和他们对于健康、疾病、劳作、休息的实际兴趣，和他们对于思想、科学、诗歌、音乐、爱情、友谊、仇恨、热情的兴趣——如旧地、独立地前进，无关于拿破仑——保拿巴特的政治亲睦或仇恨，并无关于一切可能的改革。

＊　　＊　　＊

安德来郡王在乡间足不远行地过了两年。彼挨尔在他的田庄上所进行的那一切计划，不断地从这一种事业转变到那一种，没有达到任何结果——这一切计划没有向任何人说出，没有显著的费力，都由安德来郡王实现了。

他有那种为彼挨尔所缺少的、高度的、实际的坚韧，它使事业进行，并不使他这方面有纷扰与吃力。

在他的一个田庄上，三百个农奴变成了自由的农民（这是俄国最早的例子之一），在别的田庄上用地租代替了工役。在保古洽罗佛，他用自己的钱请了一个有训练的产婆帮助产妇们，用薪金请了一个神甫教导农奴和家奴的孩子们写读。

一半的时间安德来郡王用在童山陪他父亲和他儿子，儿子尚在保姆抚养中。另一半时间他用在保古洽罗佛的隐居处，他父亲这么称他的村子。虽然他向彼挨尔表示过他对于一切外面世事的不关心，他却热心地注意它们，获得许多书籍，并且自己也惊异地注意到，在刚从彼得堡，从生活的漩涡里出来的人们来看他或他父亲时，这些人对于国外及国内政治上的知识远落在他后边，他却是隐处乡间。

除田庄上的事务及在各种性质不同的书籍的浏览之外，安德来郡王此时尚从事于我军最近两次不幸战役之批评的研究和草拟关于修改我国军律与法令的计划书。

一八〇九年春，安德来郡王去看他儿子的锐阿桑田庄，他是这个田庄的信托人。

被春日照暖，他坐在篷车里，看着初生的草、初出的桦树叶和初春在明亮蓝空中浮荡的白云朵。他不想任何事情，但愉快地、无思索地看四周。

他们过了渡，在这里他曾于一年前同彼挨尔谈过话。他们驰过泥泞的村庄、打谷场、绿畴，下坡经过桥旁的积雪，上坡经过被水冲坏的土路，经过余孽的田地和各处长着发绿的矮树的田地，并驰入道路两旁的桦树林里。林间几乎是有点热，不觉有风。桦树全长着绿色的、腻润的叶子，动也不动，绿色的新草和淡紫色的花朵从上年的落叶下爬出，并将它们掀起。散在桦树间的小枞树以粗糙的、不变的绿色，令人不悦地带着冬意。马进树林时喷鼻，并显见地发汗。

听差彼得向车夫说了什么，车夫同意地回答。但显然觉得车夫的同情还不够，他在赶车的位子上回头看主人。

"大人，多么轻松啊！"他说，恭敬地笑。

"什么？"

"轻松，大人。"

"他说什么？"安德来郡王想，"是的，一定是关于春天。"他想，看着两边，"一切都已发青了……多么快！桦树、野桃树、赤杨已经发芽了……但我还没有看见橡树。是的，它在这里，橡树。"

在路旁有一棵橡树。它大概比桦树老十倍，比每一棵桦树大十倍、高两倍。这是一棵巨大的、两人合抱的橡树，有显然折断很久的树枝和破裂的树皮，带着老的伤痕。带着巨大、丑陋、不称地四伸有瘤的手臂和手指，它像老迈、愤怒、轻视的怪物站在带笑的桦树之间。只有林间几棵死样的常绿的枞树和这棵橡树不愿顺从春天的蛊惑，不愿看见春天和太阳。

"春天，爱情，幸福！"似乎这棵橡树说，"你怎么还不厌烦那种完全不变的、愚笨而无意义的欺骗！完全是一样的，全是欺骗！没有春天，没有太阳，没有幸福。你看那里，有被践踏的、总是一样的死枞树，而这里我伸出折断的、破碎的手指，无论是在何处长出，从后边，从旁边，它们长出——我也站着，我不相信你们的希望和欺骗。"

安德来郡王经过森林时向这棵橡树盼顾了几次，好像期待它什么。在橡树下边也有花草，但它仍然愁闷着、不动地、丑陋地、固执地站在它们当中。

"是的，它对，这棵橡树一千次对，"安德来郡王想，"让别的年轻的人们重新陷在这个欺骗中，但我们认识生活——我们的生活完结了！"新的整串的、与这棵橡树有关的、失望的但愁戚的、悦意的思想，发生在安德来郡王的心中。在这次旅行的时候他似乎重新想起了他的全部生活，并且达到同样的从前的安宁而无望的结论，就是他无须开始做任何事情，就是他应该活完他自己的生活，不做坏事，不惧怕，不希望任何事情。

二

为了锐阿桑田庄上信托的事务,安德来郡王必须去见本县的贵族代表。这人是依利亚·安德来维支·罗斯托夫伯爵,安德来郡王在五月中去看他。

已是春季热的时候。森林全穿上了衣装,有灰尘,并且那么热,走过水边时,便想洗澡。

安德来郡王不愉悦地、烦神地想到他应该向贵族代表问些什么关于事务上的话,从花园的路径上来到奥特拉德诺的罗斯托夫家。在右手树木后边他听到妇女愉快的叫声,看见从他车前横跑而过的一群女孩们。在顶前面最近的向车子跑来一个黑发的、很瘦的(异常瘦的)、黑眼的女孩,她穿黄色棉布衣,扎着白手帕,在帕子下边露出未梳拢的发绺。这个女孩叫了什么，但看到了生客，没有看他，便带着笑声跑回去。

安德来郡王忽然因为什么而感到痛苦。天气那么好，太阳那么光明，周围的一切是那么愉快。那个瘦而美的女孩不知道，也不愿知道他的存在，她为了自己个人的，无疑是愚笨的——但愉快的、幸福的生活而满意、快乐。"她高兴什么事呢？她想到什么呢？不是关于军律，不是关于锐阿桑佃租的处理。她想到什么呢？她因为什么而快乐呢？"安德来郡王不觉地、好奇地问自己。

依利亚·安德来维支伯爵于一八〇九年住在奥特拉德诺，完全和他从前一样，即用狩猎、演戏、宴会、音乐会招待几乎全省的人。他高兴见安德来郡王，如同对于任何新客人一样，并且硬要留他过夜。

在这无聊的一天之间，招待安德来郡王的有年长的男女主人和客人中最尊贵的人，客人们因为将届的命名日而充满了老伯爵的家。在这一天之间，保尔康斯基几次盼窥娜塔莎，她在年轻的一辈之中因为什么而发笑、快活，他每次自问："她想到什么呢？她为什么这样高兴？"

晚间独自住在生地方，他好久不能入睡。他读书，后来熄掉蜡烛，又点着。窗板打内面关闭着，房间里觉得热。他埋怨这个愚笨的老人（他这么称呼罗斯托夫），他留住了他，向他说，城里必要的文件还未来到，他埋怨自己留下来。

安德来郡王起身，走到窗前开窗子。他刚刚打开窗板，月光便射进房里，好像它在窗外伺察地等候了很久。他打开了窗子，夜色新鲜，并且寂静明亮。正在窗子前面是一排截头的树，一边黑，一边明亮如白银。在树下是某种茂盛、潮湿、多叶的植物,有些地方是银色的枝叶。在黑树那边稍远的地方是一个有露水闪光的屋顶,右边是一棵叶茂的树,它的枝干是明亮发白的,在它上面是一个几乎团圆的月,挂在明亮的、几乎无星的、春季的天空中。安德来郡王把胳肘搭在窗上,他的眼睛停在这个天空中。

安德来郡王的房是在当中的一层,在上面的房间里住了人,也没有睡。他听到上边女子的话声。

"只再来一次。"上边女子的声音说,安德来郡王立刻辨出了这个声音。

"但你要什么时候睡呢?"另一个声音回答。

"我不要睡,我不能睡,要我怎么办!来,最后一次……"

两个女子的声音唱了一个乐节,这是一首歌的结尾。

"啊,多么优美!好,现在睡吧,完结了。"

"你睡,我不能够睡。"第一个声音走近窗子回答。她显然完全伸头在窗外,因为可以听到她的衣声,甚至她的呼吸声。一切都安静如石,好像月亮、月光和影子那样。安德来郡王不敢动,怕泄露了他无心的在场。

"索尼亚!索尼亚!"又听到第一个声音说。"呶,怎能够睡觉!你看,多么优美啊!啊,多么优美啊!起来吧,索尼亚。"她说,声音里几乎带着眼泪,"要知道这样优美的夜是从未、从未有过的。"

索尼亚勉强地回答了什么。

"不,你看,多么美的月亮!啊,多么优美!你到这里来。心爱的,亲爱的,到这里来。来,你看见吗?这样地在这里蹲下来,这样地抱住自己的膝盖——抱紧，尽量地抱紧——要出力一跳就飞上天了。这样——你看！"

"当心，你要跌下去。"

听到了争执声和索尼亚不满意的声音：

"你看，过了一点了。"

"啊，你只是破坏我的一切。好，去，去。"

一切又都沉默了，但安德来郡王知道她仍然坐在那里，他有时听到微微的窸窣声，有时叹气声。

"啊，我的上帝！我的上帝！这是什么意思！"她忽然叫起来，"睡就睡吧！"她猛力闭了窗子。

"是与我的生存没有关系的事！"安德来郡王在听她说话时这么想，因为什么缘故他希望而又怕她有什么话说到他。"又是她！好像是有意的！"他想。他心中忽然起了青年思想与希望的意外混乱，违反他自己的全部生活。他觉得自己不能明白自己的心情，立刻入睡了。

三

次日，只告别了伯爵一个人，不等到妇女们出来，安德来郡王就返家了。

安德来郡王返家时已是六月初，他又走进了那个桦树林。在这个森林里，那棵老大的、生瘤的橡树那样奇怪地、深刻地感动了他。铃声在树林里较之一个半月前响得更哑了，一切都是充满的、浓荫的、茂密的，散在林间的小枞树没有破坏一般的美，遵从了一般的性质，温柔地绿着淡淡的嫩芽。

整天炎热，别处起了暴风雨，但只有很小的乌云洒雨在道路的灰尘和腻润的树叶上。森林的左边是黑暗，在阴影中，右边——潮润、明亮，在阳光里闪动，因风微摆。一切都在花朵中，夜莺低啭高歌，时远时近。

"是的，这里，那棵橡树在这个森林里，我曾和它同意。"安德来郡王想。"但它在何处？"安德来郡王又想，看着道路的左边，他没有认出它，欣赏着他所寻找的那棵橡树。老橡树完全变样了，撑开了腻润的、暗绿的帐幕，闪耀着，在夕阳的光线中轻摆；没有了生节瘤的手指，没有瘢痕，没有老年的不满与苦闷——一切都看不见了。从粗糙的、百年的树干里，没有枝柯，便长出腻润的、幼嫩的叶子，使人不能相信这棵老树长出了它们。"是的，这就是那棵橡树。"安德来郡王想，他忽然发生了无故的、春天的、高兴与更新之情绪。他生活中一切最好的时光都忽然同时想起来了。奥斯特里兹和崇高的天空，夫人死的、谴责的面孔，在渡船上的彼挨尔，因夜色之美而兴奋的女孩，那个夜和月亮——这一切都忽然在他心中想起来了。

"不，生活没有在三十一岁完结。"安德来郡王忽然最后不变地决定了，"不单要我知道我心中所有的一切，还需大家都知道这个：彼挨尔和那个想飞上天的女孩子，还需大家知道我，不让我的生活只是为了我自己，不让他们的生活和我的生活那么无关，我的生活应当反映在大家的身上，要他们和我一同生活。"

旅途归来时，安德来郡王决定秋间去彼得堡，并且发现了这个决定的许多理由。整串理性的、逻辑的理由时时准备着听他使用，因为这些理由他必须去彼得堡，甚至服兵役。他甚至现在不能明白，他如何能够一度怀疑从事积极生活的必要，正如同一个月之前，他不明白出村的思想如何能够来到他的心中。他明显地觉得，假使他不把生活经验付诸实际，他不再从事积极的生活，则他的全部生活经验都是空废而无意义的。他甚至不明白从前如何能够在那么可怜的理论基础上显得，假使现在，在他的生活教训之后，他再相信他能够有用，相信幸福与爱情的可能，便是降低自己。现在理性提示了完全不同的方面。在这次的旅行之后，安德来郡王开始厌烦乡村，从前的事务不使他发生兴趣，并且独自坐在房中时，他常常站起，走到镜前，久久地看自己的脸。然后他转过身看已故的莉萨的画像，她带着希腊式的编结的发在金框里温柔地、愉快地看他。她已不向丈夫说从前可怕的话，她简单地、愉快地、好奇地看他。安德来郡王把手放在后边，久久地在房中走动，忽而皱眉，忽而带笑，思索着那些无理性的、不可言表的、神秘的、好像罪恶般的——关于彼挨尔、光荣、窗前的女孩子、橡树、妇女的美丽、爱情的思想，这些思想改变了他全部的生活。在这种时候，有谁进去看他时，他是特别地冷淡，严厉地坚决，并且是无趣地逻辑。

"我亲爱的，"玛丽亚郡主在这种时候进来了，便要说，"尼考林卡今天不能散步了，很冷。"

"假使是暖和，"在这种时候，安德来郡王便特别冷淡地回答他的妹妹，"他就穿一件单衫出去，但因为御冷，应当替他穿上厚衣服，这是为了御冷而发明的。这是寒冷的结果，不是在小孩需要新鲜空气时把他留在家里。"他特别逻辑地说，好像是因为那种秘密的、不逻辑的、在他心中发生的、内在的情绪而处罚什么人。

玛丽亚郡主在这种场合里，想到这种理性的思劳使男子们变得多么冷淡。

四

　　安德来郡王在一八〇九年一月到了彼得堡。这是年轻的斯撒然斯基的名望和他的改革运动之努力登峰造极的时候。在这个八月里，皇帝乘车出行时，坠车伤了脚部，在彼得号夫住了三周，只和斯撒然斯基一个人单独见面。在这个时候所准备的，不仅是两个那么有名的、惊动社会的命令，要废除朝廷的品级，要考试联合陪审官和政府顾问，而且还有整部的国家宪法，这个宪法要改变俄国政府——自枢密院至县政府——现有的法律、行政及财政制度。现在，亚历山大皇帝即位时所有的那些含糊的、自由的幻想都实现并且具体化了，他力图借他的赞助人洽尔托锐示斯基、诺佛西操夫、考邱别和斯特罗加诺夫的帮助来实现它们，他说笑话时称它们为"公共福利的喜剧"。现在，斯撒然斯基在内政上，阿拉克捷夫在军事上代替了所有的人。

安德来郡王来到不久，即以御前侍臣身份出现在朝廷里和朝会上。皇帝遇见他两次，不愿向他说一个字。安德来郡王甚至先就觉得，他是令皇帝不欢喜的，皇帝不悦意他的脸和他整个的人。在皇帝看他时的冷淡生疏的目光中，安德来郡王较之以前更加证实了这个假定。朝臣们向安德来郡王说明，皇帝对他的疏视是因为陛下不满意保尔康斯基在一八〇五年以后未服兵役。

"我自己知道，我们不能够主持自己的爱好与憎恶，"安德来郡王想，"因此无须想到把我关于军律的意见书当面呈给皇帝，但事实将说明它自己。"他向一位老元帅、他父亲的朋友，报告了他的意见书。这位元帅向他指定了时间，和蔼地接待他，答应了奏闻皇帝。数日之后，安德来郡王接到通知，要他去见陆军大臣阿拉克捷夫伯爵。

*　　*　　*

在指定的日子，上午十时，安德来郡王来到阿拉克捷夫伯爵的客厅里。

安德来郡王不认识阿拉克捷夫本人，从未见过他，但他所知道的关于他的一切很少引起他对于这个人的敬意。

"他——陆军大臣，皇帝陛下的心腹之人，没有人需要对于他自身的德行有何问题，他奉令审查我的意见书，因此只有他能够使它被采用。"安德来郡王想，和重要及不重要的人一同在阿拉克捷夫伯爵的客厅里等候着。

安德来郡王在他服务的时期——大部分时间是做副官——看见过

许多要人的客厅,这些客厅中各种性质他是很明白的。阿拉克捷夫伯爵的客厅有一种特别的性质,在阿拉克捷夫伯爵客厅中等着轮流接见的不重要的人脸上,显出羞耻与屈服;在大官的脸上显出一种共同的窘促情绪,它遮隐在个人的从容和对于自己、对于自己地位、对于所等待的人的嘲笑之下。有的人沉思地来回走动,有的人低语着发笑,安德来郡王听到西拉·安德来维支(西拉意思是力量或暴力,指阿拉克捷夫而言——译者)这个诨名和这句话:"叔叔要给你的。"这是关于阿拉克捷夫伯爵的。一个将军(要人)显然因为等得太久而恼怒,架着腿坐着,轻视地对自己笑着。

但刚刚门开时,在所有的脸上立刻只显出一种情绪——恐惧。安德来郡王请值班的副官将他再通报一次,但他们嘲笑地看他,并说他的轮次在适当的时候会到的。在副官领进又领出大臣房间的几个人之后,一个军官被引入那道可怕的门,他的谦卑惊悚的神情感动了安德来郡王。这个军官的接见经过了很久的时候,忽然在门里传出不愉快的吼声,面色发白的军官带着打战的嘴唇从那里走出,抱着自己的头,走过客厅。

在这之后,安德来郡王被领至门前,值班副官低声说:"右边,在窗子那里。"

安德来郡王走进简单清洁的房间,在桌旁看见一个四十岁的人,他有长腰、长形而短发的头、深皱,在棕蓝的、暗淡的眼睛上有蹙着的眉毛和凸悬的红鼻子。阿拉克捷夫把头转过来向着他,眼不看他。

"你要求什么?"阿拉克捷夫问。

"我不……请求什么,大人。"安德来郡王低声说,阿拉克捷夫的眼睛向着他。

"坐下，"阿拉克捷夫说，"保尔康斯基郡王吗？"

"我不请求什么，但蒙皇帝陛下把我所呈的意见书交给了大人……"

"请看吧，我亲爱的，我看过你的意见书了。"阿拉克捷夫插言，他只和善地说了前面的话，便又不看他的脸，渐渐地仍旧落到咆哮的、轻视的语调中，"你提议新的军律吗？规律很多，没有人执行旧的。现在大家写规律，写比做容易。"

"我奉皇帝陛下的意思来大人这里探听，对于我所呈的意见书打算怎么处理？"安德来郡王恭敬地说。

"对于你的意见书我已有了批语，并且送到委员会里去了。我不赞同。"阿拉克捷夫说，站起来，从写字桌里取一张纸，"在这里。"他交给安德来郡王。

在纸上有铅笔横写的没有大写字母、没有正确拼缀、没有标点符号的话："浮浅地作成，因为这是模仿法国军律写作的，并且不需要违背现有军律。"

"意见书交给什么委员会呢？"安德来郡王问。

"给军事法规委员会，我提议你阁下也名列委员会中，只是无给职。"

安德来郡王笑了一下。

"我也不想要。"

"无给的委员。"阿拉克捷夫重说。"我有荣幸。哎！叫！还有谁？"他大声说，向安德来郡王鞠躬。

五

等候着列名委员会的通知时，安德来郡王访问他的旧友，特别是那些他知道有力量并能于他有用的人。他现在在彼得堡所感觉的情绪好像他在战争的前夜所感觉到的，在这种时候，不安的好奇心使他苦恼，并且不可抵抗地引他注意高级社会，在这里准备了那决定数百万人命运的未来。由于年长者的愤怒，由于局外人的好奇，由于局内人的谨慎，由于大家的忙碌与焦虑，由于委员会的众多——他每天知道有新的委员会——他觉得现在，在一八〇九年，在彼得堡这里，准备了一种巨大的政治战争，它的总司令是他不知道的、神秘的，他觉得是天才的人——斯撒然斯基。

他所模糊知道的这种改革工作和主要的发动人斯撒然斯基，开始那么热切地引起他的兴趣，军律的问题在他心中立刻处于次要的地位了。

安德来郡王处在最有利的地位上，他可以受到当时彼得堡社会各方面最上层团体的好接待。改革派热烈地欢迎他、罗致他：第一，因为他有聪明与博学的名誉；第二，因为他由于解放农奴而获得自由主义者的名望。不得意的老派只把他当作他父亲的儿子，非难改革，希求他的同情。妇女团体、社交界热烈地欢迎他，因为他是一个有财产、有地位的配偶，并且几乎是一个新人，绕戴着一个因为假定的死亡和夫人的不幸结局而有的传奇的光轮。此外，所有以前知道他的人们对于他的一般的批评是这样的，说他在这五年之中大大变好了、变温柔了、变老成了，说他没有了从前的矫揉、骄傲和嘲讽，而有了多年获得的镇静。他们谈到他，对他发生兴趣，都希望看见他。

会见阿拉克捷夫的次日，安德来郡王晚间在考邱别伯爵家。他向伯爵说到他与西拉·安德来维支的会面（考邱别这样地称呼阿拉克捷夫，带着那种不确定的嘲讽口气，如同安德来郡王在陆军大臣的客厅中所感觉到的）。

"我亲爱的，甚至在这件事情里你也不能没有米哈伊·米哈洛维支。他无事不过问，我要向他说。他答应了晚上来……"

"斯撒然斯基和军律有什么关系呢？"安德来郡王问。

考邱别笑着揉头，好像诧异保尔康斯基的单纯。

"前天我同他说到你"，考邱别继续说，"说到你的自由农民……"

"是的,是你,郡王,解放了农奴吗?"一位叶卡切锐娜朝代的老人说,轻蔑地转向保尔康斯基。

"小田庄没有任何收入。"保尔康斯基回答,企图对他减轻自己的行为,避免无用地触怒老人。

"你怕落后。"老人看着考邱别说。

"我有一件事情不懂,"老人继续说,"假使给了他们自由,谁将耕地呢?写定法律容易,但管理就难了。正和现在一样,我问你,伯爵,大家都要经过考试的时候,谁将是各部长官呢?"

"那些通过考试的人,我想。"考邱别回答,腿架着腿,环顾着。

"有一位卜锐亚尼支尼考夫在我这里服务,他是极好的人,金子般的人,他六十岁了,他也要考吗?……"

"是的,这是困难的,因为教育太不普及,但……"考邱别伯爵没有说完,他站立起来,拉住安德来郡王的臂,走去迎接一个进门的、高大、秃顶、美发的人,他有四十岁,有大而暴露的额和异常奇怪白色的长脸。来人穿蓝色礼服,颈上有十字架,胸部左边有星章。这人是斯撒然斯基。安德来郡王立刻认出了他,并且心里发生了震动,这是在生命的重要时候所有的。这是尊敬,是羡慕,是期望——他不知道。斯撒然斯基的全身有一种特别的风度,可以根据这个而立刻认出他。在安德来郡王所生活的团体里,他不曾看见过任何人在笨拙、粗鲁的动作上有那样的镇静与自信,不曾看见过任何人在半闭的、润湿的眼睛里有那种固执而同时又温柔的目光,不曾看见过毫无意义的笑容中的那种固执,不曾听见过那种优美、平滑、柔软的声音。尤其是面部的那种温柔的白色,且特别是相当宽但异常肥胖、柔软、白色的手。脸部的这种白色与柔软,安德来郡王只看见住病院很久的兵士们有过。这人是斯撒然斯基,国务卿,皇帝的愿问,在厄尔孚特的陪伴,在那里他曾同拿破仑见过、谈过多次。

斯撒然斯基并未把眼睛从这个人脸上移到那个人脸上——这是进大团体时所不觉地发生的——也不急着说话。他说话和缓,并且相信别人要听他说,他只看他向着说话的人的脸。

安德来郡王特别用心地注意了斯撒然斯基的每个字和动作。这是人所常有的,特别是那些严厉地批评身边人们的人——安德来郡王和生人,特别是和他所知的斯撒然斯基这一类名人相会时,总期望在他身上找出人类德行的完善。

斯撒然斯基向考邱别说,他抱歉他不能到得更早,因为在宫中被耽搁了。他不说皇帝耽搁了他。安德来郡王注意到了这种礼节上的矫饰。当考邱别向他介绍安德来郡王时,斯撒然斯基带着同样的笑容,迟缓地把眼睛移在保尔康斯基身上,并且沉默地看他。

"我很高兴结识你,我和别人一样久仰大名。"他说。

考邱别提起阿拉克捷夫对于保尔康斯基的接待,斯撒然斯基笑容更大。

"军事法规委员会的主席是我的好朋友——马格尼次基先生,"他说,清晰地说出每一音节每一个字,"假使你愿意,我可以把你介绍给他。"他在全句处停住,"我希望你能找到他的同情和赞助一切合理事件的愿望。"

在斯撒然斯基的四周立刻成了一个圈子,那个说到自己的职员卜锐亚尼支尼考夫的老人也向斯撒然斯基发问题。

安德来郡王没有加入谈话,注意斯撒然斯基的一切动作。这个人不久之前是一个无足轻重的神学生,而现在在他的手里——那双白胖的手里——握着俄罗斯的命运,保尔康斯基这么想。斯撒然斯基回答时的异常的、轻视的镇静,感动了安德来郡王。他似乎是在不可测的高度上向他说谦虚的话。当老人说话声音太高时,斯撒然斯基笑着说,他不能批评皇帝愿做的事情的利害。

在大圈子里谈了一会儿,斯撒然斯基站起,走近安德来郡王,把他带到房间的另一端。显然,他认为应当注意保尔康斯基。

"刚才我没有工夫和你谈话,郡王,那位可敬的老人把我引到激动的谈话里去了。"他说,微微轻视地笑着,好像是用这种笑容承认他和安德来郡王共同明白那些刚才和他谈话的人们的不关轻重。这种态度奉承了安德来郡王。"我早就知道你,第一,因为你对于农奴们所做的事情,这是我们的最早的例子,对于这个我们很愿有更多的追随者;第二,因为你是那种御前侍臣之一,他们不因为朝廷品级的新法规而觉得自己受委屈,这件事引起了那么多的批评和议论。"

"是的,"安德来郡王说,"家父不愿意我享受这种权利,我从最低的品级开始服务。"

"尊大人是上个世纪的前辈,显然是在我们同辈人之上,他们那样批评这个计划,这个计划只是恢复自然的正义。"

"但我以为,就是在这种批评里也是有缘故的。"安德来郡王说,企望抵抗斯撒然斯基的势力,这势力是他开始觉得的。他不愿事事都同意他,他希望反对。安德来郡王寻常说话流利而优良,现在和斯撒然斯基说话时觉得难以表达自己，他太专心注意这个名人的个性。

"也许是为了个人野心的缘故。"斯撒然斯基和缓地说出他的话。

"一部分是为了国家。"安德来郡王说。

"你是什么意思？……"斯撒然斯基问，慢慢垂下眼睛。

"我是孟德斯鸠的崇拜者，"安德来郡王说，"他说君主国的原则是荣誉，我觉得这种思想是不可非难的。贵族的每种权利与特权，我觉得，是维持这种情操的方法。"

笑容在斯撒然斯基的白脸上消失了，因此他的面相大大变好了。也许他觉得安德来郡王的思想是有趣的。

"假使你在这个观点上看这个问题。"他开言，显然困难地说着法语，较之说俄语是更慢，但十分镇静。他说，荣誉，L-honneur 不能够维持在有害于公务的特权上。他说，荣誉，L-honneur——或者是防免过失行为的消极概念，或者是为了获得表示荣誉的揄扬与奖赏的某种争胜的原动力。

他的理论扼要、简单、明白。

维持这种荣誉的制度、争胜的原动力是一种类似拿破仑大皇帝的荣誉勋章的制度，对于服务的成功是无害的、是助成的，这不是一种阶级的或朝廷的特权。

"我不争辩，但不能否认朝廷特权能达到同样的目的，"安德来郡王说，"每个朝臣认为自己应当对得起他的职位。"

"但你不愿享受特权，郡王。"斯撒然斯基说，用笑容表示，他愿意有礼貌地结束那令他的对谈者不自在的争论。"假使你赏光在星期三驾临舍下,"他添说,"我便先同马格尼次基谈一下,再向你报告可以令你有兴趣的事情。此外,我还很乐意再和你细谈。"他闭眼,鞠躬,照法国礼节,没有道别,走出客厅,企图不被人注意。

六

在他留在彼得堡的起初的时候，安德来郡王觉得，他在孤独生活中所养成的全部思想习惯，被彼得堡方面令他注意的那些琐屑的烦神完全遮蔽了。

晚间回家时，他在记事册里写下四五个必要的访问和在指定时间里的约会。生活的机械，日间的布置要能各处赶上时间，占去了他大部分的精力。他未做任何事情，甚至也未想任何事情，且没有时间思想，他只说话，成功地说出他在乡村里从前有时间想过的。

他有时不满地注意到，他在一日之间，在各团体中，重复同样的话。但他是那样地成天忙碌，他没有工夫想到，他没有思索任何事情。

斯撒然斯基和第一次同他在考邱别家会面时一样，星期三在家里单独地接见保尔康斯基时，和他良久地、推心地谈话，给了安德来郡王深刻的印象。

安德来郡王认为大多数的人是可鄙的、无价值的，他是那样希望在别人身上找出那种完善的活模范，这是他所力求的，他轻易地相信他在斯撒然斯基身上找到了那种完全理性、善良的人之模范。假使斯撒然斯基是和安德来郡王属于同一社会，有同样的教育和道德习惯，则保尔康斯基将立刻发现到他的软弱，常人、非英雄的方面，但现在这种令他奇怪的、逻辑的思想习惯，因为他没有充分了解他，更加引起他的敬意。此外，或者因为他看重安德来郡王的才干，或者因为觉得必须为自己拉拢住他，斯撒然斯基在安德来郡王的面前卖弄了他的公正、镇静的理性，并且用那种优美的阿谀装饰了安德来郡王，这阿谀连带着自负，并且是寓于沉默的承认：只有他的对谈者和他自己能够了解其余一切人的愚笨和他们自己思想的智慧与高深。

在星期三晚间他们长时间的谈话中，斯撒然斯基屡次说："他们注意我们的一切超出深固习惯的一般水准的事情……"或带着笑容说："但我们希望，狼吃饱了，羊又不丢。"或者："他们不能够了解这个……"并且总是带着那样的表情，好像是说："我们，你同我，我们明白，他们是什么，我们是谁。"

这个和斯撒然斯基的第一次长谈，只在安德来郡王心中加强了他第一次见斯撒然斯基时所有的感觉。他将他看作一个聪明的、思想严肃的、有大智的人，他用能力与坚毅获得了权力，并且只为了俄国的福利而运用它。斯撒然斯基在安德来郡王的目光中正是那种人——理性地解释一切生命现象，只承认合乎理性的东西是重要的，能够对一切应用理性的标准——这种人就是他自己所希望做的。在斯撒然斯基的说明中，一切显得那么简单、明白，安德来郡王不觉地一切都同意了他。假使他反驳争辩，那只是因为他有意要显得是独立的，并不完全顺从斯撒然斯基的意见。一切都合适，一切都好，但只有一件事烦扰安德来郡王，这就是斯撒然斯基的冷静的、如镜的、不让人看透灵魂的目光和他的白色温柔的手。安德来郡王不觉地为着他的手，好像人们通常看有权的人的手那样。如镜的目光和那种温柔的手因为什么缘故激怒了安德来郡王。还有使安德来郡王不悦意的是，他注意到斯撒然斯基对于人们的过分轻视和他用来支持自己意见的各种论证的方法。他利用各种可能的思想工具，除了用比喻，并且安德来郡王觉得，他从这种立场到另一种立场转变得太猛烈。有时他站在实行家的立场上批评理想主义者，有时他站在讽刺家的立场上讥讽地嘲笑反对者，有时他站在严格的、逻辑的立场上，有时他升到玄学的领域里（这最后的论证方法，他用的特别多）。他把问题提到玄学的高度，涉及空间、时间、思想的定义，从那里引出反证，又落到原来争论的立场。

总之，斯撒然斯基思想上的使安德来郡王惊异的主要特质，是他对于理性的力量与合法性之无疑的、坚决的信仰。显然是斯撒然斯基从来不曾想到安德来郡王所常有的那种思想，即人终不能表现出他所想的一切，并且他从来不曾怀疑过：我所想的一切和我所信任的一切是否毫无意义。斯撒然斯基的这种特别的思想习惯，最吸引安德来郡王注意。

在他和斯撒然斯基结交的初期，安德来郡王对他怀着热烈的羡慕情绪，好像他一度对于拿破仑所怀有的。斯撒然斯基是神甫的儿子，许多愚人或许因为他是教士儿子和神甫儿子而轻视他。事实上许多人是如此的，这件事实使安德来郡王特别注意自己对于斯撒然斯基的感情，并且不觉地在自己心中加强了他的感情。

　　在保尔康斯基在他家所度的第一个晚间，他们谈到法规编纂委员会。斯撒然斯基嘲讽地向安德来郡王说，法规委员会存在了一百五十年，耗费了数百万，一点事没有做出，只有罗生坎卜夫在一切法规条子上贴了标签。

　　"这就是政府花了几百万所得的一切！"他说，"我们希望把新的司法权给贵族院，但我们没有法律。因此，郡王，像你这样的人现在不服务，是一件过错。"

　　安德来郡王说，为了这个，需要有法律的修养，而这是他所没有的。

　　"但这谁也没有，那你还期望什么呢？那是邪恶的圈子，必须用强力从里面走出来。"

＊　　＊　　＊

　　一星期后，安德来郡王做了军律编纂委员会的委员，并且他毫未期望到，他做了法规编纂委员会中分会的主席。由于斯撒然斯基的要求，他着手编纂民法的第一部，并借《拿破仑法典》与《攸斯蒂尼安法典》的帮助，他编纂私权的部分。

七

两年前，一八〇七年，在他视察了田庄回彼得堡后，彼挨尔不觉地处于彼得堡共济会的领袖地位。他组织了包饭馆和殡葬馆，招收了新会员，努力于联合各支会和获得确实的法规。他用自己的钱修建庙宇，并尽他的力量收集捐款。对于这个，大部分的会员是吝啬的、不一律的。他几乎是独自用钱维持该会在彼得堡所建的贫苦院。

同时他的生活进行如旧，有同样的许多引诱和荒唐。他爱盛餐、痛饮，虽然认为这是不道德的、堕落的，他却不能避免他所参与的独身团体的享乐。

但在他的事务与热情的氛围中过了一年之后，彼挨尔开始觉得，他所站立的共济会基础从他的足下离得愈远，他愈想坚牢地站在它上面。同时他觉得他所站立的基础在他的足下离得愈远,他愈不觉地受它的拘束。当他入共济会时,他觉得自己好像一个人确信地把脚放在沼泽的平面上。放了一只脚,他沉下去了。为了充分相信他所站立的基础的坚牢,他放上了另一只脚,并且沉得更深,陷在泥里,不得已地在及膝的沼泽里行动。

奥谢卜·阿列克塞维支不在彼得堡(他近来放弃了彼得堡会所的事务,不离开地住在莫斯科)。所有的弟兄们、会员们都是彼挨尔在日常生活中的熟人,他难以只把他们看作共济会里的弟兄,而不看作郡王、依凡·发西利也维支等,这些人他在日常生活中知道大都是软弱的、贱微的人。在共济会的会裙与徽章之下,他看见了他们的制服和勋章,这是他们在生活中所图取的。常常收集捐施时,计数着收款簿二三十卢布,而且大都是欠账,这是上十个会员所捐的,他们当中有一半人是和他一样的富实——彼挨尔想起了共济会的誓言,即每个弟兄应许了把他一切的所有物给予邻人,于是他心中起了许多疑窦,他企图避免它们。

他将他所认识的弟兄们分为四类。在第一类中他算进了这样的弟兄们,他们不在会务上,也不在人事上做积极的活动,但只研究神秘的教会科学,研究如下的问题:上帝三名,或三原始物——硫黄、水银与盐,或索罗门神庙中方形与一切图形之意义。彼挨尔尊重这种共济会会员,老会员们大都属于这一类,彼挨尔觉得奥谢卜·阿列克塞维支也在内,但彼挨尔不与他们兴趣一致。他的心不在共济会的神秘方面。

在第二类中彼挨尔算进了自己以及和他同样的弟兄们,追寻、动摇,在共济会中尚未找得直接的、可解的路径,但仍然希望找到它。

在第三类中他算进了这样的弟兄们(他们是最大多数),他们在共济会中看不见任何别的,除了外表的形式与仪式,他们注重这种外表形式的严格执行,不顾虑到它的内容与意义。维拉尔斯基以及总会的主教都是这类人。

最后,在第四类中也算进了多数的弟兄们,特别是新进入会的人。据彼埃尔的观察,他们是这一类的人,他们不相信任何事情,不希求任何事物,他们加入共济会只是为了接近年轻的、有钱的、在关系与门第上有力的弟兄们,他们在会里是极多的。

彼埃尔开始觉得自己不满意自己的活动。共济主义,至少是他在这里所认识的共济主义,他觉得,有时只是建立在外形上。他不想怀疑共济主义,但他疑惑俄国的共济主义走上了错误的道路,背离了它的本源。因此他在岁暮出国,为了献身于教会的高级神秘。

*　　*　　*

一八〇九年夏间,彼埃尔回到彼得堡。由于俄国共济会会员和国外的通信,得知别素号夫在国外获得许多高位的人们的信任,深通许多神秘,升到了高级,并随身带来许多计划,促进俄国共济会会务发展,彼得堡的共济会会员们都来看他、巴结他,并且都觉得他隐藏了并准备了什么。

召集了第二级支会的隆重会议,在这个会议里彼埃尔应许了报告,教会上级领袖托他转达给彼得堡弟兄们的事情。这个会议满座。在通常的仪式之后,彼埃尔站起来,开始演说。

"亲爱的弟兄们,"他开言,脸红并且迟疑,手执写成的演说词,"在会所的幽静中保持我们的神秘是不够的——我们需要行动……行动。我们在睡眠,但我们需要行动。"彼挨尔拿了稿本,开始读。

"为宣扬纯洁的真理,并获得美德的胜利,"他读,"我们必须洗涤人们的成见,宣传合乎时代精神的原理,负责幼辈的教养,用不可解的结,联合最聪明的人们,勇敢地同时谨慎地克服迷信、不信与愚蠢,把那些相信我们的、维系在共同目标中的、有权力与力量的人们组织起来。"

"为达到这个目的,必须使美德的力量超过邪恶,必须努力,使正直的人,甚至在这个世界里,也能因为他的美德而获得永久的报酬。但在这些伟大的计划中,最妨碍我们的是——目前各种政治制度。在这种情形中,应该怎么办呢?欢迎革命呢?抛弃一切呢?以武力抗武力呢?……不是,我们离这个还很远。任何暴力的改革都该反对,因为在人们毫无改变的时候,它不能改正邪恶,因为智慧没有暴力的需要。

"本会的全部计划应当建立于训练坚决的、有德的、被信仰的统一所联合的人们——信仰的是在各处用各种力量压制罪恶与愚蠢,并保护才能与美德,从灰尘中提出有功德的人们,使他们加入我们的会。只有那时候我们的教会才有权力——不知不觉地捆绑混乱促成者的手,控制他们,使他们并不觉得。总之,我们必须建立一种普遍有力的政府,它包括全世界,而不破坏公民的义务。在这种政府之下,一切其他政府可以继续通常的职务,并做一切的事情,只除了妨害我们教会的伟大目的,就是使美德战胜邪恶。这个目的就是基督教的本身。它教人要有智慧、要善良,并为了他们自己的利益而循从善良、最智慧的人们的榜样和劝谕。

"在大家都沉浸在黑暗中的时候,当然,单是劝告便够了,真理的新颖给它特别的力量,但现在我们需要很有力量的方法。现在被自己的感觉所支配的人,应该在美德中找到感官的快乐。情绪是不能拔除的,我们只应该企图指导情绪向着高尚的目标。因此每个人必须能够在美德的限度内满足自己的情绪,我们的教会必须获得达此目标的方法。

"我们不久便要在每个国家有相当数目优良的人,他们当中每一个人又训练两个别的人,并且他们彼此之间紧密地联合着——那时我们的教会便能做一切的事情,它已经在秘密中为了人类的福利做了许多事情。"

这篇演说不仅在会里面发生了深刻的印象,并且还引起了激动。大部分的弟兄看到这个演说中启发主义[1]的危险计划,令彼埃尔惊异地对于他的演说表示冷淡。大主教站起来反对彼埃尔,彼埃尔更加兴奋地发挥他的见解。好久没有过这样激烈的会议,他们分为各派,有的谴责彼埃尔,批评他的启发主义,有的支持他。在这个会议里,第一次令彼埃尔诧异的是人类见解的无限差异,这使得没有任何真理在两个人的目光中是一样的。甚至那些似乎站在他这一方面的会员们,也是凭自己的意见来了解他,且加以限制和改变。这是他不能同

---

[1] 这是一个秘密教会,系 Adam Weishaupt 于一七七六年所创立,为半政治半宗教性的。其目的是反对野蛮无知,提倡理性与美德。——毛德

意的，因为彼挨尔的主义要求正是要把自己的思想，如他自己所了解的那样，传递给别人。

在会议结束时，大主教恶意地、讽刺地要彼挨尔注意到自己的暴躁；并且说，不单独是对于美德的爱，还有争斗的热情，领导他做争论。彼挨尔未回答他，只简短地问是否接受他的提议。他们告诉他，"不"。于是彼挨尔不等待通常的仪式，便走出会所回家。

八

彼挨尔又有了他所那么惧怕的那种沮丧。他在会所里发表了演说以后，在屋里的沙发上躺了三天，不接见任何人，不出门去任何处。

在这时候他接到夫人的一封信，她要求他和她会面，写着她因他而有的悲伤和她愿意为他而贡献自己全部的生命。

在信末她通知他说，她日内即从国外抵彼得堡。

在这封信之后，一个他所最看不起的共济会会员破坏了他的幽独，并且把谈话引到彼挨尔的婚姻关系上，以友爱的劝告态度，向他表示了意见，说他对于夫人的严厉是不对的，说彼挨尔违背了共济会的第一条原则，不宽恕悔罪者。

同时他的岳母，发西利郡王的夫人派人来找他，要求他去看她，讨论一件极重要的事，即使是几分钟。彼挨尔看到，有一种对于他的同谋，他们希望他和夫人复合，并且在他所处的那种心情里，他甚至不觉得这是不悦的，他觉得一切都是一样。彼挨尔不认为生活中的任何事情是有重大意义的，在现在支配他的沮丧心情的影响下，他既不看重自己的自由，也不看重他对于处罚夫人的坚持。

"没有人是对的，没有人是错的，所以她也没错。"他想。假使彼挨尔不立刻表示同意他和夫人复合，这只是因为在他所处的沮丧心情中，他不能有任何作为。假使现在夫人来到他这里，他现在不赶她，比之彼挨尔现在所注意的事，和夫人同住不同住，不都是一样吗？

对于夫人和岳母未作任何回答，彼挨尔立刻在晚间很迟的时候上路赴莫斯科，去看奥谢卜·阿列克塞维支。这里是彼挨尔在日记中所写的。

"莫斯科，十一月十七日。

"刚从恩人处来此，匆促写下我所感觉的一切。奥谢卜·阿列克塞维支生活贫困，受了三年膀胱病的痛苦，从来没有人听到他的呻吟或怨言。自早晨到深夜，除了他吃最粗糙的食物时，他都研究科学。他仁慈地接待我，要我坐在他所睡的床上。我向他做东方与耶路撒冷武士的手势，他同样地回答我，并且微笑地向我问到我在普鲁士与苏格兰[1]支会里所知的与所得的。我尽我所能向他说了一切，向他说到我在彼得堡支会里所提的原则，并报告了他们对我所做的恶意的接

---

[1] 苏格兰支会不在苏格兰，在日耳曼。——毛

待,说到我与弟兄们之间的破裂。奥谢卜·阿列克塞维支沉默思索了一会儿,向我陈述了他对这一切的见解,立刻向我照明了过去的一切和在我前面的未来的全部路线。他使我惊异,问我是否记得什么是本会的三个目的:(一)保持并研究神秘,(二)为了接受神秘而有的自我纯洁与改善,(三)借这种纯洁的努力而改进人类。在这三者之中何者是最重要的第一个目的?当然是自我的改善与纯洁。只有对着这个目标,我们才能够永远脱离一切环境而奋勉。但同时,就是这个目标需要我们最大的努力,并且因此我们被骄傲引入迷途,放弃了这个目标,或者力求神秘——由于我们自己的不纯洁而不配去接受它——或者力求人类的改良,而我们自己是邪恶与堕落的榜样。启发主义不是纯粹的学说,正因为它受到社会活动的炫惑,并充满了骄傲。在这个立场上,奥谢卜·阿列克塞维支批评了我的演说和我全部的活动。我在心底里同意他。在我们的谈话涉及我的家事时,他向我说:'真正共济会会员的主要责任,如我向你说过的,是在自身的完善。但我们常常以为,使自己去除了我们生活中的一切困难,我们立刻就可达到这个目的;相反,阁下。'他向我说:'只有在人世的忧虑中我们可以达到这三个主要的目的:(一)自知,因为人只能借比较而知道自己,(二)完善,只有用争斗来达到它,(三)达到主要的美德——对死亡的爱。只有生活的各种腐化能够向我们表示它的空虚,能够加强——我们生来对于死亡的爱,或者对于新生活的复生。'这些话更堪注意,因为奥谢卜·阿列克塞维支虽然有困重的身体痛苦,却从不厌倦生活。但他爱死,对于死,他虽然有内心的人的全部纯洁与崇高,却并不觉得自己准备充分。然后恩主向我充分说明了创世的伟大方形的意义,并指出三与七是一切的基础。他劝我莫断绝和彼得堡的弟兄们的来往,并且在会里只负第二级的责任时,要企图从骄傲的诱惑中引出弟兄们,领他们走上真正的自知与完善之途径。此外,关于我个人方面,他劝我首先要注意自己,并且为了这个目的他给了我一个稿本,就是我现在所写的这个,我将写下此后我一切的行为。

"彼得堡,十一月二十三日。

"我又和妻同住。岳母带着眼泪来到我这里,说爱仑在这里,又说她求我听她说话,说她是无罪的,说她因为我的遗弃而不幸,还说了许多别的。我知道,假使我一旦让自己看见了她,则我便不能够拒绝她的愿望。我在自己的怀疑中,不知道要去求谁的帮助和意见。假使恩人在此,他便会告诉我。我回到自己的房间里,重读奥谢卜·阿列克塞维支的信,想起了我同他的谈话,从这一切之中我求出了这个,就是我不该拒绝恳求者,应当向任何人伸出援助的手,尤其是对于一个和我有这样关系的人,并且我应该背负自己的十字架。假使我为了善行而宽恕她,那么就让我和她的复合只有 种精神的目标。我如是决定,并如是写信给奥谢卜·阿列克塞维支。我向妻说,我请她忘记过去的一切,请她恕我对她所做的任何错事,并且我无须宽恕她。向她说了这话,令我高兴。让她不知道,我重新看见她是多么痛苦。我住在大房子里的上面房间里,并且感觉到快乐的苏生之情绪。"

九

和寻常一样，这时上层社会聚在朝廷大舞会中，分为九个小团体，各有自己的特点。其中最大的是法国的团体，拿破仑联盟派——路密安采夫伯爵和考兰库尔的。爱仑在彼得堡和丈夫刚刚同住了之后，即在这个团体里占了最重要的地位之一，她接待法国大使馆的人员，和属于这一派的，以智慧与礼貌著名的很多的人。

在有名的皇帝们会议时，爱仑是在厄尔孚特，在那里同欧洲所有的拿破仑派的名人发生了这些关系。在厄尔孚特，她有了灿烂的成功。拿破仑本人在戏院看见她时，说到她："这是一个极美的人儿。"她在美丽雅致的妇人这种身份上的成功未使彼挨尔惊异，因为近年来她比从前更美。但使他惊异的是两年来他的夫人为自己获得了"艳美妇人,且聪明一如美丽"的名声。著名的利恩亲王写给她八页的长信。俾利平保留了他的警语,以便在别素号夫伯爵夫人面前第一次说它们,在别素号夫伯爵夫人的客厅里受招待,被人看作智慧的文凭。青年们在赴爱仑的夜会之前浏览群书,以便在她的客厅里说点什么。大使馆的秘书们,甚至大使们,密告她外交秘事,所以爱仑有某一种的力量。彼挨尔知道她很笨,他有时带着疑虑与惊惶的奇怪情绪赴她的夜会和宴会,这里谈的是关于政治、诗歌与哲学。在这些夜会里,他所感觉的情绪类似一个魔术家每次期待着他的幻术将被看破时所感觉到的那种情绪。但或者因为主持这样的客厅正需要愚蠢,或者因为被欺骗的人满意这种欺骗,骗术未被戳穿,且"一个艳美聪明妇人"的名声那么不可动摇地贴联在叶仑娜·发西利叶芙娜·别素号夫的身上。她能说出最鲁莽、最愚蠢的话,而大家仍然称赞她的每一个字,在里面寻找最深的意义,这是她自己也不怀疑的。

彼挨尔正是这样的丈夫,正是这样显赫的、社交的妇人所需要的。他是那样一个心神驰散的、奇怪的、为大绅士的丈夫,不妨碍任何人,且不仅不破坏客厅中高谈阔论的一般印象,而且用他自己来对照夫人之优雅和机智,做了于她有利的衬托。彼挨尔在这两年之间,由于他对于幻想的兴趣之不断的、专心的研究和他对于其余一切之真正的轻视,在他不感觉兴趣的夫人的团体里,采取了那种对大家淡漠、不当心、仁慈的语调,这不是人为地获得的,并因此引起不自觉的尊敬。他进自己夫人的客厅好像进戏院,和大家都相识,对大家是同样的高兴,对大家是同样的淡漠。他有时加入他感觉兴趣的谈话,并且这时候不考虑这里有没有"大使馆的人员",低声说出自己的意见，这些意见有时并不完全合乎当时的论调。但对于"彼得堡最出色的妇人"的奇怪丈夫的意见，已经那样地确立了，没有人严肃地注意他的怪论。

在每天来到爱仑家的许多青年人之中，保理斯·德路别兹考——在职务上已极成功——在爱仑自厄尔乎特回来之后，是别素号夫家最亲密的人。爱仑称呼他"我的侍仆"，且对待他如对小孩。她对他的笑容正如对大家所有的，但有时彼挨尔看到这种笑容觉得不悦。保理斯对彼挨尔带着特别的、适当的、愁悒的恭敬。这种恭敬的态度也使彼挨尔不安。彼挨尔在三年之前因为夫人带给他的侮辱而那么剧烈地痛苦，现在他使自己避免了类似的侮辱：第一，因为他不是夫人的真正丈夫；第二，因为他不许自己怀疑。

"不，现在她成了蓝袜子（女文士之意——译），她永远弃绝了从前的迷惑，"他向自己说，"没有过这样的例子：蓝袜子有内心的迷惑。"他向自己重复不知何处取来的，他无疑地相信的箴言。但是，怪事——保理斯在夫人客厅中的存在（他几乎总是在这里）对于彼挨尔有了生理的影响：它束缚他的四肢，消灭了他的举动的随意与自由。

"这样奇怪的憎恶，"彼挨尔想，"但从前我甚至很满意他。"

在社会的眼光里，彼挨尔是大绅士，是个出色的夫人的有点瞎的、可笑的丈夫，是个聪明的怪人，是个不做任何事且不妨害任何人的、优美的、良好的人。这些时候，彼挨尔心中总是发生一种复杂而痛苦的活动，展示他许多东西，并领他达到许多精神的怀疑与喜悦。

十

他继续写日记,这里是他这时候在日记中所写的:

"十一月二十四日。

"八时起身,读经文,然后去办公(彼挨尔听恩人的劝告,在一个委员会中服务)。回来午餐,独吃(伯爵夫人有很多客人,我不悦意的),吃得喝得有节制,饭后为弟兄们抄经文。晚间去见伯爵夫人,并谈判关于B的可笑的故事,只在这时我才想起这是不该做的,大家都已经大声发笑了。

"带着快乐、安静的心情上床睡觉。伟大的主,帮助我走上你的途径:(一)用安静与思虑消灭怒火,(二)用自制与厌憎克服情欲,(三)远离尘世浮华,但并不断绝自己的(A)政府职务、(B)家庭的照顾、(C) 朋友关系、(D) 财产的事务。

"十一月二十七日。

"迟起,醒着躺在床上很久,让自己懒惰。我的上帝,帮助我,加强我,让我能走上你的途径。读经文,但无适当感觉。乌路梭夫弟兄来,谈论尘世浮华。他说到皇帝的新猷。我开始批评,但想起自己的规律和我们恩人的话,说真正的共济会会员在需要他时应该是政府中热心的人员,在他未被召用时应该是冷静的旁观者,我的舌头——我的敌人。弟兄 B. 和 O. 来访,有了关于收新弟兄的初谈。他们把考问人的责任委托我,觉得自己薄弱、不配。后来谈话涉及神庙的七柱与阶级、七科学、七德、七恶、圣灵的七赐的解释。O. 弟兄很健谈。晚间举行了入会礼。屋子的新修饰颇增观瞻的壮丽。保理斯·德路别兹考被收纳。我提出了他,并且我是考问人。在我和他在黑暗的神庙中的全部时间里,一种奇怪情绪激动了我,我发现了我对他的仇恨情绪,我力图克制而无功。因此我愿实在地把他从邪恶中救出,并领他达到真理之路,但关于他的坏思想没有离开我。我想,他入会的目的只是在希望接近我们会里的人,并获得他们的好感。在这个理由之外,他几次问到 N. 和 S. 是否在我们的会里(这个我不能回答他)。在这个之外,按照我的观察,他不能感觉到对于我们神圣教会的尊敬,并且太忙,太满意外表的人生,不能希望精神的改善。我没有理由怀疑他,但我觉得他不诚恳。在我和他面对面站在黑暗的神庙中的全部时间里,我觉得,他轻蔑地笑我的话,确实想用我手中所拿的、对着他的剑刺进他的光胸脯。我不能言语流利,且不能诚实地把我的怀疑说给我的弟兄们和大教主。宇宙的伟大建造者,帮助我寻找那脱离虚伪迷坑的真正道路吧!"

在这个后边,日记里有三页空白,后来又写如下:

"和 B. 弟兄有了单独的、教诲的长谈,他劝我保持和 A. 弟兄的关系。虽然我不配,却向我启示了很多。阿道那伊是宇宙创造者的名字,爱罗伊姆是万物主宰的名字,第三个名字是不可名的名字,有全体的意义。和 B. 弟兄的谈话,在美德途径上加强、振作、赞助了我。在他面前没有怀疑的余地。我明了可怜的尘世科学学说与我们神圣的包罗一切的教义间的差别。人文科学分割一切来了解,毁坏一切来观察。在神圣的教会科学里,一切是整一,一切在它的总合与生活中被认识。三元——三种物质元素——是硫黄、水银和盐。硫黄有油性与燃性,它与盐相合,用它的燃性在盐中引起一种要求,并借此而吸取水银,抓住它,留住它,和它共同产生各种物质。水银是流动的、飞散的、精神的物质——基督,圣灵,他。

"十二月三日。

"醒迟,读经文,但无感觉。然后走出,在大厅中徘徊。想做思索,但未能如此,我的想象映出了一件四年前的事情。道洛号夫先生在我的决斗之后,和我相遇于莫斯科,向我说,他希望我享受充分的心灵安静,虽然我的妻不在身边。我那时未回答他。我现在想起了那次会面的详细情形,并在自己心中向他说了最恶意的话和毒辣的回答。只当我看到自己处在怒火中时,我恢复了精神,并抛弃了这个思想,但没有充分地忏悔。后来保理斯·德路别兹考来,并开始谈到各种逸事。我从他来时便不满意他的来访,并向他说了一点不快的话。他反驳,我发火,并向他说了许多不快的甚至粗野的话。他沉默了,我只在很迟的时候才约制了自己。我的上帝,我完全不能和他相处下去了。这个原因是我的自大。我认为自己高于他,因此我比他还坏,因为他宽恕我的粗野,但我相反,对他怀着轻视。我的上帝,或许在他面前看到自己更多的卑鄙吧,并且要做的对于他也有益。饭后睡觉,在睡着了时,清楚地听到声音在我左耳上说:'你的日子。'

"在梦中我看见我走进黑暗中,立刻为群犬包围,但前进无恐。忽然一只小狗用牙齿咬住我的左腿,不让过去。我开始用手勒它。我刚刚打开了它,另一只更大的又开始咬我。我把它举了起来,并且举得愈高,它变得愈大愈重。忽然A弟兄来了,抓住我的臂,把我带到一座屋子前,我们必须走过狭窄的板才得进去。我踏上去,板弯曲落下,我于是开始爬篱垣,手仅可攀到。费了大劲之后,我才拖上了自己的身子,我的腿子在一边,我的上身在另一边。我盼顾,看见A弟兄站在篱垣上,向我指示大路和花园,园中有一座巨大美丽的房子。我醒了。主啊,伟大的宇宙建造者啊!帮助我打退这些狗吧!我的各种情欲,特别是其中最后的一种,并合了前面各种情欲的力量;帮助我进入美德的神庙吧,我在梦中看见了它的幻象。

"十二月七日。

"做梦了,好像奥谢卜·阿列克塞维支坐在我的家里,我很高兴,并愿意招待他。我好像同别的人不停地说话,忽然想起来,这会使他不满意,并想靠近他,搂抱他。但刚刚靠近了,我看见他的脸变了,变年轻了,他低声地向我说了教义里的东西,那么低,我不能听清。后来,我们好像都从房里走出,发生了什么奇怪的事情。我们或坐或卧在地上,他向我说了什么。我好像希望向他说出我的感觉,并且我没有听他的话,开始向我自己想象自己内部的人的情况和上帝庇荫我的恩惠。我的眼睛里流出了泪,我满意,他注意到这个。但他烦恼地看了看我,并跳起,打断了他的谈话。我惊悸并问他,所说的话是否关于我的,但他未做回答,对我表示和蔼的态度。后来忽然我们都在我的卧室里,这里有一张双床,他睡在床边上,我好像极愿搂抱他,也躺在那里。他好像问我:'说实话,你的最大的引诱是什么?你知道它吗?我想,你已经知道它了。'我因为这个问题而觉狼狈,回答说,懒惰是我的最大的引诱。他不相信地摇头。我更觉狼狈,回答他说,我虽然听从他的劝告,和妻同住,但并不像是妻子的丈夫。对于这个他反驳,说我不该使妻子失去我的温存,让我觉得这是我的义务。但我回答说羞于为此,于是忽然一切消失了。于是我醒来,在自己的思想中发现了经文的句子:'生命是人的光。光在黑暗中发亮。黑暗不知道它。'奥谢卜·阿列克塞维支的脸是年轻的、明亮的。这天收到恩人的信,他在信中写到婚姻的义务。

"十二月九日。

"做梦了,带着跳动的心从梦中醒来。梦见我好像在莫斯科,在自己家,在大休息室里。奥谢卜·阿列克塞维支从客厅里出来,我好像立刻认出来,他已经完成了复生的程序,我奔往迎他。我好像吻他脸,吻他的手,他说:'你注意到我的脸不同了吗?'我看他,继续把他抱在怀里,且好像看见他的脸是年轻的,但头上没有发,容貌全然不同了。我好像向他说'即使我偶然和你相遇,我也会认出你',同时我想:'我说的是真话吗?'并且我忽然看见他躺着如同死尸。后来他渐渐恢复了原状,同我走进大书室,拿一本大书,这是用画图纸写的。我好像说：'这是我写的。'他点头回答我。我打开书，在这本书的每一页上有优美的图画。并且我好像知道，这些图画表现灵魂和它的被爱者的爱情冒险。在各页之上，我好像看见美丽的女像，穿了透明的衣服，且有透明的身体，飞入云间。并且我好像知道这个女子正是《歌中之歌》的像。我好像看着这些图画时，觉得我做错了，且不能离开它们。主啊，帮助我！我的上帝，假使你对我的此番摒弃是你的行为，则你的意志将实现；但假使是我自己的原因，则教我当做什么；假若你完全摒弃了我，我将因为自己堕落而毁灭。"

十一

罗斯托夫家的情形,在他们乡居的两年之中,没有改变。

虽然尼考拉·罗斯托夫坚决地维持着自己的计划,继续在无声誉的部队里本分地服务,用着比较少数的钱,而奥特拉德诺的生活情形却是那样,特别是德米特锐那样管理事务,以致债务无限制地逐年增长。显然呈现在老伯爵面前的唯一补救是服务,于是他去彼得堡找事,并同时,照他说,最后一次让小姑娘们娱乐一下。

罗斯托夫家到彼得堡后不久,别尔格向韦娅求婚,而他的求婚被接受了。

虽然罗斯托夫家在莫斯科属于上层社会——他们自己不知道这个,也没有想到他们属于何种社会——在彼得堡的社会中他们的地位是混乱的、不定的。在彼得堡他们是外省人，没有那种人——就是在莫斯科到罗斯托夫家吃饭而不问他们属于何种社会的人——来拜访他们。

罗斯托夫家在彼得堡仍旧好客地生活着，一如在莫斯科。在他们家的晚餐上聚了各种各样的人物：奥特拉德诺的邻人、无钱的老乡绅和女儿们、女官撒隆斯卡、彼挨尔·别素号夫和县邮局长的、在彼得堡做事的儿子。男子中很快地成为彼得堡的罗斯托夫家的自家人的有保理斯·彼挨尔——老伯爵在街上遇见他，把他拖来家——和别尔格。别尔格整天在罗斯托夫家过，并向伯爵大小姐韦娅去示那样的当心，只有要求婚的年轻人能够表示出来。

别尔格并未空向人表示了他在奥斯特里兹战役中右手的伤，并完全不需要地用左手拿剑。他那么固执地，并且那么严重地向大家说这件事，大家都相信他这个行为的得策与价值，于是别尔格因为奥斯特里兹战役而获得两个奖章。

在芬兰战事中，他也得显著声誉。他拾起榴弹的碎片——它打死总司令身边的一个副官——并将这个碎片带到长官面前。正似在奥斯特里兹战役后那样，他那么长久地、固执地告诉大家这件事，大家也都相信了应该做这事，于是别尔格因为芬兰战役又获得两个奖章。在一八〇九年，他是卫兵上尉，有勋章，在彼得堡担任一种特别有利的职务。

虽然有几个怀疑者听人说到别尔格功绩时便笑，但不能不同意别尔格是精到的、英勇的军官，在长官面前有声誉，是一个有道德的青年，有光明事业前途，甚至在社会上有稳固地位。

四年前在莫斯科一家戏院的正厅里遇到一位日耳曼同事,别尔格向他指着韦娅·罗斯托夫,用日耳曼语说"Das soll mein weib werben"[1],并且从那时起决定了娶她。现在在彼得堡,考虑了罗斯托夫家和自己的地位,他断定时候到了,于是求婚。

别尔格的求婚最初遇到了不恭维他的犹豫。最初显得奇怪,就是无闻的利夫兰的绅士的儿子向罗斯托夫伯爵小姐提婚。但别尔格性格的主要特质是那种单纯的、好心的自我主义,罗斯托夫家不觉地想到还是好的,因为他自己那么坚定地相信这是好的,甚至是很好的。此外罗斯托夫家的家境很是不好,这是求婚人不会不知道的。尤其是韦娅二十四岁了,她到各处去,虽然她无疑是美丽的、聪明的,却直到现在没有人向她求婚,于是表示同意。

"你看,"别尔格向他的同伴说,他称他的同伴为朋友,只是因为他知道人人都有朋友,"你看,我把这一切都考虑过了,假使我没有想到一切,而这件事有什么地方不相宜,我是不结婚的。但现在相反,我爸爸和妈妈现在宽裕了,我为他们弄得了奥斯采区的租地,我能够在彼得堡靠我的薪水过活,加上她的食资和我的精细,我们可以过得很好。我不是为金钱而结婚,我认为这是不高贵的,但必须妻子带来她的钱,丈夫有自己的钱。我有职业,她有亲戚和少数的资财。在我们这时代,这是有意义的,是吗?尤其是她是美丽的、可敬的姑娘,并且爱我……"

别尔格脸红,并笑了一下。

---

[1] "她将做我的妻子。"

"并且我爱她,因为她的性格是聪明的——很好的。她的妹妹便不同了——一家的,但完全不同,性格不可爱,没有那种智慧,并且那样的,你知道吗?不可爱……但我的未婚妻……你要来看我们……"别尔格继续说,他想说吃饭,但变了意思,说"吃茶",于是迅速地伸出舌头,吐出圆、小的烟草烟圈,充分表现着他全部的幸福之梦想。

在起初别尔格的求婚在父母心中引起的犹豫之后,家里有了在这种情形中通常的庆贺与欣喜,但欣喜不是诚意的,而是外表的。

在家庭对于这件婚事的感觉中,可以看出窘态与羞耻。他们好像现在觉得惭愧,因为他们不爱韦娅,且现在乐意地使她离开手边。心最不安的是老伯爵,他也许不能说出什么是他心乱的原因,但原因是他的金钱情形。他确实不知道他有什么,他有了多少债务,以及他能够给韦娅什么嫁产。在女儿们出生的时候,每人都指定了三百农奴做嫁产。但这些田庄之一已经出售,别的抵押出去,并且过期很久,不得不卖,所以陪嫁田庄已不可能,钱也没有。

别尔格订婚已逾一个月,距婚期只余一星期了,而伯爵还未决定嫁产的问题,也未向夫人说到这事。伯爵有时想给韦娅以锐阿桑的田庄,有时想出售森林,有时想借期款。在婚前数日,别尔格清早走进伯爵的书房,带着悦意的笑容,恭敬地请未来岳父向他说明要给韦娅什么。伯爵对于这个早已预料的问题是那么烦乱,他无思索地说出最先来到脑中的话。

"我欢喜,你当心,我欢喜,你将满意的……"

他站起,拍别尔格肩头,想打断他的谈话。但别尔格和蔼地笑着，说明假使他不确实知道要给韦娅什么，并不能预先至少获得一部分给她的嫁产，则他不得不解约。

"因为，你看，伯爵，假使我现在许我自己结婚，没有确定的办法维持我的妻子，我便行为卑鄙了……"

谈话是这么结束的，伯爵想要表示大度并避免新的要求，说他将给他八万卢布的期票。别尔格微笑，吻伯爵的肩头，并说他很感激，但他若得不到三万现款，便不能现在备置他的新生活。

"就是两万吧，伯爵，"他添说，"那么期票只要有六万了。"

"是，是，好，"伯爵疾速地说，"只是要原谅，亲爱的，我给你两万，期票仍然是八万。好了，吻我吧。"

十二

娜塔莎十六岁了,这是一八〇九年,这一年就是四年前她和保理斯接吻后同他在手指上所计算到的。从那时起,她就没有看见过保理斯。在索尼亚和母亲面前,当谈话涉及保理斯时,她十分自由地,好像是关于已经决定的事,说从前的一切是儿戏,这是不值得说的,而且早已忘记了。但在她心底的深奥处,这个问题——她和保理斯的婚约是玩笑还是严重的、有约束性的许诺——苦烦她。

从那时,从保理斯于一八〇五年离莫斯科入军时起,他即未见过罗斯托夫们。他几次在莫斯科,不远地经过奥特拉德诺,但没有一次去过罗斯托夫家。

娜塔莎有时想到他不愿来看她,这种推测被老辈们说到他时的愁闷语气证实了。

"现在都不记得老朋友了。"伯爵夫人在提起保理斯之后这么说。

安娜·米哈洛芙娜近来很少在罗斯托夫家,举止也特别尊严了,并且每次都热情地、感激地说到儿子的才干和他的光荣事业。罗斯托夫家来到彼得堡时,保理斯来拜访他们。

他兴奋地来看他们。关于娜塔莎的回忆是保理斯最诗意的回忆。但同时他带着坚决的意图来此,要明白地使她和她的亲属觉得,他和娜塔莎之间的童年关系对于她和他都毫无约束。他因为和别素号夫伯爵的密切,在社会上有了显赫的地位,因为某要人的庇荫,并充分利用了他的信任,在职务上有了显赫的地位。他有了许多在考虑的计划,就是要娶一个在彼得堡最富的女子,这或许很容易实现的。当保理斯进罗斯托夫家客厅时,娜塔莎在自己的房里。知道了他来此,她红着脸,几乎跑进了客厅,露出甚于亲爱的笑容。

保理斯记得娜塔莎穿短衣,刘海儿下有黑的、明亮的眼睛,有纵情的小孩的嬉笑,如同他在四年前所认识的。因此,当完全不闹的娜塔莎进来时,他慌乱了,他的脸显出热喜的惊讶。他脸上这种表情使娜塔莎欢喜。

"呵,你认识你的顽皮的小朋友吗?"伯爵夫人说。保理斯吻了娜塔莎的手,说他诧异她的改变。

"你长得多漂亮啊!"

"但愿如此!"娜塔莎的笑眼回答。

"爸爸变老了吗?"她问。娜塔莎坐下,未加入保理斯和伯爵夫人的谈话,沉默地、极详细地看着她童年的爱人。他感觉到那种固执、和蔼的目光对他的压迫,并偶尔看看她。

保理斯的军服、马刺、领带、发装，这一切都是最时髦的，且 Comme il fant（正合适——译）。这个娜塔莎立刻注意到了。他稍微靠边坐在伯爵夫人身旁的椅子上，用右手理了理左手上极清洁的、合称的手套，带着嘴唇的特别精致的启合，说到彼得堡上层社会的娱乐，并且带着轻微的讽笑提到从前莫斯科的日月和莫斯科的知交。并不是无意地——娜塔莎这么觉得——他提起最大的贵族时，说到他所赴的使馆舞会，说到 NN 和 ss 的邀请。

娜塔莎自始至终无言地坐着，低头看他。这种目光渐渐使保理斯不安、发窘。他盼顾娜塔莎次数加多，且说话有中断。他坐了不过十分钟，即站起，告辞。仍旧是好奇的、挑拨的、几分嘲笑的眼神看他。在他第一次的拜访之后，保理斯向自己说，娜塔莎在他看来是和从前一样地动人，但他不该顺服这种情感，因为娶她——几乎没有嫁产的女孩子——将妨害他的事业，但恢复从前的关系而无结婚之意乃是不高贵的行为。保理斯自己决定了避免遇见娜塔莎，但虽然有此决定，他几天之后又去了，且开始常去，于是整天在罗斯托夫家。他设想，他必须同娜塔莎说明，向她说从前的一切都该忘掉，虽然一切……她不能做他的妻子，因为他没有家产，而他们绝不许她嫁他。但他总未能如愿，且觉得做此项说明是不合适的。他一天一天地烦乱起来。照母亲和索尼亚看来，娜塔莎似乎如旧地爱保理斯。她向他唱他所爱好的歌曲，给他看她的手册，要他在上面写字，不许他提起过去，使他觉得现在是多么美好。他每天在迷雾中出门，未说出他意欲说出的，不知道他做了什么、为什么来，以及这事将如何结束。保理斯停止了去看爱仑，每天接到她的责备的字条，并且仍然整天在罗斯托夫家。

十三

　　一天晚上，老伯爵夫人戴睡帽，穿睡衣，未覆假发，只有一撮可怜的头发露在白棉布帽下，叹气，哼着，匍匐在地毡上做晚祷。这时她的门响了一下，穿跋鞋赤足的，也穿睡衣的、戴卷发纸的娜塔莎跑了进来。伯爵夫人回顾并皱眉。她读完了最后的祷告文：难道这个榻要做我的尸床吗？她的祈祷的心情消失了。娜塔莎脸红着，兴奋着，看见了母亲在祈祷，忽然停止了跑步，蹲下来，不觉地伸出舌头，吓一吓自己。看到母亲继续在祈祷，她踮脚跑到床前，迅速地用这只小脚推另一只，脱下跋鞋，跳到榻上，这个榻伯爵夫人怕成为她的尸床。这个榻是高的羽毛垫子的床，有五只一个比一个小的枕头。娜塔莎跳上去，沉在羽毛垫里，滚转向墙，并开始躺下来，在被褥下面乱动，蜷曲身躯，把膝盖弯到颔下，把脚踢出，低声笑着，时而蒙头，时而窥看母亲。伯爵夫人做完祈祷，带着严厉的脸走到床前，但看见了娜塔莎蒙头，便带着仁慈的、无力的笑容。

"呶，呶，呶。"母亲说。

"妈妈，能说吗，是吗？"娜塔莎说，"呶，亲爱的，一次，再一次，就够了。"她抱住母亲的颈子，吻她的下颔。在她对母亲的行为上，娜塔莎显出外表的举止粗鲁，但她是那么机敏、灵巧，无论她怎么用手抱母亲，她总能做得要母亲不受痛苦，不觉得不悦意与不舒服。

"呶，今天有什么事吗？"母亲说，坐到枕头上，等待着，直到娜塔莎从她身边滚过两次，伸出胳膊，做了严肃表情，在被下躺到她身边。

娜塔莎在伯爵从俱乐部回家之前所做的这些夜省，是母女间最可爱的喜乐之一种。

"今天有什么事吗？我需要向你说……"

娜塔莎用手蒙了母亲的嘴。

"关于保理斯……我知道，"她严肃地说，"我是为这事情来的。不要说了，我知道。不，说吧！"她放下了手，"说吧，妈妈，他好吗？"

"娜塔莎，你十六岁了，我在你这种年纪已结婚了。你说保理斯好。他很好，我爱他像儿子，但你希望什么呢？……你在想什么呢？你令他完全转头了，我看到这个……"

说这话时，伯爵夫人盼顾女儿。娜塔莎躺着，对直地、不动地向前看着雕在床角上的红木狮身女首像之一,所以伯爵夫人只能看见女儿的侧面。这个脸以它的异常严肃多神的表情感动了伯爵夫人。

娜塔莎在听,在思索。

"呶,那么还有呢?"她说。

"你令他完全转头了,为什么呢?你从他希望什么呢?你知道,你不能够嫁他。"

"为什么?"娜塔莎说,未改态度。

"因为他年轻,因为他穷,因为他是亲戚……因为你自己不爱他。"

"你怎么知道的?"

"我知道。这不好,我亲爱的。"

"但假使我想……"娜塔莎说。

"不要说蠢话了。"伯爵夫人说。

"但假使我想……"

"娜塔莎,我正经地……"

娜塔莎未让她说完,把伯爵夫人的大手拉到自己面前,吻它背面,然后又吻手掌,然后又翻转过来吻手指的前一节的关节,然后又吻关节间的地方,然后又吻关节,低声说着:"正月,二月,三月,四月,五月。"

"说吧,妈妈,你为什么不作声?说呀。"她说,盼顾她的母亲,她用温柔的目光看女儿,好像在这个沉思中她忘记了一切她所要说的。

"这是不相宜的,我的心。不是大家都了解你们从小的关系,看到他和你这样接近,或许在来到我们家的别的年轻人面前损害你,尤其是空苦恼了他。他也许找到了一个合意的有钱的配偶,但现在他疯了。"

"疯了?"娜塔莎重复。

"我要向你说我自己的事。我有一个表兄……"

"我晓得,基锐拉·马特未支,但他是老人了。"

"并不一向是老人。但就是这句话,娜塔莎,我要去同保理斯说,他不该这样常来……"

"为什么他不该,假使他愿意?"

"因为我知道,这是没有什么结果的。"

"你怎么会知道?不要,妈妈,你不要向他说。多么无聊!"娜塔莎用那样的语气说,好像一个人的财产要被人夺去,"呶,我不结婚了,假使他觉得愉快,我觉得愉快,就让他来吧。"娜塔莎笑着看母亲。

"不结婚了,但这样。"她重说。

"什么样,我亲爱的?"

"就这样。呶,很应该,不结婚,但……这样。"

"这样,这样……"伯爵夫人重说,震动全身,笑出仁慈的、意外的、老年的笑声。

"不要笑了,停吧,"娜塔莎大声说,"你震动全床了。你像我像得可怕,再这样笑吧……停吧……"她抓住伯爵夫人的双手,吻了小指的一节——六月,并继续在另一手上吻了七月、八月,"妈妈,他很爱我吗?你看怎样呢?有人这样爱过你吗?他很可爱,很可爱!

只是不完全合我的胃口——他那么狭窄,好像饭厅的钟……你不懂吗?狭窄,你晓得,灰的、明亮的……"

"你说什么样的废话!"伯爵夫人说。

娜塔莎继续说:

"难道你不懂吗?尼考林卡便懂……别素号夫——他是蓝的、深蓝的,带红,他是四角形的。"

"你也和他调情。"伯爵夫人带着笑声说。

"不,他是共济会会员,我知道了。他是可爱的、深蓝的,带红,怎么向你说呢……"

"伯爵夫人,"门外传来伯爵的声音,"你没睡吗?"娜塔莎赤足跳走,把拖鞋抓在手里,跑回自己的房。

她好久不能睡着。她仍旧想着那没有任何人能够懂得的、她所懂的和她所想的。

"索尼亚?"她想,看着睡觉的、弯曲的小猫和她的大发辫。"不,她怎能够!她有德行。她爱恋尼考林卡,不再想知道别的了。妈妈,她也不懂。这是惊人的,我多么聪明,多么……她可爱,"她继续想,用第三身说到自己,并且设想着,有一个很聪明、最聪明、最好的男人说到她……"她有一切,一切,"这个男子继续说,"异常聪明、可爱,还漂亮,异常漂亮,伶俐——游泳、骑马都出色,好嗓子!可以说,是惊人的嗓子!"她哼着开如俾尼歌剧中她心爱的乐节,冲到床上,因为欣喜地想到她立刻就要睡觉而发笑,叫了杜妮亚莎熄蜡烛,杜妮亚莎还不及走出房,她已经转入另一个更快乐的梦想世界,在这里一切都和在现实中一样的轻易而美丽,但只是更好,因为它是不同的。

*　　*　　*

第三天,伯爵夫人找来保理斯,和他说了话。于是从那天起,他即不再来罗斯托夫家。

十四

十二月三十一日，一八一〇年元旦的前夜，一位叶卡切锐娜朝代的要人家里举行舞会。外交团体和皇帝都要与会。

在英国堤上，这个要人的有名的宅第有无数的灯火照亮着。在铺红布的辉明的大门口站有警察，不仅有宪兵，而且在大门还有警察总监和数十个警官。许多马车走开了，许多新的马车和穿红衣的及戴花帽子的听差又来了。从马车里走出了穿军服的、佩星章与勋绶的人们，妇女们穿绸衣与白鼬皮袄，小心地踏上砰然拉下的足踏板，疾速而又无声地在红布上走进大门口。

几乎每次新车子来到时，群众里便有了低语声，帽子都脱下。

"皇帝吗？不是，大臣……亲王……大使……你没有看见花翎吗?……"群众里这么说。群众里的一个人穿的比其余的人都好,似乎认识所有的人,叫出当时最显要的人的名字。

已经有三分之一的客人来到跳舞会里了,而要赴这个跳舞会的罗斯托夫们还在忙着装饰。

罗斯托夫家对于这个跳舞会有过许多讨论和准备,有过许多恐惧,怕接不到请帖,怕衣服准备不成,怕一切不能布置得合适。

玛丽亚·依格娜姬芙娜·撒隆斯卡要和罗斯托夫家一同赴跳舞会,她是伯爵夫人的朋友和亲戚,前朝的一个瘦而黄的女官,在彼得堡上层社会里指导外省的罗斯托夫家。

晚间十时罗斯托夫家应去塔夫锐切斯基花园找女官,这时已经是十时欠五分,而小姐们尚未穿好衣服。

娜塔莎要赴她生活中第一个大跳舞会。她这天早晨八时即起身,全天处在狂热的兴奋与活动中。她全部精力从早餐起都集中在这一点上,就是他们全体:她、妈妈、索尼亚如何穿得不能再好。索尼亚和伯爵夫人都十分信任她。伯爵夫人要穿绛红天鹅绒的衣服,她们俩在粉红色绸衬衣之上穿白色细纱衣,胸衣上戴蔷薇花。头发要梳成 a la grecque(希腊式——译)。

一切必要的事都做完了:脚、手、颈、耳已经特别仔细地合乎跳舞会的需要,洗净,打了香水和香粉;已经穿上了空花的丝袜和有白缎带的浅口鞋;发装几乎完成了。索尼亚衣装完毕,伯爵夫人也完毕了,但为别人而忙碌的娜塔莎却落后了。她仍然坐在镜前,瘦肩上搭着睡衣。索尼亚已经穿好,站在房当中,别紧了最后一条在针下擦响的缎带,顶痛了小手指。

"不是那样,不是那样,索尼亚!"娜塔莎说,转过头,用双手抓住头发,握着头发的女仆不及放手,"缎带不是那样,到这里来。"索尼亚蹲下,娜塔莎改别了缎带。

"请,小姐,这样我不行。"女仆握着娜塔莎头发说。

"啊,我的上帝,等一下!这就对了,索尼亚。"

"你快完了吗?"伯爵夫人的声音说,"马上就是十点了。"

"就好,就好了。你准备好了吗,妈妈?"

"只要别上帽子就好了。"

"不要不让我做,"娜塔莎大声说,"你不知道!"

"但已经十点钟了。"

决定了十点半钟到跳舞会,但娜塔莎还要穿衣服,还要去塔夫锐切斯基花园。

发妆完毕后,娜塔莎穿着短裙——从裙下可见舞鞋和母亲的睡衣,跑到索尼亚面前,端相了她,然后跑到母亲面前,转动着母亲的头,别了帽子,刚刚吻到了她的灰发,她又跑到替她在缩短裙子的女仆们面前。

问题是在娜塔莎的裙子上,它太长了,两个女仆在缩短裙边,匆忙地咬着线头。第三个在嘴唇与牙齿间夹着针,从伯爵夫人面前跑到索尼亚面前,第四个在高举的手上拿着纱衣。

"马富路莎,快一点,亲爱的!"

"把顶针从那里拿来,小姐。"

"快点吧,究竟?"伯爵说,从门外走进来,"这是你的香水。撒隆斯卡已经等够了。"

"弄好了,小姐。"女仆说,用两个手指举起缩短了的纱衣,吹去什么,并抖动了一下,用这个姿势表示注意到她手中纱衣的透明纯洁。

娜塔莎开始穿衣。

"马上,马上就好了,不要进来,爸爸。"她大声地在遮着脸部的纱裙下向开门的父亲说,索尼亚猛力闭门。过了一分钟,让伯爵进来了。他穿蓝色大礼服、长筒袜、浅口鞋,搽了香水和发油。

"啊,爸爸,你多么好看,漂亮极了!"娜塔莎说,站在房当中,理着纱衣褶皱。

"请你,小姐,请你。"女仆说,她跪着,把衣服向下拉直,用舌头把针从嘴的这一角转移到另一角。

"你的意思!"索尼亚看了看娜塔莎的衣服,失望地大声说,"你的意思,又太长了!"

娜塔莎走开,去照壁镜,衣服太长了。

"我的上帝,小姐,一点也不长。"马富路莎说,跟着小姐在地板上爬。

"咳,太长了,我们撩起来,一分钟就撩起来了。"杜妮亚莎说,从胸前的布巾上取下针,又在地板上着手工作。

这时候伯爵夫人穿天鹅绒衣,戴帽子,羞怯地、轻轻地走进来。

"唔!我的美女!"伯爵大声说,"比你们都好看!……"他想抱她,但她红着脸让开,以免弄皱衣服。

"妈妈,帽子还要偏一点,"娜塔莎说,"我来用针别。"于是冲上前,但缩衣的女仆不及跟她冲去,撕掉了一块纱。

"我的上帝！这是怎么回事？这凭上帝不是我的错……"

"不要紧，我来缭，看不见的。"杜妮亚莎说。

"美女，我的女皇！"从门外走进来的老保姆说，"啊，索妞施卡！美女们啊！……"

十时一刻他们终于上车出发了，但还须赴塔夫锐切斯基花园。

撒隆斯卡已经准备好了。虽然她年老而丑陋，她也有了罗斯托夫家的那些事，虽然没有慌忙（这对于她是惯事），却也把老丑的身子打了香水，洗干净敷了香粉，也小心地洗到耳后边，甚至和罗斯托夫家一样，当她穿了黄衣服、佩了徽章走进客厅时，年老的女仆也热烈地称赞女主人的衣服。撒隆斯卡称赞罗斯托夫们的衣装。罗斯托夫们夸奖了她的趣味与衣装，于是当心着发妆与衣服，在十一点钟上车出发了。

十五

　　娜塔莎从这天早晨起没有一分钟的休闲，没有一次想到她目前的事情。

　　在潮湿的、寒冷的空气里，在颠簸的马车的狭窄与黑暗中，她第一次生动地想到那里——在跳舞会中、在辉明的客厅里等待着她的东西——音乐、花朵、跳舞、皇帝、彼得堡所有的显赫的青年。那等待着她的事情是那么美好，她甚至不相信这会有的，她是那么和马车中的寒冷、狭窄、黑暗的情形不称合。她只在她走上大门口的红布时，才明白这等待着她的一切，她走进前厅，脱下皮氅，和索尼亚并排着在母亲面前、在花间、走上辉明楼梯。只在这时候，她才想起她应该在跳舞会中如何举止，并试行采取那种庄严的态度，她认为这是对于跳舞会女孩子所必需的。但令她快乐的是,她觉得她的眼睛炫惑了,她看不清任何东西,她的脉搏每分钟跳一百次,血开始向她心里涌。她不能有那种使她可笑的态度,她向前走,因兴奋而焦急,并企望全力遮掩这个。这就是那种最适合她的态度。在他们前后,客人们行走着,同样地低声交谈,同样地穿舞服。楼梯上的镜子反出穿白、蓝、粉红衣服的,在袒臂与颈项上戴钻石与珍珠的妇女们。

娜塔莎看镜子,在反映中不能分出她与别人。大家都混杂在一个灿烂的展列中。在第一个客厅入口,韵律的话声、步声、致候声——震聋了娜塔莎,灯火与光彩更使她炫惑。男女主人已在进口处站了一小时半,向来宾说同样的"极高兴看见你",也这样地迎接了罗斯托夫们和撒隆斯卡。

两位姑娘都穿白衣服,黑发上都有同样的蔷薇,同样地行屈膝礼,但女主人不觉地把目光更久地放在细瘦的娜塔莎身上。她看她,对她一个人,在主人的笑容之外添了特别的笑意。看着她时,女主人也许想起了自己黄金的、不返的、少女的时代和第一次的跳舞会。主人也用眼睛伴送娜塔莎,并问伯爵,谁是他的女儿。

"标致!"他说,吻了自己的指尖。

客人们站在大厅里,拥集在入口处,等着皇帝。伯爵夫人站在这群人的前列。娜塔莎听到并感觉到有几个声音问到她和许多眼睛看到她。她明白,她自己使那些向她注意的人觉得满意,并且这种观察使她相当地心安。

"有的和我们一样,有的不如我们。"她想。

撒隆斯卡向伯爵夫人指示跳舞会中最有名的人。

"这是荷兰大使,你看,灰发的。"撒隆斯卡说,指着一个有银灰卷发的老人。有许多妇女环绕着他,他说了什么使她们在笑。"她来了,彼得堡的皇后,别素号夫伯爵夫人。"她指着进来的爱仑说。

"多么漂亮!不让玛丽亚·安桃诺芙娜,你看年轻和年老的多么注意她。又漂亮,又聪明……据说……亲王因为她发狂了。这两个虽不漂亮,却更有人环绕。"她指示了穿过大厅的一位太太和很丑的女儿。

"她是百万家财的姑娘。"撒隆斯卡说。"求婚的都在这里……这是别素号夫伯爵夫人的弟弟阿那托尔·库拉根,"她说,指着一位美丽的骑卫兵官,他从她们手边走过,高抬着头从妇女们头上看着什么地方。"多么美丽!不是吗?据说要替他娶这个有钱的。你的老表德路别兹考也很注意她。据说,有几百万。啊,这就是法国大使。"她说到老兰库尔,回答了伯爵夫人的问题,他是谁。"你看,有点像皇帝,但仍然可爱,法国人是可爱的,在社交上没有更可爱的了。啊,她也在这里!不,我们的玛丽亚·安桃诺芙娜比大家都好!穿得多么简单啊,漂亮!"

"这个肥胖的、戴眼镜的人是全世界的共济会会员,"撒隆斯卡指着别素号夫说,"把他和他夫人放在一起,他真是一个大笨爪!"

彼挨尔摇摆着肥胖的身躯,分开着人群向前行,左右点头,那样无心地、善意地,好像他是走在市场的人群中。他穿过人群,显然是在寻找谁。

娜塔莎喜悦地注视彼挨尔的熟识的脸,照撒隆斯卡说,这个大笨瓜的脸,她知道彼挨尔在人群中是找她们,特别是她。彼挨尔应许了她赴跳舞会,并向她介绍舞伴。

但没有走近她们,彼挨尔停在一个不高的、很艳丽的、穿白制服的、黑皮肤的人身边。这人站在窗边,和一个有星章与勋绶的高汉子在交谈。娜塔莎立刻认出了那个穿白制服、不高的年轻人:他是保尔康斯基,她觉得他变得很年轻、愉快、美丽了。

"这里还有熟人,保尔康斯基,你看见吗,妈妈?"娜塔莎说,指着安德来郡王,"记得吗,他在奥特拉德诺在我们家宿过一夜的。"

"你们认识他吗?"撒隆斯卡说。"我不能容忍他,他现在操纵晴雨[1],并且那样自负,没有限制!他像他的父亲。和斯撒然斯基缠在一起,写了什么计划。你看,他怎样对待妇女们!她们和他说话,但他掉转了头,"她指着他说,"假使他对我的行为,像对这些太太们,我便和他绝交。"

---

[1] 这是一个法国成语,意思是有了极大的成就。

十六

忽然大家骚动了，人群开始说话，拥上前，又散开。两边让开的行列之间，在奏乐声中，皇帝走进来。男女主人跟在他身后。皇帝急速前进，左右鞠躬，好像企望赶快完结了起初的祝候。音乐队奏了因谱词而当时著名的波兰曲。词开始是："亚历山大，叶丽萨斐塔，你们使我们狂喜……"皇帝走进客厅，人群向门口拥挤，有几个人带着变了的面色匆促地走到那里又走回。人群又拥着离开客厅的门，皇帝在这里和女主人谈话。一个年轻的人带着沮丧的神情碰了几位太太，请她们让开。几个太太脸上的表情完全忘记了一切社交礼节，向前力挤，弄坏了衣装。男子们开始走近太太们，组成了波兰舞的对偶。

大家退让，皇帝笑着，未合拍子，引着女主人的手，从客厅的门口走出。在他们后边走着男主人和 M. A. 那锐施金,然后是大使们、大臣们、各位将军,撒隆斯卡不停地叫着他们的名字。一半以上的妇女们已经有了舞伴,在跳或准备跳波兰舞。

娜塔莎觉得她和母亲及索尼亚是在少数的妇女们当中,她们被挤靠墙,并未被邀作波兰舞。她站住,垂着细瘦的臂,并且带着规律的、起伏的、尚未定型的胸脯,抑制着呼吸,用炯灼的、惊悸的眼睛看着自己面前,带着对于极乐与极哀有所准备的表情。她既不注意皇帝,也不注意撒隆斯卡所指示的要人——她只有一个思想:"难道没有人到我这里来吗?难道我不能在最先的人当中跳舞吗?难道这些男人们都不注意我吗?"他们现在好像不看我,或者即使他们看我,他们也带着这样的表情,好像是说:"呵!这不是她,所以无须看。""不,这是不可能的!"她想,"他们应该知道我多么希望跳舞,我跳得多么好,他们同我跳舞便将多么愉快。"

经过了很久的波兰曲声,开始在娜塔莎的耳朵里响着,好像是忧悒的回忆,她想哭泣。撒隆斯卡离开了她们。伯爵在大厅的另一端,伯爵夫人、索尼亚和她孤独地在这个生的人群中,好像在森林里,不为任何人所注意、所需要。安德来郡王和一个女子从她们身边走过,显然没有认出她们。美男子阿那托尔笑着,向他所引的女伴说了什么,用那样的目光看娜塔莎的脸,好像看墙壁。保理斯从她们身边走过两次,每次都走开了。别尔格和夫人没有跳舞,走近她们。

娜塔莎觉得在这里,在跳舞会上,这个家庭聚会是羞辱的,好像除了在跳舞会上,便没有别的地方做家庭聚谈。她不听,也不看韦娅,韦娅向她说到自己的绿衣。

终于皇帝在他最后的舞伴面前站住了（他和三个人跳了舞），音乐声停止。一个着急的副官跑到罗斯托夫们面前，请她们再让开一点，但她们已站在墙边了。音乐队奏出清晰的、精确的、动人的、韵律的华尔兹曲声。皇帝带着笑容盼顾大厅。过了一分钟——还没有人开始。司仪副官走近别素号夫伯爵夫人，邀请了她。她笑着举起手，没有看他，把手放在副官的肩上。司仪副官，舞术的能手，紧抱着他的舞伴，确信地、从容地、韵律地和她开始在圈子的边上做快步，在大厅的角上抓住她的左手，转过她，在加快的音乐声中只听到副官疾速的、伶俐的腿上韵律的鞋刺声，和每隔三个拍子在旋转时他的舞伴的天鹅绒衣服的飘扬声。娜塔莎看着他们，准备哭泣，因为不是她跳华尔兹舞的第一回。

安德来郡王穿上校的白色（骑兵）制服、深筒袜、浅口鞋，活泼愉快，站在圈子的第一列，离罗斯托夫不远。非尔号夫男爵和他说到明天的、预定的第一次国务会议的集会。安德来郡王是一个亲近斯撒然斯基的人，参与法规委员会工作的人，能够说出关于明天集会的可靠消息，关于这个流行了各种传言。但他没有听非尔号夫向他所说的，时而看皇帝，时而看准备跳舞却未决定加进圈子里的人们。

安德来郡王注意这些在皇帝面前胆怯的男子，和那些因为希望被邀请而着急的女子。

彼挨尔走近安德来郡王，抓住他的手臂。

"你总是跳舞。我心爱的人，年轻的罗斯托夫姑娘，在这里，你邀她跳。"他说。

"哪里？"保尔康斯基问。"对不起，"他向男爵语，"这个谈话我们到别的地方再说完吧,但在跳舞会里应该跳舞。"他按照彼埃尔指示他的方向走上前。娜塔莎失望的、着急的脸投入了安德来郡王的眼睛里。他认出了她,猜中了她的情绪,明白了她是初露面,想起她在窗子上所说的话,于是带着愉快的面容走近罗斯托夫伯爵夫人。

"让我介绍我的女儿。"伯爵夫人红着脸说。

"我有荣幸认识过了,假使小姐记得我。"安德来郡王带着恭敬的、低低的鞠躬说,和撒隆斯卡说他粗鲁的话完全相反。他走近娜塔莎,还未说完邀请跳舞的话,即举起手搂抱她的腰。他提议了跳华尔兹舞。娜塔莎对于失望或狂喜有所准备的、着急的面情,忽然因为快乐、感激、幼稚的笑容而明朗了。

"我等你好久了。"这个惊愕的、快乐的女孩子好像用她的笑容说,这笑容在她举手放在安德来郡王肩上时,表现在她的准备的眼睛中。他们是走进圈子里面去的第二对。

安德来郡王是那时候最好的跳舞者之一。娜塔莎跳得极娴妙。她的穿缎子舞鞋的小脚,迅速、轻易、独立地完成了工作,她脸上现出热烈的快乐。

她的光颈子和手臂是细瘦的、不美的。比之爱仑的肩,她的肩是瘦的,胸脯是不定型的,手臂是细的,但在爱仑身上似乎已经有了所有成千的、在她身上滑过的目光之髹漆。而娜塔莎好像是一个女孩子,她第一次袒露肩臂,假使不是他们使她相信这是必定需要的,她便觉得这是很可羞的。

安德来郡王爱跳舞,他希望赶快避免大众对他所做的政治的、理性的谈话,希望突破那种因皇帝驾临而形成的令他厌烦的拘束,所以去跳舞,并且选择了娜塔莎,因为彼挨尔向他指出了她,因为她是他眼中美女们的第一个人。但他还未抱住这个纤细灵活的腰杆,她已靠得他那么近,对他笑得那么亲密,她的美丽之酒灌进了他的心。当他喘过一口气、停住她、自己站定,并开始看跳舞者时,他觉得自己活泼、年轻了。

十七

在安德来郡王之后,保理斯走到娜塔莎面前邀她跳舞。开舞的那个副官也来了,还有许多年轻人,于是娜塔莎把她多余的舞伴转让给索尼亚,快乐着,脸红着,整晚跳舞未停。她不注意任何事情,也不看这个跳舞会中引大家注意的事情。不但她没有注意,皇帝和法国大使谈话很久,他和某夫人说话特别仁惠,某某亲王和某某先生做了什么,爱仑有了巨大的成就并荣邀某某的特别注意;她甚至没有看见皇帝,只是因为皇帝走后跳舞更为生动,才注意到皇帝已去。

夜饭前,为愉快的四对舞之一,安德来郡王又和娜塔莎跳舞。他向她提起他们在奥特拉德诺道路上第一次的相见,提起她在月夜中如何不能成眠,以及他如何无意地听到她说话。娜塔莎听到这个回忆而脸红,并企图辩护自己,好像在她被安德来郡王无意听到的情绪中有什么可羞的。

安德来郡王和一切在社交中长成的人们一样,欢喜在交际场中遇到那没有普通社交习气的人。娜塔莎——和她的惊异、喜悦、羞涩甚至法语的错误——便是这样的人。他特别温柔地、细心地对待她,和她说话,坐在她身旁,和她说着最简单、最琐屑的事情。安德来郡王爱慕她眼睛里喜悦的光芒和她的笑容——这无关于所说的话,而是关于她内心的快乐。在有人选她,而她带笑站起,并在大厅中跳舞时,安德来郡王特别爱慕她的美态。在四对舞的当中,娜塔莎在跳完舞节后,又喘气,走到自己的位子,新的舞伴又邀了她。她已疲倦,喘气,并且显然想拒绝,但立刻又愉快地举手放在舞伴的肩上,并向安德来郡王笑。

"我是很高兴休息,和你坐一起,我疲倦了;但你看,他们选我,我高兴这个,我快乐,我爱所有的人,我和你懂得这一切。"这个笑容还说了许多别的。当舞伴放下她时,娜塔莎跑过大厅,为舞节选两个女子。

"假使她先到她表姐面前,后到别的女子面前,则她将是我的妻子。"安德来郡王看她时,完全意外地向自己说。她先到了表姐面前。

"头脑里偶尔有了什么样的荒诞!"安德来郡王想。"但只有这是确实的,这位姑娘如此可爱,如此特卓,她在这里跳不到一个月就要结婚了……她在这里是稀有的。"他想。这时娜塔莎坐在他旁边,理着脱出胸衣的蔷薇。

在四对舞完结时,穿蓝礼服的老伯爵走到跳舞者的面前。他邀请了安德来郡王看他,并问女儿愉快否。娜塔莎未回答,只露出那样的笑容,这笑容责备地说:"怎么能够问到这样的话?"

"平生从来没有过这样愉快!"她说,并且安德来郡王注意到,她的纤臂如何迅速地举起来要抱父亲且立刻又放下。娜塔莎是那么快乐,好像平生从来没有过……她是在那么高度的快乐中,好像是一个人变为十分善良与仁慈的时候,不相信邪恶、不幸与愁闷的可能。

* * *

彼挨尔在这个跳舞会中第一次觉得自己因为夫人在高级团体中所处的地位而受到侮辱,他沮丧并且精神涣散。一道宽大的皱纹横在他的额上,他站在窗前,从眼镜上俯视,没有看见任何人。

娜塔莎去吃饭时,走过他身边。

彼挨尔愁戚的、不乐的脸使她惊异,她停在他面前。她想帮助他,把自己多余的快乐转让给他。

"多么愉快啊,伯爵,"她说,"是不是呢?"

彼挨尔无神地笑,显然不明白他所听说的。

"是的,我很高兴。"他说。

"他们怎么能够不满意什么东西呢?"娜塔莎想,"特别是像别素号夫这样的人。"

在娜塔莎的目光中,所有在跳舞会里的人都是同样仁慈、可爱、美丽的人,互相爱惜,没有任何人能够互相损害,因此所有的人都应该是快乐的。

十八

次日安德来郡王想起了昨夜的跳舞会,但没有思索很久。"是的,跳舞会是很辉煌的。还有……是的,罗斯托夫小姐是可爱的。她有新鲜的、特具的、非彼得堡的、令她出色的地方。"这就是他关于昨夜跳舞会所想的一切,并且吃过茶,坐下工作。

但由于倦疲或无眠,日间不宜于做事,安德来郡王什么事也不能做。他仍旧批评自己的工作,这是他所常有的事。在他听到有人来时,他高兴。

来人是俾兹基,服务于各委员,来往于彼得堡各交际界,是新主义与斯撒然斯基的热烈附从者,是彼得堡最忙碌的新闻采访人。他属于这种人,他们选择舆论如同衣服——按照样式,但他们正因此而似乎是最激烈的党人。他不及脱帽,忙碌地跑进安德来郡王的房里,立刻开始说话。他刚刚知道了今早皇帝开幕的国务会议的集会详情,并且热情地说到这事。皇帝的演说是异常的。这个演说是属于那一类的,它们只有立宪的君主才说的。"皇帝直接地说,国务会议和贵族会议实是国家的阶级。他说,政府不该建立在武断上,而是在巩固的原则上。皇帝说,财政应当改革,账目应当公开。"俾兹基说,在某些字上加重语气,并郑重地睁着眼。

"是的,今天的会议是划时代的,我们历史上最伟大的时代。"他结束。

安德来郡王听了关于国务会议开幕的话——这个会议是他那么不耐烦地期待的,并且认为那么重要的——觉得诧异,就是这件事,现在在它已发生时,不仅不感动他,而且还使他觉得没有别的比它更不重要。他带着微微的嘲笑听了俾兹基热情的谈话,他心中发生了最简单的思想:"皇帝在会议里说话,这于我俾兹基何干,与我们何干!这一切能够使我更快乐、更好吗?"

这个简单的思想,忽然毁灭了安德来郡王从前对于进行中的改革的全部兴趣。这天安德来郡王要赴斯撒然斯基的"小团体"的宴会,主人邀请他时这么说。在他所仰慕的人的家庭友谊团体中的这种宴会,先前很使安德来郡王发生兴趣,尤其是因为直到此时他没有在斯撒然斯基的家庭生活情形中看过他,但现在他不想去了。

在约定的吃饭时间,安德来郡王仍然来到了塔夫锐切斯基花园内斯撒然斯基私人的小屋里。在以异常清洁而出色的(令人想起修道院的清洁)小屋子里嵌木铺的饭厅中,到得稍迟的安德来郡王看到,在五点钟,这个小团体,斯撒然斯基的挚友们,已经聚集了。这里没有女客,除了斯撒然斯基的小女儿(脸长如父)和她的女教师。客人是热尔未、马格尼次基和斯托累平。在外厅里安德来郡王便听见了洪亮的声音和铿锵的、清晰的笑声,这笑声好像在戏台上所有的。有谁的声音,好像是斯撒然斯基的声音,清晰地发出:"哈……哈……哈……"安德来郡王从未听过斯撒然斯基的笑声,而这个政治家的铿锵洪亮的声音令他觉得奇怪。

安德来郡王进了饭厅。大家都在两窗之间摆了小食的小桌前站着。斯撒然斯基带着愉快的脸站在桌前,穿着灰色礼服,佩星章,穿了白背心,打了白领带,显然他是穿了同样的衣服在有名的国务会议的集会上。客人们环绕着他,马格尼次基向米哈伊·米哈洛维支在说趣事。斯撒然斯基听着,在马格尼次基说话之前即发笑。在安德来郡王进房时,马格尼次基的话又被笑声压住了。斯托累平大声地、低音地笑,嚼着一块有奶酪的面包。热尔未低声发笑。斯撒然斯基洪亮清晰地笑。

斯撒然斯基仍然笑着,向安德来郡王伸出他的白净的、柔软的手。

"很高兴看见你,郡王。"他说。"一会儿……"他向马格尼次基说,打断了他的话,"我们今天约定,这是娱乐的聚餐,对于正事一字不谈。"他又向着说话的人发笑。

安德来郡王带着惊异与失望的忧悒听了他的笑声,看了发笑的斯撒然斯基。安德来郡王似乎觉得这不是斯撒然斯基,而是别人。安德来郡王从前觉得斯撒然斯基一切神秘动人之处,忽然变为明显而不动人了。

席间的谈话没有片刻停止,它的内容好像是许多可笑的逸事。马格尼次基还未说完他的话,便已有别的人表示了他准备要说更可笑的话。大部分的逸事即使不是关于官场本身,也是关于做官的人。似乎在这个团体里,那些人们是到底确实地不重要,而对于他们的唯一态度只是好意的嘲笑。斯撒然斯基说,在今早的会议里,有人向一个聋官询问意见,这个聋官回答说,他是同样的意见。热尔未说了关于修正案的全盘故事,它的可注意处是一切参与其事的人的荒谬。斯托累平讷讷地加入谈话,并热烈地开始说到从前事务里的弊病,威胁着要给谈话以严肃的性质。马格尼次基开始取笑斯托累平的热情,热尔未说出笑话,于是谈话又恢复了先前愉快的气氛。

显然,斯撒然斯基在工作之后想要休息并在友谊的团体中调剂精神,他所有的客人都知道他的愿望,试图娱他并自娱。但安德来郡王觉得这种娱乐是难堪的、不愉快的。斯撒然斯基的洪亮的声音令他觉得不悦意,他的虚伪音调的不停的笑声,因为什么缘故,激发了安德来郡王的感觉。安德来郡王未笑,怕自己令这个团体觉得无趣。但没有人注意到他对于一般情绪的不相投,大家都似乎是很愉快。

他几次想加入谈话,但每次他的话都从口里抛出,好像软木出水,他不能和他们在一起说笑话。

在他们所说的话里,没有任何不好或不得体处,一切都是机智的,且也许是可笑的,但某种东西,即组成愉快之精华的东西,不仅没有,而且他们不知道它的存在。

饭后,斯撒然斯基的女儿和她的女教师站起。斯撒然斯基用他的白手抚摩他的女儿,并吻她。安德来郡王觉得这种姿势是不自然的。

男子们按照英国式,留在桌上的葡萄酒前。在关于拿破仑的西班牙战事的谈话中,大家都意见一致地赞同,而安德来郡王反对。斯撒然斯基笑着,显然要使谈话离开已有的趋向,他说了一个趣事,与谈话毫无关系。大家都沉默了片刻。

斯撒然斯基坐在桌边,塞了酒瓶,说"现在好酒通行了",递给了仆人,站起。大家都站起,仍旧大声地谈着,走进客厅。斯撒然斯基接到专使送来的两封信。他接了信,走进书房。他刚刚走出,一般的愉快便停止了,客人们开始理性地、低声地彼此交谈。

"呶,现在背诵!"斯撒然斯基走出书房时说。"惊人的才干!"他向安德来郡王说。马格尼次基立刻准备了姿势,开始背出法文的讽刺诗,这是他为几个有名的、彼得堡的人而作的,几次被赞扬声所打断。安德来郡王在诵诗完结时,走近斯撒然斯基,向他道别。

"你这么早到哪里去?"斯撒然斯基问。

"我答应了赴夜会……"

他们沉默。安德来郡王靠近看这双如镜的、不可看透的眼睛,并且他觉得可笑,他曾从斯撒然斯基,并从自己与他有关的一切活动上期望什么,他曾重视斯撒然斯基所做的事情。这种精确的、不愉快的笑声,在安德来郡王离开斯撒然斯基以后,还在他耳朵里响了很久。

回到家,安德来郡王开始想起四个月来的彼得堡生活,好像是什么新的东西。他想起他的忙碌、追求、他的军律计划的经过。这个计划已被注意,并且对于这个计划他们保持沉默,只是因为另一计划,一个很坏的计划,已被拟出并奏呈了皇帝。他想起了委员会的聚会,别尔格也是委员之一。他想起在这些聚会中所努力继续讨论的是委员会集会的形式与程序,而努力简短涉及的是事情的实质。他想起自己的立法的工作,想起他如何当心地把《罗马法》与《法国法典》的条文译为俄文,并且他觉得自己可羞。然后他生动地想起保古洽罗佛,他在乡间的任务,他赴锐阿桑的视察,想起他的农奴、管家德隆,并且在心中把私权篇——他把这分为数节——应用于他们之后,他觉得诧异,他能够这么长久地从事于这么无用的工作。[1]

---

[1] 农民是奴隶,这妨碍开明的司法制度的采用。但这是拒绝在政府服务的理由,或者这表示改革的需要。这一点,托尔斯泰和西欧相信立宪政府为进步之工具的思想家不能意见一致。——毛德

十九

翌日,安德来郡王拜访了几家他尚未去过的人家,其中有罗斯托夫家,他和他们在最近的跳舞会中恢复了友情。按照礼节他应该去访问罗斯托夫家,此外安德来郡王想在罗斯托夫家里看见那个特卓的、热情的女孩子,她留给了他悦意的印象。

娜塔莎在最先的人当中遇见他。她穿了家常的蓝色衣服,她令安德来郡王觉得她比穿舞服更美丽。她和全家都简单地、诚恳地接待安德来郡王,如同老朋友。全家从前被安德来郡王那么严厉地批评过,现在在他看来,都是美好的、简单的、善良的人。老伯爵在彼得堡特别可爱惊人的好客与好意是那么感人,安德来郡王不能拒绝吃饭。"是的,他们是善良的、极好的人,"保尔康斯基想,"无疑,他们毫不认识娜塔莎是多么宝贵,但他们是善良的人,他们是最好的背景,衬托出这个特别有诗意的、充满生命的、艳美的姑娘!"

安德来郡王觉得娜塔莎有一种对他完全陌生的、特殊的世界,充满着他所不知道的欣喜。这个陌生的世界那时在奥特拉德诺路径上,在月夜的窗前,便惹恼了他。现在这个世界已不再惹恼他,不是陌生的世界了,但他自己踏入了这个世界,在这个世界里发现了新的欢快。

饭后,应安德来郡王的请求,娜塔莎走到大钢琴前,开始唱歌。安德来郡王站在窗前,和妇女们谈着,听她唱歌。在歌句的当中,安德来郡王沉默了,顿然觉得有泪水进到喉咙,而流泪的可能是他自己不知道的。他注视唱歌的娜塔莎,他心灵中发生了新的幸福的情绪。他快乐,同时他悲哀,他确实没有什么要哭的地方,但他准备哭。为了什么?为了过去的爱吗?为了娇小郡妃吗?为了自己的觉悟吗?为了自己对于将来的希望吗……是,又不是。他想哭的主要原因是,在他心中某种无穷伟大的、无限的东西,与那狭窄的、肉体的,即他自己,甚至是她的某种东西之间,他所忽然生动地意识的、可怕的对照。这种对照在她唱歌时使他心痛而又欢喜。

娜塔莎刚刚唱完,便走到他面前问他觉得她的声音如何。她问了这话,并且在她说了这话后即觉得窘迫,明白这是不该问的。他笑着看她,并说他欢喜她的歌声,一如欢喜她所做的一切。

安德来郡王晚间很迟时离开了罗斯托夫家。他按照睡觉的习惯躺下睡觉,但马上意识到他不能睡着。他忽而点着了蜡烛,坐在床上,忽而起身,忽而又躺下,毫不因为无眠而感觉疲倦。他心灵上是那么欢喜而新颖，好像他是从气闷的房间里走进自由的空气中。他心中尚未想到他爱上了罗斯托夫，他没有想到她，他只向自己想象了她，因此，他全部生活对他有了新的意义。"我为了什么而奋斗呢，当生活，全部生活和它所有的喜悦展开在我面前时，我为什么在这个狭窄的、无趣的范围中忙碌呢？"他向自己说。于是在长久时间以后，他第一次开始，为将来做快乐的计划。他自己决定了，他必须注意他儿子的教育，为他找一个教师，把儿子交托给他，然后必须告假，到国外去，游览英国、瑞士、意大利。"在我觉得我是很年富力壮的时候，我必须享受我的自由。"他向自己说。"彼挨尔是对的，他说必须相信快乐的可能，才得快乐。我现在相信他。我们让死人去埋死人吧，在活着的时候，应该活着，并且要快乐。"他想。

二十

一天早晨,阿道夫·别尔格上校穿了崭新的军服,头发向前刷,好似亚历山大·巴夫诺维支皇帝的样子,来看彼挨尔。彼挨尔认识他,如同他认识莫斯科和彼得堡所有的人。

"我刚才在你的太太伯爵夫人那里,我是那么不幸,我的请求不能邀准。希望在伯爵阁下这里,我更荣幸。"他笑着说。

"上校,你有何见教?我一定奉令。"

"伯爵,我现在在新房子里完全住定了,"别尔格说,显然知道,听了这话不会不适意的,"因此我希望请我自己的和内人的朋友们举行一个小小的夜会,"他更和悦地笑着,"我希望伯爵夫人和你赏光驾临舍下吃杯茶……并吃夜饭。"

只有叶仑娜·发西利叶芙娜伯爵夫人认为和别尔格之流的人来往是降低自己身份,能有拒绝这种邀请的残忍。别尔格那么明白地说出,为什么他希望在自己家里召集人少的、要好的团体,为什么他乐意如此,并且为什么不肯在赌牌和其他坏事上花钱,但为了好朋友们他愿意花钱,以致彼挨尔不能拒绝并应许了赴会。

"只是不要迟了,伯爵,假使我大胆请求的话,那么八点欠十分,我大胆请求。我们要凑成一个牌局,我们的将军要到的。他对于我很仁慈,我们要吃一顿夜饭,伯爵。那么,一定赏光了。"

和他迟到的习惯相反,彼挨尔这天不是在八点欠十分,而是在八点欠一刻来到别尔格家。

别尔格家办妥了夜会所必需的东西,已经准备招待客人了。

别尔格夫妇坐在新的、清洁、明亮,陈设了半身像、画片与新家具的书房里。别尔格穿了新的扣紧的军服,坐在夫人旁边,向她说,人总是能够并且应该结交比自己地位高的人,因为只有这时候才有结交的乐趣。"你可以认识一点什么,你可以要求一点什么。现在你看,我在从前的官级中怎么生活(别尔格不以年龄而以升级计算他的生活)。我的同伴们现在还是没有什么,但我却候补做团长了,我有福气做你的丈夫(他站起来吻韦娅的手,但在走近她时压直了卷起的地毯的角)。我怎么样获得了这一切呢?主要的——知道选择我的朋友。当然,一个人必须为善、精到。"

别尔格笑着,意识到自己比软弱的夫人优越,并且沉默,想到这个可爱的夫人终归是软弱的女子,她不能够了解那组成男性尊严的一切——ein mannzu sein(做一个男人——译)。韦娅同时也笑着,意识到自己比丈夫优越。他是善良的、美好的男子，但照韦娅的意见，他和所有的男子一样，终归把生活了解错误了。别尔格根据自己的夫人做判断，认为一切的女子是软弱的、愚笨的。韦娅只根据自己的丈夫做判断，并扩大这个观察，以为所有的男子都只认为自己是聪明的，而同时什么也不懂，且骄傲、自私。

别尔格站起，小心地搂抱他的夫人，以免弄皱了绣花肩巾，为了这个他花了很多钱，他吻了她的唇中部。

"只有一件事，我们不要这么快就有小孩们。"他按照自己意识不到的思想线索说。

"是的，"韦娅回答，"我毫不希望这个，我们应当为社会而生活。"

"尤苏波夫伯爵夫人也有这完全一样的。"别尔格说，带着快乐的、善意的笑容，指着肩巾。

这时有人来通报别素号夫伯爵来到。夫妇二人带着自满的笑容交换目光，各将来客的光荣归诸自己。

"这就是善于结交的意义，"别尔格想，"这就是善于处世的意义！"

"只是在我招待客人的时候，"韦娅说，"请你不要打搅我，因为我知道用什么去招待每个人，在什么人面前应当说什么。"

别尔格也笑。

"不行，有时男人们需要有男性的谈话。"他说。

彼挨尔被引入簇新的客厅。在这里，不能够在任何地方坐下而不破坏它的对称、清洁与秩序，因此是极明白而不奇怪，别尔格大度地提议了为贵客而破坏背椅或沙发的对称,且显然他发觉自己对于这件事是处在痛苦的犹豫中,让客人的意思来解决这个选择的问题。彼挨尔破坏了对称,为自己拉近一张椅子,于是别尔格和韦娅立刻开始了夜会,互相打搅着,招待客人。

韦娅在自己心中决定了,应该用关于法国使馆的谈话来招待彼挨尔,便立刻开始了这个谈话。别尔格决定了需有男性的谈话,便打断了夫人的谈话,涉及对奥战争的问题,不觉地从一般的谈话跳到他对于那些要参与奥国远征之提议的个人意见,以及他没有接受这些提议的理由。虽然谈话是很不连贯的,并且韦娅因为男性成分的干涉而发火,两夫妇却满意地觉得,虽然只有一个客人,夜会却开始得很好,并且夜会有如两滴水点,恰似任何其他的夜会,有谈话、茶与点着的蜡烛。

保理斯不久便到了,他是别尔格的老同事。他带着几分垂爱与赏光的神色对待别尔格与韦娅。在保理斯之后来了一个妇人和一个上校,然后是将军自己,然后是罗斯托夫们,于是夜会完全地、无疑地和一切夜会一样了。别尔格和韦娅看到客厅中的动作,听到不连贯的谈话声、衣服与行礼声,不能约制喜悦的笑容。一切都和各人家里的一样,特别是将军,他夸赞房屋,拍别尔格肩膀,并且带着长辈的威权,吩咐布置波士顿牌桌。将军坐在依利亚·安德来维支伯爵旁边,当他是仅次于自己的贵客。年长者在一起,年幼者在一起,主妇在茶桌前,桌上有同样的点心放在银盘子里,和巴宁家夜会里的一样,一切是完全和别人家的一样。

二十一

彼挨尔是贵客之一,应当坐下来和依利亚·安德来维支、将军及上校玩波士顿牌。彼挨尔在波士顿牌桌上坐在娜塔莎的对面,自从跳舞会那天之后她所发生的奇怪的改变令他诧异。娜塔莎沉默,她不仅不像在跳舞会里那么漂亮,而且假使她没有那样文雅的、对于一切淡漠的神情,便很丑了。

"她有什么事情?"彼挨尔想,看了看她。她在茶桌前坐在姐姐的旁边,并且勉强地向坐在身旁的保理斯回答了什么,却未看他。彼挨尔出完了全份的牌,并拿了五回牌,令对手满意。在他拿牌时,听到问候的声音和进房的谁的脚步声,他又看了她。

"她有了什么事情呢?"他更诧异地问自己。

安德来郡王带着小心的、温柔的表情站在她面前，和她说什么。她抬着头，脸发红，并显然企望压制自己的紧张呼吸，看着他。她内心的、先前熄灭的、某种火焰的明亮光辉，又在她心中燃着了。她完全改变了，从丑陋又变为她在跳舞会里那样。

安德来郡王走近彼挨尔，彼挨尔在朋友的脸上注意到新的、年轻的表情。

彼挨尔在玩牌的时候换了几次座位，有时用背，有时用脸对娜塔莎，在六次满分的全部时间里注意着她和他的朋友。

"他们当中发生了很重要的事情。"彼挨尔想，喜悦而又苦辣的情绪使他兴奋，并忘记了玩牌。

在六个满分之后，将军站起，说不能够这么玩的，于是彼挨尔获得了自由。娜塔莎在一边和索尼亚及保理斯谈话，韦啦带着微笑和安德来郡王说什么。彼挨尔走到他的朋友面前，问了他们谈的是否秘密，坐到他们旁边。韦啦注意到安德来郡王对娜塔莎的注意，觉得在夜会上，在真正的夜会上，绝对必须对于情绪有巧妙的暗示，于是利用了安德来郡王独自一个人的时机，她开始和他说到一般的情绪并说到她的妹妹。她觉得，对于这么聪明的（她认为安德来郡王是如此的）客人，必须把她的外交才干用出来。

当彼挨尔走近他们时，他注意到韦啦是在自满的谈话热情中，安德来郡王显得窘（这是他少有的）。

"你以为如何呢？"韦啦带着微笑说，"郡王，你是那么透达，立刻便能了解人的性格。你觉得娜塔莎如何？她能够长久地受约束吗？她能够和别的女人（韦啦意思是自己）一样，一旦爱了一个人，便永远对他忠实吗？我认为这是真正的爱情。你觉得如何呢，郡王？"

"我对于你的妹妹知道得太少了。"安德来郡王回答，带着嘲讽的笑容，在这个笑容里他正企图掩饰自己的窘态。"不能解决这样微妙的问题。此外，我注意到，女子愈不动人，愈有恒心。"他添说，并看了看彼挨尔，他这时走近了他们。

"是的，这是真的。在我们这时候，"韦娅继续说（提到我们这时候，正如一般智力有限的人们爱这么说，他们以为他们发觉并注重了我们这时候的特点，以为人性随时间而改变），"在我们这时候，女子们有这么多的自由，以致'受宠之乐'妨害了她真正的情绪。而娜塔莎应当承认对于这个是很容易感受的。"

回转到娜塔莎，这又使安德来郡王不悦地皱眉。他想站起，但韦娅带着更优美的笑容继续说。

"我以为，没有人像她那样受人宠爱，"韦娅说，"但没有人，直到最近，没有人使她认真地满意过。你知道，伯爵，"她向着彼挨尔，"甚至我们可爱的表兄保理斯，说句不外的话，在柔情的国土里走得很远很远了……"她有意提起当时流行的爱情地图。

安德来郡王皱眉沉默。

"但你同保理斯是朋友吗？"韦娅向他说。

"是的，我认识他……"

"他当然向你说过他对娜塔莎的幼年的爱情了。"

"呵，有过幼年的爱情吗？"安德来郡王问，忽然意外地脸红。

"是的。你知道，在表兄妹之间，这种亲密有时引起爱情：表亲是一种危险的关系。是不是？"

"呵，无疑的。"安德来郡王说，忽然不自然地兴奋起来。他开始和彼挨尔说笑话，说他应当小心地对待他的五十岁的、在莫斯科的表姐们。在笑话的当中他站起来，拉住彼挨尔的手引他走开。

"什么事？"彼挨尔说，诧异地看他朋友的奇怪的兴奋，并注意到他投向娜塔莎的目光。

"我需要，我需要同你说话，"安德来郡王说，"你知道我们的女手套（他说到共济会的手套，这是给予新入会的弟兄作为信托所爱的女子之用的），我……但不，我以后再同你说……"于是在眼睛里带着奇怪的光芒，举止上带着不安，安德来郡王走近娜塔莎，并坐在她旁边。彼挨尔看见安德来郡王问了她什么，她红着脸回答了他。

但这时别尔格走到彼挨尔面前，坚持地要求他加入将军与上校之间关于西班牙战争的争论。

别尔格满意而快乐，喜悦的笑没有离开他的脸。夜会是很好的，和他所看见的其他夜会完全一样，一切完全相同。妇女的优雅的谈话、牌戏、牌后将军提高了的声音、茶炊、点心，但还有一个缺点，就是他在夜会上一向看见而希望模仿的，在男子之间缺少了大声的谈话，以及关于什么重要而智慧的问题的争论。将军开始了这个谈话，别尔格把彼挨尔引到他面前。

二十二

第二天，安德来郡王因为依利亚·安德来维支伯爵邀了他，故赴罗斯托夫家吃饭，并在他们家花了一整天。

家里所有的人都知道安德来郡王为谁而来，且他也不隐瞒，整天企图和娜塔莎在一起。不仅在惊愕的，然而快乐的、热喜的娜塔莎心中，而且在家里所有的人心中，都感觉到对于某种严重的、定要发生的事情的恐惧。当安德来郡王和娜塔莎说话时，伯爵夫人用忧愁的、严肃的、厉然的眼睛看他，当他回顾她时，又羞怯地、作假地开始某种不重要的谈话。索尼亚怕离开娜塔莎，并且当她和他们在一起时又怕挡事。娜塔莎和他面对面在一起时，因为希望的恐惧而面色发白。安德来郡王的羞怯令她诧异。她觉得他要向他说什么，但他不能够决定。

在晚间安德来郡王离去时,伯爵夫人走到娜塔莎面前,低声说:"怎么样?"

"妈妈,为了上帝的缘故,现在不要问我什么吧。这不能说。"娜塔莎说。

但虽然这么说,这天晚上娜塔莎却带着不动的眼睛在母亲的床上躺了很久,时而兴奋,时而惊吓,时而她向母亲说他如何称赞了她,时而说他要到国外去,时而说他问到他们这个夏天将住何处,时而说他向她问到保理斯。

"但这样的,这样的……我从来没有过!"她说,"只是我怕他,我总是怕他,这是什么意思!意思是,这是真实的,是吗?妈妈,你睡了?"

"没有,我心爱的,我自己也怕,"母亲说,"去吧。"

"我不睡也是一样。睡觉是多么愚笨啊!妈妈,妈妈,这样的事我从来没有过!"她说,因为她在自己心中所意识到的那种情绪,而带着惊异与恐惧,"我们能够想得到吗……"

娜塔莎似乎觉得,当她初次在奥特拉德诺看见安德来郡王时,她已爱上了他。她似乎是惧怕这种奇怪的、意外的快乐,就是她甚至在那时所选择的人(她坚决地相信这个),这个人现在又遇见她了,并且似乎对于她不是无情的。

"他一定是有意的,现在我们在这里,他也来到了彼得堡。我们应该在这个跳舞会里见面的。这一切都是命运,显然这是命运,把一切引到了这个地步。甚至那时,当我一看见他的时候,我便觉得有什么特别的地方。"

"他向你说明什么呢？这是什么诗？你赞……"母亲思索地说，问到安德来郡王在娜塔莎的手册上所题的诗。

"妈妈，他是断弦的，这不丑吗？"

"说够了，娜塔莎。祷告上帝吧。Les mariages se font dans les cueux（婚姻是天定的——译）。"

"亲爱的，妈妈，我多么爱你，我多么舒服啊！"娜塔莎大声说，流出快乐与兴奋之泪，并搂抱着母亲。

同时安德来郡王坐在彼挨尔家，向他说到自己对娜塔莎的爱和坚决要娶她的意向。

* * *

这天叶仑娜·发西利·叶芙娜伯爵夫人家有盛大的宴会，到会的有法国大使，有一个新近常到伯爵夫人家来的外国的亲王，有许多显赫的男女。彼挨尔在楼下，在各厅堂间徘徊，他的聚思凝神与愁闷的面容令所有的客人们都诧异。

彼挨尔从那个跳舞会的时候起，便感觉到忧郁病的来临，并且极力地企图压制。自外国的亲王和他的夫人接近时，彼挨尔意外地被任为御前侍臣。从这时候起，他开始在大交际场中觉得难堪与羞耻，而从前的、烦闷的、关于一切人世虚劳的思想又更加常常来到了。这时，他所注意到的，在他心爱的娜塔莎与安德来郡王之间的情感，由于他的地位和他朋友的地位之间的对照，更增强了这种烦闷的心情。他同样地企望逃避关于自己夫人和关于娜塔莎与安德来郡王的思想。他又觉得一切比之永恒是不重要的，又出现了这个问题："为了什么?"他日夜使自己忙着共济会的工作,希望赶走恶劣心情的来临。彼挨尔在十二点钟的时候,走出伯爵夫人的住处,坐在楼上弥漫烟草气味的、狭窄的房间里的桌前,穿着粗陋的睡衣,抄誊原本的苏格兰共济会的规章。这时有人走进房来,这人是安德来郡王。

"呵,是你。"彼挨尔带着凝神的、不满的面色说。"我在工作。"他说,带着那种逃避了生活不幸的面色,指着稿本,这面色是不幸的人看自己工作时所有的。

安德来郡王带着光亮的、极喜的、恢复了喜气的脸,站在彼挨尔面前,没有注意他的愁戚的脸,带着快乐之自私,向他笑着。

"啖,我亲爱的,"他说,"我昨天想向你说,今天我是为这事来看你的。从来没有感觉过同样的事情,我恋爱了,我亲爱的。"

彼挨尔忽然深深叹气,把他沉重的身躯躺在沙发上,在安德来郡王的身边。

"同娜塔莎·罗斯托夫,是吗?"他说。

"是的,是的,还有谁呢? 从来没有相信过,但这种情绪比我更强。昨天烦闷、痛苦,但我不为世界上任何事情而放弃这个烦闷。从前我没有生活过,我只是现在才生活,但我不能够没有她而生活。但她能够爱我吗?……我对于她,是太老了……你为什么不说话呢……"

"我? 我? 我向你说什么呢?"彼挨尔忽然说,站起来在房中徘徊,"我总是想到这个……这个姑娘是那么宝贵,那么……她是少有的姑娘……我亲爱的,我求你,你不要太理性化,不要怀疑结婚,结婚,结婚……我相信,没有人比你更幸福了!"

"但她呢?"

"她爱你。"

"不要说废话了……"安德来郡王说,笑着看彼挨尔的眼睛。

"她爱你,我知道。"彼挨尔愤怒地大声说。

"不,你听,"安德来郡王说,用手止住他,"你知道我处在什么样的地位吗?我必须向谁说出一切。"

"咳,咳,说吧,我很高兴。"彼挨尔说,确实他的脸色变了,皱纹平贴了,他高兴地听安德来郡王说。安德来郡王好像是完全不同的、新的人。他的厌倦,他对生活的轻视,他的醒悟,哪里去了呢?彼挨尔是他能够向他说出心事的唯一的人,因此他向他说出了心中的一切。忽而他轻易地、勇敢地做出长久将来的计划,说他不能为了父亲的怪癖而牺牲自己的幸福,说他将如何使他的父亲同意这件婚事并爱她,或者不得到他的同意而进行。忽而他诧异那种支配他的情绪,好像是一种奇怪的、陌生的、与他无关的东西。

"要有谁向我说我会这样地恋爱,我断不会相信,"安德来郡王说,"这完全不是我从前所有的那种情绪。全世界在我看来分为两半,一半——她,那里有一切的希望、幸福、光明;另一半——一切没有她的地方,那里一切是沮丧、黑暗……"

"黑暗和愁闷,"彼挨尔重复,"是的,是的,我懂得这个。"

"我不能不爱光明,这不是我的错,并且我很快乐。你明白我吗?我知道,你为我高兴。"

"是的,是的。"彼挨尔承认,用亲爱的、忧悒的眼睛看他的朋友。安德来郡王的命运在他看来愈光明,他自己的命运显得愈暗淡。

二十三

　　为了结婚，须有父亲的同意。为了这个，安德来郡王第二天去看他父亲。

　　父亲外表安静地但内心愤怒地接受了儿子这报告。他不能懂得，在他觉得生活已完结时，怎么别人还想改变生活，在生活中加进什么新的东西。"假使他们只要如我所愿地让我活完一生，那么就让他们如他们所愿的去做。"老人向自己说。但对于儿子，他利用在重要的时候所利用的那种外交，采用了安静的语气，批评了整个的问题。

　　第一，在门第上、财产上、名望上，这个婚姻是不显赫的。第二，安德来郡王不是在壮年的初期，而且健康虚弱（老人特别注意这一点），但她是很年轻的。第三，他的儿子要交托给一个女孩子是可怜的。"第四,最后,"父亲说,讽刺地看着儿子,"我要求你把这事延迟一年,到国外去,让身体复原,如你所希望的,为尼考拉郡王找一个日耳曼人,然后假使你的爱情、热情、固执,随你想是什么,还是那么大,那时就结婚。"

"这是我最后的话,你知道,最后的……"老郡王用那样的声音结束,这声音表示没有任何东西会使他改变他的决定。

安德来郡王明白地看出,老人希望:他的情感或他未婚妻的情感不能经受一年的试验,或者他自己——老郡王在这时死去。于是他也决定了实现父亲的意志:提婚,而将婚期延迟一年。

在他在罗斯托夫家的最后夜会的三星期后,安德来郡王回到了彼得堡。

* * *

在他和母亲说明后的次日,娜塔莎整天期待保尔康斯基,但他没有来。第二天、第三天,还是一样。彼挨尔也没有来,娜塔莎不知道安德来郡王去看父亲,不能解释他之不来。

这样地过了三星期,娜塔莎不想到任何地方去,并且好像影子一般,懒散而颓丧,在房间里徘徊,晚间避开大家秘密地流泪,夜间也不到母亲面前去。她不断地脸红、愠怒。她觉得大家都知道她的失望,笑她并可怜她。在她内心苦恼的强烈之外,这种虚荣的苦恼加强了她的不幸。

有一天她来到伯爵夫人面前,想向她说什么,忽然流泪了。她的眼泪是被损害的小孩的眼泪——这个小孩不知道为什么受处罚。

伯爵夫人开始安慰娜塔莎。娜塔莎起初听母亲说话,忽然打断她:

"停吧,妈妈,我没有想他,也不要想他!他常来,又不来了,不来了……"

她的声音打战,她几乎要哭,但控制了自己,并安静地继续说:

"我完全不想结婚了。我怕他,我现在完全,完全安静了……"

在这个谈话的次日,娜塔莎穿上了那件旧衣裳,这件衣裳在平常早晨所获得的愉快是她所特别熟悉的,她就这天早晨恢复了从前的生活方式,这是她在那次跳舞后所放弃的。她喝了茶,走进大厅,她特别爱好这个大厅的洪亮的回声,她开始练习唱歌。唱完了第一个练习,她站在大厅的当中,重复她所特别爱好的一个乐节。她高兴地听着(好像她觉得是意外的)歌声的优美处,歌声荡漾着,充满了整个的空大厅并迟迟地散去。她忽然愉快起来。"为什么关于这个想得太多呢,并且是那么好啊!"她向自己说,开始在大厅里前后走动,不仅在响亮的嵌木地板上踏着脚步,而且在每一步中从后跟到脚趾移动着(她穿了新的心爱的鞋),好像听自己的声音一样,同样高兴地注听韵律的脚跟落地声与脚趾擦地声。走过镜前时,她向镜子里看。"她就是我!"好像她脸上的表情向自己说,"呶,好,我不需要任何人。"

一个听差想进来收拾大厅里的东西,但她不让他进来,她又把门闭了起来,并继续走动。她这天早晨又回到她所爱好的心情中:爱自己,羡慕自己。"这个娜塔莎多么美丽啊!"她又用第三声的、集合的、男子的话说到自己,"美丽,好声音,年轻,没有人妨碍她,只让她安宁吧。"但无论让她多么安宁,她已经不能安宁,并立刻感觉到这个。

前厅的外门开了,有谁问:"在家吗?"并听到了谁的脚步声。娜塔莎看镜子,但没有看自己,她听到了前厅的声音。当她看见自己时,她的脸变白了,是他。她确实知道了,虽然是隔着掩闭的门听到他的声音。

娜塔莎苍白而惊异,跑进了客厅。

"妈妈,保尔康斯基来了!"她说,"妈妈,这是可怕的,这是不堪忍受的……我不愿……受苦!我要怎么办呢?"

伯爵夫人还不及回答她,安德来郡王已带着慌张的、严肃的脸走进客厅。他一看见娜塔莎,他的脸便明亮了。他吻了伯爵夫人和娜塔莎的手,坐到沙发旁边。

"我们好久没有……"伯爵夫人开言,但安德来郡王打断了她,回答她的问题,并显然忙于要说他所要说的。

"我这一阵没有到你们这里来,因为我在父亲那里,我需要同他商量一件极重要的事。我昨天晚上才回来。"他说,看了看娜塔莎。他在片刻的沉默后又添说,"我要同你谈一下,伯爵夫人。"

伯爵夫人深深叹气,垂下眼睛。

"我一定奉教。"她说。

娜塔莎知道她应该离开,但她不能做这事,有什么东西紧压她的喉咙,她无礼地、对直用大睁的眼睛看安德来郡王。

"立刻?现在?不,这不可能!"她想。

他又看她,这个目光使她相信她没有错。是的,她的命运立刻就要决定了。

"去吧,娜塔莎,我会叫你的。"伯爵夫人低声说。

娜塔莎用惊惶的、恳求的眼睛看了看安德来郡王和母亲,走了出来。

"伯爵夫人,我来是求你女儿的手(求婚意——译)。"安德来郡王说。

伯爵夫人的脸发赤,但她未说什么。

"你的提议……"她镇静地开言。他无言,看着她的眼睛。"你的提议……"她慌乱了,"令我们悦意,我……接受你的提议,我高兴。我的丈夫……我希望……但这决定于她自己……"

"有了你的同意,我就向她说……你同意吗?"安德来郡王说。

"是的,"伯爵夫人说,把手伸给他,当他低头吻手时,她带着疏远与温柔的混合情绪把嘴唇贴到他额上。她愿爱他如子,但觉得他是陌生的、可怕的人。

"我相信我的丈夫会同意的,"伯爵夫人说,"但你父亲……"

"我的父亲,我向他说过了我的计划,他提出了同意的坚决条件,婚期不能早过一年。这个我想向你说。"安德来郡王说。

"确实,娜塔莎还年轻,但——那么久!"

"这是没有别的办法的。"安德来郡王叹气说。

"我叫她到你这里来。"伯爵夫人说过,走出了房。

"主呵,可怜我们吧。"伯爵夫人寻找女儿时重复着。索尼亚说娜塔莎在卧室里。娜塔莎坐在自己的床上,脸发白,带着暗淡的眼神,注视圣像,迅速地画着十字,低语着什么。看见了母亲,她跳起,向她跑去。

"怎样,妈妈?怎样?"

"去,到他那里去。他求你的手。"伯爵夫人冷淡地说,娜塔莎如是觉得。"去……去。"伯爵夫人愁闷地、谴责地在跑开的女儿后边说,并深深地叹气。

娜塔莎不能记得她如何进了客厅。进门看见他时,她站住了。"难道这个陌生的人现在要成为我的一切了吗?"她自问,并立刻回答,"是的,一切,他一个人现在对于我比世界上的一切都宝贵。"安德来郡王垂下眼睛,走到她面前。

"我一看见你的时候,就爱你。我能希望吗?"

他看了看她,她脸上严肃的热情令他惊异。她的脸说:"为什么要问呢?为什么要怀疑你不会不知道的事呢?在不能够用文字表现感情时,为什么要说呢?"

她靠近他,并站住。他执了她的手吻了。

"你爱我吗?"

"是,是。"娜塔莎似乎厌烦地说,大声透气,又是一次,更加频促,并且流泪。

"为什么?你有什么事?"

"呵,我是那么快乐。"她回答,在眼泪中含着笑容,更贴近他,想了一秒钟,好像是问自己这是否可能,并吻了他。

安德来郡王抓住她的手,看她的眼睛,在自己心中找不出从前对她的爱。他心中忽然转变了什么,不是从前诗意的、神秘的愿望之美,而是对她女性的幼稚的软弱处的怜悯,对她的专心与忠实的恐惧，对那永久维系他和她的义务的厌烦而又欣喜的意识。实际的情绪虽不如从前那么光明而有诗意，却更严肃、更强烈。

"妈妈向你说过不能早过一年吗？"安德来郡王说，仍旧看她的眼睛。

"这果真是我吗，那个小女孩吗（大家都这么说我）？"娜塔莎想，"我果真从现在这个时候是一个妻子，和这个陌生的、可爱的、聪明的，甚至也被我父亲尊重的人平等吗？这果然是真的吗？现在已不能儿戏生活，现在我已是大人，现在我已负起了一言一动的责任，这是真的吗？呵，他问了我什么呢？"

"没有。"她回答，但她不懂得他所问的。

"原谅我，"安德来郡王说，"但你是那么年轻，而我已经有了这么多的生活经验。我为你害怕，你还不认识自己。"

娜塔莎带着集中的注意听他说，企望懂得他的话，却未懂得。

"延迟了我的幸福，这一年对于我是困难的。"安德来郡王说。"在这个时候，你要相信自己。我请你在一年之后使我快乐，但你是自由的：我们的订婚要保守秘密，假使你以为你不爱我，或者爱了……"安德来郡王带着不自然的笑容说。

"为什么你说这话呢？"娜塔莎插言。"你知道，从你第一次来到奥特拉德诺的那天，我就爱你了。"她说，坚决地使人相信她说的是实话。

"在一年之内你就认识自己了……"

"一整年，"娜塔莎忽然说，只是到现在才懂得婚期要延迟一年，"但为什么一年呢？为什么一年呢？……"

安德来郡王开始向她说明延迟的理由。她未听。

"没有别的办法吗"？她问。安德来郡王未作回答，但他的脸上表示了改变这个决定的不可能。

"这是可怕的！这是可怕的，可怕的！"娜塔莎忽然说，又哭泣，"等一年，我要死的，这是不可能的，这是可怕的。"她看了看爱人的脸，在他脸上看见了同情与困惑的表情。

"不，不，我要做一切，"她说，忽然停止了眼泪，"我是那么快乐！"

父母进了房，祝福了订婚的男女。从这天起，安德来郡王开始以未婚婿的身份来罗斯托夫家。

二十四

不举行结婚礼,也不向任何人宣布保尔康斯基和娜塔莎的订婚,安德来郡王坚持如此。他说,因为他是延迟的原因,所以他应该担负这事的全责。他说,他要永远用自己的话约束自己,但他不想约束娜塔莎并让她有完全自由。假使她在半年之内觉得她不爱他,她还有权利拒绝他。这是没有问题的,父母和娜塔莎都不愿听这话,但安德来郡王坚持如此。安德来郡王每天来罗斯托夫家,但不以未婚夫的态度对娜塔莎:他称她"您",并且只吻她的手。安德来郡王和娜塔莎在订婚之后有了完全和从前不同的、亲密的、简单的关系,他们好像在那以前彼此不相认识。他和她都爱提起,当他们还没有什么时,他们彼此如何地看对方,现在他们俩都觉得自己是完全不同的人了,那时做假，现在简单而诚恳。起初，家里人对于安德来郡王觉得不自然，他似乎是陌生世界的人，娜塔莎很久才使家人了解安德来郡王，并骄傲地使大家相信他只是似乎那么特别，但他是和大家一样，并且她不怕他，没有人应该怕他。几天以后，家里人对他习惯了，且无拘束地在他面前过着如旧的生活，他也参与了这个生活。他知道同伯爵谈论农事，同伯爵夫人和娜塔莎说到衣服，同索尼亚说到手册与刺绣。有时罗斯托夫家的人彼此之间，或者在安德来郡王的面前，诧异这一切的经过，以及这事的许多征兆是多么明显：安德来郡王到奥特拉德诺，他们到彼得堡，老保姆在安德来郡王第一次到他们家时所注意到的娜塔莎与安德来郡王之间的相似处，一八〇五年安德来与尼考拉之间的抵触，以及其他许多别的被家里人所注意到的，关于这事的前兆。

家里充满了那种诗意的沉闷与沉默，这种沉默是在未婚男女之间一向具有的。大家常常坐在一起，沉默无言。有时别人站起并走开，未婚的男女留在一起，仍然沉默无言。他们很少说到未来的生活。安德来郡王怕，并且羞于说到这个。娜塔莎同有这种感觉，正似同有他一切的感觉，她总能猜中他的感觉。有一次娜塔莎问到他的儿子。安德来郡王脸红了，这是他现在所常有的，且娜塔莎特别爱看这个，他说他的儿子将来不同他们住在一起。

"为什么？"娜塔莎惊愕地说。

"我不能从爹爹面前把他带走，还有……"

"我要多么爱他啊！"娜塔莎说，立刻猜中了他的意思，"但我知道，你想免除我们受人指责的借口。"

老伯爵有时走到安德来郡王面前,吻他,问他关于彼洽的教育及尼考拉的职务的意见。老伯爵夫人看他们时,叹气。索尼亚时时怕碍事,并企图找出单独留下他们的借口,即使是在他们不愿如此的时候。在安德来郡王说话(他很善说话)时,娜塔莎骄傲地听他说;当她说话时,她恐惧而又骄傲地注意到,他注意地、搜寻地看她。她疑惑地问自己:"他在我身上寻找什么呢?他的目光在窥察什么呢?怎么,我没有他的目光所寻找的东西吗?"有时她落入她所特有的、狂野的愉快的心情中,那时她尤其爱听并看安德来郡王如何发笑。他很少发笑,但当他发笑时便纵情大笑,并且每次在这种笑声之后,她觉得自己接近他。假使不是她想到眼前靠近的别离便觉得恐惧,她便是完全快乐了。

在他离彼得堡的前夜,安德来郡王带来了彼挨尔,他从那次跳舞会以后不曾来罗斯托夫家。彼挨尔似乎神散而心乱。他同母亲交谈。娜塔莎和索尼亚坐在棋桌前,邀安德来郡王到她们面前去。他走到她们那里。

"你早就认识别素号夫吗?"他问,"你喜欢他吗?"

"是的,他可爱,但很可笑。"

于是她和一向说到彼挨尔时一样,开始说到他的精神涣散的逸事,这些逸事是别人为他制造的。

"你知道,我把我们的秘密信托给他了。"安德来郡王说。"我从小便认识他,他有金心。我求你,娜塔莎,"他忽然严肃地说,"我要走,上帝知道,会发生什么事。你可以不受……呶,我知道,我不该说这话。只有一点,当我走后,假使你发生什么事情……"

"发生什么呢?……"

"无论有了什么烦恼,"安德来郡王继续说,"我求你,索斐小姐,无论发生了什么,只去找他一个人求意见、求帮助。他是最心善的、可笑的人,但是最金心的。"

父亲、母亲、索尼亚,甚至安德来郡王自己,都不能预见这个分别对于娜塔莎有何影响。脸红,兴奋,带着干枯的眼睛,她这天在家里走动着,忙着最不重要的事情,好像不明白那等着她的事情。她甚至在他告别时最后一次吻她的手的时候,也不流泪。

"不要走!"她只用那样的声音向他说了这话,那声音使他想了一下,他是否需要果断留下来,他以后很久还记得这声音。在他走后,她也不哭。但她在自己的房间坐了几天,不哭,对任何事无兴趣,只有时说道:"呵,他为什么走呢?"

但在他走后经过了两周,她令身边的人同样地觉得意外,从她的精神疾病中复原了,她和从前一样了,但只带着改变的、精神的面貌,好像小孩们在久病之后带着不同的面貌从床上起来。

二十五

　　尼考拉·安德来维支·保尔康斯基郡王的健康与性格，在儿子走后的这一年之内，变得很坏。他的脾气更大，他的无故的怒火大部分是落在玛丽亚郡主的身上。他似乎力图找出她全部的弱点，以便尽可能残忍地在精神上磨难她。玛丽亚郡主有两种热情，因此有两种喜悦：侄儿尼考卢施卡和宗教，而二者都是郡王的攻击与嘲笑的好题目。无论他们谈到什么，他总把谈话兜绕到老处女们的迷信或小孩们的溺爱与姑息。"你要使他（尼考林卡）成为和你自己一样的老处女，没有用，安德来郡王要有一个儿子，不是老处女。"他说。或者在玛丽亚郡主面前，他向部锐昂小姐问到她是否喜欢神甫、圣像，并说笑话……

他不断地损伤玛丽亚郡主的尊严,但女儿却无须宽恕他。他能够在她面前有过错吗?她的父亲,她仍然知道他爱她,他能够不公正吗?什么是公正呢?郡主从来没有想到这个可怕的词:"公正。"人类一切复杂的法则,在她看来合成了一个简单而明白的法则——爱人与自我牺牲的法则,这是他为我们立下的,他带着爱而为人类受苦,他自己是上帝。别人的公正与不公正与她何干呢?她自己应该受苦、爱人,她这么做了。

安德来郡王冬间来到童山,他愉快、优雅、温柔,玛丽亚郡主好久没有看见过他如此。她预感到他发生了什么事情,但他没有向玛丽亚郡主说到任何关于自己爱情的事。在离家之前,安德来郡王和父亲长谈了什么,并且玛丽亚郡主注意到在离别之前两人彼此都不满意。

在安德来郡王走后不久,玛丽亚郡主从童山写信给她在彼得堡的朋友尤丽·卡拉根,和女孩们一向所梦的一样,玛丽亚郡主梦见她嫁给了自己的哥哥,而她这时因为她的哥哥在土耳其阵亡而服孝。

"悲哀似乎是我们共同的命运,亲爱温柔的朋友尤丽。

"你的损失是那么可怕,我只能向自己解释这是上帝的特恩,他想试验你——爱你和你高贵的母亲。

"啊,我亲爱的,宗教,只有宗教能够从失望中救出我们,虽然不能安慰我们的悲哀。只有宗教能够向我们说明,没有宗教的帮助,人便不能懂得为了什么目的,因为什么缘故,善良的、崇高的人们——他们能够在生活中寻得快乐,不仅不妨害任何人,而且是别人的幸福所必需的——被召回上帝那里,而留下邪恶的、无用的、有害的、拖累自己和别人的人们活在世上。我所看见的,永不会忘记的第一个死——我的可爱的嫂嫂的死——对我发生了那样的印象。正如同你问命运，为什么你的优美的哥哥要死，同样地我也问为什么天使莉萨要死，她不仅不向人做任何损害，而且在善良的思想之外，她心中从来没有过别的。你知道，我亲爱的，从那时起过了五年了。我带着不足道的智慧，已开始明白地懂得为了什么她要死，并且怎么样她的死只是造物者无限恩惠的表现，他的一切行为虽然我们大部分不了解，实际上只是他对于他的创造物无穷之爱的表现。我常常想，要她担负母亲的一切责任，也许她是太天使般的纯真了。做年轻的妻室，她是不可指责的，也许她不能够做同样的母亲。现在不仅她对我们，特别是对安德来郡王，留下了最纯洁的惋惜与记忆，且也许她在那里获得了我不敢为自己希望的地位。但不要单说到她，这个可怕的早死虽有全体的悲伤，对于我和哥哥却有最幸福的影响。那时，在她死时，这种思想是我想不到的，那时我要恐吓地赶走这种思想，但现在它是那么明白、无疑。我亲爱的，我把这一切写给你，只是为了要你相信福音书的真理，这成了我生活的原则。没有上帝的意志，人头上不会落下一根毛发。而支配他的意志的只是一种对于我们的无限的仁爱，因此无论我们发生的是什么，一切是为了我们的好。

"你问，我们是否要在莫斯科住这个冬天。虽然我极愿看见你，我却不想也不愿如此。你会诧异的，保拿巴特是这事的原因。原因在此：我父亲的健康显著地衰弱了，他不能忍受反对，脾气变大了。这种脾气，你知道，大都是对于政治的。他不能忍受这种思想，就是保拿巴特在平等的地位上对待全欧洲的君主们，特别是伟大的叶卡切锐娜女皇的孙子！你知道，我对于政治完全没有兴趣，但从我父亲口里,和他同米哈伊·依发诺维支的谈话中,我知道世界上所发生的一切,特别是给予保拿巴特的一切光荣,似乎在全世界只有童山方面不承认他是伟人,更不把他当作法国皇帝。我父亲不能忍受这种事情。我似乎觉得,我的父亲主要地因为他对政治的见解,并预见到他对任何人无拘束的表示意见的方法将引起冲突,不愿谈到赴莫斯科。他在治疗上所获得的一切,将因为不可免的关于保拿巴特的争论而丧失。无论如何,这事很快地可以决定了。

"我们的家庭生活进行如旧,只是哥哥安德来不在家,我已经给你写过,他近来很变了。在他的不幸之后,他只是现在,在今年,精神上完全复苏了。他变得如同小时候我知道的那样了:善良、温柔,具有金心和这一样的心,我还不曾知道过。我似乎觉得,他明白了他的生活并未完结。但随同这种精神的改变,在生理上他很软弱。他比从前更瘦,更神经质。我为他担心,并且高兴他做这次的国外旅行,这是医生早已向他说过的,我希望这可以治好他。你向我说,在彼得堡大家说他是最能干、最有教育、最聪明的青年之一。恕我这种家属的自负——我从来不怀疑这一点。不能细数他在那里对大家——从自己农奴直到贵族——所做的仁惠。到了彼得堡,他只取得他应得的。我诧异怎样从彼得堡传来莫斯科各种谣言,且特别是那种不确实的,如你向我所写的——关于我哥哥和年轻的罗斯托夫小姐臆测的订婚的谣言。我不以为安德来将娶任何人,特别是她。原因在此:第一,我知道他虽然很少提到亡妻,但这个损失的悲哀在他心中是太根深蒂固了,他不至于决定为她找继承人,为我们的小天使找继母。第二,因为,就我知道的,这个姑娘不是那些能够令安德来郡王欢喜的女子之中的。我不以为安德来郡王选了她做夫人,我坦白地说,我不愿如此。但我说得太多,写完第二页了。再会,我亲爱的朋友,愿上帝保佑你,在他的神圣万能的照顾下。我亲爱的友伴,部锐昂小姐吻你。

玛丽亚"

二十六

　　在夏天的当中，玛丽亚郡主接到安德来郡王从瑞士寄来的意外的信，在信中他向她说了奇怪的、意外的消息。安德来郡王说到自己和罗斯托夫小姐的婚约。他整个的信中含蓄着他对未婚妻的爱情的热喜，和他对妹妹的温柔的友情与信任。他写着，他从来没有像他现在这样地爱过，只是现在才懂得并认识生活。他请妹妹原谅他，因为在他到童山时，虽然他同父亲说过，却没有向她提及这个决定。他没有向她说到这个，因为玛丽亚郡主会请求父亲给他同意，并且没有达到目的，反会触怒父亲，而她将使自己负起他的不满的全部重压。不过，他信上说，那时候这事情还没有像现在这样彻底决定。"那时候父亲向我指定了时间：一年，现在指定的时间已经过了六个月——一半了,我较之从前更坚持自己的决定,假使不是医生留我在这里,在海上,我自己便回俄国了,但现在我的归期又不得不延迟三个月。你知道我,和我与父亲的关系。我不需要他的任何东西,我曾经并且永远要独立,但做事违反他的意志,在他也许与我们相处不久的时候,引起他的怒火,将破坏我一半的快乐。我现在写信给他说到同样的事,请你选择适宜的时间把信交给他,并且告诉我他对于这整个事情的看法,以及是否有希望:他同意缩短三个月时间。"

在长久的摇惑、怀疑、祈祷之后,玛丽亚郡主把信交给了父亲。次日,老郡王向她安宁地说:

"写信给你哥哥,要他等到我死了……不久了——我马上就要让他自由了……"

郡主想反驳什么,但父亲不许她说,并且声音渐渐地高起来。

"结婚,结婚,好孩子……好亲戚!聪明人,啊?有钱的,啊?是的。她要成为尼考卢施卡很好的继母!你写信给他,让他明天就结婚。她做了尼考卢施卡的继母,我要娶小部锐昂了……哈,哈,哈,他不能没有继母!只有一点,我的家里不再需要女子,让他结婚,住在他自己的家里,也许你也要到他那里去吧?"他对着玛丽亚郡主,"上帝保佑你,到霜里去,到霜里去……霜里去!……"

在这场怒火之后,郡王即不再说到这事。但他的压制的、对于儿子弱点的恼闷,表现在父亲对女儿的态度上。在从前的嘲笑借口之外又加上了新的——关于继母的和对部锐昂小姐爱情的话。

"我为什么不娶她呢?"他向女儿说,"她将成为优美的郡妃!"近来令她怀疑而惊异的,玛丽亚郡主开始注意到,她的父亲果然开始渐渐地接近法国女子。玛丽亚郡主写信给安德来郡王说她父亲接他信时的态度,但安慰了哥哥,给他希望,说父亲会同意这个主张。

尼考卢施卡及其教育,安德来和宗教,是玛丽亚郡主的安慰与喜悦;但此外,因为每人需要有个人的希望,玛丽亚郡主在自己心里的深奥处具有隐藏的梦想与希望,这供给了她生活中主要的安慰。这种安慰的梦想与希望是"神徒"给她的——他们是愚信的人和参圣者,瞒着郡王来看她。玛丽亚郡主活得愈久,她经历的、观察的生活愈多,她愈诧异人们的近视。他们在这里,在人世上,寻求喜悦与幸福;他们劳作、痛苦、争斗,互相作恶,为了达到这种不可能的、虚幻的、罪恶的幸福。"安德来郡王爱过他的夫人,她死了,他不仅如此,他想从另一个女子获得他的幸福。父亲不愿如此,因为希望安德来娶更有名望、更有钱的配偶。他们都争斗、受苦、烦恼,损害他们的心灵,永久的心灵,为了达到昙花一现的财富。不仅我们自己知道这个——基督,上帝的儿子,来到地上向我们说,这个生命是瞬间的生命,是试验,但我们仍然要保持它,并想在它当中寻找幸福。怎么没有人懂得这个?"玛丽亚郡主想,"没有人,除了这些被轻视的神徒,他们肩扛布袋从后面的阶梯上来看我,怕被郡王看见,不是为了避免受他磨难,而是为了不引他走入罪恶。丢开家庭、亲属与一切关于人世财富的思虑,为了不黏着在任何事情上,穿麻布的破衣,用假定的名字,游行各处,不向人们做坏事并为他们祈祷,为那些赶他们的人祈祷，为那些卫护他们的人祈祷：高于真理与生命，没有真理与生命！"

这一个女参圣者，费道修施卡，是一个五十岁、矮小、安静、麻面的女人，曾经戴链子赤足游行过三十年。玛丽亚郡主特别欢喜她。有一天，在黑暗的房间里，在孤灯的光下，当费道修施卡说自己的生活时，玛丽亚郡主忽然那么有力地想到，只有费道修施卡一个人找得了生命的真正道路，并且她决定了自己也去参谒圣地。当费道修施卡已去睡时，玛丽亚郡主久久考虑这个问题，最后决定了，无论这是多么奇怪——她必须去参谒圣地。她只把自己的计划告诉了一个忏悔者——阿金非神甫，这个神甫赞同了她的计划。在给女参圣者们礼物的借口下，玛丽亚郡主为自己预备了全部的女参圣者的服装：衬衣、草鞋、粗外袍和黑布巾。常常走到了秘密的抽斗前，玛丽亚郡主怀疑地站住，不知她执行计划的时间是否到了。

常常听着参圣的故事时，被他们简单的——对于他们是机械的，而对于她是充满深奥智慧的言语所兴奋，她几次准备抛弃一切，从家里跑出。在她的幻梦中，她已经看见自己和费道修施卡穿着粗布衬衣，带着挂杖与行囊在灰尘的道路上蹒跚着，做参圣的旅行，没有嫉妒，没有人世的爱，没有欲望，从这个圣地走到那个圣地，于是在最后的最后到了那里。在这里，没有悲哀，没有叹息，而有永久的喜悦与幸福。

"到了一个地方，我要祈祷，不待习惯了，欢喜了这个地方——又向前走。我要走，直到我的腿无力，我倒下来死在什么地方，我终于要走到那个永恒的、安静的领域，那是没有悲哀，没有叹息!……"玛丽亚郡主想。

但后来看见了父亲,尤其是幼小的考考,她的决心又变软弱了。她偷偷地流泪,并觉得她是有罪的,她爱父亲和侄儿甚于爱上帝。

第四部

一

《圣经》的传说说，工作的缺乏——懒惰——是第一个人在堕落前的幸福条件。对懒惰的爱好仍旧是在堕落的人的心中，但灾殃仍然压在人的身上，不仅因为我们必须带着脸上的汗去寻找面包，而且因为在我们道德的本质上，我们不能够懒惰而又安逸。一种内在的声音说，我们懒惰是有罪的。假使人能够找得一种情形，在这种情形中，他虽然懒惰，却觉得自己有用并且在尽自己的责任，他便将找得原始幸福的一方面。这种义务的、不可指责的懒惰，有一整个的阶级——军人阶级——在享受。革职的主要吸力是在且将来也在这种义务的、不可责的懒惰中。

尼考拉·罗斯托夫充分感觉到这种幸福，他在一八〇七年之后继续在巴夫洛格拉德团里服务，已指挥皆尼索夫的那个骑兵连。

罗斯托夫变成了直率的、慈善的人，他被莫斯科的朋友们当作粗人，但他受同僚、下属、长官的亲爱与尊敬，并且他满意自己的生活。近来，在一八〇九年，他常常在家信中发觉到母亲的怨诉，说家里金钱的情形是渐渐困难了，并且是他回家承欢并安慰年老双亲的时候了。

读这些信时，尼考拉觉得恐惧，他们要把他拖出那种环境，在这种环境里，他使自己隔离了一切人世纠纷，那么平静地安宁地生活着。他觉得他迟早又要回返到那种生活的漩涡：有事务的混乱与调整，有管家的账务，有争吵，有阴谋，有亲戚，有社交，有索尼亚的爱和对她的诺言。这一切是可怕的、困难的、复杂的。他用冷淡的、经典的法文回答母亲的信，开头：我亲爱的妈妈，结尾：你的顺从的儿子，却不提起他何时回家。在一八一〇年他接到家书，他们在信中告诉他娜塔莎和保尔康斯基的订婚，并说结婚将在一年之后，因为老郡王没有同意。这封信苦恼并侮辱了尼考拉。第一，因为他舍不得家里损失娜塔莎，他爱她甚于全家的人；第二，从他的骠骑兵观点看来，他可惜他没有躬逢此事，因为他要向这个保尔康斯基表示，和他结亲完全不是什么大光荣，并且假使他爱娜塔莎，他便可以进行而无需疯父亲的同意。他怀疑了一下，是否要告假去看订过婚的娜塔莎，但那时正要演习，又想到了索尼亚和纠纷，于是尼考拉又延期。但同年春天他接到母亲的一封信，这是瞒了伯爵写的，这封信说服了他回家。她写着，假使尼考拉不来家，不管理家务，则全部田产将拍卖，大家都要讨饭了。伯爵是那么软弱，那样信任德米特锐，并且那么仁慈,大家都那样欺骗他,一切是渐渐地变坏了。"为了上帝的缘故,我求你立刻来家,假使你不愿使我和你全家不幸。"伯爵夫人写着。

这封信感动了尼考拉。他那种中庸的常识,向他指示出什么是应该的。

现在应该回家了,即使不是退伍,也是告假。为什么应该走,他不知道;但饭后睡觉醒来时,他令人把灰色的马尔斯——他久未骑的,坏得可怕的马——套上鞍子,并在骑着汗马回住处时,他向拉夫路施卡(皆尼索夫留给罗斯托夫的马弁)和晚上来此的同事们说明他请假回家。他想起了这事便觉得困难而奇怪,就是他要走了,不待从司令部里知道(这是特别感觉兴趣的)他是否要升为上尉,或将因为最近的演习而获得圣·安娜勋章。他想起这事便觉得奇怪,就是他没有把三匹栗色马卖给高卢号夫斯基伯爵,关于这三匹马波兰的伯爵已同他做了谈判,而罗斯托夫打了赌要卖两千卢布。这似乎不可解,就是骠骑兵们没有他还能够为波兰的卜莎斯皆兹基小姐举行跳舞会,和那些为波兰的保绕索夫斯基小姐举行跳舞会的乌兰兵争风——但他知道他必须离开这个光明的、良好的世界,而去到那一切是无聊与混乱的地方。一星期后他的准假令来了,不仅是全团,而且是全旅的同事们给罗斯托夫饯别,每人摊十五个卢布——有两个音乐队奏乐,两个唱歌团唱歌。罗斯托夫和巴索夫少校跳了"特来巴克"舞。酩酊的军官们抬起、拥抱,又放下罗斯托夫。第三连的士兵们又抬起他一次,并大呼:"乌拉!"然后他们把罗斯托夫放上雪车,护送他到第一站。

这是常有的事,在道路的半程中,从克来明秋格到基也夫,罗斯托夫所有的思想仍然是在后边——在连里。但颠簸了一半路程之后，他已开始忘记三匹栗色马、他的曹长道饶伊维伊考，并开始不安地向自己问到奥特拉德诺的情形如何，他将在那里发现什么。他离家愈近，愈强烈地、极强烈地想到自己的家（好像精神上的情绪也服从那种吸力与距离平方成反比的定律）。在奥特拉德诺之前的最后一站，他给车夫三卢布酒资，并且如同孩子一样，喘息着跑到家里的阶层上。

在会面的热喜之后，在期望未能满足的一种奇怪情绪之后——一切还是一样，为什么我那么忙碌呢？尼考拉开始住在如旧的家庭环境中。父母还是如旧，只是老了一点。他们之间的新事情是某种不安，有时是意见不洽，这是从前没有过的，并且尼考拉立刻知道这是由于不振的家务。

索尼亚已经二十岁了。她不会长得再美，她不能再有更多的长处了，但这样也够了。自尼考拉回来后，她便充满了快乐与爱情，这个女子可靠的、坚固的爱情喜悦地感动了他。彼洽和娜塔莎最使尼考拉诧异。彼洽已是高人的、十三岁的、美丽的、愉悦的、聪明的、顽皮的孩子，他的声音已经破碎了。尼考拉对娜塔莎诧异了很久，并且笑着看她。

"你完全变了。"他说。

"怎么样，丑了吗？"

"相反，但多么威风，郡妃！"他低声向她说。

"是的，是的，是的。"娜塔莎喜悦地说。

娜塔莎向他说到自己和安德来郡王的恋爱故事，他到奥特拉德诺的访问,并出示了他最后的信。

"怎么样,你高兴吗?"娜塔莎问,"我现在是那么安宁、快乐。"

"很高兴,"尼考拉回答,"他是很好的人。怎么样,你恋爱很深吗?"

"怎么向你说呢?"娜塔莎回答,"我爱过保理斯、教师、皆尼索夫,但这次完全不同。我觉得安宁、坚决。我知道没有比他更好的人了。我现在是那么安宁、舒服,完全不像从前……"

尼考拉向娜塔莎表示了他满意婚期延迟一年。但娜塔莎猛烈地攻击哥哥,向他证明这是没有别的办法的,说违反父亲的意思而进入家庭中是不好的,说她自己愿意如此。

"你完全,完全不懂。"她说。

尼考拉沉默,同意了她。

哥哥看她时,常常诧异。她好像完全不像是一个与未婚夫分离的在恋爱中的女子,她气平、安静,完全和从前一样愉快。这使尼考拉诧异,甚至使他怀疑保尔康斯基的订婚。他不相信她的命运已经决定,尤其是因为他没有看见过她同安德来郡王在一起。他总是觉得在这个提议的婚事中有点什么是不对的。

"为什么延迟呢?为什么没有订婚礼?"他想。

有一次同母亲谈到妹妹,他觉得诧异并有一部分满意,他发现母亲在心底上也有同样怀疑地看这件婚事。

"这里他写的,"她说,给儿子看安德来郡王寄来的信,她带着那种潜隐的、恶意的情绪,这是母亲对于女儿未来结婚幸福所一向持有的,"他信上说,不会在十二月以前回来。是什么事情留住了他?

当然，疾病！健康很弱。你不要告诉娜塔莎。你不要看她愉快，她已到了最后的少女时期。我知道每次他的信来时，她是什么样子。"

"但无论如何，上帝赐许，一切都将美好，"她每次这么结束，"他是极好的人。"

二

在到家的初期，尼考拉是严肃的，甚至是无趣的。他必须过问这些愚笨的家务，这使他烦闷，他母亲就是为了这个要他回家的。为了赶快地从肩上卸下这个重负，在回家的第三天，他不回答他去何处的问题，愤怒地带着打皱的眉走到厢房去看德米特锐，向他要细账。这些细账是什么，尼考拉较之在恐惧与困惑中的德米特锐知道更少。德米特锐的谈话与账目没有经过很多时候。管事、代表和村书记在厢屋的前室里等候着，起初带着恐惧与满意，听到年轻伯爵的渐渐增高的声音在吼叫、在爆炸，然后又听到连续的、责骂的、可怕的话。

"强盗！下贱的畜生！我要斩狗……不是对爸爸……行抢……"云云。

然后这些人带着同样的满意与恐惧,看见年轻的伯爵脸色全红,眼睛充血,抓住德米特锐的领子,在言语间适当的时候用腿和膝盖敏捷地踢他的后边,并大叫:"滚走!恶棍,你的魂不准在这里!"

德米特锐对直飞下六级阶层,跑进树丛(这个树丛是奥特拉德诺犯人们有名的躲避处。德米特锐自己从城里醉酒归来时便藏在这个树丛里,并且奥特拉德诺的许多人知道了这个树丛的拯救力,在这里躲避德米特锐)。

德米特锐的妻子和姨子带着惊悸的脸从房间的门里伸头向门廊处看,房里煮着一个清洁的茶炊,有管家的一张高的床,上面铺了一床拼凑的什锦被。

年轻的伯爵气喘着,没有注意她们,用坚决的脚步走过她们的身边,进了屋里。

伯爵夫人立刻出于女仆而知道了厢屋里所发生的事,一方面觉得心安,就是他们的家境应该转好了;另一方面觉得不安,就是他的儿子将如何忍受这件事情。她几次踮脚走到他的门口,听见他一袋又一袋地吸烟。

第二天,老伯爵把儿子叫到一边,带着羞怯的笑容向他说:"你知道,我亲爱的,你空发火了。德米特锐向我说了一切。"

"我知道了,"尼考拉想,"我在这里,在这个愚蠢的世界里,绝不会明白任何东西。"

"你发火他没有登账那七百个卢布。你知道它们写在复页上,你没有看另一页。"

"爸爸,他是恶棍和贼,我知道。做了的,做过了。但假使你不愿意,我便什么也不向他说了。"

"不是,我亲爱的。"伯爵慌乱了。他觉得,他没有管理好夫人的田庄,并且对不起子女们,但他不知道如何纠正这个。"不是,我请你管事情,我老了,我……"

"不,爸爸,假使我对你做了什么不悦意的事,请你原谅我,我知道的比你少。"

"鬼谴他们,这些农奴们、财务和复式簿记。"他想。"牌账我是会算的,但对于复式簿记——什么也不懂。"他向自己说,并且从那时起不再过问家事。只有一天伯爵夫人把儿子叫到面前,向他说,她有安娜·米哈洛芙娜两千卢布的期票,并且问尼考拉,他想怎么处置这笔钱。

"好吧,"尼考拉回答,"你向我说,这件事决定在我。我不欢喜安娜·米哈洛芙娜,我不欢喜保理斯,但他们是我们的朋友,而且穷,我就是要这么做。"于是他撕掉这张期票,这行为使老伯爵夫人流出了欢喜之泪。此后,年轻的罗斯托夫已不再过问任何事务,带着热烈的情绪,忙着新鲜的打猎的事情,这在老伯爵家有大规模的设备。

三

已有冬意了，晨冰坚硬了浸秋雨的土地。草已变色，并且明绿地对比着发棕色的、牛踏的、冬麦的田和淡黄的、夏麦的余孽和红色的荻麦的田。高地与树林，在八月还是黑色冬麦田与休耕田间的绿岛，现在成了明绿的冬麦田中金色的、鲜红的岛。兔子已经换了一半毛，小狐狸开始出走，小狼已比狗大，是最好的打猎时候。热心的、年轻的猎人罗斯托夫的犬不仅长成了打猎的身材，而且那么整齐，在猎人们会议中决定了给群犬休息三日，并在九月十六日出发，从橡林中开始，这里有未被猎取过的小狼。

九月十四日的情形是如此。

一整日猎队都在家里。天气结冰而寒冷，但晚间天上有云并且化冰了。九月十五日晨，当年轻的罗斯托夫穿着睡衣向窗外看时，他看见了这样的早晨，对于打猎不能有再好的天气了：天好像在融化，向地下沉落，并且没有风。空气中唯一的运动是从上向下的微小水点或雾点的柔软运动。在花园的空枝上挂了透明的水点，滴在新落的叶子上。菜园的土地好像罂粟，闪烁发黑，并且在不远的距离中和溟蒙的、潮湿的雾幕相混合。尼考拉出去走到潮湿的有泥的阶层上：闻到枯树与狗的气味。黑色的、宽臀的雌狗米尔卡，有大、黑、突出的眼睛，看见了主人，站起来，伸出后腿，躺下如兔，然后忽然跃起，舔他的鼻子和胡须。另一只狼狗，在花园的径道上看见了主人，曲起脊背，直奔到阶层上，竖起尾巴，开始在尼考拉腿上摩擦。

"呵—哦"！这时传来了那种不可仿效的猎人的呼唤声，这声音混合了最深沉的低音和最尖锐的次中音。从角落上走出了管狗的猎人大尼洛，头发剪成乌克兰式，是一个灰发的、打皱的猎人，手里执着一根弯曲的鞭子，带着自立与轻视世间一切的表情，这只是猎人才有的。他在主人面前取下切尔开斯式的帽子，并轻视地看他。这种轻视对于主人不是侮辱：尼考拉知道，这个轻视一切、高过一切的大尼洛仍然是他的家人和猎人。

"大尼洛"！尼考拉说，羞怯地觉得，看到这种打猎的天气、这些狗和猎人，他已被那种不可抵抗的打猎情绪所支配，在这种情绪里人忘记他一切从前的计划，正似一个在恋爱中的人看见了他的情妇。

"吩咐什么，大人？"执事长般的、因呼唤而沙哑的低音问他，两只黑色的明亮眼睛从眉下俯视沉默的主人。这两只眼睛好像是说："怎么，忍不住了吗？"

"好天气，呵？骑马，打猎，呵？"尼考拉说，搔米尔卡的耳朵后边。

大尼洛未回答，并眨眼睛。

"派了乌发尔卡天亮时去听，"在短时的沉默后，他的低音说，"他说，它移到奥特拉德诺围地里去了，在那里咆哮。"（它移去，意思是他们俩所知道的一只母狼，带了小狼进了奥特拉德诺的森林，这里离家两里，是一个小猎地。）

"可以去吗？"尼考拉说，"同乌发尔卡到我这里来。"

"听你吩咐！"

"那么现在不要喂了。"

"听到了。"

五分钟后，大尼洛和乌发尔卡站在尼考拉的大房间里。虽然大尼洛身材不高，但在房间里看他，却发生那样的印象，好像是看一匹马或一只熊站在地板上，在家具与人类生活环境中。大尼洛自己感觉到这一点，照常地站在门边，企图说话更加低声，不移动，以免破坏主人房间里的什么，并企图赶快地说出一切，走出户外，从天板下走出到天空下。

完结了问话，问知了大尼洛的意见，就是狗皆没有问题（大尼洛自己也想出去），尼考拉命人备马。但大尼洛正要走出时，娜塔莎没有梳头，披了保姆的大衣服，跑了进来，彼洽和她一同跑进来。

"你去吗？"娜塔莎说，"我晓得了！索尼亚说你不去。我知道，今天这样的天气，不能不去的。"

"我们去，"尼考拉勉强地回答，因为他今天有意做严重的猎事，不愿带娜塔莎和彼洽,"我们去,但只是打狼,你觉得乏味的。"

"你知道,这是我最大的乐事,"娜塔莎说,"这是不好的——你自己去,叫人备马,一句话不通知我们。"

"'一切阻挡对俄国人都是空。'我们去!"彼洽大叫。

"但你知道你不能去,妈妈说的,你不能去。"尼考拉向娜塔莎说。

"不行,我要去,一定要去。"娜塔莎坚决地说。"大尼洛,叫人替我们备马,叫米哈益洛把我的狗带来。"她向猎人说。

在房间里,这似乎对于大尼洛是不宜的、厌烦的,但和小姐有什么事情——对于他似乎是不可能的,他垂下眼睛,赶快走出,好像这事与他无关,企图不要偶然地损伤了小姐。

四

老伯爵一向具有大规模的打猎设备,现在把这一切交给了儿子管理。这天,九月十五日,他觉得愉快,自己也准备出去。

一小时后,全部的猎队都在阶层上了。尼考拉带着严厉的、庄重的神情,表示现在无暇过问总事,走过了向他说话的娜塔莎与彼洽面前。他检查了猎队的各部分,派了一群猎犬和几个猎人先去截后路,坐上栗色马,向他的群犬呼唤着,从打谷场进至通达奥特拉德诺围地的田亩上。老伯爵的马,栗色的阉马,叫作维夫良卡,由伯爵的马弁牵着,他自己要坐车一直去到保留给他的地点。

全部的猎犬是五十四头,由六个管狗的人率领着。在主人之外,猎人是八个人,在他们后面有四十多条狼犬奔跑着,所以连同主人的狗,共有一百三十条狗,二十个骑马的猎人。

每只狗知道它的主人和自己的名字,每个猎人知道自己的任务、地点和指定的工作。刚刚走出了篱垣,大家便都没有了杂声与谈话,韵律地、安静地展开在通达奥特拉德诺森林的道路和田亩上。

马匹走在田畴上如在柔软的厚毡上,在过路的时候偶尔蹈在水洼里。迷雾的天继续不觉地、规律地向地面下坠,空气安静、暖和、无声,只偶尔听到猎人的呼唤声、马喷鼻声、抽鞭声或走错地位的狗叫声。

在他们走过一里路时,从雾里又出现了五个骑马的人和群犬,迎接罗斯托夫家的猎队。前面的是一个活泼美丽的、有灰大胡须的老人。

"你好,伯伯。"尼考拉在老人走近他时说。

"前进,好极了……我知道的,"伯伯说(这人是一个远亲,罗斯托夫家的不富的邻人),"我知道的,你不能忍耐,很好,你出来了。前进,好极了(这句话是伯伯的口头禅)!立刻到围地里去,我的给尔其克向我说,依拉根家的人带了猎犬在科尔尼基,他们要在你面前打小兽。前进,好极了!"

"我也是到那里去。怎样,把狗混在一起吧?"尼考拉问,"合在一起……"

猎犬合成了一群,伯伯和尼考拉并排而行。娜塔莎裹着围巾,在巾下可以看见活泼的、有炯炯眼睛的脸。她奔驰到他们面前,她伴随着不离她的彼洽和米哈益洛——一个猎人和骑手,他奉命照顾她。彼洽笑着什么,鞭打并勒住他的坐骑。娜塔莎伶俐地、确信地坐在黑马阿拉不其克上，不费力地用手勒住了马。

伯伯不赞同地盼顾了一下彼洽和娜塔莎，他不欢喜把儿戏和严重的打猎混在一起。

"伯伯，你好，我们也去！"彼洽大叫。

"你好，你好，但不要踏到狗身上去了。"伯伯严厉地说。

"尼考林卡，特路尼拉是多么好的狗啊！它认识我。"娜塔莎说到她心爱的猎犬。

"第一，特路尼拉不是狗，是狼狗。"尼考拉想，并且严厉地看妹妹，企望使她觉得他们之间这时候所隔的距离。娜塔莎懂得了这个。

"伯伯，你不要以为我们会妨碍什么人，"娜塔莎说，"我们要停在自己的地方不动的。"

"好极了，伯爵小姐。"伯伯说，"只是不要从马上跌下来，"他添说，"不然便骑不上了——前进，好极了！"

奥特拉德诺的林地出现在一百沙绳以外，管狗的已走到那里。罗斯托夫最后和伯伯决定了从什么地方放狗，并且向娜塔莎指定了她站立的地方，这里绝不能有什么东西跑过，他从后边向山坡上去。

"唉，侄儿，你搁住母狼，"伯伯说，"当心不要它滑脱了。"

"看情形如何吧。"罗斯托夫回答。"卡拉伊，啡咿！"他喊叫，用这个喊声回答伯伯的话。卡拉伊是一只老的、丑的、泥色的猎犬，它因为单独攻击母狼而出名。一切都布置就绪。

老伯爵知道儿子的打猎热情，忙着不要迟缓。管狗者还未及达到地点。依利亚·安德来维支伯爵带着愉快、红润、打战的腮，乘了黑马的车,已从绿畴上赶到给他的地点,理好了皮袄,穿上猎裙,骑上光润、饱满、安静、良善和他一样变灰色的维夫良卡。马和车子送回去了。依利亚·安德来维支伯爵虽然不是精干的猎人,但很知道打猎的规则,他走进树林的边际,站在那里,理好缰绳,在鞍上坐稳,并且觉得自己准备好了,笑着回顾。

在他的后边站立着他的侍随塞明·切克马尔,他是一个腐朽的老骑手。切克马尔牵着三条猛狗,但它们是和主人及马同样的肥胖的狼狗。两条伶俐的老狗躺卧着,没有皮带。在一百步外,在树林的边际,站立着伯爵的另一仆人米威卡,一个极莽的骑手和热心的猎人。伯爵按照旧习惯,在打猎之前饮了一银杯猎家香料白兰地酒,吃了点食物,并饮了半瓶他心爱的葡萄酒。

依利亚·安德来维支伯爵为酒食而有点脸红,他的眼睛上蒙了水气,特别明亮,他理着皮袄,坐在鞍上,有小孩子准备散步的神情。

瘦的、瘪腮的切克马尔做完了自己的事情,看着主人,他和他心心相投地住了三十年,并且明白他的悦意心情,等候着快意的谈话。还有第三个人小心地(显然他受到了警告)从树林里边骑马出来,停在伯爵的身后。这人是一个灰胡须的老人,穿女人的袍子,戴高尖帽。他是小丑那斯他斯亚·依发诺夫那。

"哎,那斯他斯亚·依发诺夫那,"伯爵说,并向他眯眼,"你只要把兽吓走,大尼洛会给你的!"

"我自己……有胡子了。"那斯他斯亚·依发诺夫那说。

"施……"伯爵发出禁言声,并转向塞明。

"看见娜塔丽·依苏尼施娜吗?"他问塞明,"她在哪里?"

"她和彼洽站在若罗夫的蒿草后边,"塞明笑着回答,"虽然是小姐,却很欢喜打猎。"

"啊,塞明,你惊奇她骑马……啊?"伯爵说,"就是男子也不过如是!"

"怎能不惊奇呢?勇敢,伶俐!"

"尼考拉在哪里?骑马在利亚道夫冈子上,是吗?"伯爵仍然低声问。

"正是。他晓得站在什么地方。他那样会骑马,我和大尼洛有时候惊异他。"塞明说,知道如何讨好主人。

"骑马很好,啊?马术怎么呢,啊?"

"就同图画一样!那天他那样地在萨发尔生斯基的草丛里赶出了狐狸。他跳过水沟,好看极了——马要值一千卢布,骑马的人是无价的。这样的人是不容易找的!"

"要找……"伯爵重复,显然可惜塞明的话结束得太早了。"要找。"他说,打开皮袄的一边,探取鼻烟壶。

"有 天,他们带了全副勋章从弥撒里出来,米哈伊·谢道锐支……"塞明没有说完,清晰地听到寂静空气中传来的犬跑声和两三条犬嘶声。他偏了头,谛听,并沉默地向主人伸手指做警告。"他们找到小兽了……"他低声说,"正对直到利亚道夫冈子上去了。"

伯爵忘记了收拾脸上的笑容,顺着林间小径向前看去,手拿鼻烟壶,没有闻。在犬吠声后,听到了唤的声音,这是大尼洛的低音的号角发出来的。群犬合并到最前面的三条狗里,听到了猎犬的大叫声,带着那种特别的嘶声,这嘶声是它们追狼的表示。管狗的人已不呼唤,却在叫"鸣啦啦啦"。时而低沉、时而尖锐的大尼洛的声音压倒了一切的声音,大尼洛的声音好像是充满了整个的森林,越出了森林,而远达田野。

沉默地静听了几秒钟,伯爵和他的侍从相信猎犬分成了两群:大的一群吠声特别热烈,向远处而去;另一群顺着森林从伯爵面前经过,在这一群中听到了大尼洛的鸣啦啦声。两群的声音相合,又分开,又都走远。塞明叹气,弯下腰,理皮带,一条小狗绊在皮带里了。伯爵也叹气,注意到手里的鼻烟壶,将它打开了,捏取了一撮。

"退后!"塞明向走出树林之外的狗子大声叫。伯爵颤了一下,掉下了鼻烟壶。那斯他斯亚·依发诺夫那下了马,开始拣拾。

伯爵和塞明看他。忽然——这是常有的事——追逐的声音立刻靠近了,好像猎犬叫吠的嘴和大尼洛的鸣啦啦正在他们的前面。

伯爵环顾,在右边看见了米戚卡,他用睁大的眼睛看伯爵,他举起帽子,指示前面的另一边。

"当心!"他用那样的声音说,显然这话已经纠缠了很久要他说出。放出了狗,他向伯爵面前跑去。

伯爵和塞明从树林中驰出,在左边看见了一只狼,这只狼柔软地摆着,轻轻地跑着进了左边他们所站过的树丛。愤怒的狗嘶鸣,并脱出了皮带,从马蹄下向狼奔去。

狼停止了奔跑,笨拙地好像一个害喉管炎的人,向群狗掉转宽额的头,并照旧柔软地摆着,跳了一次又一次,摆了尾巴,藏进林中。同时,从对面的树丛中,慌乱地跑出一条、两条、三条猎狗,带着如同号哭的吠声,于是全体的狗跑过田野,向着狼跑过的地方跑去。在群狗的后边,矮胡桃树分开了,大尼洛的棕色的、因淌汗而发黑的马跑了出来。大尼洛骑在它的长脊背上,躬着背,向前歪着,没有帽子,灰色的、散乱的发披在红润的淌汗的脸上。

"呜啦啦啦,呜啦啦啦!……"他叫。当他看见伯爵时,他的眼睛闪了一道电光。

"日……"他叫,用举起的鞭子威吓伯爵。

"让……狼走了……好猎人!"好像不愿再向窘迫的、惊惶的伯爵多说话,他带了他对于伯爵的大怒,鞭打了棕马的潮湿下坠的肚旁,追赶着猎犬。伯爵好像一个被处罚的人,站立盼顾着,企图用笑容引起塞明同情他的地位。但塞明已经不在了,他已绕过树丛,去拦阻狼入禁林。在两边也有许多猎犬同样地在跑着。但狼走进了树丛,没有一个猎人挡住了它。

五

尼考拉·罗斯托夫这时候站在自己的地方,等候野兽。凭犬奔的远近,凭他所熟悉的许多猎狗的声音,凭管狗的人远近及高声,他感觉到林中所发生的事情。他知道在这个林中有子狼与母狼;他知道猎犬分成了两批,有一处在追逐了,并且有什么事情弄坏了。他在自己的这边时时等候着野兽。他做了一千种假定,野兽将如何并从何方跑来,他将如何去追赶。希望变成了失望,他几次向上帝祷告,要狼跑到他这里来,他带着那种热情的、懊悔的感觉做祷告。人们因为琐屑的原因而有强烈的兴奋时,便带着这种感觉做祷告。"呶,"他向上帝说,"为我做这件事,费你什么呢?我知道,你伟大,向你求这个是有罪的;但为了上帝的缘故,你做吧,把母狼引到我面前来,让卡拉伊在伯伯的面前——他从那里向这里看——咬住它的喉管，咬死它。"在这半小时内，罗斯托夫有一千次用固执的、紧张的、不安的目光察看在白杨之上有两棵橡树林边际，有斜壁的山谷和右方矮树那边露出来的伯伯的帽子。

"不，这个幸福是不会有的，"罗斯托夫想，"但费你什么呢！不会有，我总是在牌上，在战争上，在一切上都不幸。"奥斯特里兹和道洛号夫都明确地但迅速变换地闪现在他的想象中。"只要一生当中有一次打到一只母狼，我便不再希望别的东西了！"他想，集中着视听，向左方盼顾，又看右方，并注听着低微的猎声。他又看右方，看见空旷的田地上有什么东西向他迎面跑来。"不是，这是不可能的！"罗斯托夫想，深深叹气，好像一个人在他久所期待的东西实现时那么叹气。发生了伟大的快乐——且那么简单，没有声音，没有光色，没有记号。罗斯托夫不相信自己的眼睛，这个怀疑经过一秒多钟。狼向前跑，困难地跳过路上的沟。

这是一只老狼，有灰脊背和饱满的红肚子。它从容地跑着，显然相信没有人看见它。罗斯托夫屏气地看狗。狗皆躺着，站着，没有看见狼，什么都不懂。老卡拉伊转过头来，龇出黄牙齿，愤怒地寻找狗蚤，用牙齿咬后腿。

"呜啦啦啦！"罗斯托夫噘起嘴唇，低音唤。狗都摇动了铁环，跳了起来，耸起耳朵。卡拉伊搔过它的后腿，站起来，耸起耳朵，轻摇尾巴，尾上悬了毛簇团。

"放呢？不放呢？"尼考拉向自己说，这时狼已离开树林，向他走近。忽然狼的面容全部改变了：它头抖了一下，看到了大概它从未看见过的人，眼睛向它看着，于是微微地把头转向猎人，站立住——退还是进？哎，都是一样，进！……它似乎向自己说，并且前进，已不环顾，带着柔软的、迟缓的、自由的但坚决的动作。

"呜啦啦……"尼考拉用不像自己的声音叫唤。他的良马自动地直向山下冲去，跳过水沟，横截狼的去路。群犬跑得更快，追赶着马。

尼考拉没有听到自己的声音，没有觉得自己在跑，没有看见群犬，没有看见他在跑的地方。他只看见狼，狼加快了步子，不变方向，朝山坳奔去。最接近野兽的是黑色宽臀的米尔卡，它开始靠近野兽了。更近，更近……它赶上它了。但狼侧视它，米尔卡不像从前一样去攻击，却忽然竖起尾巴，开始立定在它的前腿上。

"呜啦啦啦！"罗斯托夫喊叫。

红色的刘比姆，从米尔卡的后面跳上前，向狼直扑，咬住了它的后腿，但立刻又惊恐地跳到另一边。狼蹲伏，龇出牙齿，又起来，向前跑，隔着一阿尔申（约二点二中尺——译）的距离，跟随了全部的狗，都不接近它。

"要走开了！不行，这不可能！"尼考拉想，继续用沙声音喊叫。

"卡拉伊！呜啦啦！"他喊叫，寻找老狗，他唯一的希望。

卡拉伊用了全部的老劲，尽可能地伸直身躯，看着狼，费力地跑到旁边，横截狼。但由于狼的运动迅速和狗的运动迟缓，卡拉伊的打算是错了。尼考拉已经看到那个树林在他面前不远，狼若跑到那里便一定会逃脱了。但狗和猎人在前面出现了，几乎是迎面而来，还有希望。尼考拉不认识的、一条年幼的长狗在前面向狼直扑，几乎把它撞倒。狼意外地迅速立起来，向小猎犬冲去，龇了牙齿——流血的、头被撞破的狗尖锐地叫着，以头撞地。

"卡拉伊！老人！……"尼考拉哭了。

老狗带着后腿上纠结的毛簇，因为这一延迟，横挡了狼的路，离它只有五步了。好像是感觉到危险，狼也看了看卡拉伊，把尾巴更向腿当中夹，加快了跑步。但那时——尼考拉只看见卡拉伊所发生的事——它立刻咬在狼身上，和狼在它们前面的水沟里滚成一团。

那时候，当尼考拉看见了在水沟里和狼斗的群犬，犬下面狼的灰毛，它伸直的后腿，紧贴的耳朵和惊惶的、喘息的头（卡拉伊咬住了它的颈子）。这时候，当尼考拉看见了这情形时，是他生活中最快乐的时候。他已抓住鞍桥，要下马斩狼，但忽然在狗群之间野兽的头伸上来，然后它的前蹄在水沟边上。狼磨牙（卡拉伊亦未咬住它的颈子），用后腿跳出水沟，夹着尾巴，又跑开了群狗，向前移动。卡拉伊带着竖起的毛，大概是受损害或受伤了，困难地从水沟里爬出。

"我的上帝！为什么呢？……"尼考拉失望地喊叫。

伯伯的猎人从另一边驰马而来横截狼的道路，他的狗又止住了野兽，又将它围了起来。

尼考拉、他的仆人、伯伯和他的猎人，追赶野兽，呜啦啦着，喊叫着，每次在狼后蹲时便准备下马，每次在狼振作起来向树林里——这里可以救它——移动时，便又向前跑。

在这次追赶的开始，大尼洛听到呜啦啦声，便已从森林的边际跑出。他看见了卡拉伊咬住了狼，于是止住了马，以为事已结束了。但在猎人们没有下马而狼振作起来,又逃跑时,大尼洛驰动他的棕马,不向狼跑去,而对直向森林跑去和卡拉伊一样——横截野兽。由于这个方向,在伯伯的群犬第二次止住狼时,他跑到了狼那里。

大尼洛沉默地驰奔,左手执着出鞘的刀,用鞭子打棕马的凸出的旁边,好像用连枷。

尼考拉直到喘息的棕马从他身边走过时,才看见大尼洛,他听到了身体落地的声音,并看见了大尼洛在群犬的当中伏在狼的背上,企图抓住狼的耳朵。显然对于狗,对于猎人,对于狼,现在一切都完结了。野兽惊惶地贴了耳朵,企图起来,但群狗咬住了它。大尼洛站了起来,跟跄了一步,好像是要躺下来休息,把全身滚在狼身上,抓着它的耳朵。尼考拉想斩,但大尼洛低声说:"不要,我们来捆。"于是换了地位,他把脚踏在狼颈子上。他们在狼嘴里放进了一根棍棒,绑紧,好像是用皮条加缰勒,又捆绑了蹄子。大尼洛把它从这边向那边摆宕了两下。

他们带着快乐的、疲乏的面孔,把活的母狼压在惊吓的、嘶鸣的马背上,随带着向狼吠叫的群犬,他们把狼带到大家应当聚合的地方。狼犬捕获了两只小狼,提犬捕获了三只。猎人们带了捕获物与谈论聚到一起。大家都来看母狼,它垂着宽额的头,口里衔着木棍,用大的、玻璃的眼睛看所有的这一群环绕它的狗与人。当他们触动它时,它挣动着被缚的腿,凶野而同时简单地看大家。依利亚·安德来维支伯爵也来摩弄狼。

"噢,多大的母狼!"他说。"母狼啊?"他问站在旁边的大尼洛。

"是母狼,大人。"大尼洛回答,赶快地脱了帽子。

伯爵想起了他所放走的狼和他同大尼洛的冲突。

"但,弟兄,你发火了。"伯爵说。

大尼洛什么也未说,只羞惭地露出小孩子般温和的、可爱的笑容。

六

老伯爵回家了。娜塔莎和彼洽答应了立刻回家。猎队更向前行,因为还早。在中午,他们把猎犬放进长着密的小树林的山谷里。尼考拉站在一块休耕田上,看见了他全部的猎人。

在尼考拉的对面是绿田,他的一个猎人站在那里,单独地在矮胡桃树的后边的坳子里。刚刚放了那些猎狗,尼考拉便听到他所识别的一条狗——弗托尔思——的间断的声音。别的许多狗和这条狗合到一起,时而沉默,时而又吠。片刻之后,从山坡送来追赶狐狸的声音,全体的狗合到一起,在空地上追赶,向着尼考拉对面的绿田地上跑去。

他看见了驰骋的管狗人戴着红帽子在长着树的山谷边,甚至看见了群狗，并时时期待着，在那边，在绿畴上，出现狐狸。

　　站在坳子里的猎人移动了，并放出群犬。尼考拉看见了一只红的、低矮的、奇怪的狐狸，它散开尾巴，匆忙地在绿畴上奔跑，群犬追赶它。现在它们靠近狐狸了，现在狐狸在它们当中兜圈子，更快地兜着圈子，在它的四周拖着散开的尾巴。现在一条白狗飞来，在它后边是一只黑的，一切混杂在一起了。群狗不动，头聚在一起，后部分开着向外，好像一颗星。有两个猎人跑到群狗那里，一个戴红帽，另一个陌生的穿绿色上衣。

　　"这是怎么回事"？尼考拉想，"这个猎人从哪里出来的？他不是伯伯的人。"

　　猎人们打到了狐狸，站立好久，没有转身。带着凸出的鞍子的群马站在他们的旁边，狗皆躺着。猎人们摇动手臂，对狐狸做了什么。从那里发出号角声——这是议定的争执的信号。

　　"这是依拉根的猎人和我们的依凡有了争执。"尼考拉的仆人说。

　　尼考拉派了仆人去召他的妹妹和彼洽，并骑马慢步走到管狗人所聚集的地方。有几个猎人跑到了发生争执的地方。

　　尼考拉下了马，和骑马来到的娜塔莎及彼洽站在群狗的旁边，等候人来报告事情解决的经过。争执的猎人在马鞍上带着狐狸从矮树后边走出，来到年轻的主人面前。他远远地脱下了帽子，企图恭敬地说话。但他脸发白，喘气，脸上有怒容。他的一只眼睛被打伤了，但他也许不知道这个。

　　"你们那里发生了什么？"尼考拉问。

　　"啊，他要杀死我们的狗追到的狐狸！我的鼠色的狗抓住的。去审判我吧……他抢狐狸！我用狐狸打了他一下子。它在这里，在鞍子上。你要这个吗？"猎人说，指着猎刀，大概是以为他还在和仇人说话。

尼考拉没有同猎人说话，要妹妹和彼洽等候他，他去到敌人依拉根的猎队所在的地方。

那个胜利的猎人骑入猎人的团体，在那里，在同情的好奇的人群中说他自己的功绩。

事实是如此，就是依拉根和罗斯托夫家有了争执并且涉讼，他打猎的地方按照习惯是属于罗斯托夫家的，现在似乎他有意派人来到罗斯托夫家里打猎的山谷，并允许了他的猎人抢夺别人家猎狗的东西。

尼考拉从未见过依拉根，但因为在他的判断与情绪中向来没有过中庸之道，由于听说这个地主的好事与刚愎，他满心怀恨他，并认为他是最大的仇人。他现在愤怒地、兴奋地骑到他面前，紧握着鞭子在手里，完全准备了对于他的仇人做最坚决、危险的行为。

他还未骑过森林的高地，已看见一个向他迎面而来的肥硕的绅士，戴獭皮帽，骑美丽的黑马，带着两个仆人。

代替仇人的是尼考拉发现依拉根是一个庄严的、有礼貌的人，特别愿意结识年轻的伯爵。走近了罗斯托夫，依拉根拿起獭皮帽，说他很惋惜这件事情；说他已命人处罚那个夺取别家狗子的猎物的人，要求和伯爵结识，并将自己的猎地给他用。

娜塔莎怕她的哥哥做什么可怕的事情，兴奋地骑马跟在他身后。看到敌人们友善地施礼，她骑到他们面前。依拉根在娜塔莎面前把獭皮帽举得更高，悦意地笑着，并说凭了她对于打猎的热情，凭了他久闻的她的美丽,伯爵小姐是一个蒂阿娜(女神——译)。

依拉根为了掩饰他的猎人的过失,坚持要求罗斯托夫到他的高地上去,它在一里之外,是他为自己保留的。据他说,这里有很多兔子。尼考拉同意了,于是加大了一倍的猎队,向后移动了。

要到依拉根的高地,须走田亩上。猎人们走成一线,绅士们走在一起。伯伯、罗斯托夫、依拉根都偷看别人的狗,企图不被别人看见,并且不安地在这些狗里寻找自己狗的敌手。

依拉根的狗群中有一条小纯种、瘦而有钢肌、美鼻、凸出的黑眼、长相美丽的红花狗,特别感动了罗斯托夫。他听说过依拉根的狗的灵活,在这个美丽牝犬身上他看到了他的米尔卡的敌手。

在依拉根所引起的关于今年收成的镇静的谈话当中,尼考拉向他指示了红花狗。

"你这条狗很好!"他用无心的语气说,"灵活吗?"

"那个吗?是的,是一条很好的狗,能捕获东西。"依拉根用淡漠的声音说到他的红花的叶尔萨,这是他在一年前用三个奴隶的家庭换来的。"所以你们不夸口他们打谷了,伯爵。"他继续已经开始的话,认为礼该向年轻的伯爵回答同样的话。依拉根看了他的狗,选择了米尔卡,它的宽臀引起他注意。

"你这条黑花狗很好——很好!"他说。

"是的,很好,会跑。"尼考拉回答。"只要有一只母兔子跑到田地上来,我便让你看,它是多么好的狗!"他想,并转过身向用人说,他要给那个找到兔子的人一个卢布。

"我不懂,"依拉根继续说,"怎么别的猎人们嫉妒野兽和狗。我向你说我自己的事情，伯爵。你知道，我喜欢骑马，和这样的人骑马……还能有更好的事吗？"他又对娜塔莎脱獭皮帽子，"但这个，计算兽皮，获得多少我都不在意！"

"呶，是的。"

"我也不愤慨，别人的狗捕获了，我的狗没有——我只爱看打猎，是不是，伯爵？因为我认为……"

"噢呵——呵。"这时听到了停止的管狗人之一的冗长的叫声。他站在麦田冈子上，举起鞭子，又重复了冗长的声音："噢呵——呵！"这个声音和举鞭，表示他看见前面有一只躺着的兔子。

"好像他发现了，"依拉根无心地说，"好，我们去捕，伯爵！"

"是的，应当去……但——怎么，一起吗？"尼考拉回答，看着叶尔萨和伯伯的红毛如加伊，这两个敌手，他从来不曾用他的狗比较过。"它们要胜过我的米尔卡吗？"他想，和伯伯及依拉根并排着到兔子那里去。

"母兔吗？"依拉根问，走近发现兔子的猎人，并非不兴奋地环顾着，并唤着叶尔萨……

"你，米哈伊·尼卡诺锐支？"他向伯伯说。

伯伯皱眉向前走。

"要我说什么，你的——前进，好极了——你用村庄买狗，你们的狗值几千。你们试验你们的狗，我来看！"

"如加伊，哪，哪！"他喊叫。"如加尤施卡！"他添说，不觉地用这亲爱称谓表示出他的温柔和他对于这个红狗的希望。娜塔莎看见并且感觉到这两个老人和哥哥的隐藏的兴奋，她自己也兴奋了。

猎人举着鞭子站在冈子上，绅士们慢步骑马走近他。在地平线上走动的猎犬都离开了兔子，绅士以外的猎人们也走开了。一切动作迟缓、镇静。

"头对哪边？"尼考拉问，骑马走了一百步，走到发现兔子的猎人那里。但猎人还不及回答，兔子感觉着明天早晨将有的冷意，不躺着，却跳起。有皮带的群犬吠着，向山下追赶兔子；没有皮带的提犬都从各方面向猎犬或兔子奔去。所有的动作迟缓的管狗者叫着"停住！"，集合着狗子。猎人们叫着"噢——呵"，指导着狗子——都在田地上奔跑。安静的依拉根、尼考拉、娜塔莎和伯伯皆飞驰，不知道如何跑及何处去，只看见狗和兔子，只怕有一刹那看不到这个追逐。兔子是一只灵活的母兔，它跳起时，并不立刻奔跑，却竖起耳朵，注听叫声和蹄声从四边向它而来。它跳了上十次，不快，让狗追上它，最后它选定了方向，并明白了危险，贴了耳朵，全力逃跑。它伏到休耕田上，但前面是绿畴，那里是泥泞的。发现兔子的猎人的两条狗最靠近它，最先看定并追兔子。但它们离它还远时，已从后边飞出了依拉根的红花狗叶尔萨，和它相隔一狗的距离，以可怕的迅速对准了兔尾，扑上去，滚了一下，以为抓住了它。兔子弓起脊背，跑得更快。宽臀的米尔卡从叶尔萨的后面抢上前，迅速追赶兔子。

"米尔卡！亲爱的！"是尼考拉的胜利的叫声。米尔卡似乎就要抓着兔子，但它赶过头，跑远了。兔子折回，美丽的叶尔萨又去追赶，紧随着兔子的尾巴，好像是在打算，这次不要弄错，抓住它的后腿。

"叶尔生卡！小妹妹！"是依拉根的哭嚎的不像自己的声音。叶尔萨没有注意他的祈求。在好像它正要抓住兔子的时候，兔子折转，跳入绿畴与休耕田间的界沟里。叶尔萨和米尔卡又并排着，好像一对拖车的马，追赶兔子。兔子在界沟里容易跑，狗不能迅速靠近它。

"如加伊！如加尤施卡！前进，好极了！"这时候另一个新的声音喊叫，于是如加伊，伯伯的红色宽额狗，伸直身躯，弓起背，赶上了前面的两条狗，从它们后面赶上前，带着可怕的紧张直扑兔子，把它从界沟里赶到绿畴上，更凶狠地在泥泞的绿畴上又扑了一次，陷到膝部，于是只看见它滚了一下，脊上沾了污泥，和兔子打滚。群狗围着它如星形。顷刻之间，所有的人都站到拥挤的狗旁。只有快乐的伯伯下了马，割了兔脚，抖着兔子，让血流去。他惊讶地回顾，眨眼睛，手足不知所措，并说话，但不知同谁说，在说什么。"这就是前进……这是狗……赶上了所有的，值千的和值一个卢布的——前进好极了！"他说，喘息着，并愤怒地回顾，好像是咒骂谁，好像都是他的敌人，都侮辱了他，只是现在他终于自己平直了，"这就是你们的值几千的——前进好极了！"

"如加伊，脚！"他说，丢下割下的沾泥的兔脚，"你应得的——前进好极了！"

"它疲倦了，独自追赶了三次。"尼考拉说，他没有听任何人说，也不注意他的话是否为人听到。

"这算什么，横截！"依拉根的仆人说。

"那样地追过了头，任何看门的狗都抓得住的。"依拉根同时说，他脸发红，因驰跑与兴奋而费力地喘息。

这时娜塔莎未及换气，喜悦地、激动地喊叫得那么尖锐，震动了大家的耳朵。她用这个喊叫表现了别的猎人们在同时的说话中所表现的一切。这个叫声是那么奇怪，假若这是在别的时候，她便要自己羞惭这个野蛮的喊叫，大家都要诧异这个喊叫。伯伯自己扭转兔子，伶俐地、敏捷地把它搭在马背上，好像是用这一搭责备大家，并且带着那样的神情，表示他不愿同任何人说话，他骑上他的棕红的马走去。除了他，大家都愁闷、委屈，骑马散开，很久以后才能恢复先前佯伪的淡漠。他们又很久地看红毛的如加伊，它带着溅染污泥的、驼起的背，响着铁环，带着胜利者安静的神情走在伯伯的马蹄后。

"当然，在没有追赶的时候，我和别的都一样。呸，追赶时，你看吧！"尼考拉觉得这狗的神情说。

好久以后，当伯伯骑马走过来和尼考拉说话时，尼考拉觉得受宠，伯伯在这件事以后还肯和他说话。

七

在傍晚依拉根和尼考拉告别时,尼考拉觉得自己离家那么远,他接受了伯伯的提议,让猎队在伯伯的小村庄米哈洛夫卡宿夜。

"假使你们到我这里来——前进好极了!"伯伯说。"这就更好,你看,天气潮湿,"伯伯说,"你们该休息,伯爵小姐可以用马车送回去。"伯伯的提议被接受了,派了猎人去奥特拉德诺取马车,尼考拉和娜塔莎及彼洽到伯伯家。

大小五个仆人跑到前门的阶层上迎接主人。几十个女子,老的、大的、小的,从后边的阶层上看到家的猎人们。娜塔莎——女子,骑马的小姐——的在场,引起伯伯的家奴们好奇到那样的程度,许多都不因为她的在场而拘束,走到她面前,看她的眼睛,在她面前谈论她，把她当作出现的奇迹，不当作凡人，且不能听到、懂得他们说到她什么。

"阿任卡，看啊，她坐在边上。她坐着，衣裳边摆着……你看小号角！"

"呵，还有刀啊……"

"看鞑靼女子！"

"你怎么不会栽下来？"最勇敢的直接向娜塔莎说。

伯伯在生长草木的花园内的小木屋的阶层前下了马，看了看家里的人，命令似的大声说话，要闲人都走开，并吩咐了别的去做一切必需的事情招待客人。

都散了。伯伯扶娜塔莎下了马，并且用手臂引她踏上不稳的木板的阶层。屋里是未涂刷的木板墙，不很干净，看不出来居住的人的目的是要没有污点，但也看不出来疏忽。门廊处发出新鲜的苹果味，挂了狼皮和狐皮。

伯伯把客人们从前房领进有折桌和红椅的小厅，然后领进有桦木圆桌与沙发的客厅，然后领进书房，这里有破沙发、脱线的地毯和苏佛罗夫的、主人父母的及他自己戎装的画像。书房里有强烈的烟草气味和狗的气味。伯伯在书房里要他们坐下，如同在家里一样，他自己走了出去。如加伊带着未刷的背走进书房，躺在沙发上，用舌头和牙齿清理着自己。书房通走廊，走廊上可以看见有破帷的屏风。在屏风的那边可以听到妇女的笑声和低语。娜塔莎、尼考拉和彼洽脱了外衣，坐到沙发上。彼洽伏在肘上，立刻睡着了。娜塔莎和尼考拉无言地坐着。他们的脸发热，他们很饿，很愉快。他们互相看（在打猎后,在书房里,尼考拉认为无须对他的妹妹表示他的男性的优越),娜塔莎向哥哥眠眼,两人忍了不久,便大声发笑,不及想出发笑的借口。

停了一会儿,伯伯穿了卡萨克衣、蓝裤、小靴走进书房。娜塔莎觉得,这套衣装是她曾惊异地、嘲笑地看见伯伯在奥特拉德诺穿过的,是合适的衣装,没有地方亚于大礼服与常礼服。伯伯也愉快,他不仅不恼怒兄妹的笑声(他不会想到他们会嘲笑他的生活),而且自己也加入了他们无故的欢笑。

"对了,年轻的伯爵小姐——前进好极了——像她这样的还没有见过。"他说,给了罗斯托夫一根长烟管,把另一根短的、破的烟管用习惯的姿势放在三个手指之间。

"整天骑马,就和男子一样,她好像没有事儿!"

伯伯来后不久,一个女孩——从足音上看显然是赤脚的——打开了门,一个肥胖、红润、双下颏,饱满红嘴唇、美丽的、四十岁的女人,手拿大盘子,走进门。她在眼睛里和每一种动作里带着好客的尊严与诚意,看着客人,带着和善的笑容恭敬地向他们鞠躬。虽然肥胖甚于常人,使她向前挺起胸脯和肚子,向后昂着头,这个女人(伯伯的女管家)行动却极灵活。她走到桌前,放下盘子,用白肥的手伶俐地取出酒瓶、食物,放到桌上。做完这事,她走开,面带笑容,站到门口。"这里他就是我!现在你懂得伯伯吗?"她的神情向罗斯托夫说。怎么会不懂,不仅尼考拉,而且娜塔莎也懂得了伯伯和皱眉的意义、快乐自满笑容的意义,这笑容在阿尼茜亚·费道罗芙娜进房时使他皱起嘴唇。盘上有香草酒、果汁、菌子、黑面、酪饼、鲜蜂蜜、煮熟的和起沫的蜜酒、苹果、生的和烤熟的胡桃和蜜饯胡桃。然后阿尼茜亚·费道罗芙娜送来蜜和糖的饯食、火腿和刚煎好的鸡。

这一切都是阿尼茜亚·费道罗芙娜预备、保存、饯制的。这一切的香气和滋味都像她自己。一切都显出她的丰润、清洁、素白与悦意的笑容。

"尝一点，伯爵小姐。"她说，给娜塔莎时而这个，时而那个。娜塔莎吃了一切，她觉得这样的烙饼，这样香美的饯食、蜜饯胡桃和这样的鸡，是她从来未见过、未吃过的。阿尼茜亚·费道罗芙娜走出去了。罗斯托夫和伯伯在饭后饮樱桃酒，谈到过去的和未来的猎事、如加伊和依拉根的狗。娜塔莎带着明亮的眼睛挺直地坐在沙发上，听他们说。她几次企图唤醒彼洽，要他吃点东西，但他说了一些不可懂的话，显然没有醒。娜塔莎心里是那么愉快，在这个新环境里觉得那么舒服，她只怕马车来得太快接她回去。在偶尔发生的沉默之后——这几乎是人们第一次在自己家里招待朋友时所常有的事——伯伯说话，回答他客人心中的思想：

"我就是这样地过日子……人要死——前进，好极了——什么也不留。为什么犯罪呢！"

当他说这话时，伯伯的脸色是很庄重的，甚至是美丽的。罗斯托夫此时不觉地想起他听父亲和邻人所说的伯伯的一切好处。伯伯在这一带的地方负有大度与公正怪人的名望。他被邀请解决家庭纠纷，他被请做执行的人，把秘密告诉给他，他被选为裁判人，并尽别的义务，但他总是固执地拒绝公共的职务，春秋二季他骑栗色马在田间，冬季他坐在家，夏季他躺在生长树木的花园里。

"为什么你不服务呢,伯伯?"

"服务过的,但放弃了。我不适宜,前进好极了,我做不出什么事情来。这是你们的事情,我没有这种智慧。打猎又是一回事了。前进好极了,开门,"他大声说,"为什么关了门!"走廊(伯伯叫走梁)上的门通猎人的房,猎人们的休息室叫这个名字。赤脚迅速地踏着,不可见的手开了猎人房的门。走廊上清晰地传来手琴声,显然是有一个能手在弹奏。娜塔莎听了这声音很久,现在走到走廊上,要听得更清楚。

"这是我的车夫米戚卡……我替他买了一个手琴,我欢喜听。"伯伯说。伯伯有一个习惯,就是当他打猎回家时,米戚卡便在猎人的房里弹手琴。伯伯爱听这种音乐。

"多么好啊!确实好极了。"尼考拉带着几分不自觉的轻视说,好像他羞于承认他很注意这种乐声。

"怎么好极了?"娜塔莎谴责地说,感觉到他哥哥的语气,"不是好极了,而是美极了,确实的!"正如同她觉得伯伯的菌子、蜜和果汁是世界上最好的,她也觉得这个乐声在此时是音乐的美之峰极。

"再弹,请再弹。"手琴刚停止时,娜塔莎在门口说。米戚卡调了音,又带着过门与花腔弹了夫人曲。伯伯坐着听,把头歪向一边,带着微微的笑容。夫人曲的曲调重复了一百次。手琴调了几次音,又弹出同样的乐声,听的人不厌烦,只希望再听,再听这个曲子。阿尼茜亚·费道罗芙娜走进来,把肥壮的身体倚在门边上。

"承你听。"她向娜塔莎说,带着笑容,极似伯伯的笑容。"他在我们这里弹得很好。"她说。

"这里的一节他弹得不对,"伯伯忽然带着兴奋的姿势说,"这里要停一下——前进好极了,停一下。"

"你也会弹吗?"娜塔莎问。

伯伯笑而不答。

"你看看,阿尼茜尤施卡,六弦琴上的弦子是不是好的?手早已不拿了!前进好极了——我抛弃了。"

阿尼茜亚·费道罗芙娜乐意地用轻快的脚步去执行主人的命令,并带来了六弦琴。

伯伯谁也不看,吹去灰尘,用有骨的手指轻弹六弦琴的上部,调了音,在安乐椅上坐正。他拿着六弦琴的颈上部(左臂的肘端向外曲,有几分舞台姿势),向阿尼茜亚·费道罗芙娜眨眼,未弹夫人曲,却弹出一个响亮的、纯粹的和音,于是韵律地、镇静地但坚决地用极慢的拍子开始弹出名曲《大街曲》。曲声适时地合着拍子,带着镇静的愉快(就是阿尼茜亚·费道罗芙娜全身所表现的那种愉快感动了尼考拉与娜塔莎的心)。阿尼茜亚·费道罗芙娜脸红了,用手帕蒙了脸,笑着走出房间。伯伯继续纯熟地、用心地、生动地、坚决地弹着曲子,用变色的、激动的目光看着阿尼茜亚·费道罗芙娜离开的地方。在他脸上灰胡子下的一边渐渐地有了笑声,当曲子弹得更久,拍子更快,在过门偶有间断时,他的笑声更高。

"美极了,美极了,伯伯!再弹!再弹!"他刚刚完结,娜塔莎便大声说。她从位子上跳起,抱住伯伯,并吻他。"尼考林卡,尼考林卡!"她说,看着哥哥,好像问他,"这是怎么回事啊!"

尼考拉也很欢喜伯伯的弹奏。伯伯把这曲子又弹了一次。阿尼茜亚·费道罗芙娜的笑脸又出现在门口，在她后边还有别的面孔……"为汲冷泉水，呼女且暂待！……"伯伯弹着，又弹了一个过门，停止，并摇肩。

"呶，呶，亲爱的，伯伯。"娜塔莎用那种恳求的声音说着，好像她的生活决定在此。伯伯站起，好像他是两个人——一个严肃地笑那愉快的人，而那愉快的人做了跳舞前单纯的、精准的准备。

"呶，侄女儿！"伯伯大声说，向娜塔莎伸出那只弹了一个和音的手。

娜塔莎抛掉了身上的披巾，跑到伯伯的前面，把手叉在腰上，用肩头做了动作，并站起。

何处、如何、何时，这个由侨外的法国女子所教育的伯爵小姐，从她所呼吸的俄国空气中吸取了这种精神，她从何处获得了披肩舞[1]所早该去除的动作呢？但这种精神和这些动作正是那不可模仿的，不可教学的，俄国式的，是伯伯所期待于她的。她刚刚站起，并胜利地、骄傲地、狡猾地、愉快地微笑后，最初支配了尼考拉和别人的恐惧——她跳不出来——便过去了，他们已经爱慕她了。

她跳得正对，并且那么正确，那么完全正确地跳起来。阿尼茜亚·费道罗芙娜立刻递给了她在这个跳舞中所必需的手巾，在笑中含泪，注视那个纤细的、端丽的、那么与她不同的、在丝绸与天鹅绒中长大的伯爵小姐，她能够了解阿尼茜亚和阿尼茜亚的父亲、母亲、姑母和每个俄国人心中的一切。

---

[1] 这是一种法国舞，她的姿势与俄国民间舞正相反。——毛

"哎,伯爵小姐儿——前进好极了,"伯伯说,完结了跳舞,高兴地发笑,"啊,好一个侄女儿!只要替你选一个好小伙子做女婿了——前进好极了!"

"已经选了。"尼考拉笑着说。

"噢?"伯伯惊异地说,疑问地看娜塔莎。娜塔莎带着快乐的笑容肯定地点头。

"还是那样好!"她说。但她刚刚说了这话,另一串新的思想和情绪在她心中发生了。尼考拉说"已经选了"时,他的笑容是什么意思呢?他欢喜呢,还是不欢喜呢?他似乎以为我的保尔康斯基不赞同、不了解我们这种喜悦。不,他会懂得一切。现在他在何处呢?娜塔莎想,她的脸顿然变为严肃,但这只经过了一秒钟。"不要想,不敢想到这个。"她向自己说,笑着,又坐到伯伯的身边,求他再弹点什么。

伯伯又弹了一个歌曲和华尔兹曲,然后沉默,清了清喉咙,唱了他心爱的猎歌:

暮色已苍茫,

新雪纷纷降……

伯伯唱得和农民们一样,带着完全的、单纯的信仰,以为歌中一切的意义只含在文字里,腔调是天成的,单独的腔调是没有的,而腔调——只是为了文字的。因此伯伯的这个无意的腔调好像鸟雀的腔调一样,异常美好。娜塔莎因为伯伯的歌而狂喜。她决定了不再学竖琴,只学六弦琴了。她向伯伯要了六弦琴,立刻弹起了歌调。

十点钟,来了一辆宽座车、一辆敞车和三个派出寻找他们的骑者,迎接娜塔莎和彼洽。据派来的人说,伯爵和伯爵夫人不知道他们在何处,很挂心。

彼洽被抬起放在宽座车上,好像死尸。娜塔莎和尼考拉坐在敞车上。伯伯把娜塔莎裹了起来,带着一种全新的温柔和她道别。他步行送他们到桥上,到涉水处应该绕过这座桥,他命猎人们带灯笼在前走。

"再见,亲爱的侄女!"他的声音在黑暗中喊叫,这声音不是娜塔莎先前所知道的,而是那唱《黄昏降新雪》的。

在他们经过的村庄有红火,并有愉快的烟气。

"这个伯伯是多么可爱啊!"娜塔莎说,这时他们已上了大路。

"是的,"尼考拉说,"你不冷吗?"

"不,我很好,很好,我这么舒服。"娜塔莎甚至迷惑地说。他们沉默了很久。

夜黑暗而潮湿,看不见马,只听到它们在看不见的泥泞中践踏。

在这个幼稚的、易感的心灵中发生了什么呢——它熟切地抓住一切各种不同的人生印象作为己有?这一切是怎么累积在她心中的呢?但她是很快乐的。快到家时,她忽然唱起《黄昏降新雪》的曲调,这曲调她一路上唱着,终于唱会了。

"唱会了吗?"尼考拉问。

"你现在想什么呢,尼考林卡?"娜塔莎问。他们欢喜互相问这个问题。

"我吗?"尼考拉说,回忆着,"你看吧,我起先想到如加伊,红毛狗,像伯伯,假使它是人,它一定会把伯伯留在家里,假使不是因为骑马，那么用和声也能留住他。伯伯，他多么和谐啊！是不是呢？呶，你呢?"

"我吗？等一下，等一下。我起初想到，我们在这里赶车，并且以为我们是向家里走，但上帝知道我们在这个黑暗里到何处去，忽然我们要到，并且发现我们不在奥特拉德诺，却是在仙境里。然后我又想到……没有，没有别的了。"

"我知道，你一定想到他。"尼考拉笑着说，因为娜塔莎能从他的声音上明白。

"不是。"娜塔莎回答。虽然确实她同时想到安德来郡王，又想到他会欢喜伯伯。"我还是在重复，一路上重复：阿尼茜尤施卡走路多么好啊，好啊……"娜塔莎说。于是尼考拉听到了她的响亮的、无故的、快乐的笑声。

"你知道，"她忽然说，"我知道，我绝不会再像现在这样地快乐、安静了。"

"多么无聊，笨话，废话，"尼考拉说，并且想，"我的这个娜塔莎是多么可爱啊！别的这样的朋友，我没有，并且将来也不会有。为什么她要出嫁呢？永远和她这样驾车吧！"

"这个尼考拉是多么可爱啊！"娜塔莎想。

"啊！客厅里还有火光呢。"她说，指着屋子的窗子，屋子在潮湿的、天鹅绒般的夜之黑暗中美丽地亮着。

八

依利亚·安德来维支伯爵辞去了贵族代表的职务,因为这个职务引起了太大的花费,但他的情形并未改善。娜塔莎和尼考拉常常看见父母秘密的、不安的谈话,听到他们谈到出卖罗斯托夫家富丽的祖宅和莫斯科郊外的田庄。不做贵族代表,便不需要有那么大的交际,并且奥特拉德诺的生活可以比从前诸年更加安静。但大房子和厢屋里仍然满是人,饭桌上仍然要坐二十人以上。这都是他们自己的、在家里住惯了的人,几乎是家人,或者是似乎绝对必须住在伯爵家的人。这些人是狄姆勒——音乐家及其夫人,福盖尔——跳舞教师和他的家庭,老太太别洛发,还有许多别人:彼洽的教师们、小姐的老女教师,以及其他的人们——他们只觉得住在伯爵家较之在自己家更好、更有益。没有了从前那样大规模的交游,但生活态度仍然是那样,不那样伯爵和伯爵夫人便不能感觉到是在生活。尼考拉所扩大的猎队如旧,五十匹马和十五个马夫如旧,命名日的贵重礼物、请全区的隆重宴会如旧,伯爵的维斯特牌和波士顿牌仍然如旧。玩牌时,他让所有的人看见他的牌,让邻人们每天赢他几百卢布,他们认为和依利亚·安德来维支伯爵做赌伴的权利是一种有利的收入。

伯爵在他的事务中好像是在一个大网中,他企图不相信他是陷在纷乱中,却逐步地更陷入纷乱中,并且觉得自己既无力撕裂那纠缠他的网,又不能小心地、耐烦地去解除它。伯爵夫人用怜爱之心感觉到她的子女们都堕落了,伯爵是无罪的,他不能够不是他那样,他自己因为感觉到自己与子女的堕落而痛苦(虽然是隐瞒着)。她寻找方法,来改变情形。从她的妇女观点上看来,唯一的方法——尼考拉娶富家女子。她觉得这是最后的希望,觉得假使尼考拉拒绝她为他寻找的配偶,则永没有改善境况的可能了。这个配偶是尤丽·卡拉根,是优美、善良父母的女儿,从小和罗斯托夫家相识,现在因为最后一个哥哥的死而成为富实的女子。

伯爵夫人直接写信到莫斯科给卡拉根夫人,向她提议她的女儿和自己儿子的婚事,并获得了她满意的答复。卡拉根夫人回答说,她自己是同意的,说一切都决定于她女儿的意向。卡拉根夫人邀尼考拉到莫斯科去。

几次眼中含泪,伯爵夫人向儿子说,现在她的两个女儿都大事定了,她唯一的希望是看见他结婚。她说假使这件事情做成了,她睡在棺材里也安心。然后她说她心目中有一个美女,并试探他对结婚的意见。在别的谈话里,她称赞尤丽,并劝尼考拉在假日去莫斯科耍耍。尼考拉猜透了她母亲的谈话是何目的,在某一次的谈话中要求她完全坦白。她向他说,改善境况的一切希望现在都在他娶卡拉根小姐。

"那么,假使我爱一个没有嫁产的女子,你当真要求我,妈妈,要我牺牲我的情感和荣誉而为了金钱吗?"他问妈妈,不明白这个问题的残忍,只是希望表现出他的高贵情绪。

"不是,你没有懂得我。"母亲说,不知如何自辩。"你没有懂得我,尼考林卡。我愿你有幸福。"她添说,并觉得她说假话,她慌乱了,她流泪。

"妈妈,不要哭,只要你向我说你希望如此,你知道,我要拿出我整个的生命,拿出一切,使你安心,"尼考拉说,"我要为你牺牲一切,甚至我的情感。"

但伯爵夫人不希望那样提出问题,她不希望儿子为她牺牲,她自己希望为儿子牺牲。

"不是,你没有懂得我,我们不要说了吧。"她拭泪说。

"是的,也许,我是爱无钱的女子。"尼考拉向自己说。"怎么,我要为了嫁产,而牺牲我的情感和荣誉吗?我诧异,妈妈怎么能够向我说这话。因为索尼亚贫穷,所以我不能爱她。"他想。"我不能报答她的忠实专一的爱情。确实我同她比较同任何因因般的尤丽是更快乐。为了我家庭的幸福而牺牲我的情感,我总是能够的,"他向自己说,"但我不能够控制我的情感。假使我爱索尼亚,那个情感对我,强于、高于一切。"

尼考拉没有去莫斯科,伯爵夫人未同他重提婚事,却愁闷地,有时愤慨地看见儿子和无嫁产的索尼亚之间逐渐亲密的一切象征。她为这事责备自己，但不能不申斥并责备索尼亚，常常无故地止住她，称她"您"和"我的亲爱的姑娘"。最使仁慈的伯爵夫人向索尼亚发怒的是，这个可怜的、黑眼的甥女是那么温柔，那么善良，那么诚意感激她的恩人，并且那么可靠地、不变地、自我牺牲地爱尼考拉，没有地方可以责备她。

尼考拉要在家里把假期过完。接到了安德来郡王从罗马寄来的第四封信，他在信里说，假使不是在温暖的气候中他的伤处突然开口，他早已首途返俄国了，还使他把归期延宕到来年的开始。娜塔莎是仍然爱她的未婚夫，这爱情仍使她安心，对于一切的人生喜乐仍旧是易感受。但在同他别后的第四个月末，她开始有了愁闷的时候，这是她不能挣扎的。她惋惜自己，惋惜凭空地不为任何人损失了这全部的时间，在这个时间里，她觉得自己能够那么去爱并被爱。

罗斯托夫家不愉快了。

九

圣诞节来到了,在大弥撒,在邻人与家奴的庄重而厌烦的庆贺,在大家所穿的新衣以外,没有任何特别的事情来庆祝诞节,但在无风的二十度[1]严寒中,在日间明亮辉煌的太阳光下,在夜间有星光的蓝穹之下,觉得这时候需要一种庆祝。

在圣诞节假期的第三天饭后,全家的人各回到自己的房里,是日间最乏味的时候。尼考拉早晨曾去拜访邻居,睡在沙发上。老伯爵在自己房里休息。索尼亚坐在客厅的圆桌上抄绣花图案。伯爵夫人在排牌玩。小丑那斯他斯亚·依发诺夫娜带着愁戚的面孔和两个老妇人坐

---

[1] 等于零下十三华氏度。——毛

在窗前。娜塔莎进了房,走到索尼亚面前,看了她在做什么,然后走到母亲面前,沉默地站住。

"为什么你走动着像无家的人?"母亲说,"你需要什么?"

"我需要他……立刻,就是此刻我需要他。"娜塔莎说,闪耀眼睛,没有笑容。伯爵夫人抬头,注意地看女儿。

"不要看我,妈妈,不要看我,我马上就要哭了。"

"坐下,和我坐下。"伯爵夫人说。

"妈妈,我需要他。为什么我这样损失时间,妈妈?……"她的声音中断了,泪水从眼里流出。她为了隐藏,迅速转过身,走出房间。她走进休息室,停住,思索片刻,进了女仆室。那里一个女仆在骂一个女孩,她是从外边冷空气中喘息着跑进房的。

"你玩够了,"老妇人说,"什么事都要有个度。"

"让她去吧,康德拉切芙娜,"娜塔莎说,"去吧,马富路莎,去吧。"

放走了马富路莎,娜塔莎穿过大厅,走到前厅,一个老人和两个年轻的听差在玩牌。他们歇了牌,在小姐进来时立起来。"我向他们做什么呢?"娜塔莎想。

"是的,尼基他,请你去……我派他到哪里去呢?是的,到院子里去,请你拿只鸡来;还有你,米沙,拿点雀麦来。"[1]

"只拿一点雀麦吗?"米沙快乐地说。

"去,赶快去。"老人肯定地说。

---

[1] 在地上置谷物,听家禽喙食,为圣诞时卜吉凶的一种风俗。——毛

"费道尔，你去替我拿点粉笔来。"

走过厨房时，她命人预备茶炊，虽然这不是时候。

厨子福卡是全家最有脾气的人。娜塔莎欢喜向他试验自己的权力。他不相信她，并去问是否真的。

"已经是小姐了！"福卡说，虚伪地向娜塔莎皱眉。

家里没有人像娜塔莎这样地差遣许多人，给他们许多工作。她不能够淡漠地看见仆人而不派他们到什么地方去。她似乎要试验，他们当中是否有谁发脾气，或对她讨厌，但仆人们没有那么乐意地执行任何人的命令，像执行娜塔莎的。"我要做什么呢？我该到哪里去？"娜塔莎想，迟迟地在走廊上徘徊。

"那斯他斯亚·依发诺夫娜，我要生养什么呢？"她问小丑，她穿着女衣迎面走来。

"你生蚤子、蜻蜓、蚂蚱。"小丑回答。

"我的上帝，我的上帝，总是一样。呵，我到哪里去呢？我要向自己做什么呢？"于是她踏着脚，跑上楼去看福盖尔，他和夫人住在顶层。在福盖尔的房里坐着两个女教师，桌上有几碟葡萄、胡桃与杏仁。女教师们谈到何处生活较廉，在莫斯科抑或在奥皆萨。娜塔莎坐下，带着严肃沉思的脸听他们说，又站起。

"马达加斯加岛，"她说，"马达加斯加。"她清晰地重复每一音节，没有回答邵斯夫人的问题：她在说什么？她走出了房间。

彼洽，她的弟弟也在楼上，他同一个侍从在准备夜间要放的烟火。"彼洽！彼其卡！"她向他说，"带我下楼。"

彼洽跑到她面前，用背对她。她跑到他背后，用手搂抱他颈子，他跳着和她同跑。"不,不该……马达加斯加岛。"她说,从他背后跳开,下了楼。

似乎巡视过她的国土,试验了她的权力,并相信全都随从,但仍然乏味,娜塔莎走进大厅,拿起六弦琴,坐到书柜后的黑暗角落里,开始在弦上弹低音,奏出一个乐节,这是她从一个歌剧中记得的,她曾与安德来郡王一同在彼得堡听过这歌剧。

对于别的听的人,她在六弦琴上所奏出的声音没有任何意义,但在她的想象中,这些声音唤起了整串的回忆。她坐在书桌的后边,注视厨房的门里漏进来一道光线,听着自己并做回忆,她处在回忆的心情中。

索尼亚拿着一个杯子经过大厅走进厨房。娜塔莎从厨房的门缝里窥看她,她觉得她记得光线曾经从厨房的门缝里漏了进来,而索尼亚拿着杯子走过。"这是的,这完全是,完全是一样的。"娜塔莎想。

"索尼亚,这是什么?"娜塔莎大声说,手指弹着粗弦。

"呵,你在这里!"索尼亚说,惊了一下,走来谛听。"我不知道,《暴风》吗?"她羞怯地说,恐怕有错。

"呦,她完全同样地惊了一下,在从前发生这事的时候,她完全同样地走来,并羞怯地笑着,"娜塔莎想,"完全一样……我觉得缺少什么。"

"不是,这是《汲水曲》[1]里的合唱,你听。"于是娜塔莎唱出了合唱的调子,让索尼亚懂得。

"你哪里去?"娜塔莎问。

"换杯子里的水,我马上就要涂完图案的色彩。"

---

[1] 这是 Cherubini 一八〇四年歌剧杰作。——毛

"你总是忙,我却不能够,"娜塔莎说,"尼考林卡在哪里?"

"好像是睡了。"

"索尼亚,你去叫醒他。"娜塔莎说,"你说,我叫他唱歌。"

她坐了一下,想着过去这一切的意义,没有解决这个问题,亦毫不惋惜,又在想象中回忆到那个时候。那时她和他在一起,他用爱怜的眼睛看她。

"呵,他赶快来吧!我那么怕,这是不会有的!更坏的:我老了,就是这样!我现在所有的,将来会没有了。呵,也许,他今天来,马上来,也许他来了坐在那里,在客厅里。也许,他昨天已来了,我忘记了。"娜塔莎站起来,放下六弦琴,走进客厅。全家的人、男教师们、女教师们和客人已经坐在茶桌上。仆人们待立于桌子四周。但安德来郡王不在,仍然是从前的生活。

"呵,在这里,"依利亚·安德来维支说,看见了进房的娜塔莎,"呶,坐到我这里来。"但娜塔莎站在母亲旁边,环顾四周,好像她寻找什么。

"妈妈"!她说,"把他给我,给我,妈妈,赶快,赶快。"她又难以约制她的哭咽。

她坐到桌前,听老人们和尼考拉——他也来到茶桌前了——谈话。"我的上帝,我的上帝,同样的人,同样的谈话,同样的爸爸拿着茶杯,同样地吹着!"娜塔莎想,恐怖地感觉到心中所生的对于全家的厌恶,因为他们总是一样的。

茶后尼考拉、索尼亚和娜塔莎走进休息室里他们心爱的角落里,他们总是在这里开始他们最知心的谈话。

十

"你有过吗?"当他们在休息室坐定时,娜塔莎向哥哥说,"你有过吗?就是你觉得将来什么也没有——你什么也没有,一切好的都是过去的?并且觉得不是厌烦,而是悲哀吗?"

"当然"!他说,"我有过,一切都好,一切愉快。但我觉得一切都讨厌,一切都该死去。有一次在部队里,我找不到好玩的,那里奏着音乐……我忽然觉得厌烦……"

"呵,这个我知道,我知道,我知道。"娜塔莎同意。"我还小的时候,便有过这种情绪。你记得,我有一次因为梅子而受处罚,你们都跳舞,我坐在课室里哭。我绝不会忘记,我觉得悲哀,我可惜一切的人。可惜我自己,可惜一切——一切的人。主要的是我没过错,"

娜塔莎说,"你记得吗?"

"我记得,"尼考拉说,"我记得,后来我走到你面前,我想安慰你,你知道,我怕羞。我们是非常可笑的。我那时还有一个木偶,我想给你,你记得吗?"

"你记得,"娜塔莎带着沉思的笑容说,"很久很久以前,我们还完全是小孩的时候,伯伯叫我们进了书房,不是在老屋子里,而且黑暗——我们进去了,忽然那里站了……"

"一个黑人,"尼考拉带着欣喜的笑容说完,"怎么会不记得呢?我到现在还不知道,这是不是一个黑人,或者是我们在梦里看见的,或者是他们向我们说的。"

"他是灰的,你记得,有白牙齿——站着看我们……"

"你记得吗?索尼亚?"尼考拉问。

"是的,是的,我也记得一点。"索尼亚羞怯地回答……

"我向爸爸和妈妈问到过这个黑人,"娜塔莎说,"他们说,并没有什么黑人。但你却记得这个!"

"当然就同现在一样,我记得他的牙齿。"

"这是多么奇怪啊,好像是做梦,我欢喜这个。"

"你记得,我们在大厅怎么滚鸡蛋,忽然来了两个老女人,并且开始在地毡上打滚。这事情有没有过?你记得这是多么好?"

"是的。你记得,爸爸怎样地穿了蓝皮袄在阶层上放枪。"他们笑着喜乐地回溯他们的回忆——不是悲哀的、老年的,而是诗的幼年的回忆,最遥远的过去的回忆,在那里,梦境混合了真实。他们微笑,欣喜着。

索尼亚总是落在他们后边,虽然他们的回忆是共同的。

在他们所回忆的事情当中,索尼亚记得很少,而她所记得的并不引起她诗的情绪,如他们所有的,她只是因他们的喜悦而喜乐,企图同乐。

只在他们回忆索尼亚的初到时,她才插言。索尼亚说是如何怕尼考拉,因为在他衣服上有绳子,她的保姆说他们要用绳子捆她。

"我记得,他们向我说,你是在卷心菜底下生的,"娜塔莎说,"我记得,我那时不敢不相信,但我知道这是不确实的,我觉得那么不舒服。"

在这个谈话的时候,从后边休息室的门里伸进来一个女仆的头。

"小姐,鸡拿来了。"女仆低声说。

"不要了,波利亚,叫他们带走。"娜塔莎说。

在休息室中这些谈话的当中,狄姆勒走进房来,走到房角落里的竖琴前。他去了布套,在竖琴上弹出不和谐的音。

"爱杜阿尔·卡尔累支,请你弹我心爱的费尔德先生的夜曲吧。"老伯爵大人的声音在客厅里说。

狄姆勒弹了一个和音,转向娜塔莎、尼考拉和索尼亚说:

"年轻人们,坐得多安静!"

"是的,我们在谈哲学。"娜塔莎说,环顾了一下,继续说话。谈话现在涉及做梦。

狄姆勒开始弹奏。娜塔莎无声地用脚趾尖走到桌前,拿了蜡烛,把它送走,又回转,轻轻坐到自己位子上。房间里,尤其是他们所坐的沙发上,是黑暗的,但在大窗子里有圆月的银光照在地上。

"你知道，我想。"娜塔莎低声说，拢近尼考拉与索尼亚。这时狄姆勒已经弹完，仍然坐着，无力地拨动琴弦，显然是犹豫着，停止呢，还是开始弹新的。"当你那样回忆时，你回忆，回忆一切，直到你回忆到，回想到我人世以前的事情……"

"这是轮回，"索尼亚说，她读书总是好，记得一切，"埃及人相信我们的灵魂曾经是动物，将来还要成为动物。"

"不，你知道，我不相信，我们曾经是动物，"娜塔莎仍旧低声说，虽然音乐已经完结了，"我确实知道，我们是那里什么地方的天使，并且在这里来过，因此我们记得一切……"

"我可以加入你们吗？"轻轻走来的狄姆勒说，并坐到身边。

"假使我们是天使，那么为什么我们落得更低呢？"尼考拉说，"不是，这是不可能的？"

"不是更低，谁向你说低……为什么我知道我从前存在过，"娜塔莎确信地反驳，"要晓得灵魂是不死的……所以，假使我要永远地活，那么我从前也活过，我在整个的永恒中活过。"

"是的，但我们难以设想永恒。"狄姆勒说，他曾带着微微的轻视的笑容走到年轻人当中，但现在也同他们一样低声严肃地说话。

"为什么难以设想永恒呢？"娜塔莎说，"今天是有的，明天是要有的，永久是要有的，并且昨天是有过的，前天是有过的……"

"娜塔莎！现在轮到你，替我唱点什么吧，"伯爵夫人的声音说，"为什么你们坐着，全像同谋者。"

"妈妈！我一点也不想。"娜塔莎说，但同时站起来。

他们所有的人，甚至年纪不小的狄姆勒，都不愿打断谈话而从休息室的角落里走出。但娜塔莎站起了,尼考拉坐到钢琴前。和平常一样,站在大厅的当中,选择了反响最好的地方,娜塔莎开始唱她母亲最心爱的歌。

她说过不想唱,但她以前很久且以后很久都没有像这天晚上那样地唱过。依利亚·安德来维支伯爵在他与德米特锐谈话的房间里听她唱歌,他好像一个小学生,急着要玩,结束着功课,向管家发命令时,说错了话,最后沉默了。于是德米特锐也听着唱歌,无言地笑着,在伯爵面前站着。尼考拉的眼睛不离开妹妹,和她同时呼吸。索尼亚听着,想到她和她的朋友间的差别是多么大,她即使有几分像她表妹那样的动人也不可能。老伯爵夫人带着快乐又悲哀的笑容坐着,眼中含泪,时时地摇头。她想到娜塔莎,也想到自己的幼年,想到在目前娜塔莎与安德来郡王的婚事中怎么有了不自然的、可怕的地方。

狄姆勒坐在伯爵夫人身边,闭着眼听。

"不,伯爵夫人,"他终于说,"这是欧洲的才能,她无须再学了,那种轻歌温柔、有力……"

"呵,我多么为她担心呵,我怕。"伯爵夫人说,不记得同谁在说话。她的母性的本能向她说,娜塔莎有了什么太多的东西,她将因此不快乐。

娜塔莎还未唱完,兴奋的、十四岁的彼洽便跑进房来,报告说化装队来了。

娜塔莎忽然停止。

"呆瓜!"她向弟弟大声说,跑到椅前坐下哭泣,好久不能停止。

"没有什么,妈妈,实在没有什么,那样,彼洽吓了我。"她说,想笑,但泪仍在流,哽咽塞住了喉咙。

化装的家奴们:熊、土耳其人、旅店主、妇女,显得怪可笑——带来了冷气与愉快,起初羞怯地拥挤在外厅,然后互相闪藏着,挤进了大厅;起初觉得拘束,后来渐渐快活地一致开始唱歌、跳舞、做诞节游戏。伯爵夫人认出了人,笑他们的化装,走进了客厅。依利亚·安德来维支伯爵带着鲜明的笑容坐在大厅里,称赞着玩耍的人。年轻的溜到别处去了。

半小时后,大厅中在其他化装的人之间,又出现个穿围裙的老太婆,这是尼考拉。土耳其女子是彼洽。小丑——这是狄姆勒。骠骑兵——娜塔莎。切尔开斯人——索尼亚有焦软木画的须眉。

获得了未化装的人们的垂爱的惊异、不认识与称赞之后,年轻人们的服装是那么好,应该还向什么别人去表现一下。

尼考拉希望在好路上把所有的人都乘在他的三马橇车上,他提议带十来个化装的家奴去伯伯家。

"不行,为什么你要去打扰老人呢?"伯爵夫人说,"他那里没有转身的地方,要去,就到灭留考夫家去。"

灭留考夫夫人不是一个寡妇,有各种年龄的子女,也有男女教师们,住在罗斯托夫家四里之外。

"亲爱的,好主意,"提起精神的伯爵插言了,"让我立刻化装,同你们一道去。我要叫巴晒特提神。"

但伯爵夫人不让伯爵去,他这几天腿上有病。决定了,依利亚·安德来维支伯爵不能去,但假使路易萨·伊发诺芙娜(邵斯夫人)去,则小姐们可以到灭留考夫夫人家去。索尼亚一向羞怯而畏缩,却最恳切地劝路易萨·伊发诺芙娜不要拒绝他们。

索尼亚的化妆比大家都好。她的须眉异常适合她。大家都向她说她很好看，于是她处在非她素有的活泼兴奋的心情中。有一个内在的声音向她说，今天就要或者永不会决定她的命运。她穿了男装，好像完全另一个人。路易萨·伊发诺芙娜同意了，半小时后四辆有铃铛的三马橇车，滑木在结冻的雪上嘎吱着来到阶前。

娜塔莎最先发出圣诞节的愉快声，这愉快从这人反映到那人身上，渐渐加强，当他们都走到冰上，交谈，互相呼唤，发笑，喊叫坐上归车，它达到最高点。

两辆三马橇车是家常用的，第三辆是老伯爵的，有一匹奥尔洛夫的纯种快马，第四辆是尼考拉自己的，有一匹矮小黑色多毛的挽马。尼考拉穿了老妇人服装，上面加了一件有腰带的骠骑兵的外衣，他站在雪车的当中，执着缰绳。

天色是那么明亮，他看见月光下闪耀的车上金盘和马眼，马眼惊慌地环顾着黑暗门楼下发声的乘客。

在尼考拉的雪车里坐着娜塔莎、索尼亚、邵斯夫人和两个女仆。在老伯爵的车里坐着狄姆勒夫妇和彼洽，其余的车上坐着化装的家奴们。

"走上前，萨哈尔！"尼考拉向父亲的车夫说，以便在路上赶他。

老伯爵的三马橇车——上面坐着狄姆勒和别的化装的人——向前移动了，滑木吱喳着，好像和雪冻在一起，低声的铃子叮当着。外挽马贴上中挽马的车杠，踏进并踢起坚硬发亮如糖的雪。

尼考拉随着第一辆雪车出动，其余的在后面发出吱喳的声音。他们起初在狭窄的路上小步走。当他们走过花园时,空枝的影子常常横映在道上,遮隐了明亮的月光,但一出篱垣,闪耀如宝石的、有白色光芒的雪盖的平原便展开在各方面,一切都沉浸在月光中,没有动静、喧喳。洼洞颠簸了前面的橇车,同样地颠簸了后面的橇车,橇车前后相连地展延着,大胆地打破了铁打的寂静。

"兔子的足迹,许多足迹!"娜塔莎的声音在结冻了的空中响起来。

"多么明亮啊,尼考拉。"索尼亚的声音说,

尼考拉环顾索尼亚,并俯下身子,更近地看她的脸。她一个全新的可爱的脸,带着黑色须眉,从貂毛中向外看,在月光中,若近若远。

"这从前是索尼亚。"尼考拉想。他更近地笑着看她。

"你有什么事,尼考拉?"

"没有什么。"他说,又转过身向马。

上了踏成的、被滑木磨平的大路——路上有马蹄痕迹,在月光下可以看见——马匹开始自动地拖曳缰绳,并加速了步子。左边的挽马弯着头,跳着颤动了挽革。中挽马摇荡着,竖起耳朵,好像是问:"开始了,抑或还早呢?"前面,在白雪上可以清楚地看见萨哈尔的黑色橇车,已经走了很远,响着很远的、低沉的铃声,可以听到他的雪车里化装者的叫声、笑声和话声。

"你们上劲,乖乖!"尼考拉大声说,在一边拉动缰绳,用鞭柄移动着。只凭了加强的、好像是迎面的风,凭了紧张的、加快了跑步的挽马之震动,便可以看到雪车飞得多么快。尼考拉回头向后看。别

的车子带着叫声与嘎吱声，挥着鞭子，使挽马奔驰着，加快起来了。挽马在轭下强力地震动着，没有放松，却准备在必要时更加跑快。

尼考拉赶上了第一辆雪车。他们下了山，来到河旁草场上一条宽大的、踏成的道路上。

"我们到了什么地方？"尼考拉想，"应该是在科索伊草场上。但不是，这是什么新的地方，我从来没有看见过。这不是科索伊草场，也不是焦姆吉那山，上帝知道这是什么地方！这是新的仙境。呶，无论那里有什么！"于是他向马嘶叫，开始绕越第一辆橇车。

萨哈尔勒住了马，转过来他的白霜齐眉的脸。

尼考拉纵马驰奔。萨哈尔伸手向前，嗒响嘴唇，放了他的马驰奔。

"呶，当心，老爷。"他说。

橇车更快地并驾齐驱，马匹迅速地踏着蹄子。尼考拉开始抢上前。萨哈尔未改变伸出的手的姿势，举起了一只握缰绳的手。

"无聊，老爷。"他向尼考拉说。尼考拉放了所有的马奔腾，越过了萨哈尔，马匹溅了细碎的干雪在乘车者的脸上，在他们旁边响着急驰的铃声，迅速踏动的马蹄和被越过的橇车的影子混乱在一起。滑木在橇上吱喳着，各方面有女子的叫声。

尼考拉又停了马，环顾四周。四周仍然是那浸透了月光的仙境的平地，上面有稀疏的星。

"萨哈尔喊我向左转，但为什么向左呢？"尼考拉想，"我们是到灭留考夫家去吗？这果真是灭留考夫家吗？上帝知道我们向何处，上帝知道我们要做什么事——我们所做的事是很奇怪、很好的。"他在车上盼顾。

"看,他的须眉和眼毛全白了。"在坐着的、奇怪的、美丽的、生疏的人当中一个有好看的须眉的人说。

"这好像是娜塔莎,"尼考拉想,"那是邵斯夫人,但也许不是的,这个有胡须的切尔开斯人不知道是谁,但我爱她。"

"你们不冷吗?"他问。他们不回答,发笑。狄姆勒在后边的橇车里喊叫了什么,也许是可笑的事,但不能够听清他叫了什么。

"是,是。"许多声音笑着回答。

但现在有了一种仙境的森林,有交错的黑影和发亮的钻石,有一段大理石的阶层,有仙房的银顶,有某种野兽的尖锐的叫声。"假使这就是灭留考夫家,那就更奇怪了。上帝知道我们到了何处,到了灭留考夫家。"尼考拉想。

确实这是灭留考夫家,女仆们和听差们带着蜡烛和喜悦的脸跑到了门口。

"是谁?"门口的人问。

"伯爵家里化装的人,从马上看出的。"许多声音回答。

十一

撒拉盖亚·大尼洛芙娜·灭留考夫，一个宽阔的、生动的女人，戴眼镜，穿松大的便服，坐在客厅里，环绕着女儿们，她极力要使她们不感到乏味。她们安静地滴蜡，看着显出的形状的影子。这时，前厅有了来人的步声与话声。

骠骑兵、小姐、觋巫、小丑、熊——咳嗽着，在前厅里拭着脸上的白霜，走进了大厅，这里有人忙着在点蜡烛。小丑狄姆勒和老妇尼考拉开了舞。环绕了喊叫的孩子们，化装的人隐藏着脸，变了声音，在女主人面前鞠躬后，便散立在房间里。

"啊，不能认出来！啊，娜塔莎！你看，她像谁！当真，她像什么人。爱杜阿尔·卡尔累支多么好看啊！我认不出来。他怎么样在跳啊！啊呀，有一个切尔开斯人呢！当真，索尼亚卡多么合适啊！这是谁呢？咴，你们使我们高兴啊！把桌子搬走，尼基他，发尼亚，我们坐着多么安静啊！"

"哈—哈—哈！……骠骑兵，骠骑兵啊！完全是小孩，还有腿！我不能看见……"许多声音说。

娜塔莎——灭留考夫家小辈的好友——和他们一同消失到后边的房间里去了，那里需要焦木和各种睡衣及男装，这些都由女子的光手臂，在半开的门里，从听差的手里接了进去。十分钟后，灭留考夫家所有的幼辈都加入了化装的人中。

撒拉盖亚·大尼洛芙娜吩咐着为客人们打扫地方，并招待主仆们，没有取下眼镜，带着压制的笑容，走在化装的人当中，贴近地看他们的脸，认不出任何人。她不但不认识罗斯托夫们和狄姆勒，而且一点也认不出自己的女儿们，认不出她们身上的睡衣和军服。

"这是谁？"她向她的女教师说，看着化装为卡桑的鞑靼人的女儿。"好像是罗斯托夫家的什么人。啊你，骠骑兵先生，在哪一团服务呢？"她问娜塔莎。"土耳其人啊，给土耳其人干果吧。"她向送东西的厨子说，"这是法律不禁止的。"

有时看着奇怪但可笑的跳步——这是跳舞人所做的，他们自始至终认定了他们是化装的，没有人认识他们，因此不觉得拘束——撒拉盖亚·大尼洛芙娜用手帕蒙了脸，她整个肥大的身体因为不可约制的、美意的、老年的笑容而颤动。

"我的萨舍涅特，萨舍涅特！"她说。

在俄国舞与合唱之后，撒拉盖亚·大尼洛芙娜集合了全体的主仆们,成一大圈,他们带来了一个环、一根绳、一个银卢布,准备做共同的游戏。

一小时后,所有的衣服都压皱了、凌乱了。焦炭的须眉在发汗的、发热的、快活的脸上消失了。撒拉盖亚·大尼洛芙娜开始认出了化装的人,她称赞他们的服装是多么好,这些服装是如何特别称适小姐们,并感谢了他们全体,因为他们那样使她愉快。客人们被邀在客厅里吃夜饭,仆人们在大厅里受招待。

"啊,在洗澡房里碰运气,这是可怕的!"住在灭留考夫家的一个老处女在饭后说。

"为什么?"灭留考夫家的大女儿问。

"但你不要去,那里需要勇气……"

"我要去。"索尼亚说。

"你说,这位小姐遇到了什么?"灭留考夫二女儿说。

"是这样的,一位小姐走进来了,"老处女说,"拿了一只鸡,两套食具——合适地,她坐下。坐了一会儿,忽然听到有人来了……有车铃,有马铃,橇车来了,听到他来了。完全像人一样,他进来了,好像是一个军官,走近,和她坐在食具的旁边。"

"呵!呵!……"娜塔莎嘶叫,恐怖地转动眼睛。

"他还有什么呢?还说话吗?"

"是的,像人一样,一切都正合适,于是开始说服她,她应该和他谈话一直到鸡叫。但她胆小——只是胆小,用手蒙了脸。他抓住了她,好,那时女仆跑进来……"

"咬,为什么吓她们!"撒拉盖亚·大尼洛芙娜说。

"妈妈，你自己也碰运气……"女儿说。

"怎么样在仓里碰运气呢？"索尼亚问。

"就是像现在的时候，去到仓里听。你听到：敲椎，轻叩——这不好，但筛壳子——这是好，但有时……"

"妈妈，你说，你在仓里遇见了什么？"

撒拉盖亚·大尼洛芙娜笑着。

"但是我忘记了……"她说，"你们没有人去吗？"

"不，我要去，撒拉盖亚·大尼洛芙娜，让我去，我要去。"索尼亚说。

"呶，当然，假使你不怕。"

"路易萨·伊发诺芙娜，我能去吗？"索尼亚问。

无论他们是玩环、玩绳或者玩卢布，像现在这样谈话，尼考拉总不离索尼亚，用全新的眼睛看她。他似乎觉得，只是今天，由于焦炭的胡须，他第一次充分认识她。索尼亚确实这天晚上是愉快、活泼、美丽的，尼考拉从来没有看见过她这样。

"她就是这样的，我多么呆！"他想，看着她的炯灼的眼睛和快乐的、狂喜的、在胡须下的腮上漾出酒窝的笑容，这是他从前没有看见过的。

"我什么都不怕"，索尼亚说，"马上可以吗？"她站起。他们告诉了索尼亚仓在何处，她要如何沉默地站着去听，他们给了她一件皮外衣。她将它披在自己的头上，并一瞥尼考拉。

"这个姑娘多么美啊！"他想，"直到现在我想了些什么呢！"

索尼亚走上走廊，到仓里去。尼考拉赶快地走到前面的阶层上，说他觉得热。确实屋里面因为拥挤的人而觉得气闷。

院子里是同样的宁静的寒冷,同样的月,只是更明亮。光是那么强,雪上的星是那么多,令人不想瞻览天空,真正的星是看不见的。天空黑暗而惨淡,地上愉快。

"我是呆子,呆子!直到现在等待什么呢?"尼考拉想,路过阶层,他顺着通后面阶层的小径绕过屋角。他知道索尼亚要走过这里。在路当中有一沙绳高的一堆木柴,上面有雪,映了影子。在这个木堆的那边,在她的一边,有老菩提树空枝的交错的影子,撒在雪上和路上。路通仓屋。仓屋的裂缝的墙和盖雪的顶好像是由宝石刻成的,在月光中闪耀。园中有了树木的折断声,一切又完全安静。似乎他的胸部不是吸入空气,而是某种永久年轻的力量与喜悦。

在女仆住房的阶层前有脚步在层级上的踏动声,在最后的、堆了雪的一级上有了响压声。老女仆的声音说:

"对直,对直,顺这条路,小姐,只是不要掉头望!"

"我不怕。"索尼亚的声音回答,于是顺着路,对着尼考拉,索尼亚穿瘦鞋的脚响压着、嘎吱着。

索尼亚裹了皮大氅。她在两步之外看见了他,她也看他不像她从前所知道的那样,她从前总是有点怕他。他穿了女人衣服,有纷乱的头发,有快乐和索尼亚觉得新鲜的笑容。索尼亚赶快跑到他面前。

"完全不同,而又完全如旧。"尼考拉想,看着她的被月光完全照亮的脸。他把手伸进裹着她的头的皮外衣下边,搂抱她,把她贴紧自己,吻她的嘴唇,唇上有胡须,并发出烧焦的软木气味。索尼亚也在嘴唇的当中吻他,并伸出了小手,从两边搂他的腮庞。

"索尼亚!尼考拉!……"他们只说了这个。他们跑到仓屋前,又转回,各人走上自己的阶层。

十二

当大家都从撒拉盖亚·大尼洛芙娜家回转时,娜塔莎总是注意着一切,布置了那样的更动,就是路易萨·伊发诺芙娜同她和狄姆勒坐一辆橇车,索尼亚和尼考拉及女仆们坐一辆。

尼考拉已不赶越,在归途上平静地赶着车,仍旧在这个奇怪的月光中盼顾索尼亚,在这个不断变动着的光线中,在须眉下寻找他的那个从前的和现在的索尼亚,他决定了同她永不分离。他盼顾,当他认出了那个旧的和新的索尼亚时,他想起了那个混杂着接吻情绪的焦炭气味,他深深呼吸一口冰冷的空气,看着奔驰的地和耀明的天,他觉得自己又在仙境中。

"索尼亚,你好吗?"他时时问。

"是的，"索尼亚回答，"你呢？"

在中途，尼考拉让车夫勒住了马，跑到娜塔莎的橇车上，在车旁站了一会儿。

"娜塔莎，"他低声用法文向她说，"你知道，对于索尼亚我决定了。"

"你向她说了吗？"娜塔莎问，忽然面现欢喜的颜色。

"呵，你有这些须眉是多么奇怪。娜塔莎！你高兴吗？"

"我很高兴，很高兴！我已经对你发火了。我没有向你说过，但你对她的行为是不好的。那样好的心，尼考拉。我多么高兴！我有时可嫌，但若是我独自快乐而没有索尼亚，我便觉得羞，"娜塔莎继续说，"现在我是那么高兴，呶，快跑到她那里去吧。"

"不，等一下，啊，你多么可笑！"尼考拉说，仍旧注视她，在妹妹身上他也发现了那种新的、异常的、动人、温柔的地方，这是他从前没有看过的，"娜塔莎，有点仙意。啊？"

"是的，"她回答，"你做得很好。"

"假使我从前看见她像她现在这样，"尼考拉想，"我便早已问过她要做什么，做了她所吩咐的一切，而一切都好了。"

"你那么高兴，我做得对吗？"

"啊，很对！我不久还同妈妈为这事吵了一架，妈妈说要抓住你。怎么能说这话！我同妈妈几乎大吵起来。我绝不让任何人对于她说到、想到任何不好的事情，因为她只有好的地方。"

"那么这样好吗？"尼考拉说，又注视一次妹妹脸上的表情，要看出这是不是真的。于是靴子擦响着雪，他从橇旁跳下，跑回自己的橇车。那个快乐的、笑着的、有胡须和耀明的眼睛在貂皮帽下看人的切尔开斯人，仍旧坐在那里。这个切尔开斯人是索尼亚，这个索尼亚是他确实的、未来的、快乐的、恩爱的夫人。

到了家，向母亲说了他们在灭留考夫家时的情形，小姐们便回到自己的房里，换了衣服，却没有拭去焦炭的胡子，她们坐了很久，谈到她们的幸福。她们谈到她们结婚后将如何生活，她们的丈夫将是朋友，她们将是快乐的。在娜塔莎的桌上，还有杜妮亚莎在晚间所准备的镜子。

"只是何时才有这一切呢？我怕，永不……这是太好了！"娜塔莎说，站起来，走到镜前。

"坐下，娜塔莎，也许你会看见他。"索尼亚说。

娜塔莎点了蜡烛坐下。

"我看见一个有胡子的人。"娜塔莎说，看自己的脸。

"不该发笑，小姐。"杜妮亚莎说。

娜塔莎借索尼亚与女仆的帮助使镜子的位置合适了，她脸上显出严肃的表情，她沉默。她坐了很久，看着镜中一串离开的蜡烛，假定着（根据她所听的故事）她看见了棺材，又看见了他，安德来郡王，在那最后混乱、朦胧的方形中。但无论她怎么准备着把极微小的点子当作人或棺材的形状，她却什么也看不见。她开始频频眨眼，离开镜子。

"为什么别人看见，我什么都看不见呢？"她说。"你坐下吧，索妮亚，今天你一定必须，"她说，"只是为我看……我今天觉得那么可怕！"

索尼亚坐到镜前，弄好姿势，开始观看。

"现在索尼亚·亚力由德罗芙娜一定会看见，"杜妮亚莎低声说，"你总是发笑。"

索尼亚听到了这话，又听到娜塔莎低声说：

"我知道会看见的，她去年也看见的。"

大家沉默了五分钟。"一定的！"娜塔莎低声说，没有说完……忽然索尼亚推开她手里的镜子，用手蒙了脸。

"呵，娜塔莎！"她说。

"看见了吗？看见了吗？看见了什么？"娜塔莎大声说，扶着镜子。

索尼亚什么也未看见，当她听到娜塔莎的声音说"一定的"时，她只想眨眨眼，站起来。她不愿欺骗杜妮亚莎和娜塔莎，坐着觉得难受。她自己不知道当她用手蒙眼时，如何并为何发出叫声。

"看见他了吗？"娜塔莎问，抓住她的手。

"是的，等一下……我……看见了他。"索尼亚不觉地说，尚不知道娜塔莎说的他是指谁，他——尼考拉啊，或者他——安德来？

"但为什么我不说我看见了东西呢？别人都看见！谁能发觉我是看见，或者是没有呢？"在索尼亚的心中闪过。

"是的，我看见了他。"她说。

"怎样的？怎样的？坐着还是躺着？"

"不，我看见……先是什么也没有，忽然我看见了，他躺着。"

"安德来躺着吗？他病了吗？"娜塔莎问，用不动的眼睛惊惶地看着她的朋友。

"不是,相反——相反,愉快的脸,他向我转过来。"在她说这话时,她自己觉得她看见了她所说的。

"呶,还有呢,索尼亚……"

"那时我看不清了,什么蓝的和红的东西……"

"索尼亚!他何时回来?我何时看见他呢?我的上帝啊!我多么为他、为我自己而怕啊,我觉得一切是可怕的……"娜塔莎说,对于索尼亚的安慰不回只字,在床上躺着。在蜡烛熄灭后很久,她带着睁开的眼睛,不动地躺在床上,从结冰的窗子里看着冻冷的月光。

十三

在圣诞节后不久，尼考拉向母亲说明了他对索尼亚的爱情，和他要娶她的坚决意向。伯爵夫人早已注意到索尼亚与尼考拉之间所发生的事情，并期望这个说明。她沉默地听了他的话，并向儿子说，他可以娶他所愿意娶的，但她和父亲都不会祝福他这件婚事。尼考拉第一次感觉到他的母亲不满意他，虽然她对他有一切的慈爱，她却不对他让步。她不看儿子，冷淡地派了人去请丈夫。当他来时，伯爵夫人想简略地、冷静地当尼考拉的面向他说明是什么事情，但她约制不住，她流出了烦恼之泪，走出了房。老伯爵开始犹豫地规劝尼考拉，求他放弃他的计划，尼考拉回答说他不能收回他的话。于是父亲叹气并显然是慌乱了，极快地打断了自己的话，走到伯爵夫人那里。在他和儿子的一切冲突中,伯爵总是因为家境的不振而觉得自己对儿子有过失,因此他不能因为儿子拒绝娶富家女子并选择无嫁产的索尼亚对儿子发火——在这种情形中他只更生动地想起这个,就是假如家道不是这样零落,则尼考拉不需要有比索尼亚更好的妻子了。想起家境衰落的责任只是在他自己和他的德米特锐,和他的不可克制的习惯。

父母不再和儿子谈到这件事。但几天以后,伯爵夫人把索尼亚叫到自己面前,用了彼此都想不到的残忍,伯爵夫人责备了甥女引诱她的儿子和忘恩负义。索尼亚无言地垂着眼睛,听了伯爵夫人的残忍的话,不懂得要求她的是什么。她准备为她的恩人牺牲一切,自我牺牲的思想是她所心爱的思想。但在这个情形中,她不能明白,她该牺牲什么,并对谁。她不能够不爱伯爵夫人和罗斯托夫的全家,也不能不爱尼考拉,不能不知道他的幸福系于这个爱情。她沉默、悲哀,未做回答。尼考拉似乎觉得他不能再忍受这种情形,他去向母亲说明。尼考拉时而请求母亲饶恕他和索尼亚,并同意他们的婚事;时而威胁母亲,说假使索尼亚要受到迫害,他便立刻和她秘密结婚。

伯爵夫人带着儿子从未见过的冷淡回答儿子说,他已成年了,说安德来郡王将不得父亲的同意而结婚,说他也可以这么做,但她绝不承认这个女阴谋家是她自己的女儿。

被女阴谋家这个名词所激怒,尼考拉提高了声音向母亲说,他从来没有想到她要使他出卖自己的情感,并且假使是如此,那么他最后一次说……但他不及说出这个决定的字,这个字由于他脸上的表情,他母亲恐怖地等候着,并且这个字也许要在他们之间永远留下残忍的回忆。他不及说完,因为娜塔莎带着发白的、严肃的脸从门外进了房,她曾在门外窃听。

"尼考林卡,你说废话,不要说,不要说!我告诉你,不要说!……"她几乎是喊起来,要压下他的声音。

"妈妈,亲爱的,这完全不是这样的……我心爱的,可怜的。"她向母亲说。母亲觉得自己是在深渊的边际,恐怖地看儿子,但因为争执的坚决与兴奋,她不愿并且不能让步。"尼考林卡,我要向你说明,你去——你听,亲爱的妈妈。"她向母亲说。

她的话是无意义的,但这些话达到了她所求的目的。

伯爵夫人痛哭,把脸藏在女儿的怀中。尼考拉站起,搔头,走出了房。

娜塔莎努力进行和解,并且达到了这样的结果,就是尼考拉获得了母亲的许诺,索尼亚不会受窘迫,他自己也给了许诺,他不瞒着父母做任何事情。

带着坚决的计划——处置了部队中自己的事情,即辞职、来家、娶索尼亚——尼考拉在一月初返回他的部队,他愁闷而严肃,和父母有了意见,但他觉得是在热恋中。

在尼考拉走后,罗斯托夫家比从前更惨淡了,伯爵夫人因为心绪凌乱而生病了。

索尼亚因为尼考拉的离别,更因为伯爵夫人不能对她没有的那种仇意语气,显得愁戚。伯爵因为家务的不振而空前地烦恼,这事需要一种决定的步骤。莫斯科的房子和莫斯科郊外的房产都必须出售,为了出售房产必须去莫斯科。但伯爵夫人的健康使行期一天一天的延迟。

娜塔莎在起初轻易地甚至愉快地忍受着未婚夫的离别,现在一天天变得更兴奋、更不耐烦了。她最好的时光应当用于爱他,却空空地不为任何人而损失了——这思想不断地苦恼她。他的信大都使她恼怒。她想到这种事情便觉得委屈,就是当她只在对他的思想中生活时,他却过着现实的生活,他看见新地方和他觉得有趣味的新人。他的信愈有趣味,她愈觉得烦恼。她写给他的信不仅不给她安慰,而且使她觉得是厌烦的、虚伪的义务。她不能写,因为她不能够在信中真实地表现千分之一她所惯于用声音、笑容与目光表现的。她写给他古典的、一个样的、枯燥的信,她不认为这些信有丝毫的意义,这些信由伯爵夫人在底稿上改正了她的拼缀的错误。

伯爵夫人的健康仍然没有改进,但延期去莫斯科已不可能。必须预备嫁产,必须出售房子,此外安德来郡王要先到莫斯科,这个冬季尼考拉·安德来维支老郡王住在这里,娜塔莎相信他已经到了。

伯爵夫人留在乡间,伯爵带了索尼亚和娜塔莎,在一月末,赴莫斯科。

第五部

一

彼挨尔在安德来郡王与娜塔莎订婚之后,没有任何显著的理由,忽然觉得不能够继续从前的生活。无论他怎么坚决地相信他的恩人展示给他的真理,无论他在内心自我完善之工作的初期是怎么样快乐——对于这个工作他带着那样的热情专心以赴——但在安德来郡王和娜塔莎订婚以后,在奥谢卜·阿列克塞维支死后——这个消息他几乎是同时获得的——他觉得以前那种生活的全部美丽都忽然消失了,只剩下了一个生活的骨架:他的家和一个显赫的夫人——她现在享受着一个要人的恩宠,他和全彼得堡的交游,他的职务和乏味的礼节。这种以前的生活,忽然使彼挨尔感觉到意外的厌憎。他停止了写日记,避免弟兄们的团体,又开始赴俱乐部,开始饮很多的酒,又和单身的朋友们交游,并开始过那样的生活,以致叶仑娜·发西利叶芙娜伯爵夫人认为必须对他做严格的注意。彼挨尔觉得她是对的,为了不同夫人妥协,他去到莫斯科。

在莫斯科,他刚刚进了他的大屋子,这里有憔悴了的和正憔悴的郡主们,有很多的仆人。他刚刚在赶车过城时看见了依佛斯基教堂和金龛前无数的烛炬,看见了克里姆林广场和未辗踏的雪、橇车夫们和谢夫采夫·夫拉饶克住的棚子,看见了莫斯科老绅士们什么也不希望、什么地方也不急着要去,过着他们的余年,看见了老太太们、莫斯科的小姐们、莫斯科的跳舞会和莫斯科的英国俱乐部——他便觉得自己如居家,如在安静的休息处。他在莫斯科觉得安静、温暖、习惯而污秽,好像是穿旧睡衣。

莫斯科的交际界,自老妇至小孩,都接待彼挨尔如同久所期待的客人,他的地位总是准备着的,并且是空着的。对于莫斯科的交际界,彼挨尔是最可爱、最仁慈、最聪明、最愉快、最宽宏的怪人,是不经心的、诚恳的、俄国旧式的绅士。他的钱袋总是空的,因为它对一切的人都是敞开的。

从事游艺会、恶劣的图画、雕像、慈善团体、吉卜赛人歌团、学校、捐款的宴会、酒会、共济会会员、教会、书籍——没有任何人、任何事遭他的拒绝,假若不是他的两个朋友借去他很多的钱,并将他处在他们的保护之下,他便会散掉一切。在俱乐部里,没有一次宴会、一个夜会没有他。在他吃了两瓶马告酒之后刚刚躺在沙发上他的地方休息时,他便被人围住,开始了谈话、争论、诙谐。有争吵的地方,他——单用他的仁慈的笑容和顺便说出的笑话去和解。共济会的饭堂，假如他不在场，便显得无趣、冷静。

在一次单身汉的夜饭之后，他带着仁慈的、好意的笑容，同意了快活的团体的请求，上了车，和他们同去。这时，在年轻人之间，发出了喜悦的、胜利的叫声。在跳舞会上，假使缺少舞伴，他便跳舞。年轻的小姐太太们欢喜他，因为他不专爱任何人，他是同样地爱所有的人，尤其是在夜饭后。"他是可爱[1]的，他是没有性别的。"大家这么说到他。

彼挨尔是退休的，悠游地在莫斯科度日的御前侍臣，这种人有九百个。[2]

假使七年前，当他刚从国外回国时，有谁向他说，他无须寻找并思索任何东西，他的路径早已辟成，永久地注定了，说他无论怎么转动，他还是那样，如同一切的人在他的地位那样——他要觉得多么可怕。他不会相信这话的！他不是诚意地希望过，要在俄国造成共和国，自己要做拿破仑、做哲学家、做军略家、做拿破仑的征服者吗？他不是看见了那种可能性，且热情地希望过，改造堕落的人类，并使自己达到最高度的完善吗？他不是设立了学校和病院并放了他的农奴吗？

但代替这一切的是，他在这里是一个不忠实妻子的有钱的丈夫，致仕的御前侍臣，爱吃、喝，敞开衣服微责政府，是莫斯科英国俱乐部的会员，莫斯科交际界大家所爱的人。对于这种思想他好久不能安

---

[1] 莫斯科的贫民窟。——毛
[2] 御前侍臣 Kamoprop 比御前侍从 kamomphsp 稍高。——识

心,就是他正是那种致仕的莫斯科的御前侍臣,对于这种人他在七年前是那么深加轻视。

有时他用这种思想安慰自己,就是他只是暂时过这种生活。但后来别的思想又使他恐惧,就是许多像他这样的人,带着全部的牙齿和头发,暂时走进这种生活和俱乐部,而出来时已没有牙齿和头发了。

在自得之时,当他想到自己地位时,他觉得他是完全不同的,尤其是和其余致仕的、他从前所轻视的御前侍臣们不同,他们是鄙陋的、愚蠢的,满意并安心他们的地位。"但我甚至现在仍然不满,我仍然希望为人类做点事情。"在自得时,他向自己说。"也许我所有的同事们正和我一样做奋斗,寻找一种新的自己的生活道路,并且正和我一样,被环境、社会、家庭的力量、人类无力反对的主要力量,带到我所到的地方。"在谦逊时,他向自己说。莫斯科住了一些时候,他已不轻视他的命定的同事们,却开始爱他们,尊敬他们,可怜他们,正如同情他自己一样。

彼挨尔已不像从前那样对于生活有失望、悲愁、厌憎的时候,但从前表现于剧烈袭击的那种痛苦被赶到内部去了,没有一刻离开他。"有何目的?为什么?世界上所进行的是什么?"他一天几次迷惑地问自己,不觉地开始思索生命现象的意义,但凭经验他知道对于这些问题是没有回答的,他企图迅速地避开这些问题,拿书看,或者赶到俱乐部去,或者到阿波隆·尼考拉维支那里去谈城市的琐闻。

"叶仑娜·发西利叶芙娜除了自己的身体从来不爱任何东西,她是世界上最愚蠢的女人之一。"彼挨尔想。她在人面前成为智慧与优雅之峰极,他们崇拜她。拿破仑·保拿巴特在他成为伟人之前被人轻视,在他成了可怜的小丑时,法国西斯皇帝力求把女儿和他缔成不合法的婚姻。西班牙人借天主教教士向上帝祈祷,为了他们在六月十四日打败了法国人而感恩;但法国人借同样的天主教教士做祈祷,为了他们在六月十四日打败了西班牙人。我的共济会的弟兄们用血发誓,说他们准备为邻人牺牲一切,但对于济贫捐款却一个卢布也不付,并且挑唆阿斯特利阿反对寻求神食的人,并且为真正的苏格兰地毯而纷忙,为一个法规而纷忙,这法规的意义连写作的人也不知道,而且没有任何人需要它。我们都宣传恕罪与爱邻的基督教律——因为这个教律,我们在莫斯科建起了四十乘四十的教堂——但昨天还鞭打一个逃兵,而这个爱、恕之律的服务人,神甫,在行刑之前让兵士吻十字架。彼挨尔这么想,那整个普遍的、大家承认的、他所习惯的欺骗,好像是什么新的东西,每次都使他诧异。"我懂了这个欺骗和纠纷。"他想。"但我如何告诉他们我所懂得的一切呢?我试验过,并且总是发现他们在心的深处也懂得它,如我一样,但只是他们企图不看见它。所以是应该那样的!但我,我该到哪里去呢?"彼挨尔想。

他具有许多人们的,特别是俄国人们的那种不幸的性能——看见并且相信善良与真理的可能,而且把生活的丑恶与虚伪看得太清楚,以便能够在生活中采取严肃的态度。任何活动的领域,在他心目中,都和丑恶与欺骗相连。无论他想成为什么样的人,无论他做什么事——丑恶与虚伪都拒绝他,并且阻挡他一切活动的路径;但同时必须生活，必须有所事事。处于这些未解决的人生问题的压迫下是太可怕了，于是他自纵于第一种嗜好，只是为了忘记它们。他赴各种社交团体，纵饮，购买图画，建筑，主要的是读书。

他读书，读一切碰到手的书，并且是那样读书，当他到了家而仆人尚在替他脱衣服的时候，他已经拿了书阅读——从读书到睡觉，从睡觉以至于在客厅与俱乐部的谈话，从谈话到狂饮与女色，从狂饮又至谈话，读书、饮酒。饮酒对于他渐渐成为生理的同时是心理的要求。虽然医生们向他说过，由于他的肥胖，酒对于他是危险的，他仍饮酒很多。当他自己不知如何，大嘴里注进了几杯酒，感觉到身体上愉快的温暖，对一切亲近之人的柔情，以及心理上准备浮浅地反映任何思想而不深究其实际时——只有在这种时候，他才觉得充分地舒适。只有在他饮了一两瓶酒之后，他才模糊地意识到，那个混乱的、可怕的、曾经令他惶惧的人生之谜并不显得那么可怕。谈话时，听人说话时，或者在午饭夜餐后读书时，他头脑里喧嚣着，不断地看见这个谜，它的某方面。但只在酒力之下他才向自己说："这个不算什么。我要解开这个——我的解释已经准备好了。但现在没有工夫——我以后再思索这一切！"但这个"以后"从未来到过。

早晨空腹时，一切从前的问题显得那么不能解决而可怕，于是彼挨尔急忙找书，并且在有人来看他时，他便欢喜。

有时彼挨尔想起他所听过的传说，在战争中兵士们在掩蔽物下遭受攻击，当他们无事可做时，便尽力为自己寻找事情做，以便轻易地忍受危险。于是彼挨尔觉得所有的人都是这种逃避生活的兵士们：有人用野心，有人用牌，有人用法律的写作，有人用女色，有人用玩具，有人用马匹，有人用政治，有人用狩猎，有人用酒，有人用政事。"无事不重要，无事重要，都是一样，只要如我所能的去逃避它！"彼挨尔想，"只要不看见它，那个可怕的它。"

二

　　冬初，尼考拉·安德来维支·保尔康斯基郡王和女儿来到莫斯科。由于他的过去，由于他的智慧与特卓，特别是由于当时对亚历山大皇帝治国的热望之薄弱，以及由于莫斯科当时的反法及爱国情绪，尼考拉·安德来维支郡王立即成为莫斯科人士特殊尊敬之对象和莫斯科反对派的中心。

　　这一年，郡王很老迈了。他显出了显著的老态：突然的打盹，最近事件的遗忘，过去的回忆以及幼稚的虚荣，他因此而担任莫斯科反对派的首领。虽然当老人，特别是在晚间，穿了皮袄、戴了打粉假发，出来吃茶时，由于别人的触动，开始他的关于过去的急遽谈话，或者关于现在的更急遽而尖锐的批评时，他便在所有客人的心中引起同一的肃然敬意。这全部的老屋子和大镜、革命前的家具、打粉的听差们、过去时代的严厉智慧的老人自己和他的温柔的女儿、美丽的法国女子,两人都尊重他——对于客人们,显得是庄严愉快的情景。但客人们没有想到,在他们看见主人的这两三小时之外,在一昼夜中还有二十二小时,在这个时候过着秘密的内部的家庭生活。

近来在莫斯科,这种内部的生活对于玛丽亚郡主是很难过的。她在莫斯科失去了自己最大的喜悦——和神徒谈话、静独——它们在童山使她精神活泼,并且她没有都市生活的任何利益与喜悦。她不赴交际场。大家知道,她父亲不许她不跟他自己而出去,但他由于不健康而不能出去,于是没有人请她赴宴或夜会。结婚的希望,玛丽亚郡主完全抛弃了。她看到尼考拉·安德来维支郡王接待与送出年轻人们时的冷淡与愤怒,他们有时来到她家,可以做她的求婚者。玛丽亚郡主没有朋友,她这次来到莫斯科,对于两个她最亲近的朋友都失望了:部锐昂小姐,她以前不能够和她完全地坦白,现在更觉得她可嫌,并且由于某种原因,她开始疏远她;尤丽住在莫斯科,玛丽亚郡主曾和她连续通信五年,当玛丽亚郡主与她重新会面时,她变得完全生疏了。尤丽此时由于弟兄之死,成为莫斯科最富的闺女之一,处在社交快乐的峰点。她被青年们环绕着,她觉得他们都忽然看重了她的美德。尤丽是在年大的社交小姐的这种年纪,觉得已到了结婚的最后机会,现在就要或者永不决定她的命运。玛丽亚郡主在每个星期四带着忧悒的笑容想起她现在不能寄信给谁了,因为尤丽在此,并且每周和她相见,而她在此却不能给她任何快乐。好像年老的侨民拒绝娶一个女子,他曾在这个女子家庭过数年来的夜晚——她惋惜尤丽在此,她无人可以通信。玛丽亚郡主在莫斯科无人谈心，无人诉告自己的苦恼，在这时增加了很多新的苦恼。安德来郡王归期和他的婚期都临近了，而他委托她为这事疏通父亲，这委托不仅没有执行，而且相反，这事情似乎完全无望了，并且提到罗斯托夫伯爵小姐便要引起老郡王发怒，他大部分的时间是情绪不好的。玛丽亚郡主近来新添的苦恼，是她教给六岁侄儿的各项功课。在她对尼考卢施卡的态度上，她恐怖地发觉自己具有父亲的暴躁脾气。无论她向自己说多少次，不该在教侄儿时让自己发火，却几乎每次当她坐下来拿着指尺指示法文字母表时，她希望更快地、更轻易地把自己的知识倾注给小孩，他是已经怕姑母要发怒，她在小孩有丝毫不注意时便发抖、着急、愤怒、提高声音，有时拉住他的手，罚站在角落里。罚了他站在角落之后，她自己开始因为自己的暴躁恶劣的性格而哭，于是尼考卢施卡随着她哭，不得允许即走出角落，到她身边，把她的湿手从脸上拿开，并想要哭。但对于玛丽亚郡主最大的苦恼是她父亲的暴躁，这总是对女儿发作，并且近来达到残酷的程度。假使他要她整夜地跪，假使他打她，使她挑柴汲水，而她绝不会想到她的地位困难。但这位亲爱的残暴者最为残酷的是，因为他亲她，因此他磨难自己和她——他心中知道不但委屈她、侮辱她，而且向她证明，她时时并且处处有过错。近来他发现了新的特征，最使玛丽亚郡主痛苦，这就是他和部锐昂小姐的更加亲近。在最初知道关于儿子意向的消息时，他有了一种思想，就是假使安德来郡王结婚，则他自己也娶部锐昂小姐——这思想显然使他高兴，并且他近来只为了侮辱她（玛丽亚郡主觉得如此）而固执地向部锐昂小姐表示特别的亲爱，并且借他对部锐昂小姐的爱情表示自己对女儿的不满。

有一天在莫斯科，当玛丽亚郡主的面（她觉得父亲有意在她面前做这事），老郡王吻了部锐昂小姐的手，并将她拉到自己面前，亲热地搂她。玛丽亚郡主脸赤，跑出了房间。几分钟后，部锐昂小姐来到玛丽亚郡主的房里，笑着，用她悦意的声音愉快地说了什么。玛丽亚郡主赶快拭去了泪，用坚决的步子走近部锐昂，显然她自己并不觉得，她带着愤怒的急邃，用断续的声音，开始向法国女子咆哮。

"利用弱点……是可憎的、卑鄙的、不人道的。"她没有说完。"从我房里出去吧！"她大叫，并哭泣。

次日，郡王未向女儿说一个字。但在吃饭的时候，她注意到他吩咐先从部锐昂小姐上菜。在吃饭完结时，当厨子按照习惯先从郡主上咖啡时，郡王忽然发怒，把拐杖向菲利普抛去，并立刻吩咐了送他去当兵。

"他不听话……说了两次……他不听……她是这个屋里的第一个人，她是我最好的朋友！"郡王大声说。"假使你再要让你自己，"他第一次对着玛丽亚郡主发火地说，"你敢像昨天……在她面前忘形，我就要让你明白，谁是这个家的主人。去！我不要看见你，向她求恕！"

玛丽亚郡主为了自己，为了央她求情的厨子菲利普，向阿玛利亚·叶芙盖涅娜芙和父亲求了恕。

在这种时候，玛丽亚郡主心中的情绪是对于牺牲之骄傲。忽然在这种时候，她所批评的这位父亲或者寻找着眼镜，手在眼镜旁边摸着却没有看见，或者忘记了刚才所发生的，或用衰弱的腿子走不均匀的步子,并环顾是否有谁看见了他的衰弱,或者,更坏的,在吃饭时,没有客人激动他,他便忽然打盹落下餐巾,把摇摆的头俯到碟子上。"他老了,衰了,我敢批评他!"在这种时候,她想着,并厌恶自己。

三

一八一一年在莫斯科住着一个迅速地时髦起来的医生,一个身材高大的美男子,和法国人一样有礼貌,且如全莫斯科的人所说的,一个异常才干的医生——美提弗耶。上层社会的人家接待他不像是对于医生,却像是平等的人。

尼考拉·安德来维支郡王一向嘲笑医生,近来由于部锐昂小姐的劝告,准许了这个医生来看他,且对他习惯了。美提弗耶一星期来看郡王两次。

在尼考拉日,郡王的命名日,全莫斯科的人都来到他家的门口,但他不许接待任何人,只命令邀请少数的人来吃饭,他们的名字交给了玛丽亚郡主。

美提弗耶早晨来道贺,以医生资格,觉得该当违背禁令(De forces le nsigne),如同他对玛丽亚郡主所说的,他进去看了郡王。情形是如此,在这命名日早晨,老郡王是在一种最坏的心情中。他整个的早晨在家中徘徊,向所有的人找错,并且装着不懂别人向他所说的,别人也不懂得他。玛丽亚郡主很知道这种低声怒骂的心情,这通常是结束于愤怒的发泄,并且好像在实弹的拔开了机枪的步枪前,她徘徊了整个的早晨,等候着不可免地爆发。在医生来到之前,这个早晨良好。让医生进去后,玛丽亚郡主拿着书坐在客厅的门旁,在这里她可以听到书房中发生的一切。

起初她单听到美提弗耶的声音,然后父亲的声音,然后两个声音一阵说话,门打开了,在门口出现了美提弗耶惊恐的、美丽的身材和他的黑发簇,以及穿睡衣、戴睡帽、面孔因愤怒而变样的、眼睑下垂的郡王的身材。

"你不懂吗?"郡王咆哮,"但我懂!法国的侦探,保拿巴特的奴隶,侦探,从我家走出去——出去,我说的!"于是他猛力闭门。

美提弗耶耸着肩,走近部锐昂小姐,她听到声音而从邻台跑米。

"郡王不很好,有恶脾气和脑充血。你安心,我明天来看。"美提弗耶说,把手指放在唇上,匆忙走出。

在门那边可以听到跂鞋声与叫声:"侦探,奸细,处处是奸细!我家里没有一分钟安静!"

在美提弗耶走后,老郡王把女儿叫到面前,他全部的怒火都对她发泄了。她的罪过是让这个侦探来看他。他不是说过,向她说过,要她做一个名单,那些不在名单上的都不让进来吗?为什么让这个流氓进来呢？她要负全责。同她在一起，他不能有一分钟的安宁，不能安宁地死，他这么说。

"不，姑娘，要分离的，你知道这个，你知道！我现在不能够再忍受了。"他说过，走出房间。好像是怕她会找得安慰，他回到她面前，企图做出安静的神情，添说："不要以为我是在发怒的时候向你说这话的，但我安静，我思索过这个，这就是——要分离的，为你自己去找个地方……"但他不能约制，他带着只有爱人的人才会有的那种怒气。他显然是自己痛苦着，摇着拳头向她大声说：

"假若是有什么呆子娶了她！"他猛闭门，把部锐昂小姐叫到面前，于是书房里安静了。

两点钟时，六个选定的人来吃饭。客人们——著名的拉斯托卜卿伯爵[1]、洛普亨郡王和他的侄儿、治特罗夫将军——郡王的老战友，年轻的有彼挨尔与保理斯·德路别兹考——在客厅里等候他。

保理斯新近请假来到莫斯科，希望得见尼考拉·安德来维支郡王，并能那样地邀获他的好感，以致郡王在他所不接待的一切单身年轻人中对于他做了例外的事。

郡王家不能称为"交际场"，但这是那么小的团体，这个小团体虽然在谈话中没有听到，但在这里受到接待是最荣幸的。保理斯在一周之前知道了这个。那时拉斯托卜卿当他面向那请他在尼考拉日吃饭的县督说，他不能应召：

---

[1] 他（一七六三——一八二六）在一八一二年是莫斯科总督，是政治家、著作家。——毛

"在这天我总是去到尼考拉·安德来维支郡王的神骨前去致敬。"

"呵,是,是,"县督回答,"他怎样?……"

这个小团体在饭前要集在旧式的、高大的、有旧式家具的客厅里,类似一个开会的、严肃的法庭会议。大家都沉默,即使说话也话声很低。尼考拉·安德来维支郡王走了出来,严肃而沉默。玛丽亚郡主比平时显得更端静、更羞怯,客人们都不愿和她说话,因为他们看到她没有注意到他们的谈话。只有拉斯托卜卿一个人维持谈话的线索,谈到最近城市的与政治的新闻。

洛普亨和老将军偶尔插言。尼考拉·安德来维支郡王听着,好像审判长听他们给他的报告,只偶尔用沉默或简语表示他在注意他们报告的。谈话的语气是那样的,就是大家明白没有人赞同政界上所做的事情。他们谈到的事件显然证明一切渐渐变坏。在任何谈话与批评中令人注意的是,每次在批评或许涉及皇帝陛下本人时,谈话的人便停止或者被停止。

在吃饭时,谈话是关于最近的政治新闻,关于拿破仑获取奥尔顿堡公爵的领土,关于俄国送给欧洲各国朝廷的反对拿破仑的牒文。

"保拿巴特对待欧洲,如同海盗对待夺得的船,"拉斯托卜卿伯爵说,重复他说过多次的话,"我们只惊异君王们的久忍或盲目。现在是教皇的事情了,保拿巴特已经没有顾忌地要罢免天主教的首领,大家不说话!只有我们的皇帝反对他获取奥尔顿堡公爵的领土。甚至……"拉斯托卜卿伯爵沉默了,觉得他已经到了不能批评的界限。

"他们提议用别的领土代替奥尔顿堡的公国,"尼考拉·安德来维支郡王说,"好像我把农奴们从童山移居到保古洽罗佛和锐阿桑田庄，他们这样地对待公爵们。"

"奥尔顿堡公爵用惊人的意志力和屈从，忍受了他的不幸。"保理斯说，恭敬地插言。他说这话，因为他从彼得堡来时曾有荣幸看见公爵。尼考拉·安德来维支郡王那样地看这个年轻人，好像他要向他说点什么，但变了思意，认为他太年轻了。

"我看过了我们关于奥尔顿堡事件的抗议，我诧异这个通牒的恶劣文的文体。"拉斯托卜卿伯爵说，用不当心的语气，好像一个人批评他很熟悉的事。

彼挨尔带着单纯的惊异看拉斯托卜卿，不明白为什么这个牒文的恶劣文体令他不安。

"伯爵，无论这个牒文怎么措辞，不都是一样吗？"他说，"假使它的内容是有力量的。"

"我亲爱的，有我们的五十万军队，要有美丽的文体应是容易的。"拉斯托卜卿伯爵说。

彼挨尔明白了为何牒文的措辞使拉斯托卜卿伯爵不安。

"似乎写的人是够多的，"老郡王说，"在彼得堡大家都在那里写，不仅是牒文——都在写新的法律。我的安德柔沙在那里为俄罗斯写了一整卷的法律。现在大家都在写！"他不自然地发笑。

谈话静止了一会儿，老将军清嗓子，要人向他注意。

"请问你听到过最近在彼得堡的检阅的事情吗？法国的新大使怎样发表意见啊！"

"什么？是的，我听到一点，他向陛下说了失礼的话。"

"陛下要他注意掷弹兵师和装阅式行军，"将军继续说，"似乎大使一点也不注意,并似乎大胆地说,我们在法国并不注意这种琐事。陛下什么也未说。在下一次的检阅中,据说,皇帝一次也未向他注意。"

大家沉默,对于这个关系皇帝本人的事情,不能够表示任何批评。

"无耻之徒!"郡王说。"你知道美提弗耶吗?我今天把他从我家赶走了。他来过这里,进来看我,我却不要让任何人来看我。"郡王说,愤怒地看女儿。于是他说了他和法国医生的全部谈话,和他相信美提弗耶是侦探的理由。虽然这些理由很不充足而且不明白,却没有任何人反对。

在烤肉之后,斟了香槟酒。客人们从位子上站起来庆祝老郡王。玛丽亚郡主也走到他面前。

他用冷淡的、凶狠的目光先看她,把打皱的、剃过的腮伸给她。他脸上全部的表情向她说,他们早晨的谈话并未忘去,他的决心仍然像先前那样坚强,只是由于客人在场,他现在不向她说这个。

在客厅饮咖啡时,老人们坐在一起。

尼考拉·安德来维支郡王更加兴奋,并说出他对于目前战事的意见。他说,我们和保拿巴特的战争,在我们获得了日耳曼人联盟,并卷入了欧洲事件的时候,是不幸的——提尔西特和议把我们牵入了欧洲事件中。我们不该为奥地利也不该对奥地利作战。我们的政治是在东方,对于保拿巴特唯一的事是边境上的武备和政治的安定,他绝不敢越入俄国的边境,如同一八〇七一样。

"郡王,我们要在何处和法国打仗呢!"拉斯托卜卿伯爵说,"我们能够武装起来反对我们的教师和上帝吗？你看我们的年轻人，看我们的小姐们。我们的上帝——法国人，我们的天国——巴黎。"

他开始说得更高，显然为了要大家都听见。

"法国的服装，法国的思想，法国的情感！你在这里把美提弗耶抓颈子赶走了，因为他是法国人，是无赖，但我们的小姐们却匍匐着向他面前爬。昨天我在一个夜会上，在五个小姐当中有三个是天主教徒，得教皇的允许，在星期日刺绣。她们差不多是光身坐着，好像公共浴室的广告，恕我这么说。哎，你看我们的年轻人，郡王，便要从古董室里拿出彼得大帝的棍杖，照俄国的样式打断几根肋骨，敲出他们的所有呆处！"

大家无言。老郡主面带着笑看拉斯托卜卿，并且赞同地摇头。

"哎，再见，大人，不要不舒服。"拉斯托卜卿说，带着特有的迅速动作站起，向郡王伸手。

"再见，我亲爱的——金玉之言，我永远要听的！"老郡王说，握住他的手，把腮伸给他吻。别人和拉斯托卜卿一同站起。

四

玛丽亚郡主坐在客厅里,听着老人的这些谈话与批评,一点也不懂得她所听到的。她只想到,所有的客人们是否注意到她父亲对她的仇视态度。她甚至没心注意到德路别兹考在全部吃饭时间对她所表示的特别注意与可爱处,这是他第三次来他们家。

玛丽亚郡主用神散的疑问目光注视彼挨尔。他是客人中最后的一个人,手拿帽子,面带笑容,在郡王已走出,只有他们在客厅时,他走到她面前。

"可以再坐一会儿吗?"他说,他的肥胖的身躯落在玛丽亚郡主旁边的椅子上。

"呵,是的。"她说。"你什么也未注意到吗?"她的目光说。

彼挨尔是在饭后，注意的心情中。他看着前面，温和地笑着。

"你认识这个年轻人很久吗，郡主？"他说。

"哪一个？"

"德路别兹考。"

"不，不久……"

"那么他令你满意吗？"

"是的，他是悦人意的年轻人。为什么你问我这话？"玛丽亚郡主说，仍旧想到早晨她和父亲的谈话。

"因为我做了观察——年轻人由彼得堡告假来莫斯科通常只是为了要娶有钱的闺女。"

"你做了这种观察吗？"玛丽亚郡主说。

"是的，"彼挨尔继续笑着说，"这个年轻人现在的行为是这样的，在有富家闺女的地方，他也在那里。我看他，好像看一本书。他现在还不能确定，他要进攻谁：是你，或者是尤丽·卡拉根小姐。他很注意她。"

"他去看她吗？"

"是的，很勤。你知道求爱的新方法吗？"彼挨尔带着愉快的笑容说，显然是在善意诙谐的愉快心情中，为了这个他在日记中那么常常责备自己。

"不知道。"玛丽亚郡主说。

"现在要讨好莫斯科的姑娘们，便该显得忧悒。他对于卡拉根小姐是很忧悒的。"彼挨尔说。

"真的吗？"玛丽亚郡主说，看着彼挨尔善良的脸，并且不停地想着自己的烦恼。"假使,"她想,"我决定了告诉什么人我所感觉的一切,我便觉得轻松了。我正要向彼挨尔说一切,他那么仁慈、高贵。我会觉得轻松的,他会给我意见的!"

"你会嫁他吗?"彼挨尔说。

"啊,我的上帝,伯爵!有过这样的时候,我要嫁给任何人。"忽然出乎她自己意外,玛丽亚郡主声音里带着眼泪说。"啊,要爱一个亲近的人,并且觉得,"她继续用颤抖的声音说,"除了苦恼,不能对他做出任何事情,并且在你知道你不能改变这个情形的时候,那是多么痛苦啊。那时只有一个办法——走开,但我走到何处去呢?……"

"你怎么,你怎么了,郡主?"

但郡主没有说完,已流泪了。

"我不知道我今天怎么了,不要听我,忘掉我向你说的吧。"

彼挨尔所有的愉快都消失了,他焦急地问郡主,求她说出一切,把她的苦恼告诉他。但她只重复地求他忘掉她所说的,说她不记得她所说的,说她没有苦恼,只除了那个,他知道的那个苦恼——安德来郡王的婚事会惹起父子的争吵。

"你听到罗斯托夫家的消息吗?"她问,为了改变谈话,"我听说,他们就要来了。安德来我也每天等待。我希望他们在这里会面。"

"他现在对于这件事是什么态度呢?"彼挨尔说,他是指老郡王。玛丽亚郡主摇头。

"但有什么办法呢?到年只剩几个月了,这样是不可能的。我只愿望在最初的时候拯救我的哥哥,我愿望他们赶快来,我希望和她见面……你早就认识他们。"玛丽亚郡主说,"把手放在心上,告诉我一切真正的事实,这个姑娘是怎么样的,你觉得她如何?但要是全部的事实,因为你明白,安德来冒那么多危险,违背父亲意志做这件事,我愿知道……"

一种不明确的本能向彼挨尔说,在这些谈话中,和重复的要他说全部事实的请求中,表现了玛丽亚郡主对于她未来嫂嫂的恶意,并且她希望彼挨尔不赞同安德来郡王的选择。但彼挨尔说了他所感觉的,不是理想的。

"我不知道怎么回答你的问题,"他说,脸红,自己也不知道为什么,"我确实不知道这个姑娘是怎么的,我一点也不能分析她。她是迷人的,但为什么,我不知道,这是关于她所能说的一切。"

玛丽亚郡主叹气,她脸上的表情说:"是的,我期望并且害怕这个。"

"她聪明吗?"玛丽亚郡主问。彼挨尔想了一下。

"我想不,"他说,"但又是。她不愿显得聪明……是,不,她是迷人的,没有别的了。"

玛丽亚郡主又不赞同地摇头。

"啊,我是那么愿意爱她!假使你在我先看见她,你向她说这话。"

"我听说,他们日内就要来了。"彼挨尔说。

玛丽亚郡主向彼挨尔说了自己的计划,在罗斯托夫们一到时,她便要和未来嫂嫂接近,并且要设法使老郡王看得惯她。

五

保理斯在彼得堡娶富家闺女的婚事未能成功,于是他带着这个目的来莫斯科。在莫斯科,保理斯在两个最富的闺女之间——尤丽和玛丽亚郡主——不能决定娶谁。虽然玛丽亚郡主不美,但他看来却比尤丽更动人,因为什么缘故他觉得向保尔康斯基求爱是不自在的。在他最后和她的会面中,在老郡王的命名日,对于他同她热情谈话的一切尝试,她不对题地回答他,且显然没有听他说话。

尤丽正好相反,虽然是用特别的、她独有的方法,却乐意地接受了他的爱情。

尤丽是二十七岁。在她哥哥死后,她变得很富。她现在完全不美了。但她觉得,她不仅还是那么美丽,而且远比从前动人。使她相信这种错误的是：第一，她成了很富实的闺女；第二，她愈老，她对于男子们是愈无危险，男子对待她可以更自由，并无须有任何义务而享受她的夜餐、夜会和集合在她家生动的团体。有一个在十年前为了不累及她，不束缚自己，而怕每天来到十七岁姑娘家的人，现在勇敢地每天来看她，并且对待她不像对于要出阁的闺女，却像对于没有性别的知友。

卡拉根家在这年冬季是莫斯科最悦人意的、最好客的一家。在正式邀请的夜会与宴餐之外，每天在卡拉根家聚集了巨大的团体，特别是男子们，他们夜间十二时吃饭，并一直坐到三点钟。没有一个跳舞会、宴会、戏场里没有尤丽。她的夜装总是最时样的。但虽然如此，尤丽却似乎令大家失望，她向每个人说，她既不相信友谊，也不相信爱情，也不相信任何人生喜悦，她只等待着那里（Tam）的安宁。她采用那样的女孩的语气，这女孩忍受了巨大的失望，好像是失去了她所爱的人，或者是受了他残酷的欺骗。虽然她没有发生过类似的事情，大家看她却是如此的，她自己也相信她在生活中受了很多的苦。这种忧悒既不妨碍她自己快活，又不妨碍在她家的年轻人悦意地度过时光。到她家来的每个客人，都对女主人的忧悒的心情尽了自己的义务，然后即从事社交谈话、跳舞、智慧的游戏和卡拉根家流行的韵诗比赛。只有少数的年轻人，保理斯在内，较为深解尤丽的忧悒心情。对于这些年轻人她有较长久的和单独的谈话，谈到尘世一切的空虚，她向他们打开自己的手册，下面画着伤愁的图画，写着警句和诗句。

尤丽对于保理斯是特别亲爱，惋惜他对于人生的早年的失望，给他所能给的友谊的安慰，她自己在人生中受了那么多痛苦，她向他打开自己的手册。保理斯在手册上画了两棵树，并写了："乡村的树，你的暗淡的枝柯在我身上洒下了黑暗与忧悒。"

在另一处他画了一个坟，并写了：

"死又安全，死又安静，

啊！对于悲哀别无隐遁。"

尤丽说，这是极美的。

"在忧悒之笑中有某种那么销魂的东西，"她逐字地向保理斯说了从书中抄出的这一段，"这是阴影中的一道光线，是悲哀与失望间的间色，它表示安慰是可能的。"

为酬答这个，保理斯为她写了法文的诗句：

"太敏感的灵魂之有毒食品，

无你则幸福对我即不可能，

温柔的忧悒，啊，来安慰我吧，

来安慰我凄惨隐居的苦感，

并且带来一块秘密的甜甘，

放入我觉在流的眼泪里吧。"[1]

尤丽为保理斯在竖琴上弹了最悲哀的夜曲。保理斯为她诵读《可怜的莉萨》[2]，并且屡次因为阻碍他呼吸的兴奋而中断。在大团体中相会时，尤丽和保理斯彼此注视，好像是对于世界上唯一的、淡漠的彼此了解的人。

---

[1] "韵脚勉强照原样。"——译
[2] "这是 Karamsiu 在一七九二年问世的著名哀情小说，描写一农家女爱一贵族，因被遗弃而投水自尽。"——毛

安娜·米哈洛芙娜常来卡拉根家，做母亲的牌伴，同时探问真实的消息，要陪嫁尤丽什么东西（陪嫁她平萨省的两个田庄和尼惹高罗德省的森林）。安娜·米哈洛芙娜带着对天意的服从和柔情，注视那连接了她的儿子和富实的尤丽的美致的悲哀。

"你总是艳丽的、忧悒的、可爱的尤丽。"她向女儿说。

"保理斯说，他在你家得到灵魂的休息。他忍受过那么多的失望，并且那么敏感。"她向母亲说。

"啊，我亲爱的，近来我是多么欢喜尤丽啊，"她向自己儿子说，"不能向你细说！但是谁能够不爱她呢？她不是地上的人物！啊，保理斯！保理斯！"她停了一分钟。"我多么可怜她的妈妈，"她继续说，"今天她给我看了平萨省寄来的账目和信（她们有很大的田庄在那里），并且她是可怜的、孤独的人，他们那样欺骗她！"

保理斯微笑着听母亲说。他温和地笑她简单的狡猾，却注听着，有时注意地向她问到平萨省与尼惹高罗德省的田庄。

尤丽早已等待她忧悒的崇拜者的求婚，并准备接受它。但某种对于她的，对于她热情的结婚愿望的，对于她不自然处的秘密的厌恶情绪和那对于否认真正爱情之可能的恐惧情绪，仍使保理斯迟疑。他的假期快完结了，许多整日，并且每天他都待在卡拉根家，并且每天批评自己时，保理斯向自己说，他明天求婚。但在尤丽的面前，看到她的红脸和一向敷粉的下颔，看到她的湿润的眼睛和面部表情——它表示时时准备从忧悒立刻变到结婚幸福的不自然狂喜——保理斯便不能说出决定的话，虽然他早已在自己的想象中认为自己是平萨省与尼惹高罗德省田庄的主人，并划定了它们收入的用途。尤丽看到了保理斯的迟疑，有时她想到她是他所不满的，但立刻女性的自诩给了她安慰，并且她向自己说，他只是因为爱情而拘束。但她的忧悒开始变为暴躁，并且在保理斯起程前不久，她采取了决定的计划。同时，在保理斯的假期完结时，在莫斯科，并且不用说，也在卡拉根家客厅中，出现了阿那托尔·库拉根，于是尤丽顿然放弃了忧悒，对库拉根变得很愉快，很注意。

"我亲爱的。"安娜·米哈洛芙娜向儿子说。"我从可靠的来源知道了发西利郡王派他的儿子来莫斯科，为了替他娶尤丽。我那么爱尤丽，我很为她惋惜。你觉如何，我亲爱的？"安娜·米哈洛芙娜说。

受了愚弄，空损失了一整月对于尤丽的艰苦忧悒的服务，看到他想象中一切已经指定做适当用途的平萨省田庄的收入落到别人手里，尤其是呆笨的阿那托尔手里——这种思想使保理斯伤心。他带了求婚的坚决计划去到卡拉根家。尤丽带着愉快的、不当心的神情迎接他，随意地说到她在夜晚的跳舞会上是多么快乐，并且问他何时走。虽然保理斯来此有意说到他的爱情，并因此要显得温柔，他却暴躁地开始说到女性的无恒，说到女人们会轻易地由悲愁而变为喜悦，说到她们的心情只决定于谁留心她们。尤丽被冒犯了，并说这是真的，女人们需要变化，总是一样便会使任何人厌烦。

"为了这个我要劝告你……"保理斯开言，希望向她说点狠恶的话。但同时他有了这种伤心的思想，他或许不达目的，空费劳力（这是他从来没有过的事情）而离开莫斯科。他在谈话的当中停止，垂着眼睛，为了不看见她的不悦的、愤怒的、不坚决的脸，并说："我完全不是为了要和你吵嘴到这里来的。相反……"他看她，要认定他能不能继续说。她所有的怒气顿然消失了,并且不安的、恳求的眼睛带着急切的期望直视他。

"我总是能够使自己很少看她,"保理斯想,"但事情已经开始,应当做完!"他脸色发红,抬起眼睛看她,并向她说:"你知道我对你的情感!"不须再多说,尤丽的脸显得胜利与自足,但她使保理斯说了一切在这种情形里所要说的,说他爱她,说从未比爱她更爱过别的女子。她知道,为平萨省的田庄与尼惹高罗德的田庄,她能够要求这个,她获得了她所要求的。

未婚夫妇不再记起那洒给他们黑暗与忧悒的树木,却计划了将来在彼得堡布置灿烂的家庭,做了许多访问,并为显赫的结婚准备了一切。

六

依利亚·安德来维支伯爵在一月底和娜塔莎及索尼亚来到莫斯科。伯爵夫人仍然没有康复，不能上路——但不能够等待她复原。莫斯科方面每天期待安德来郡王，此外尚须购买妆奁，需要出售莫斯科外郊的田庄，并且需要利用老郡王在莫斯科的机会，把未来媳妇介绍给他。罗斯托夫在莫斯科的房子没有生火，此外，他们来此是短时期，伯爵夫人没有同他们来，因此依利亚·安德来维支决定了在莫斯科住在玛丽亚·德米特锐叶芙娜·阿郝罗谢摩夫家，她早已向伯爵提出了招待之意。

晚间很迟的时候，罗斯托夫家的四辆雪车进了旧马棚街的玛丽亚·德米特锐叶芙娜的院子。玛丽亚·德米特锐叶芙娜是独居，她已经把她的女儿出嫁了,她的儿子们都在服役。

她的态度仍旧是挺直的,她仍旧是坦直、高声、坚决地向大家说她的意见,她整个的特点好像是责备别人的一切弱点、热情和爱好,因为她自己完全没有这些弱点。清晨,她穿着便服,料理家事,然后,如在节日,她出门做弥撒,弥撒后去监狱与囚牢,她在那里有事[1]——这她从未向人说过。如在平常的日子,穿衣后,即在家接见各种阶级里的请求人,他们每天来找她,然后用膳,在丰富鲜美的饭桌上有三四个客人,膳后她玩波士顿牌。夜晚,她要人向她诵读报纸和新书,她自己打毛绳。她很少例外地出门,即使出门,也只是到城里最重要的人家去。

当罗斯托夫们来到时,她还没有睡,前厅的门在滑车上擦响,让罗斯托夫和仆人们从冷空气中走进来。玛丽亚·德米特锐叶芙娜眼镜挂在鼻子上,头向后仰,站在大厅的门口,带着严厉的、愤怒的神情看进来的人。假使她这时向仆人发出细心的命令:如何安顿客人们和他们的东西,便会以为她是对来客发怒并要立刻赶走他们了。

"伯爵的?放这里来。"她说,指着箱子,不同任何人问好。"小姐们的,从这里向左。哎,你们挨什么!"她向女仆们说。"去煮茶炊!她胖了,漂亮了。"她说,从帽子后边把冻得发红的娜塔莎拉到自己面前。"嚯,冷!你赶快脱衣服吧。"她向伯爵大声说,他想来吻她的手。"受冻了,不错的。在茶里放甜酒!索妞施卡,你好。"她向索尼亚说,用法文的问候语衬出她对索尼亚的微微轻视的,然而

---

[1] 俄国囚人的生活至苦。有一个组织良好的基督徒义务团体供给他们的需要。——毛

亲热的态度。

当他们都脱了外衣，在旅途后整顿了身体，来吃茶时，玛丽亚·德米特锐叶芙娜按次吻了全体。

"满心欢喜，你们来了，并且住在我家。"她说。"早该来了。"她说，有意义地看了看娜塔莎⋯⋯"老人在这里，每天看望儿子。应该，应该去认识他。咴，这个我们以后再说。"她添说，看了看索尼亚，表示她不愿在她面前说到这个。"现在你听，"她向伯爵说，"明天你要做什么？你要找谁？沈升吗？"她弯了一个手指。"好哭的安娜·米哈洛芙娜吗？两个，她和儿子在这里。儿子要结婚了！还有别素号夫吧？他和夫人在这里。他跑开她，她却跟他后边跑来了。星期三他在我家吃过饭。咴，她们（她指姑娘们），我明天要带着去依佛斯基教堂，然后我们去找奥柏·涉尔美。[1]似乎你们全要做新的吧？不要注意我，现在的袖子就是这样！那天年轻的依锐娜·发西利叶芙娜郡主来到我这里，看来可怕，正如同手臂上套了两只桶。现在，每天一个新样子。你自己是有什么事情？"她严厉地向伯爵说。

"一切都忽然地来了，"伯爵回答，"要买地毯，这里还有一个莫斯科郊外田庄和房子的买主。假使你肯赏光，我就选一个时候，把姑娘们丢给你，我到玛丽英斯考去一天。"

"好，好，她们在我这里没有问题的，在我这里就像在信托银行一样。我要带她们去到应该去的地方，我要骂的，也要疼的。"玛丽亚·德米特锐叶芙娜说，用大手摸她心爱的教女娜塔莎的腮。

---

[1] 此处是双关的文字游戏，有"大流氓"之意。——毛

次日晨，玛丽亚·德米特锐叶芙娜带姑娘去依佛斯基教堂，并去奥柏·涉尔美夫人处，她是那样怕玛丽亚·德米特锐叶芙娜，总是亏本地把衣服卖给她，只为了要她赶快离开自己。玛丽亚·德米特锐叶芙娜几乎定了全部的妆奁。回家后，她把所有的人赶出房，除了娜塔莎，把她心爱的叫到自己的靠椅前。

"呶，现在我们谈谈，我贺你和你的未婚夫。你钓到了一个很好的人，我为你欢喜。从这样的年纪我便认识他（她举手离地一阿尔申高）。"娜塔莎欣喜地脸红，"我欢喜他和他全家。现在你听，你当然知道尼考拉老郡王不愿儿子结婚，古怪的老头子！那不用说，安德来郡王不是小孩，没有他也得过，但违反父意而到他家是不好的。应该和平、亲爱。你是聪明女子，你知道应该如何应付，你要善良地、聪明地应付。这样一切都会好的。"

娜塔莎无言。玛丽亚·德米特锐叶芙娜以为她是因为羞涩，但事实上娜塔莎是不乐意别人过问她对安德来郡王的爱情，她觉得这是和一切的人事那么不同，在她看来，没有人能够懂得这个。她只爱、只知道一个安德来郡王，他爱她，并且要在日内来此带她去。此外，她不再需要别的了。

"你看，我早就认识他，还有玛丽亚，你的姑子，我爱她。小姑是搅乱者，但她连苍蝇也不伤害。她求我把你带去和她见面。你明天和父亲去看她，要好好地表示亲善，你比她年轻。在你的人回来时，你便已经同他妹妹和父亲熟识，他们已经爱你了。是不是呢？这样顶好吗？"

"顶好。"娜塔莎勉强地回答。

七

次日，遵玛丽亚·德米特锐叶芙娜的劝告，依利亚·安德来维支伯爵带了娜塔莎去看尼考拉·安德来维支郡王。伯爵带着不愉快的心情做这次的访问，他心里觉得可怕。最后一次的会面是在征集民团时，那时作为回答他的宴请，伯爵听了他的发火的话，因为征集人数不够。这事依利亚·安德来维支伯爵还记得。娜塔莎穿了她的最好的衣服，她相反，是在最愉快的心情中。"他们不爱我是不可能的，"她想，"大家总是爱我。我是那么准备了为他们去做他们所愿望的事，那么准备了去爱他——因为他是他父亲，去爱她——因为她是他的妹妹，他们毫无理由不爱我！"

他们坐车来到夫司德维任卡街阴暗的老屋子，进了门廊。

"呶，上帝慈悲。"伯爵半玩笑半严肃地说。但娜塔莎注意到，她的父亲进前厅时显得匆忙，并且羞怯地低声问郡王和郡主是否在家。在通报过他们的来访之后，郡王的仆人中发生了慌乱。一个跑着去通报的听差被另一个听差在大厅中止住，他们低声说了什么。一个女仆跑进了客厅，匆忙地说了什么，提到郡主。最后一个年老的、带着愤怒面色的听差走出来向罗斯托夫说，郡王不能见客，但郡主请他们去。部锐昂小姐最先出来迎接客人们。她特别有礼貌地接待父女俩，并伴他们去看郡主。郡主带着兴奋的、惊惶的、布着红云的脸，步伐沉重地跑出来，迎接客人们，她试图显得自由、诚恳，却不能够。娜塔莎在初见之下未使玛丽亚郡主满意。她觉得娜塔莎穿得太华丽，太轻浮快活，并爱虚荣。玛丽亚郡主不知道，在她未看见未来嫂嫂之前，她已经对她没有好感，因为她不觉地嫉妒她的美丽、年轻与幸福，并嫉妒哥哥的爱情。在对她的这种不可压制的反感之外，玛丽亚郡主这时还受了这样的激动，就是在通报罗斯托夫来访时，郡王大声说他不要看他们，说假使玛丽亚郡主愿意，她就去接见，但不要让他们看他。玛丽亚郡主决定了接见罗斯托夫，但时时怕郡王什么脾气，因为他似乎因罗斯托夫的来访而很激动。

"呶，现在，亲爱的郡主，我把我的女歌人带给你了。"伯爵说，踏足鞠躬，并不安地环顾，好像他怕老郡王进来。"我多么高兴，你们要熟识起来了……可惜，可惜郡王仍然不好过。"又说了几句普通的话，他站起了，"假使赐许，郡主，我把娜塔莎在你这里丢一刻钟，我就去走一趟，离这里两步远，到狗场街去看安娜·塞米诺芙娜，我再回来接她。"

依利亚·安德来维支想出这个外交计谋,是为了要让未来姑子有时间和未来嫂嫂谈话(他后来向女儿这么说),还为了要避免遇见他所怕的郡王这种可能。他未向女儿说到这个,但娜塔莎明白她父亲的这种恐惧与不安,并觉得自己受了屈辱。她为了父亲脸红,为了脸红更愤怒,并且用勇敢的、挑拨的目光看了看郡主,好像是说她不怕任何人。郡主向伯爵说,她很高兴,请他在安娜·塞米诺芙娜家多坐一会,于是依利亚·安德来维支离去。

部锐昂小姐不愿玛丽亚郡主注视她的不安的目光,想和娜塔莎面对面说话,未走出房间,坚决地维持着关于莫斯科娱乐与戏院的谈话。娜塔莎因为前厅里的迟缓、父亲的不安和郡主不自然的语气——她觉得,郡主接见她是赏光——而觉得被冒犯。于是她觉得一切都是不悦意的。她不满意玛丽亚郡主,她觉得她很丑、作假、冷淡。娜塔莎忽然精神上畏缩起来,不觉地采取了那种不当心的语气,这更使玛丽亚郡主发生反感。在五分钟无趣的、虚伪的谈话之后,听到了来近的、迅速的、趿鞋的步声。玛丽亚郡主的脸上显得惊恐,房门打开了,郡王穿着睡衣、戴白帽走了进来。

"呵,小姐,"他说,"小姐,伯爵小姐……罗斯托夫伯爵小姐,假使没有弄错……请你原谅,原谅……我不知道,小姐。上帝看见我不知道你驾临舍下,我穿了这样的衣服来看我女儿。请你原谅……上帝看见我不知道。"他那么不自然地说着,说到"上帝"时加重语气,并且那么不悦意,以致玛丽亚郡主站立起来,垂了眼睛,不敢看父亲,也不敢看娜塔莎。娜塔莎站起来行礼,也不知道她要怎么办。只有部锐昂小姐悦意地笑着。

"请你原谅，请你原谅！上帝看见我不知道。"老人低语，把娜塔莎从头到脚看了一下，走了出去。

部锐昂小姐在他走后最先恢复了神志，开始谈到郡王的不舒服。娜塔莎和玛丽亚郡主无言地彼此注视，她们无言地彼此注视愈久，不说她们要说的话，她们彼此愈怀恶意。

当伯爵回转时，娜塔莎无礼地对他表示欣喜，并急忙要走。在这时她几乎仇恨那个年大的、无情的郡主，她能够使她处在这样不自然的情形中，同她过了半小时，一句话也不说到安德来郡王。"在这个法国女人面前，我不能够先开口说到他。"娜塔莎想。玛丽亚郡主同时也因此而苦恼，她知道她应该向娜塔莎说话，但她不能够做这个，因为部锐昂小姐妨碍她，又因为她自己不知道为何她那么难以开始说到这个婚事。当伯爵已走出房间时，玛丽亚郡主快步走到娜塔莎面前，抓住她的手，深深叹气，说："等一下，我要……"娜塔莎嘲笑地看玛丽亚郡主，自己也不知道为了什么。

"亲爱的娜塔莎，"玛丽亚郡主说，"你要知道，我高兴，哥哥得到了快乐……"她停住，觉得她说假话。娜塔莎注意到这个停顿，并且猜中它的原因。

"我想，郡主，现在不宜说到这个。"娜塔莎带着外表的尊严与冷淡说，觉得喉咙里有泪。

"我说了什么，我做了什么！"她刚走出房便想。

这天他们等娜塔莎吃饭等了很久。她坐在自己房屋里哭，好像小孩，鼻子抽泣着，哽咽着。索尼亚站在她面前，吻她的头发。

"娜塔莎，你为什么？"她说，"他们与你何干呢？一切都要过去的,娜塔莎。"

"不,假使你知道这是多么侮辱……好像我……"

"不要说,娜塔莎,这本不是你的错,这与你何干呢?吻我吧。"索尼亚说。

娜塔莎抬起头,在嘴唇上吻了她的朋友,把自己的泪脸贴着她。

"我不能够说,我不知道。谁都没有错,"娜塔莎说,"我有错,但这一切是可怕的。呵,为什么他不来!……"

她带了红眼睛出去吃饭。玛丽亚·德米特锐叶芙娜知道了郡王怎么接待罗斯托夫,她做出不注意娜塔莎烦乱面孔的神情,坚决地、大声地在桌子上和伯爵及别的客人们说笑话。

八

这天晚上罗斯托夫家的人去看歌剧,玛丽亚·德米特锐叶芙娜为他们定了包厢。

娜塔莎不想去,但不能够拒绝玛丽亚·德米特锐叶芙娜的善意,这完全是为她的。当她穿了衣裳,进了大厅等候父亲,并照大镜子时,她看见了,她美丽,很美丽,她还觉得更伤愁,但这是甜蜜、可爱的伤愁。

"我的上帝,假使他在这里,那时我就不像从前那样,为什么事而带着笨拙的羞怯了,但新颖地、简单地搂抱他,贴紧他,要使他用那种搜索的、好奇的眼睛看我。他常常用这种眼睛看我,然后我要使他笑,如同他那时所笑的,他的眼睛——我如何看这双眼睛!"娜塔莎想,"他的父亲和妹妹于我有什么关系呢?我只爱他,他,他和那只脸同那双眼睛和他的男子气血又孩子气的笑容……不,最好不想到他,不想,忘记,在这时完全忘记。我不能忍受这个等待,我马上就要哭。"于是她离开镜子,努力约制自己不哭。"索尼亚怎么能够那么平静地、安心地爱尼考林卡,并且等待了那么久而且耐烦呢!"她想,看着进门的、也穿好了衣服的、手拿扇子的索尼亚,"不,她是完全不同的,我不能够!"

娜塔莎在这时候觉得自己是那么柔弱的性情,她爱并知道被爱,这是不够的,她需要现在、需要立刻搂抱她所爱的人,向他说,并听他说情话,她心中充满了情话。她在车子里和父亲并坐,沉思地看着在结冻的窗子上闪过的街灯的光,这时她觉得自己更在恋爱中,并且更伤愁,并且忘记了她同谁在乘车并向何处去。进了车辆的行列中时,罗斯托夫的车子在雪上迟缓地吱嘎着轮子,赶到剧院。娜塔莎与索尼亚提着衣服急忙地跳下车子,伯爵由随从们扶下车子,在进院的男女与卖戏目单的人之间,他们三个人走到包厢的走廊,隔着关闭的门已可听到音乐声。

"娜塔莎,你的头发……"索尼亚低声说。包厢侍者恭敬地急忙跳到小姐们的面前,打开包厢的门。在门口可以更清楚地听到音乐声,看见明亮的、有妇女们袒肩袒臂的包厢行列,嘈杂的、军装灿烂的正厅。一个走进邻近包厢里的妇人用女性的、妒忌的目光看娜塔莎。幕尚未升起,在奏序乐。娜塔莎理了衣服,和索尼亚一同走进去坐下,环顾着对面明亮的、成列的包厢。几百只眼睛看她的袒臂与颈项,这种久未经历的感觉忽然愉悦又不愉悦地抓住她,呼起整串与这感觉有关的回忆、愿望、热情。

两个异常美丽的姑娘，娜塔莎和索尼亚，加上依利亚·安德来维支伯爵，他好久不在莫斯科露面——他们引起了大家的注意。此外，大家模糊地知道娜塔莎和安德来郡王的婚约，知道罗斯托夫家从那时起住在乡下，并且好奇地看这个闺女，俄罗斯最好的配偶之一。

娜塔莎在乡村里长漂亮了，大家向她这么说。这天晚上，由于她的兴奋的心情，她特别漂亮。她给人的惊人印象是，她充满了生命与美丽，并且对四周所有的人漠不关心。她的黑眼睛看着群众，不寻找任何人，她纤细的、袒到肘上的手臂搭在天鹅绒凭栏上，显然是无意识地接着序乐的拍子攥拳又放松，揉皱了戏目单。

"你看，阿列妮娜在这里，"索尼亚说，"好像问她母亲！"

"嗬哟！米哈伊·基锐累支又胖了。"老伯爵说。

"你看！我们的安娜·米哈洛芙娜戴那样的帽子！"

"卡拉根家的人，尤丽、保理斯和他们在一起。立刻便看出来是订了婚的男女。"

"德路别兹考求过婚了！是的，今天听到的。"沈升说，他走进了罗斯托夫的包厢。

娜塔莎看着父亲所看的方向，看见了尤丽，她的胖而红的颈子上戴着珍珠（娜塔莎知道，她颈上打了粉），她带着快乐的神情和母亲并坐着。

在他们后边，可以看见带着笑容的、把耳朵俯近尤丽口边的、头发梳光的保理斯的美丽的头。他俯着头看罗斯托夫们，笑着向未婚妻说了什么。

"他们说到我们，说到我和他！"娜塔莎想，"他一定是在安慰他的未婚妻对我的嫉妒。用不着心不安！只要他们知道，我对于他们当中任何人毫无关系。"

安娜·米哈洛芙娜带着顺从上帝意志的、快乐的、喜乐的面孔，戴了绿帽子，坐在后边。他们的包厢里笼罩着那种未婚夫妇的气氛，这是娜塔莎很知道、很爱的。她转过身来，忽然想起了早晨拜访中一切侮辱的情形。

"他有什么权利不愿意容纳我到他的家庭里去？啊，最好不要想到这个，在他回来之前不要想到！"她向自己说，开始环顾大厅上相认的和不相识的脸。在大厅的前面，在最当中，道洛号夫穿着波斯服装，大簇的卷发向上梳，背对音乐队的边槛站立着。他站在戏院里最惹目的地方，知道他引起了全厅的注意，他是那么自由，好像是站在自己房间里。在他的旁边拥挤着莫斯科最显赫的青年们，显然他是他们的首领。

依利亚·安德来维支笑着，以肘轻触脸发红的索尼亚，向她指示昔日的崇拜者。

"认识吗？"他问。"他从哪里出来的，"伯爵向沈升说，"他不是藏到别处去了吗？"

"藏过了。"沈升回答。"在高加索，从那里跑走。据说，在波斯的一个在位亲王那里做大臣，在那里杀了波斯王的兄弟。莫斯科的姑娘们都对他发疯了！波斯人道洛号夫，这就完了。我们现在没有一句话没有道洛号夫，他们凭他发誓，邀人去看他，好像是看鳝鱼。"沈升说，"道洛号夫和阿那托尔·库拉根把我们小姐的心都带走了。"

在邻近的包厢里走进来了一个高大美丽的妇人,她有巨大的辫发,很袒的、肥白的肩颈,颈上有两串大珍珠,很久才坐下来,响着她的宽大绸衣。

娜塔莎不觉地注视这个颈子、肩膀、珍珠、发装,并且羡慕肩与珍珠的美。在娜塔莎第二次看她时,这个妇人环顾,并遇见了依利亚·安德来维支的目光,向他点头并笑。这是别素号夫伯爵夫人,彼挨尔的妻子。依利亚·安德来维支认识交际场上所有的人,向了她鞠躬,并和她交谈。

"来了很久吗,伯爵夫人?"他说。"我来了,来了,吻你的手,我来这里有事情,把女儿也带来了。据说,塞米诺发表演得无与伦比。"依利亚·安德来维支说,"彼得·基锐洛维支伯爵从来不忘记我们。他在这里吗?"

"是的,他想来。"爱仑说,注意地看娜塔莎。

依利亚·安德来维支伯爵又坐回自己的位子。

"漂亮吗?"他低声向娜塔莎说。

"美极了!"娜塔莎说,"可以爱她的!"

这时响了序乐的最后的和音,指导者的指挥棒轻敲了一下。大厅里迟到的男女们走到座位上,幕升起。

幕刚刚升起,在包厢与正厅里大家都严肃了,所有年老、年少、穿军服与礼服的男子们,所有光肉上戴宝石的妇女们,都热切好奇地把注意力集中在舞台上。娜塔莎也开始观看。

九

　　舞台上有平滑的地板在正中，两边有代表树木的彩色布景，后边有布幕垂到地板上。舞台的正中坐着穿红胸衣、白裙子的女子们。一个很胖的、穿白网衣的女子单独坐在一个矮凳子上，在凳子后边粘了一块绿色纸板。她们都在唱什么。当她们唱完歌曲时，穿白衣的女子走近提示人的地方，一个胖腿上穿紧绸裤的男子带着羽毛和剑走到她面前，开始唱歌，并摇摆手臂。

　　穿紧裤子的男子独唱，然后她唱。然后两人沉默，奏了音乐，男子开始用手指摸白衣女子的手，显然是等着拍子，和她一同开唱。他们唱了一个合唱，戏院里所有的人开始拍手喝彩，而舞台上表演一对情人的男女开始笑着挥手鞠躬。

在乡居之后,在她所处的严肃心情中,娜塔莎觉得这一切是粗野的、惊人的。她不能够随着歌剧的进度,甚至不能够听到音乐,她只看见彩色背景和奇装的男女,他们在明亮光线中奇怪地动作、说话、唱歌。她知道这一切所要表现的是什么,但这一切是那么虚伪做作而不自然,她觉得这些演员们又可羞又可笑。她环顾四周观众们的脸,在他们脸上寻找着她所有的那种嘲笑与疑惑;但所有的脸都注意在舞台上的表演,并且表现了虚伪的——娜塔莎觉得如是——喜悦。"这是应该这样的!"娜塔莎想。她轮流地环顾,厅中成列的搽油的头和包厢里袒臂的妇女,特别是她的邻人爱仑,她完全未穿衣服,带着安静沉着的笑容,眼不移动地看着舞台。沉浸在充满全厅的明亮光线中和群众弄热的温暖空气里,娜塔莎开始渐渐进入她久未经验的沉醉心情中。她不明白她是什么,她在何处,她眼前发生了什么。她看,她想,而最奇怪的思想意外地、没有连接地在她心中闪过。时而她想到要跳过台边,唱那女角所唱的歌调,时而她想用扇子触她附近的一个老头子,时而想对爱仑弯着腰去搔痒她。

有一次,当舞台上一切都安静,等候歌调开始时,在罗斯托夫包厢那边的、通大厅的门响了一下,有了一个迟到的男子足音。"这就是库拉根。"沈升低声说。别素号夫伯爵夫人笑着,向进来的人转过头。娜塔莎向别素号夫伯爵夫人眼睛的方向看去,看见了一个异常美丽的副官带着自信而又恭敬的神情走进他们的包厢。这人是阿那托尔·库拉根,她在彼得堡的跳舞中早已看过并注意过他。他现在穿着副官制服,有一个肩章和肩结。他走着克制的、活泼的步子,假若他不是那么美,假若不是在美丽的脸上有那种善良的满足与愉快表情,这种步态便显得特可笑了。虽然表演正在进行，他却不急忙，轻轻碰响马刺和佩刀，从容地高抬着他的打过香水的、美丽的头，在走廊的地毯上走过。看了看娜塔莎，他走到姐姐面前，把戴着合手的手套的手放在她的包厢的边上，向她点头，并俯身问了什么，指着娜塔莎。

"很可爱！"他说，显然是说娜塔莎，她没有听到，却从他嘴唇的运动上懂得了。然后他走到第一行，坐在道洛号夫旁边，用肘端友谊地、随便地碰了碰那个道洛号夫，脚靠在台边上。

"弟弟多么像姐姐啊！"伯爵说，"两个人多么像！"

沈升低声地开始向伯爵说到库拉根在莫斯科的恶作剧，娜塔莎注听，正是因为他说她"可爱"。

第一幕完结了，大厅里的人都站起，混杂，并开始走动着，并走出去。

保理斯来到罗斯托夫的包厢，很简单地接受了庆贺，抬起眉毛，带着不经心的笑容，向娜塔莎和索尼亚转达了未婚妻要她们参与婚礼的邀请即走出。娜塔莎带着愉快的、媚人的笑容和他说话，并庆祝了那个保理斯的婚姻——这个保理斯就是她从前恋爱过的。在她所处的那种沉醉的情形中，一切都似乎简单而自然。

袒身的爱仑坐在她旁边，仍旧不变地笑着。娜塔莎也同样地向保理斯笑。

爱仑的包厢里挤满了人，并且靠正厅的那边环绕着最著名、最聪明的男子们，他们似乎向大家竞相表示他们和她相识。

库拉根在这整个的换幕时间和道洛号夫站在营口前，看着罗斯托夫的包厢。娜塔莎知道他在说她，这使了她满意。她甚至这样地转过头，让他们在最适当的地位上——她持此意见——看见她的侧面。在第二幕开始之前，在大厅里出现了彼挨尔的身影，罗斯托夫们在到此之后尚未看见过他。他的脸色愁闷，在娜塔莎上次看见他之后，他更胖了。他什么人也不注意，走到最前列。阿那托尔走近他，开始向他说了什么，看着并指着罗斯托夫的包厢。彼挨尔见了娜塔莎，便活泼起来，并且赶快地从大厅行列中走到他们的包厢。走到他们面前，他支着手臂，笑着和娜塔莎谈了好久。在她和彼挨尔谈话时，娜塔莎听到了别素号夫伯爵夫人包厢里男子的声音，并且因为什么缘故知道这是库拉根。她环顾，交遇了他的眼睛，几乎是笑着，用那种羡慕的、亲善的目光对直地看她的眼睛，好像是觉得奇怪，他离她那么近，那样地看她，她那么相信他欢喜她，却不同他相识。

　　在第二幕中有代表山岳的布景，在布幕上有一个代表月亮的洞，台灯上都罩了灯伞，号与大笛开始吹出低音，左右两边走出许多穿黑袍的人。这些人开始挥动手臂，他们的手里拿着剑之类的东西。然后又跑来几个人，开始拖走那个女子，她先前穿白衣，现在穿蓝衣。他们并不一下把她拖走，却同她唱了很久，但后来又拖她。在布景的后边敲了三下金属的东西，于是全都跪下，唱祷文。这些表演被观众热烈的叫声打断了几次。

　　在这一幕当中，娜塔莎每次看大厅时，便看见阿那托尔·库拉根把手臂搭在椅背上看她。她悦意看见他被她掳获，她没有想到这件事里有一点不对的地方。

　　在第二幕完结时，别素号夫伯爵夫人站起，转向罗斯托夫的包厢（她的胸口是完全袒露的），用戴手套的手指把老伯爵招到她面前，不注意进她包厢里的人,开始可爱地笑着同他说话。

"让我认识认识你的优美的女儿们吧,"她说,"全城都称赞她们,但我还不认识她们。"

娜塔莎站起,向华丽的伯爵夫人行礼。娜塔莎那么悦意受这个辉煌美人的称赞,她竟满意得脸红。

"我现在也想成为莫斯科人了,"爱仑说,"你把这样的珠宝藏在乡村里怎不觉得羞!"

别素号夫伯爵夫人确实是有迷人的美女的声誉。她能够十分简单而自然地说出她不假思索的话,特别是阿谀。

"不,亲爱的伯爵,你让我来陪陪你的女儿们。我虽然现在在这里不久,你也是不久,我要设法使她们快活。我在彼得堡已经听到很多关于你的话,我早想认识你。"她带着同一的美丽的笑容向娜塔莎说。"我从我的侍仆——德路别兹考听到你,你知道他要结婚了;还从我丈夫的朋友——保尔康斯基,安德来·保尔康斯基郡王那里听说过你。"她特别加重语气说,借此暗示她知道他和娜塔莎的关系。为了更加认识,她要求准许姑娘中的一个在其余的表演时间坐在她的包厢里,于是娜塔莎转到她那里。

在第三幕中舞台上的布景是宫殿,宫殿里点了许多蜡烛,并且挂了许多图画代表有胡子的武士。在当中大概是站着皇帝与皇后,皇帝挥动右手,并且神经质地、恶劣地唱了什么,坐到赭色宝座上。那个最初穿白衣后来穿蓝衣的女子,现在只穿一件衬衫,头发披垂,站在宝座旁边。她忧伤地唱了什么,对着皇后,但皇帝严厉地挥手,于是从两边走出光腿的男女,开始在一起跳舞。然后提琴奏得很尖锐愉快，女子之一，带着光、肥的腿和细瘦的臂，离开别的，走到布景的后边，理了理胸衣，走到当中，开始跳跃，并迅速用一只脚踢另一只脚。大厅里所有的人都拍手叫好。然后一个男子站到角上，音乐队里的铙钹和喇叭奏得更高，这个单独的光腿的男子开始跳得很高，并走俏步（这人是丢报黑，用这种技艺每年收入六万）。所有在正厅、在包厢、在边厢的人都开始拍手并用尽力量拍手喝彩，这个人站住，开始笑着向各方面行礼。然后又有别人跳舞，光腿的男女，然后皇帝合着音乐声喊了什么，全体开始唱歌。但忽然起了猛烈声，在音乐队里听到了半音阶与渐低的七和音，所有的人都跑走，并且又在布景后边拖了一个演员，于是幕垂。在观众之中又起了可怕的杂声与叫声，所有的人都带着热烈的脸开始高呼：

"丢报黑！丢报黑！丢报黑！"

娜塔莎已不觉得这个奇怪。她满意地、高兴地笑着，看她的四周。

"丢报黑可钦佩，是不是？"爱仑向她说。

"噢，是的。"娜塔莎回答。

十

换幕时,爱仑的包厢里吹进一阵冷气,门开了,阿那托尔走了进来,弯着腰,企图不碰到任何人。

"让我向你介绍我的弟弟。"爱仑说,眼睛不安地从娜塔莎移到阿那托尔。娜塔莎把她美丽的小颈儿从光肩上转向美男子,并向他笑。阿那托尔在近处是和在远处同样美丽,他坐在她旁边,并说,从那锐施金跳舞会以后,他久想有此愉快。在那个跳舞会上,他未忘记,他曾有幸看见她。库拉根和妇女们在一起,较之在男子团体中,远为聪明而爽直。他勇敢地、简单地说话,娜塔莎奇怪地、悦意地觉得,不仅这个人没有任何那么可怕的地方,关于这个人他们说的那么多,而且相反,他有最单纯、愉快、善良的笑容。

库拉根问到她对于表演的印象,向她说到如何在上一幕中塞米诺发在表演时跌倒。

"呵,你知道,伯爵小姐。"他忽然对她说,好像是对早已相识的老友。"我们要举行一个化装跳舞会,你应该加入,那是很愉快的。大家都聚在卡拉根家,请你去,当真,啊?"他说。

说这话时,他未放笑眼离开娜塔莎的脸、颈和光臂。娜塔莎无疑地知道他羡慕她。她乐意如此,但因为什么缘故她在他面前觉得拘束、难受。当她不看他的时候,她觉得他看她的肩,于是她不觉地抓住他的目光,让他更清楚地看她的脸。但看见了他的眼睛,她恐惧地觉得在他与她之间完全没有羞耻的阻碍,这是她一向未在自己与别的男人间所觉得的。她自己也不知如何地,在五分钟内觉得自己和这个人在可怕地接近。当她转过身时,她怕他会从后边抓她的光臂,吻她的颈子。他们谈到最简单的事情,她觉得他们接近,她从来不曾同男子如此。娜塔莎环顾爱仑和父亲,好像是问他们,这是什么意思,但爱仑在同一个将军谈话,没有回答她的目光,而父亲的目光什么也未向她说,但只有他一向所说的:"你愉快,我也欢喜。"

在一次不自在的沉默中——在这种时候阿那托尔用凸出的眼睛安静地、固执地看着她——娜塔莎为了打破这种沉默,问他对于莫斯科的印象如何。娜塔莎问了,并且脸红。她不断地觉得,她同他说话时做了什么不当的事,阿那托尔笑着,好像称赞她。

"起初我不很欢喜,因为使城市可爱的是美丽的女子,是不是?呶,现在很欢喜。"他说,含意地看她。"你要赴轮转戏会吗,伯爵小姐?请去。"他把手伸到她的花球前,压低声音说,"你要成为最美的。去,亲爱的伯爵小姐,把这花给我做保证。"

娜塔莎和他自己一样,不懂他所说的,在他的不可懂的话里有无礼的思想。她不知道要说什么,于是转过身,好像她未听到他所说的。但她刚转过身,她便觉得他在身后,离她那么近。

"他现在怎么了?他发窘吗?发怒吗?应当纠正吗?"她问自己。她不能够约制自己不回顾。她直视他的眼睛,他的接近与怀念和善良笑容的亲昵征服了她。她和他同样地笑着,直视他的眼睛。她又恐惧地觉得在他与她之间没有任何阻碍。

幕又升起。阿那托尔走出包厢,镇静愉快。娜塔莎回到父亲的包厢,完全顺服了她所处的那种世界。在她的面前所发生的一切,她已觉得完全自然;但因此,她从前一切关于未婚夫、玛丽亚郡主、乡村生活的思想不再来到她心中,好像这一切是长久、长久的过去。

在第四幕中有一个魔鬼,他唱,挥着手,直到他脚下的板离开,他陷落下去。娜塔莎只看见第四幕中的这一点。有什么东西使她兴奋苦恼,而这个兴奋的原因是库拉根,她的眼睛不觉地注视他。当他们出戏院时,阿那托尔走到他们面前,喊来他们的车子,扶他们坐上。扶娜塔莎时,他捏她胛肘的上边。娜塔莎兴奋地脸红,回顾他。他眼睛发光,温柔地笑着看她。

只是到家后,娜塔莎才能清晰地想到她所发生的一切,于是忽然想到了安德来郡王,她恐惧起来,吃茶时——散戏后大家都坐着吃茶——她在大家面前高声呻吟,并红着脸跑出房间。"我的上帝!我毁了!"她向自己说。"我怎能够做这样的事?"她想。她用手蒙着发红的脸坐了很久,企望明确地回答她发生了什么,却既不能懂得她发生了什么,也不能明白她所感觉的。她觉得一切黑暗、晦涩、可怕。那里,在那个巨大辉煌的大厅里,穿金绣短袄的丢报黑用光腿和着音乐在湿板上跳跃,少女们,老人,祖露的、带着镇静骄傲笑容的爱仑热情地叫好——那里,在这个爱仑的阴影下,在那里,这一切都明确而简单。但现在单独时,独自相处时,这个不可解。"这是怎么回事?我对他所感觉的恐怖是什么?我现在所感觉的良心痛苦是什么?"她想。

娜塔莎只能夜间在床上向老伯爵夫人一个人说出她所感觉的一切。她知道索尼亚具有严格的整心眼儿的见解,或者什么都不懂,或者惧怕她的自认。娜塔莎企图独自解决那苦恼她的问题。

"我是否毁弃了安德来郡王的爱情?"她问自己,并且带着安慰的嘲笑回答自己,"我问这话是多么呆啊!我发生了什么呢?没有什么。我未做任何事情,未用任何东西引起这件事。没有任何人知道,并且我绝不再见他。"她向自己说:"明明是什么也未曾发生,没有任何地方要忏悔,安德来郡王可以爱我这样的人。但为何爱我这样的人?上帝啊,我的上帝!为什么他不在这里?"娜塔莎安静了俄顷,但后来又有一种本能向她说,虽然这一切是真的,虽然未发生任何事情——本能向她说,她从前对安德来郡王的爱情纯洁却毁灭了。于是她又在自己的想象中重复了她和库拉根的全部谈话,并想起这个美丽勇敢男子捏她手臂时的面孔、姿态与温柔的笑容。

十一

阿那托尔·库拉根住在莫斯科,因为他父亲把他送出了彼得堡,在那里他每年要用两万现款,并且还有同样数目的债,债主们向他父亲讨索。

父亲向儿子说,这是他最后一次替他偿还一半债务;但唯一的条件是他要去莫斯科做总督的副官,这是他为儿子忙到的,并且他要在那里最后结一门好亲。他向儿子指出了玛丽亚郡主和尤丽·卡拉根。

阿那托尔同意了,并且来到莫斯科住在彼挨尔家。彼挨尔起初勉强地接待阿那托尔,但后来对他习惯了,有时同他赴酒会,并以借贷方式给他钱。

阿那托尔如同沈升所正确地说过的,来到莫斯科后,便使所有莫斯科姑娘们对他发狂,特别是由于他不注意她们,并公然爱慕吉卜赛女子与法国女优们,她们当中出色的绕芝小姐,据说,和他有亲密的关系。他不放过大尼洛夫和莫斯科的其他快乐哥儿们的一次酒会,通宵饮酒,饮胜所有的人。他赴上层社会里一切的夜会与跳舞会。他们说到他和莫斯科妇女的几次私通,在跳舞会中他向几个妇女调情。但对于姑娘们,特别是对于有钱的闺女们——她们大部分是很丑的——他不接近。此外,除了他最亲密的朋友,没有人知道,阿那托尔在两年前结过婚了。两年前他的队伍驻扎在波兰时,一个无钱的波兰地主使阿那托尔娶了他的女儿。

阿那托尔很快地抛弃了自己的妻子,并且因为他同意了寄给丈人一笔钱,他保留了做单身汉的权利。

阿那托尔总是满意他的地位,满意自己和别人。他本能地用整个的心灵相信,除了他所有的这种生活方式,他不能够别样地过活,并且他平生从未做过任何坏事。他不能够想到他的行为能使别人发生何种反应,以及他的种种行为会产生什么后果。他相信,正似鸭子是那么创造的,就是它应该永远在水中生活,同样地,他是由上帝这么创造的,就是他应该每年用三万,在社会上总是占高等地位。他那么坚决地相信这个,就是别人看见他时也相信这个,并且既不拒绝他在社会上的高等地位,也不拒绝他的钱,这是他显然不偿还地向无论什么人去借的。

他不是赌博,至少他从来不想赢钱。他不好虚荣,无论他们怎么想到他,在他是完全一样。他更不会被责有野心。他几度破坏了自己的事业,使父亲发怒,他嘲笑一切的荣誉。他不吝啬,不曾拒绝过任何人对他的请求。他唯一所爱的是娱乐与妇女，因为按照他的见解，在这些趣味里没有任何不高贵的地方，他又不能想到他的趣味的满足对于别人会产生什么影响，所以他在心里认为自己是不可责的人，诚意地轻视恶徒与坏人，并且带着安泰的良心高昂着头。

浪子们、马格达林男子们有一种无罪意识的秘密感觉，正如马格达林女子们一样，这种感觉是建立在同样的饶恕之希望上。"她的一切将被饶恕，因为她爱了很多；他的一切将被饶恕，因为他自己娱乐了很多。"

道洛号夫在他的被逐与波斯的冒险之后，这年又在莫斯科出现，过着奢华、赌博的荒唐生活，会合了他的彼得堡老友伴库拉根，利用他达自己目的。

阿那托尔因为道洛号夫的聪明与勇敢而诚意地爱他。道洛号夫需要阿那托尔·库拉根的名誉、地位和关系。为了要把富家少年们引诱到他的赌场，他不让库拉根觉得到这个，利用他，并用他而自娱。在需要利用阿那托尔谋利而外，控制他人意志——这件事本身对于道洛号夫是一种喜乐、习惯和需要。

娜塔莎给了库拉根深刻的印象。散戏后，在吃夜饭时，他带着鉴赏家的风度对道洛号夫分析她的手、肩、腿、发的优点，并说出他要追求她的决心。这种追求会产生什么结果——阿那托尔不能想到、不能知道，正如他从来不知道他的每件行为有何结果。

"她漂亮，但老兄，不是为我们的。"道洛号夫向他说。

"我向姐姐说，要她请她吃饭，"阿那托尔说，"啊？"

"你最好等她结了婚……"

"你知道,"阿那托尔说,"我崇拜女孩子,她们会立刻失主。"

"你已经碰过一次女孩子了,"道洛号夫说,他知道阿那托尔的婚事,"当心!"

"不能做两次!啊?"阿那托尔说,善意地笑。

十二

观戏的次日，罗斯托夫们未去任何地方，没有任何人来看他们。玛丽亚·德米特锐叶芙娜因为什么瞒着娜塔莎和她父亲谈话。娜塔莎猜到他们是说到老郡王并计划什么，这使她不安而愤慨。她时刻等待安德来郡王，这天她两次派人到夫司德维任卡街去探听他到了没有。他没有到。她现在觉得比初到的那几天更为难受。在她的不耐烦和为他伤愁而外，又添了关于她和玛丽亚郡主及老郡王会面的不愉快的回忆和一种恐怖与不安，它们的原因她不知道。她仍然觉得，或者他将永远不来，或者在他来到之前她要发生什么事情。她不能够像从前那样安静地、长时地独自想到他。她一开始想到他，关于他的回忆便混合了关于老郡王、关于玛丽亚郡主、关于演戏，以及关于库拉根的回忆。她又想起了这个问题,她是否有错,她对安德来郡王的信心是否已破坏,她可使自己极琐细地想见那个人的每个字、每个姿势和面部表情的每个动作,那个人能够在心中唤起她不了解的、可怕的情绪。在家里人的目光中,娜塔莎似乎比平常更活泼了,但她远不如从前那么安静、快乐。

在星期天的早晨,玛丽亚·德米锐特叶芙娜邀了她的客人们到摩给尔策街她的乌斯撒尼亚区教堂去做弥撒。

"我不欢喜那些时髦的教堂,"她说,显然夸耀她的自由思想,"各处上帝只有一个。我们的神甫是杰出的人,他的祈祷很合适、很尊严,执事也如此。唱歌队有音乐会便是很神圣了吗?我不欢喜,只是放纵!"

玛丽亚·德米特锐叶芙娜欢喜星期日,并知道如何过星期日。她的屋子在星期六都洗刷干净:仆人们和她都不工作,都穿着假日的衣服,都去做弥撒。主人吃饭时添菜,仆人们有麦酒和烤鹅或乳猪。但全家里的假日气象在玛丽亚·德米特锐叶芙娜的宽大严格的脸上表现得最明显,她的脸在这天显出不变的严肃表情。

在弥撒后吃了咖啡时,在家具去了布套的客厅里,玛丽亚·德米特锐叶芙娜听说车子准备好了,于是她带着严肃的脸,披着她在访问时所披的见客的肩巾,站立起来,说她赴保尔康斯基郡王家,和他去谈娜塔莎的事。

在玛丽亚·德米特锐叶芙娜走后,涉尔美夫人那里的女成衣匠来看罗斯托夫,娜塔莎关了通连客室的门,很满意这个散心的事,忙着试新衣。她穿上匆促疏缝的无袖子的紧身衣,偏着头看镜子,看后身的样式,正在这时候,她听见了客厅里她父亲和另一个女子的生动的说话声，这使她脸红。那个声音是爱仑的声音。娜塔莎尚未及脱下她试过身的紧身衣，门已打开，别素号夫伯爵夫人带着美丽的亲爱的笑容，穿深紫色高领子的天鹅绒袍，走进房来。

"啊，我的俊俏的！"她向脸红的娜塔莎说。"可爱啊！不，从来没有看见过这样的，我亲爱的伯爵。"她向跟她进来的依利亚·安德来维支说，"怎能够住在莫斯科却什么地方不去呢？不，我不让你们走掉的。今天晚上绕芝小姐在我那里背诵，并且有些人要到，假使你不把你的比绕芝小姐还好的美女带去，我就不同你做朋友了。我丈夫不在这里，他到维挨尔去了，或者我派他来邀你们。一定要来。一定，在九点钟。"她向那个她所认识的，对她恭敬地行礼的女成衣匠点头，坐在镜旁的椅子上，如画地理开她的天鹅绒衣褶。她不停止善良愉快的谈话，不停地称赞娜塔莎的美丽。她观看她的衣服，并称赞它们，并且称赞自己的一件新的"金气"的衣服，这是她从巴黎接到的，她劝娜塔莎也做同样的。

"况且，一切都适合你，我的俊俏的。"她说。

满意的笑容没有离开娜塔莎的脸。她觉得自己在这个可爱的别素号夫伯爵夫人的称赞下是快乐的、荣盛的，她从前似乎是一个那样不可近的、尊严的妇人，而且现在对她那么仁慈。娜塔莎愉快起来，她觉得自己几乎是爱上了这个那么美丽的、那么美良的妇人。爱仑在她那方面是诚意羡慕娜塔莎，并希望使她快活。阿那托尔请她拉拢他和娜塔莎，她为了这个来看罗斯托夫，拉拢她弟弟和娜塔莎，这意思使她乐意。

虽然她从前怀恨过娜塔莎，因为她在彼得堡夺去了她的保理斯，她现在却不想到这个,并且诚意地按照她的方法,希望娜塔莎好。离开罗斯托夫时,她把她心爱的人领到一旁。

"昨天我的弟弟在我家吃饭——我们笑得要死——他什么也不吃,并且为你叹气,我的俊俏的。他疯了,但是因为爱你发疯的,我亲爱的。"

娜塔莎听了这话脸色发赤。

"她如何脸红,如何脸红,我的俊俏的!"爱仑说,"一定要来。假使你爱什么人,我的俊俏的,这不是你遁世的理由。即使你是订婚的,我相信你的未婚夫也愿意你当他不在这里的时候去赴交际场,而不让你无聊得憔悴。"

"那么她知道我是订婚的。那么她和她的丈夫,和彼挨尔,和那个公正的彼挨尔,"娜塔莎想,"说到并且笑这个,那么这是没有什么关系的。"

于是又在爱仑的影响下,先前觉得可怕的又似乎简单而自然了。"她是那么高贵的妇人,那么可爱,并且那么显然地一心一意地爱我。"娜塔莎想。"为什么不自己快活呢?"娜塔莎想,用惊异的大张的眼睛看爱仑。

玛丽亚·德米特锐叶芙娜回来吃饭,沉默,严肃,显然在老郡王那里遭受了失败。她还因为所经过的冲突而太兴奋,不能安静地说这件事。对于伯爵的问题,她回答说一切都好,她明天再向他说。知道了别素号夫伯爵夫人的访问和邀请赴夜会,玛丽亚·德米特锐叶芙娜说:

"我不欢喜也不劝你和别素号夫夫人来往,但假使你答应了,你就去。去散散心。"

十三

依利亚·安德来维支伯爵带了女儿去别素号夫伯爵夫人处。夜会里有许多人，但所有的人几乎全是娜塔莎不认识的。依利亚·安德来维支伯爵不满意地注意到，在这整个的团体里，大部分是以行动自由而著名的男女。绕芝小姐被青年们环绕着，站在客厅的角落上。有几个法国人，美提弗耶在内，他自爱仑来此后，即成为她家的常临之客。依利亚·安德来维支伯爵决定了不玩牌，不离开女儿，在绕芝的表演完结时即走。

阿那托尔显然是在门口等候罗斯托夫进来。他立刻向伯爵问好，走到娜塔莎面前，跟随着她身后。娜塔莎刚看见了他，便和在戏院里一样，那种同样的感觉支配了她——这感觉是虚荣的满足：她令他满意,以及她与他之间缺少道德阻转的恐惧。

爱仑欢喜地接待娜塔莎,并大声称赞她的美丽与服装。他们到后不久,绕芝小姐即走出房,去更衣。客厅里开始排列了椅子,并且都坐了下来。阿那托尔为娜塔莎拖了椅子,并想坐在她旁边,但伯爵腿不离开娜塔莎,坐在她旁边。阿那托尔坐到后边。

绕芝小姐带着袒露的有窝窝的胖臂膀,红肩巾披在一边的肩上,走到椅子当中为她留下来的地方,在不自然的姿势中站住,听到热烈的低语声。

绕芝小姐严厉地、愁戚地环顾观众,开始用法文背诵诗句,诗意是说到她对儿子的有罪的爱情。有些地方她提高声音;有些地方低声,严肃地抬着头;有些地方停顿,并清喉嗓,转动眼睛。

"优美,神圣,绝妙!"各方面的声音。娜塔莎看肥胖的绕芝,但什么也未听见,也不看见、也不懂得她面前所发生的任何事情,她只感觉到自己又完全不可拔地处在那种奇怪的、无意义的世界中,它和从前的相隔那么遥远,在这个世界中不能够知道什么是好,什么是坏,什么有意义,什么无意义。阿那托尔坐在她后边,她感觉到他的接近,并惊恐地期待什么。

在第一个独白之后所有的人都站起,环绕了绕芝小姐,向她表示他们的钦佩。

"她多么漂亮!"娜塔莎向父亲说。他和别人一同站起,在人群中走近女优。

"看见你,我觉得不自然。"阿那托尔说,跟随着娜塔莎。他在只有她一个人能够听见他的时候说了这话:"你俊俏……自从我看见了你,我没有停止……"

"我们走吧,我们走吧,娜塔莎,"伯爵回身向女儿说,"多么漂亮!"

娜塔莎什么也未说,走到父亲面前,用疑问、惊异的眼睛看他。

在几次的背诵之后,绕芝小姐便走了。别素号夫伯爵夫人请大家进了客厅。

伯爵想走,但爱仑求他不要破坏她的临时跳舞会。罗斯托夫们留下了。阿那托尔邀了娜塔莎跳华尔兹舞,在跳华尔兹舞时,他紧捏她的腰和手,向她说,她是迷人的,他爱她。在苏格兰舞时,她又和库拉根跳。当他们单独在一处时,阿那托尔什么也未向她说,只看着她。娜塔莎怀疑她是否在梦里梦见了他在华尔兹舞时向她所说的。在第一个舞节的末尾,他又捏她的手。娜塔莎抬起惊惶的眼睛看他,但在他亲善的目光与笑容中,有那样自信的、温柔的表情,在她看他的时候,她不能够向他说出她应当向他说出的。她垂了眼睛。

"不要向我说这种话,我订过婚了,爱别的人。"她迅速地说,她看了看他。阿那托尔既不窘迫也不恼怒她所说的。

"不要向我说到这个。这于我何干呢?"他说,"我说我疯狂地,疯狂地爱你。你是迷人的,难道是我的错吗?我们要开始了。"

娜塔莎兴奋而不安,用大睁的、惊惶的眼睛环顾四周,似乎比寻常更愉快。她几乎毫不明白这天晚上所发生的事。他们跳了苏格兰舞和"祖父舞"。父亲要她走,她要求留下。无论她在何处,无论她同谁说话,她都觉得他的目光在她身上。后来她记得她请求父亲准许她到更衣室去整理衣服,爱仑跟随了她,笑着向她说到她弟弟的爱情,

并且在小休息里又遇见了阿那托尔,爱仑退隐到什么地方去了,留下他们两个人在一起。阿那托尔抓住她的手,用温柔的声音说:

"我不能够去看你,但我会永远看不见你了吗?我疯狂地爱你。难道永不……"他拦住她的路,把他的脸凑近她的脸。

他的炯炯的男性的大眼睛离她的眼睛那么近,除了这双眼睛,她不能够看见别的。

"娜塔莎,"他的声音疑问地低声说,有谁把她的手捏得发痛,"娜塔莎?!"

"我什么也不懂,我不用说。"她的目光说。

火热的嘴唇压上了她的嘴唇,就在这时候她觉得自己又自由了。在房间里又听见了爱仑的衣履声。娜塔莎回头看爱仑,后来她脸红着,抖索着,惊惶地、疑问地看了看他,走向门边。

"一句话,只有句话,为了上帝的缘故。"阿那托尔说。她停住,她是那么需要他说出这句话,他将向她说明发生了什么,她要向他回答这句话。

"娜塔莎,一句话,只是一句话……"他仍旧重复,显然不知道要说什么,一直重复着到爱仑走近他们。

爱仑又同娜塔莎一道走进客厅。未等吃夜饭,罗斯托夫们就走了。

回家后,娜塔莎整夜未眠。一个不可解决的问题苦恼她:她爱谁呢,阿那托尔抑或安德来郡王?她爱过安德来郡王——她清晰地记得,她如何热烈地爱他。但阿那托尔她也爱,这是无疑的。"不然,会发生这一切吗?"她想。"假使我后来和他分别时能够以笑容回答他的笑容,假使我能够许可这个,这意思就是我对他一见倾心。意思就是,他仁慈、高贵、优美,不能够不爱他。在我爱他又爱别人时,我该怎么办呢?"她向自己说,对于这些可怕的问题,找不到回答。

十四

早晨带着它的烦心与喧嚣来到了。大家起来，活动，谈话。成衣匠又来了，玛丽亚·德米特锐叶芙娜又出去了，又来人叫吃茶。娜塔莎用大睁的眼睛不安地环顾所有的人，好像她希望拦截每一道注视她的目光，企图显得她是和平常一样的。

在早饭后（还是她最好的时间），玛丽亚·德米特锐叶芙娜坐在自己的靠背椅子上，把娜塔莎和老伯爵叫到自己面前。

"哎，我的朋友，现在我思索了全部的问题，这就是我给你们的劝告，"她开言，"你们知道，昨天我在尼考拉郡王家，哎，我和他谈了一下……他想咆哮，但没有把我吓住！我向他说出了一切！"

"那么他是怎么样的呢？"伯爵问。

"他怎么样吗？疯了……不想听。咴，说什么呢，我们这样地苦恼了可怜的姑娘，"玛丽亚·德米特锐叶芙娜说，"我给你们的劝告就是，把事情结束了回家，回奥特拉德诺……在那里等候……"

"啊，不！"娜塔莎大声说。

"不，回去，"玛丽亚·德米特锐叶芙娜说，"在那里等候。假使你的未婚夫现在来到这里——不会没有争吵的，但他要单独在这里和老人谈了一切，然后去看你。"

依利亚·安德来维支赞同这个提议，立刻懂得了它的周全。假使老人和软，那么最好回到莫斯科或童山去看他，迟一迟。假如不然，那么违背他意思的结婚，只可以在奥特拉德诺谈举行。

"这是确确实实的，"他说。"我懊悔去看他，并且带了她一道。"老伯爵说。

"不，懊悔什么呢？到了这里，不能够不尽礼节。咴，他不接受，是他的事。"玛丽亚·德米特锐叶芙娜在提袋里搜索什么。"妆奁也准备好了，你们还等什么呢？没有准备的，我派人通知你。虽然我可惜你们要走，但是最好还是托上帝保佑走吧。"在提袋中找到了她所要找的，她送给了娜塔莎。这是玛丽亚郡主的信。"写给你的。她多么苦恼呵，可怜的！她怕你以为她不欢喜你。"

"但她是不欢喜我。"娜塔莎说。

"废话，不要说。"玛丽亚·德米特锐叶芙娜说。

"我谁也不相信，我知道她不欢喜我。"娜塔莎勇敢地说，拿了信。她的脸上显出了无情的、愤怒的坚决，使玛丽亚·德米特锐叶芙娜更注意看她并皱眉。

"你，好姑娘，不要那样回答我，"她说，"我说的是真话，你写封回信。"

娜塔莎未答话，走到自己房里去读玛丽亚郡主的信。

玛丽亚郡主写道，她因为她们当中所生的误会而失望。无论她父亲的感觉是如何的，玛丽亚郡主信上说，她请求娜塔莎相信，她不能不爱她，正如对于她哥哥所选的人，为了她哥哥的幸福她准备牺牲一切。

"然而，"她写道，"不要以为我父亲是对你没有好意。他是一个有病的老人，应该原谅他。但他仁慈、宽宏，并且要爱那使他儿子有幸福的人。"玛丽亚郡主还请求娜塔莎指定一个时间她可以再看见她。

看完了信，娜塔莎坐到写字台前写回信。"亲爱的郡主。"她迅速地、机械地写过，又停顿。在昨天所发生的一切之后，她还能再写什么呢？"是的，是的，这一切是过去的，现在这一切全不同了。"她想，对着已开端的信，"应该拒绝他吗？当真应该吗？这是可怕的！……"为了不想到这些可怕的思想，她去找索尼亚，和她一同开始选择花样子。

饭后娜塔莎又走到自己的房里，又拿起了玛丽亚郡主的信。"当真一切都已经完了吗？难道这一切发生得这么快，并且把从前的一切都毁灭了吗？"她以从前的那样力量回想了她对安德来郡主的爱情，同时她觉得她爱库拉根。她生动地想象到安德来郡王的妻子，想象到在她的想象中重复了许多次的她和他的快乐情景，同时因兴奋而脸发热，她想象到她昨天和阿那托尔见面的详情。

"为什么不能够同时如此呢？"她有时在完全的迷惑中想，"只有在这样的时候我才完全快乐。现在我应该选择,两个当中没有了一个我便不能快乐。只有做选择,向安德来郡王说出所发生的事,或者隐瞒——同样地不可能。但对于这个人并无任何不好的事,但当真我要永远失去我所久享的安德来郡王的爱情的幸福吗?"

"小姐,"进房的女仆带着神秘的面色低声说,"一个人叫我给你。"女仆给了她一封信。"只是为了基督的缘故……"女仆又说。这时娜塔莎不假思索,用机械的动作启了封口,读阿那托尔的情书。她一个字也不明白,只懂——这封信是他的,她所爱的那人的。是的,她爱他,不然怎能会发生了那发生的事呢?她手里怎能会有他的情书呢?

娜塔莎用抖索的手拿着这封热烈的情书,这是道洛号夫为阿那托尔起稿的。她读着这封信,在信中发觉到她自己所感觉的一切的回音。

"从昨天晚上起,我的命运决定了:被你爱或者死。我没有别的出路。"信这么开始。然后他信上说,他知道她的亲属不会把她给他,给阿那托尔,说这里面有许多秘密的原因,他只可以向她一个人公开,但假使她爱他,则她只要说一个字,便没有任何外力妨碍他们的幸福。爱情战胜一切,他要夺得她,携她去地角天涯。

"是的,是的,我爱他!"娜塔莎想,第二十遍重读这信,在他的每个字里寻找着什么特别深奥的意思。

这天晚上玛丽亚·德米特锐叶芙娜要赴阿尔哈罗夫家,并提议了要姑娘们一道去。娜塔莎借口头痛,留在家里。

十五

晚间很迟地回来时，索尼亚来到娜塔莎的房里，令她惊异的是，她发现她没有脱衣服，睡在沙发上。在旁边的桌上放着打开的阿那托尔的信，索尼亚拿了信，开始阅读。

她读信，并且看睡着的娜塔莎，在她的脸上寻找着她所读的这信的说明，没有找到。她的脸安静、文雅、快乐。抓着胸口，以免呛咳，索尼亚坐到靠背椅上流泪，因恐惧与兴奋而发白、发抖。

"怎么我什么也未看见？怎么这事会达到这种程度？当真她不爱安德来郡王了吗？她怎么会让库拉根如此？他是骗子，是恶徒，这是明显的。尼考拉，亲爱的高贵的尼考拉，知道这事时，他将怎么办呢？这就是前天、昨天、今天她兴奋的、坚决的、不自然的面孔的意义。"索尼亚想,"但她爱他,这是不可能的!也许她开了这信,不知道是谁寄来的。也许她愤慨。她不会做出这种事。"

索尼亚拭去眼泪,走近娜塔莎,又细看她的脸。

"娜塔莎!"她说得几乎不能听见。

娜塔莎醒来,看见了索尼亚。

"啊,回来了?"

带着坚决和睡觉醒时所有的温柔,她抱她的朋友。但注意到索尼亚脸上的窘状,娜塔莎脸上表现了窘迫与怀疑。

"索尼亚,你念了信吗?"她说。

"是的。"索尼亚低声说。

娜塔莎热喜地笑着。

"不,索尼亚,我不能够再这样了!"她说,"我不能够再瞒你了。你知道,我们相爱……索尼亚,亲爱的,他写……索尼亚……"

索尼亚好像不相信自己耳朵,大睁眼看娜塔莎。

"但保尔康斯基呢?"她说,

"啊,索尼亚,啊,假使你知道我多快乐!"娜塔莎说,"你不知道,什么是爱情……"

"但娜塔莎,当真那一切都完了吗?"

娜塔莎用大的睁开的眼看索尼亚,好像不懂她的问题。

"那么你拒绝安德来郡王吗?"索尼亚说。

"啊,你什么也不懂,你要说呆话,你听。"娜塔莎带着暂时的烦恼说。

"不,我不能相信这个,"索尼亚说,"我不懂,怎么你整年爱一个人，忽然……其实你只看见他三次。娜塔莎，我不信你，你说笑话。三天之内忘掉一切，那样……"

"三天？"娜塔莎说，"我觉得，我爱了他一百年。我觉得在他之前，从来没有爱过任何人。你不会懂得这个，索尼亚，等一下，坐这里来。"娜塔莎抱她、吻她。"他们向我说过，这事是这样的，你当然听到过，但我只是现在才感觉到这种爱情，这不是从前的那种。我一看见他，我便觉得他是我的主人，我是他的奴婢，并且我不能不爱他。是的，奴婢！他命令我什么，我便做什么。你不懂这个，我要怎么办呢？我要怎么办呢，索尼亚？"娜塔莎带着快乐的、惊惶的脸说。

"但你想想看，你在做什么。"索尼亚说。"我不能让这件事如此，这些秘密的信……你怎能让他弄到这个地步？"她带着恐惧和不能遮隐的憎恶说。

"我向你说过，"娜塔莎回答，"我没有意志，你怎么会不懂得这个？我爱他！"

"我不让这件事这样，我要说。"索尼亚流泪大声说。

"你什么意思？为了上帝的缘故……假使你要说，你就是我的敌人，"娜塔莎说，"你要我不幸，你想我们分裂……"

看到娜塔莎这样的恐惧，索尼亚为她的朋友流下羞耻与怜悯之泪。

"但你们当中发生了什么？"她问，"他向你说了什么？为什么他不到家里来？"

娜塔莎未回答她的问题。

"为了上帝的缘故，索尼亚，不要告诉任何人，不要磨难我，"

娜塔莎请求,"你记着,不能够干预这类事情的。我向你公开了……"

"但为什么有这些秘密?为什么他不到家里?"索尼亚说,"为什么他不直接来求你的手(求婚意——译)呢?要知道安德来郡王给了你完全的自由。假使是如此,但我不相信这个。娜塔莎,你想过,有什么样的秘密的原因吗?"

娜塔莎用惊惶的眼睛看索尼亚。显然她是第一次遇到这个问题,她不知道如何回答。

"什么样的原因,我不知道,但一定有原因!"

索尼亚叹气,不信任地摇头。

"假使有原因……"她开言。但娜塔莎猜着她的怀疑,惊悸地打断她。

"索尼亚,不能够怀疑他,不能够,不能够,你懂了吗?"她大声说。

"他爱你吗?"

"爱我吗?"娜塔莎重复,带着笑容,表示可怜她朋友的不了解,"你念过了信,你看过他。"

"但假使他是不名誉的人?"

"他……不名誉的人?好像你知道!"娜塔莎说。

"假使他是高贵的,那么或者他要表示他的意思,或者不再和你见面;假使你不愿做这个,我就做这个,我写信给他,我告诉爸爸。"索尼亚坚决地说。

"但我没有他不能生活!"娜塔莎大声说。

"娜塔莎，我不懂得你。你在说什么！想想父亲和尼考拉。"

"我什么人也不需要，我什么人也不爱，只除了他。你怎么敢说他不名誉？你难道不知道我爱他吗？"娜塔莎大声说。"索尼亚，你去，我不想和你争吵，你去，为了上帝的缘故，你去，你看到我多么苦恼。"娜塔莎约制愤怒，用失望的声音说。索尼亚哭着跑出房。

娜塔莎走到桌前，一分钟也不想，给玛丽亚郡主写了她整个早晨写不出来的回信。在信中她简短地向玛丽亚郡主说，他们所有的误会都完结了，说安德来郡主起程时给了她完全自由，说她要利用安德来郡王的大度，请她忘记一切，并宽恕她，假使她对她有过失，但她不能做她哥哥的妻子。她觉得这一切在这时是那么轻易、简单而明显。

罗斯托夫们要在星期五回乡下，但伯爵在星期三同买主去到莫斯科郊外的田庄。

在伯爵出去的那天，索尼亚和娜塔莎被邀请赴卡拉根家的大宴会，玛丽亚·德米特锐叶芙娜带她们去。在这个宴会上娜塔莎又遇到阿那托尔。索尼亚注意到，娜塔莎和他说了什么，不愿被人听见。在全部宴会时间，她比从前更加兴奋。当她们回家时，娜塔莎最先开言向索尼亚说了她所期待的说明。

"啊，索尼亚，你说了许多关于他的呆话，"娜塔莎用温和的声音开始，这声音是小孩们希望受人称赞时所有的，"我今天同他说明了。"

"呶，怎样的，怎样的？呶，他怎样说的？娜塔莎，我多么高兴啊，你不向我发脾气。告诉我一切全部的事实。他怎么说的？"

娜塔莎想了一下。

"啊，索尼亚，只要你能像我一样知道他！他说……他问我，我怎么答应保尔康斯基的。他高兴，我可以拒绝他。"

索尼亚愁闷地叹气。

"但你没有拒绝保尔康斯基吧？"她说。

"也许我已经拒绝过了，也许同保尔康斯基一切都完结了。为什么你对于我想得这么坏呢？"

"我什么也没有想，我只是不懂这个……"

"索尼亚，等一等，你一切都懂了，你会看到他是什么样的人。你不要对我、对他想得不好。"

"我没有对任何人想得不好，我爱所有的人，我可怜所有的人。但我有什么办法呢？"

索尼亚没有投降娜塔莎对她所用的温柔语调。娜塔莎脸上表情愈柔和愈邀宠，索尼亚的脸便愈庄重愈严厉。

"娜塔莎，"她说，"你求过我不要同你说，我没有说，现在你自己开口的。娜塔莎，我不相信他。为什么秘密？"

"又说了，又说了！"娜塔莎打断她。

"娜塔莎，我为你怕。"

"怕什么呢？"

"我怕你毁了自己。"索尼亚坚决地说，自己也因为所说的而惊吓。

娜塔莎脸上又有怒气。

"我要毁坏，毁坏，赶快毁坏自己。不是你的事，不是你，是我不好。让我，让我在这里吧。我恨你！"

"娜塔莎!"索尼亚惊恐地诉求。

"我恨你,我恨你!你永远是我的仇人!"

娜塔莎跑出了房。

娜塔莎不再同索尼亚说话,并躲避了她。带着同样的兴奋的惊异与过错之表情,她在房中徘徊,时而做这件事,时而做那件事,但立刻又抛弃。

无论索尼亚觉得多么难受,但她眼不离开地注视她的女友。

在伯爵应该回来的这天的前一天,索尼亚注意到,娜塔莎整个的早晨坐在客厅的窗前,好像等待着什么,并且她向一个经过的军官做暗号,这人索尼亚认为是阿那托尔。

索尼亚开始更注意地观察她的女友,注意到娜塔莎在整个的吃饭时间和晚间,处在一种奇怪的、不自然的情形中(她不对题地回答别人问她的问题,开口说话又说不完结,对一切都笑)。

在吃茶后,索尼亚看见了一个畏怯的女仆在娜塔莎的门口等她。她让她进去了,并在门外注听,知道了又交了一封信。

忽然索尼亚明白了娜塔莎今天晚上要有什么可怕的计划。索尼亚敲门进来。娜塔莎不让她进来。

"她要同他逃跑!"索尼亚想,"她什么事都做得出,今天她脸上有什么特别可怜的、坚决的神情。她和舅舅分别时哭了。"索尼亚想了起来。"是的,这是确实的,她要和他逃跑——但我有什么办法呢?"索尼亚想,现在想起了那些征象,它们明确地证明为什么娜塔莎有某种可怕的计划,"伯爵不在这里,我该怎么办呢?写信给库拉根,要求他说明吗?但谁命他回答呢?如安德来郡王所请求的,遇有不幸时，写信给彼挨尔吗？……但，也许她已经真拒绝了保尔康斯基（她昨天送了信给玛丽亚郡主）。舅舅不在这里！"

告诉玛丽亚·德米特锐叶芙娜，她那么信任娜塔莎，这对于索尼亚是可怕的。

"但这样或者那样，"索尼亚站在黑暗的走廊上想，"现在或者永远没有机会表示我记得他们家的恩惠和我爱尼考拉。不，我虽然三夜不睡觉，我也不离开这个走廊，我强迫不让她走，我不让他们的家庭玷辱。"

十六

阿那托尔近来迁居在道洛号夫家。引诱娜塔莎的计划是道洛号夫在几天前所想出并准备好的。这天,当索尼亚在门口窃听娜塔莎并决定保护她时,这个计划要付诸实施。娜塔莎答应了在晚间十点钟从后门去会库拉根。库拉根要把她放上预备好了的骖檋车上,带到莫斯科六十里外卡明卡村庄上,那里准备了一个剥夺教权的神甫,他将为他们证婚。在卡明卡准备了备替的马,这里的马要把他们送到华沙,从那里他们用驿马逃到国外。

阿那托尔有了护照和换马命令,有姐姐借的一万卢布和道洛号夫替他借的一万卢布。

两个见证人——郝福斯其考夫,他曾为小吏,道洛号夫赌钱时用到他；马卡闺，退职的骠骑兵，一个善良的软弱的人，对库拉根有着无限的热情——坐在外房吃茶。

道洛号夫的大房间的墙上，一直到天板都挂了波斯毯子、熊皮和武器。道洛号夫在房中，穿着旅行长袍和靴子，坐在打开的柜子前，柜子上有一个算盘和成封的钞票。阿那托尔穿着未扣衣纽的军装，从见证人坐着的房间里，穿过大房间，到他的法国听差和别的仆人们在收拾最后物品的后房，来往走动。道洛号夫在数钱并抄账。

"呶，"他说，"郝福斯其考夫应该给他两千。"

"呶，给吧。"阿那托尔说。

"马卡尔卡（他们这么称呼马卡闺），他为你赴火下水，不计利害。呶，现在账算完了，"道洛号夫说，把账目给他看，"是这样吗？"

"是的，没有问题，是这样的。"阿那托尔说，显然未听道洛号夫，并带着不离脸的笑容向前看着。

道洛号夫猛然关了柜子，带着嘲讽的笑容对着阿那托尔。

"你知道的——丢下这一切吧，还有时间！"他说。

"呆子！"阿那托尔说，"不要说呆话了。假使你知道……鬼知道这是什么！"

"确实最好是丢下吧，"道洛号夫说，"我向你说正经话，你所计划的不是笑话吗？"

"呶，又，又戏弄吗？去见鬼！啊？……"阿那托尔皱眉说，"确实我不懂你的笨笑话。"他走出了房间。

阿那托尔出去后，道洛号夫轻视地、傲慢地笑着。

"你等一下,"他在阿那托尔身后说,"我不说笑话,我说正经话,来,到这里来。"

阿那托尔又走进房,企图集中注意力看道洛号夫,显然是勉强地顺从他。

"你听我话,我最后一次向你说,为什么我要同你说笑话?我阻挠过你吗?谁替你布置一切的,谁找神甫的,谁办护照的,谁筹钱的?都是我。"

"哎,谢谢你。你以为我忘恩负义吗?"阿那托尔叹气,并搂抱道洛号夫。

"我帮助了你,但我仍然要向你说真话:事情是危险的,假使分析一下,是愚蠢的。哎,你把她带走,好的,事情就会这样的吗?事情会发现的,你结过婚。要晓得他们要把你带上刑事法庭的……"

"啊!废话,废话!"阿那托尔又皱眉说,"你晓得我向你说过了。啊?"阿那托尔带着特别的、对于自己智力所获的结论而有的偏好(这是钝人所有的),重复那向道洛号夫说过一百次的理论。"你知道我向你说过,我决定了,假使这个婚事是无效的,"他说,弯着一个指头,"意思就是我不负责,那么假使是有效的,一切都是一样:在国外[1]没有任何人会知道,哎,你看是吗?不要向我说,不要说,不要说!"

"确实,丢手吧!你只是自找麻烦……"

"你去见鬼。"阿那托尔说,抓着头发,走进别的房间,立刻又

---

[1] 他结婚的波兰那块地方,在当时对于他是"国外",因为他在俄国。——毛

回来，盘腿坐在道洛号夫前面附近的靠背椅上。"鬼知道这是怎么回事！啊？你看，怎样在跳！"他拉了道洛号夫的手放在自己的心上，"啊！多么好的腿，我亲爱的，多么好的目光！一个女神！啊？"

道洛号夫冷淡地笑着，闪烁着美丽的、傲慢的眼睛看着他，显然还想以他而自娱。

"呶，钱要完的，那时怎么办？"

"那时咋办？啊？"阿那托尔重复，想到将来，带着诚实的疑惑，"那时怎么办？那时我不知道怎么办……呶，说什么样的废话！"他看了看钟："时候到了！"

阿那托尔走进后边的房。

"呶，你们快完了吗？你们在这里拖延！"他向仆人们叫。

道洛号夫把钱收去，叫了仆人，命他预备一点吃的和喝的再上路，他走进郝福斯其考夫和马卡闺所坐的房间里。

阿那托尔躺在房间里的沙发上，用肘支着身子，沉思地笑着，向自己温柔地低语着什么。

"来，吃点东西。呶，喝一点！"道洛号夫在邻室向他叫。

"我不想！"阿那托尔回答，仍旧笑着。

"来，巴拉加来了。"

阿那托尔站起，走进饭厅。巴拉加是有名的雪车夫，认识道洛号夫与阿那托尔已六年，替他们赶骖橇车。当阿那托尔的队伍驻扎在特维埃尔时，他屡次把他在晚间载出特维埃尔，天亮时载到莫斯科，第二天晚上又把他载回去。他屡次载道洛号夫逃出追赶。他屡次在城里载他们和吉卜赛人及花姑娘们——如巴拉加所说的。他屡次为了他们的事在莫斯科撞倒行人和车夫,每次他的绅士们——他这么称呼他们——总救出他。他为他们赶坏不止一匹马。他屡次被他们打,他们屡次给他喝香槟酒和他所嗜好的马德拉酒,他知道他们每个人的恶作剧已不止一次,这种事早已能把平常的人送往西伯利亚。在他们的酒会中,他们常叫巴拉加去,给他饮酒并和吉卜赛人跳舞,他们的钱由他手里经过的已不止一千。替他们服务时,他一年要有二十次冒险自己的生命,为了他们而损耗的马,多于他们偿付他的钱。但他爱他们,爱那种疯狂的驰骋(每小时十八里),他爱在莫斯科撞倒车夫、碰跌行人,并用全速飞过莫斯科街道。他爱听身后那种醉声的野叫:"快赶!快赶!"那时候已经不能比这样赶得再快了。他爱用鞭子痛打那不顾死活向边上让路的农夫的颈子。"真正的绅士们!"他想。

阿那托尔和道洛号夫也爱巴拉加,因为他的赶车的技术,因为他也爱他们所爱的东西。对于别人巴拉加要讲价,两小时的赶车要二十五六卢布,对于别人他自己很少赶车,通常是派他的小伙子去赶。但对于自己的绅士们——他这么称呼——他总是自己赶车,从来不为自己工作要求任何东西。只是从听差那里知道了何时有钱,他便几个月一次,在早晨,镇静地低躬着腰去求援助。绅士们总是要他坐下。

"请扶助我一下,大人,"他说,"简直没有马了,随便借一点,让我上集场吧。"

阿那托尔和道洛号夫有钱时,便给他一两千卢布。

巴拉加是一个金发的、红脸的、有特别红胖颈项的、矮胖的、扁鼻的农人,三十七岁,有炯炯的小眼睛和小胡子。他穿着一件精致的、蓝色的、有绸条子的长袍,披着一件皮外套。

他在前厅街角落里画了十字,走近道洛号夫,伸出黑的小手。

"向道洛号夫行礼!"他鞠躬着说。

"你好,老兄。呶,他来了。"

"你好,大人。"他向进房的阿那托尔说,也向他伸手。

"我向你说,巴拉加,"阿那托尔说,把手放在他肩上,"你爱不爱我?啊?现在要你尽力……用什么马来的?啊?"

"像送信的吩咐的,你心爱的畜生。"巴拉加说。

"呶,你听,巴拉加!赶死那三匹,要在三个钟头内到这里来。啊?"

"赶死了,怎么走呢?"巴拉加眨着眼说。

"呶,我要打碎你的脸,你不要玩笑!"阿那托尔忽然大叫,翻动眼睛。

"怎么是玩笑?"车夫笑着说,"我会为了我的绅士们吝惜什么吗?马能多么快,我们就走多快。"

"啊!"阿那托尔说,"呶,坐下吧。"

"那么,坐上!"道洛号夫说。

"我站着,道洛号夫。"

"坐下,无聊,喝一点。"阿那托尔说,给他倒了一大杯马德拉酒。车夫的眼睛对着酒发亮了。为了礼节而推辞了一下,他饮尽,并用放在帽下的红丝手帕拭嘴。

"那么,什么时候走呢,大人?"

"这个……"阿那托尔看钟,"马上就走。当心,巴拉加,啊?你赶得上吗?"

"要看上路走是幸运不幸运了，不然为什么赶不上呢？"巴拉加说，"赶到特维埃尔，七个钟头就够了。你该记得，大人。"

"你记得吗？有一天在圣诞节我离开特维埃尔，"阿那托尔带着回忆之笑容向马卡闱说，他大睁着眼睛动情地看库拉根，"你相信吗？马卡尔卡，我们飞跑，不能喘气。我们赶进了车列，从两辆运载车上跳过去。啊？"

"也是马啊！"巴拉加继续说，"我那时把两匹小的外挽马和栗色马系在一起。"转向道洛号夫，"你相信吗？畜生们跑了六十里。我不能够抓着，手麻木了，着冰的天气。我抛了缰绳。我说，大人你自己抓吧，我那样地在雪车里蜷着。他们用不着赶的，不到了地方不能够抓住的。三个钟头，鬼带到了地方。只有左边的死了。"

十七

阿那托尔从房里走出,几分钟后穿了系着银色腰带的皮袄走回来,貂皮帽活泼地戴在一边,很称合他的美丽的脸。对镜里看了一下,并用他在镜前的同样姿势站在道洛号夫面前,他拿了一杯酒。

"呶,费佳,再会,谢谢一切,再见,"阿那托尔说,"啊,伙伴们,朋友们……"他想了一下。"我的幼年的朋友们……再见。"他向马卡闺及别人说。

虽然他们都同他一道走,阿那托尔却显然想在他对伙伴们的说话中做一点动人的、严肃的事情。他用迟缓的、高大的声音说,挺起胸膛,摇动了一只腿。

"大家举杯,也有你,巴拉加。呶,伙伴们,我的幼年的朋友们,我们快乐过，生活过。啊？现在我们何时再见？我要到国外去了，我们生活过，再见了，儿郎们。祝大家健康！乌拉！……"他说，饮尽了自己的杯子，把它掷到地上。

"祝你的健康。"巴拉加说，也饮尽了自己的一杯，并用手帕拭嘴。马卡闺眼中含泪搂抱阿那托尔。

"哎，郡王，和你分别，我多么伤心啊。"他说。

"走了，走了！"阿那托尔大叫。

巴拉加要走出房。

"不，等一下，"阿那托尔说，"关门，应该坐下，像这样的。"关了门，大家坐下了。[1]

"呶，现在，快走，儿郎们！"阿那托尔站起着说。

听差约瑟夫给了阿那托尔背囊和剑，大家都走到外厅。

"皮袍在哪里？"道洛号夫说。"哎，依格那特卡！到马特饶娜·马特维叶芙娜那里去，要皮袍，貂皮袍。我听到过如何私奔，"道洛号夫眹眼说，"女的不死不活地跳出来，如同坐在家里那样，微微耽搁一下，然后是眼泪，好爸爸，好妈妈，立刻冻麻木了，又回去——你用皮袍立刻把她包起来，带上雪车。"

听差取来狐皮女大衣。

"呆瓜，我向你说貂皮的。哎，马特饶娜，貂皮的。"他那么大声叫，隔几个房都听见他的声音。

一个美丽的、消瘦的、苍白的吉卜赛女子，有炯炯的黑眼睛和黑

---

[1] 一种俄国的迷信，是在起程时应做的事情。——毛

色卷曲而带蓝的发,披红肩巾,肘上搭着貂毛女大衣,跑出来。

"当然,我不吝惜,你拿。"她说,显然怕她的主人,并可惜皮大衣。

道洛号夫未答她,拿了大衣披在马特饶娜身上,将她裹了起来。

"就是这样的。"道洛号夫说。"然后这样,"他说,把领子拉起围住她的头,只在面上留一块空的,"然后这样,你看见了吗?"他使阿那托尔的头靠近领子所留下的空处,从这里可见马特饶娜的鲜明的笑。

"呶,再见,马特饶娜,"阿那托尔说,吻她,"哎,我在这里一切的快乐都完了!替我向斯乔施卡问好。呶。再见!再见,马特饶娜,你祝我幸福。"

"呶,郡王,上帝给你大幸福。"马特饶娜用吉卜赛人的发音说。

阶前停了两辆骖檋车,两个强壮的车夫牵着。巴拉加坐上前一辆,高抬着胳肘,从容地理着缰绳,阿那托尔和道洛号夫坐在他的车上。马卡闺、郝福斯其考夫及听差坐在另一辆骖檋车上。

"预备好了吗?"巴拉加问。

"走!"他叫着,把缰绳绕在手上,于是骖檋车在尼基兹基树道上疾驰。

"特卜如!走开,哎!……特卜如。"只听到坐在御座上的巴拉加和年轻人的声音。在阿尔巴特广场上,骖檋车撞了一辆马车,有什么东西碰击了一声,听到了叫声,于是骖檋车顺阿尔巴特街向前飞跑。

在波德诺文新基街转了两个弯,巴拉加开始约制了马,向回转,把马停在老马棚街的十字路口。

年轻的跳下来,牵住马勒,阿那托尔和道洛号夫顺边道走去,走到了门口,道洛号夫打呼哨。呼哨有了回答,随着跑出来了一个女仆。

"到了院子里来,不然会看见的,她马上就出来。"她说。

道洛号夫站在门口。阿那托尔跟女仆进了院子,转了角,跑上阶层。

玛丽亚·德米特锐叶芙娜的高大的出门跟班加夫锐洛遇见了阿那托尔。

"请去见女主人。"听差低声说,挡住门道。

"见什么女主人,你是谁?"阿那托尔喘息着低声问。

"请进,奉命领路。"

"库拉根!回转!"道洛号夫大声说,"欺骗!回转!"

道洛号夫站在小门边,和阍者争执,他想在进来了的阿那托尔后边把门关住。道洛号夫用了最后的气力,推开了阍者,抓住跑出的阿那托尔的手,把他推出门外,和他跑回骖轎车。

十八

　　玛丽亚·德米特锐叶芙娜在走廊上看见了流泪的索尼亚，使她招认了一切。夺了娜塔莎的信并读完，玛丽亚·德米特锐叶芙娜手拿信去看娜塔莎。

　　"下流的丫头！无耻的！"她向她说，"我什么也不要听！"推开了用惊惶干燥的眼睛看她的娜塔莎，她用钥匙把门锁了起来，并命阍者让那些今天晚上要来的人进来，但不放他们出去，反命听差带这些人来见她，她坐在客厅里，等候拐子。

　　当加夫锐洛来向玛丽亚·德米特锐叶芙娜报告说来的人又跑走时，她皱眉站起，把手放在背后，在房来回走了很久，考虑着她要做什么。在夜间十二时，她在衣袋中摸着钥匙，走到娜塔莎的房。索尼亚坐在走廊上哭泣。"玛丽亚·德米特锐叶芙娜,为了上帝的缘故让我去看她!"她说。玛丽亚·德米特锐叶芙娜未答她,把门打开,走了进去。"可恨,可恶……在我家里……下流的丫头……我只可怜她父亲!"玛丽亚·德米特锐叶芙娜想,企图平息自己怒火,"无论是多么困难,我也要叫所有的人不说,并且瞒住伯爵。"玛丽亚·德米特锐叶芙娜用坚决的步子走进房,娜塔莎躺在沙发上,用手蒙住头,动也不动,她躺着的姿势还像玛丽亚·德米特锐叶芙娜离开她时那样。

"好,很好!"玛丽亚·德米特锐叶芙娜说,"在我家里约情人会面,用不着装假。我向你说话的时候,你要听。"玛丽亚·德米特锐叶芙娜推动她的手臂,"我向你说话的时候,你要听。你侮辱了自己,好像最下等的娼妓。我可以任意处置你,我可怜你的父亲。我要瞒他。"

娜塔莎未变姿势,只是她的全身因为无声的、抽搐的哭泣震颤,这哭泣使她窒息。玛丽亚·德米特锐叶芙娜盼顾了索尼亚,坐到娜塔莎旁的沙发上。

"他侥幸,从我手里跑开了,但我要找到他。"她用粗声音说,"你听见了我说的吗?"她把自己的大手放在娜塔莎的脸下面,把脸转过来对着自己。玛丽亚·德米特锐叶芙娜和索尼亚看见了娜塔莎的脸都惊骇。她的眼睛发光而干燥,嘴唇紧闭,腮下凹。

"不要……管……我……我什么……要死。"她说,用愤怒的力气避开了玛丽亚·德米特锐叶芙娜,躺回先前的姿势。

"娜塔莎!……"玛丽亚·德米特锐叶芙娜说,"我愿你好,你躺着，就这么躺着，我不动你，你听……我不要说你是如何错误，你自己知道。但现在你父亲明天要来，我要向他说什么呢？啊？"

娜塔莎身体又因为哭泣而震动。

"呶，他会知道的，呶，还有你的哥哥，你的未婚夫！"

"我没有未婚夫，我拒绝了。"娜塔莎大声说。

"这都是一样，"玛丽亚·德米特锐叶芙娜继续说，"他们要晓得的——他们会让这件事如此吗！要晓得他，你父亲，我知道他，假使他向人挑衅，这样好吗？啊？"

"啊，让我吧，为什么你妨碍一切呢！为什么？为什么？谁求你的？"娜塔莎大叫，在沙发上坐起来，愤怒地看玛丽亚·德米特锐叶芙娜。

"但你想怎样呢？"玛丽亚·德米特锐叶芙娜又发火地大叫，"为什么把你关起来吗？谁妨碍他进屋吗？为什么要把你像吉卜赛娼妓一样拐走呢？……呶，他把你带走了，你以为他们找不到他吗？你父亲，或者你哥哥，或者你未婚夫。他是一个无赖、恶棍，这就是他！"

"他比你们都好，"娜塔莎大声说，站起来，"假使你们不妨碍……啊，我的上帝，这是怎么回事！索尼亚，你为什么要？去吧！……"她那么失望地哭泣，这失望只是人们觉得他们自己造成了苦恼而哭时才有的。

玛丽亚·德米特锐叶芙娜又开始说话。但娜塔莎大声叫："你们走，你们走，你们都恨我，轻视我！"她又冲到沙发上。

玛丽亚·德米特锐叶芙娜还继续向娜塔莎解说了相当时候，并向她力说要把这一切瞒住伯爵，并且没有人会知道任何情形的，只要娜塔莎自己忘记一切,不向任何人显出发生了事情的样子。娜塔莎未回答。她也不再哭,但她打战。玛丽亚·德米特锐叶芙娜替她垫了一个枕头,盖上两床被服,亲自替她拿来桂花茶,但娜塔莎没有反应她。

"呶,让她睡吧。"玛丽亚·德米特锐叶芙娜说,走出房,以为她要睡了。但娜塔莎未睡,白脸上不动的、睁开的眼睛直视前方。这个整夜娜塔莎未睡也未哭,也未同索尼亚谈话,索尼亚起来几次走去看她。

第二天吃早饭时,依利亚·安德来维支伯爵如所预定的从莫斯科郊外回来了。他很愉快,和买主的事情谈妥了,现在没有任何事情再逗留他在莫斯科而与夫人分别,他很挂念她。玛丽亚·德米特锐叶芙娜迎接他,并向他说明娜塔莎昨天很不舒服,说请过了医生,但现在她好些了。娜塔莎这天早晨未出自己的房,带着紧闭的、干枯的嘴唇和干燥的、不动的眼睛,她坐在窗前,不安地注视街上来往的人,并急忙回顾进房的人。她显然是期待关于他的消息,期待他自己来或写信寄她。

当伯爵来看她时,她不安地回顾他的男子的足音,她的脸上显出先前冷淡的甚至愤怒的表情。她甚至不站起来迎接他。

"你怎样了,我的天使,病了吗?"他问。娜塔莎沉默片刻。

"是的,病了。"她回答。

对于伯爵的不安的问题——为什么她这么愁闷,是否和未婚夫发生了什么事情,她回答说没有什么事情,并求他不要挂念。玛丽亚·德米特锐叶芙娜向伯爵证实了娜塔莎的话,说没有发生什么。伯爵根据假病、女儿的失措,以及索尼亚与玛丽亚·德米特锐叶芙娜脸上的慌张，明确地看到在他离开的时候一定发生了什么事情。但要他想到他的爱女发生了什么可羞的事情是太可怕了，他那么爱自己的愉快的宁静，他避免问题，并尽力使自己相信并未发生任何特别的事情，他只忧闷：因为她的不舒服，把他们下乡的时期延迟了。

十九

自从夫人来到莫斯科那天,彼挨尔即准备到什么地方去,只是为了不同她在一起。在罗斯托夫们来到莫斯科之后不久,娜塔莎给他的印象使他忙着去实行他的计划。他到特维埃尔去看奥谢卜·阿列克塞维支的寡妇,她早已允许过将死者的文稿给他。

当彼挨尔回莫斯科时,他接到一封玛丽亚·德米特锐叶芙娜的信,她信上请他去她那里处理一件极重要的事,关于安德来·保尔康斯基和他未婚妻的。彼挨尔曾躲避娜塔莎。他觉得,他对她的情感超过一个结婚男子对于朋友的未婚妻所应有的。一种命运不断地使他碰见她。

"发生了什么事呢?他们这事于我有什么关系呢?"他想,穿着衣服，要去玛丽亚·德米特锐叶芙娜家。"安德来郡王赶快回来娶她吧！"彼挨尔在赴阿郝罗谢摩夫家的途中想。

在特维埃尔树道上有谁叫他名字。

"彼挨尔！来了很久吗？"一个熟识的声音喊他。彼挨尔抬起头，阿那托尔和他的永远的伙伴马卡围在一辆灰双马的雪车上急驰而过，马踏起泥块溅在雪车的前面。阿那托尔挺直地坐着，摆出军界花花公子的正统的姿势，把脸下部藏在獭皮领子里，头微微弯曲。他的脸红润而新鲜，白翎帽子戴在头角上，露出卷曲的、搽油的泥发。

"确实，这是真正的哲人！"彼挨尔想。"超过目前的快乐，他看不见任何别的了，没有任何东西烦恼他，因此他永远愉快、满足、安心。只要能像他那样，我什么都拿出来！"彼挨尔艳羡地想。

在阿郝罗谢摩夫的前厅里，听差脱着彼挨尔的皮大衣，说玛丽亚·德米特锐叶芙娜请他到她的卧室去见她。

推开大厅的门，彼挨尔看见娜塔莎带着消瘦、苍白、愤怒的脸坐在窗前。她回顾他，皱眉，并带着冷淡严肃的表情走出了房。

"发生了什么事情？"彼挨尔走进玛丽亚·德米特锐叶芙娜的房时问。

"好事情，"玛丽亚·德米特锐叶芙娜回答，"我在世界上活过了五十八年，没有见过这样的丑事。"听彼挨尔立了誓不泄露他所知道的一切，玛丽亚·德米特锐叶芙娜向他说，娜塔莎不通知父母便解除了她的婚约，说这次破裂的原因是阿那托尔·库拉根，而彼挨尔夫人从中拉拢，并且娜塔莎想趁他父亲不在这里的时候和他私奔，好秘密结婚。

彼挨尔耸肩张嘴，听了玛丽亚·德米特锐叶芙娜向他所说的，不相信自己的耳朵。安德来郡王的未婚妻，那么被他热恋的，从前那个可爱的娜塔莎·罗斯托夫，舍保尔康斯基而娶那已结婚的（彼挨尔知道他结婚的秘密）呆瓜阿那托尔，并且那么爱他，竟同意和他私奔！这彼挨尔既不能懂，也不能设想。

他从小认识的那个娜塔莎的可爱的印象，在他心中，不能够和她新近卑鄙、愚笨与残忍的观念合在一起。他想起了自己的夫人。"她们都是完全一样的。"他向自己说，觉得不仅是他一个人的不幸的命运和卑鄙的女人连在一起。但他仍然为安德来郡王、为自己的骄傲伤心得要流泪。他愈同情他的朋友，便愈带着巨大的轻视甚至憎恶而想到娜塔莎，她刚才带着那种冷淡严肃的表情在大厅中从他身边走过。他不知道，娜塔莎心中充满了失望、羞耻、侮辱，她的脸偶然显出安静的尊严与严肃，这不是她的过错。

"怎么能结婚呢！"彼挨尔听到玛丽亚·德米特锐叶芙娜的话说，"他不能结婚的，他结过婚了。"

"情形逐渐变坏了，"玛丽亚·德米特锐叶芙娜说，"他是好小子！好一个恶徒！她期待他，期待他两天了。必须告诉她，至少要停止期待他。"

从彼挨尔知道了阿那托尔结婚的详情，用咒骂的话对他发泄了怒火，玛丽亚·德米特锐叶芙娜向他说了她为什么叫他来。玛丽亚·德米特锐叶芙娜恐怕伯爵或者保尔康斯基——他随时会到的——知道了这件事，要向库拉根挑衅——不过她企望瞒住他们——因此她请他代表她，命令他的小舅子离开莫斯科，要他莫敢出现在她眼前。彼挨尔答应了执行她的愿望,他直到现在才懂得那威胁老伯爵、尼考拉和安德来郡王的危险。简短地、精确地向他提出要求后,她放他进了客厅。

"当心,伯爵什么也不知道。你做着好像什么都不知道。"她向他说。"我去向她说,什么也不要期待了!在这里吃饭,假如你愿意。"玛丽亚·德米特锐叶芙娜向彼挨尔大声说。

彼挨尔遇见了老伯爵,他烦躁而心乱。这天早晨娜塔莎向他说她和保尔康斯基解约了。

"不幸,不幸,我亲爱的,"他向彼挨尔说,"母亲不在这里,带这些女孩们,是不幸。我懊悔我来了。我向你推诚。你听过,解除婚约,什么也不问人!我承认,对于这件婚事我从来没有觉得很喜。我们承认,他是一个好男子,但不过,违背父亲的意思是没有幸福的,而娜塔莎不会没有人求婚的。但仍然已经经过这么久了,不告诉父母便采取这个步骤!现在她病了,上帝知道是什么!不好,伯爵,带着女孩们没有母亲,是不好的……"彼挨尔看到伯爵很是心乱,企图把谈话引到别的题目上,但伯爵又回到他的苦恼上。

索尼亚带着惊讶的脸走进客厅。

"娜塔莎不好过,她在自己的房间里,希望看见你。玛丽亚·德米特锐叶芙娜在她那里,也请你去。是的,你是保尔康斯基很好的朋友,一定是她想传达什么。"伯爵说,"啊,我的上帝,我的上帝!过去一切是多么好啊!"搔着稀疏的灰发,伯爵走出了房。

玛丽亚·德米特锐叶芙娜向娜塔莎说阿那托尔结过婚了。娜塔莎不相信她,并且要求彼挨尔自己的证实。索尼亚在走廊上领彼挨尔去娜塔莎房间时,向他说了这话。

娜塔莎苍白、严厉,坐在玛丽亚·德米特锐叶芙娜的旁边,用火热明亮的、疑问的目光在门口迎接彼挨尔。她不笑,不向他点头,她只固执地看他,她的目光只向他问到这个:对于阿那托尔,他是一个友人呢,还是一个仇人,像所有别的人呢?彼挨尔自己显然对于她是不存在的。

"他知道一切,"玛丽亚·德米特锐叶芙娜指看彼挨尔向娜塔莎说,"让他自己向你说,我说的是不是真的。"

娜塔莎好像一个受伤的、被追赶的野兽看着临近的狗与猎人,时而看这个人,时而看那个人。

"娜塔莎,"彼挨尔说,垂下眼睛,觉得可怜她,并憎恶他一定要施行的那个手术,"这是真或者是假,这对于你应该都是一样的,因为……"

"那么他结婚是假的吗?"

"不假,是真的。"

"他结婚很久吗?"她问,"真话吗?"

彼挨尔向她发了誓。

"他还在这里吗?"她迅速地问。

"是的,我刚才看见他。"

她显然无力说话,并做手势要他们让她安静。

二十

彼挨尔没有留下来吃饭,但立刻走出娜塔莎房间,离去了。他在城里四处寻找阿那托尔·库拉根。现在想到他,彼挨尔所有的血都向心里涌,他觉得呼吸困难。在冰山上,在吉卜赛人那里,在考摩奈诺——没有他。彼挨尔赴俱乐部,俱乐部里的一切都合乎寻常的秩序,来吃饭的客人们成群地坐着,和彼挨尔问好,谈论城市的新闻。一个侍役知道他的朋友和习惯,向他问好后,对他说,他的位子还留在小客厅里,说米哈伊·萨哈锐支郡王在图书室,巴弗尔·齐摩非伊支还未来。在关于天气的谈话当中,彼挨尔的一个熟人问他是否听到了库拉根和罗斯托夫小姐的私奔,城里都在说这件事,这是不是真的?彼挨尔笑着说这是废话,因为他刚从罗斯托夫那里来。他向所有的人问到阿那托尔，有的说他还未来，有的说他晚上要来吃饭。彼挨尔看见这群安静的、漠然的人们不知道他心灵中所发生的事，觉得奇怪。他在大厅里走着，直到所有的人都来了，他没有等到阿那托尔，也没有吃饭，便回家了。

他所寻找的阿那托尔，这天在道洛号夫家吃饭，和他商量如何补救那失败的事情。他觉得必须会见罗斯托夫小姐。晚间他去看姐姐，同她商量布置这次会面的方法。当彼挨尔走到全城没有结果而回家时，听差向他报告说阿那托尔郡王在伯爵夫人那里。伯爵夫人的客厅里满是客人。

彼挨尔回来以后还没有看见他的夫人（他现在比任何时候更恨她），他没有向她问好，走进客厅，看见了阿那托尔，即走到他身边。

"啊，彼挨尔，"伯爵夫人走到丈夫面前说，"你不知道我们的阿那托尔处在什么样的情形中啊……"她站住，在丈夫低垂的头上，在他炯炯的眼睛里，在他坚决的步态中，看见那种可怕的愤怒与力量之表情，这表情在他与道洛号夫决斗后她曾自己知道过，并经验过。

"你在何处——何处便有堕落与罪恶。"彼挨尔向妻子说。"阿那托尔，来，我要同你说话。"他用法文说。

阿那托尔回顾姐姐，并顺从地站起，准备跟彼挨尔走。

彼挨尔抓住他手臂，拉近自己，走出房间。

"假使你让你自己在我客厅里……"爱仑低声说，但彼挨尔未回答她，走出房间。

阿那托尔用寻常的、活泼的步态跟他走，但他的脸上显出了不安。

进了自己的房,彼挨尔关了门,向阿那托尔说话,却不看着他。

"你答应了罗斯托夫小姐娶她吗?想和她私奔吗?"

"我亲爱的,"阿那托尔用法文回答(全部谈话都是用法文的),"我不觉得自己应该回答用这种语气提出的问题。"

彼挨尔先前发白的脸因为愤怒而歪曲了。他用他的大手抓住阿那托尔军装的领子,开始把他向两边摇,直到阿那托尔的脸显出充分的惊惶。

"当我说我需要同你说话的时候……"彼挨尔重复。

"呶,什么,这是笨的。啊?"阿那托尔说,摸着连布撕下的一个领扣。

"你是一个流氓、一个恶棍,我不知道什么东西阻止我痛快地用这个东西敲碎你的头。"彼挨尔说,表现得那么不自然,因为他说法文。他拿起一个镇纸,威胁地举起来,立刻又急忙地放回原处。

"你答应了她结婚吗?"

"我,我,我不想,不过我从来没有答应过,因为……"

彼挨尔打断了他。

"你有她的信吗?你有她的信吗?"彼挨尔重复,走近阿那托尔。

阿那托尔注视他,立刻伸手入衣袋取出手册。

彼挨尔接了递给他的信,推开挡路的桌子,躺到沙发上。

"我不发火,不要怕。"彼挨尔说,回答阿那托尔惊惶的姿势。"信——一。"彼挨尔说,好像自己复述功课。"二,"在暂时的沉默之后,他继续说,又站起来并开始走动,"你明天要离开莫斯科。"

"但我怎能够……"

"三，"彼挨尔继续说，没有听他，"你永远不得有一个字说到你和伯爵小姐间的事情。这，我知道，我不能阻止你，但假使你有一点良心……"彼挨尔沉默地在房中徘徊了几次。阿那托尔坐在桌旁，咬唇皱眉。

"总之你不能不懂，在你的快乐之外，还有别人的幸福和安宁，并且因为你想自己娱乐，你要毁坏你全部的生活。同我内人这一类的女人们在一起娱乐——和她们在一起是你的权利，她们知道你从她们那里希望什么。她们用同样的堕落经验防御你；但答应了小姑娘要娶她……欺骗，私奔……怎么你不懂这正好像打一个老人或小孩——一样的卑鄙！……"

彼挨尔沉默，注视阿那托尔，用的已不是愤怒的，而是疑问的目光。

"这个我不知道。啊？"阿那托尔说，因为彼挨尔压制了怒火而胆大起来。"这个我不知道，也不想知道，"他说，不看着彼挨尔，并且下颚微微打战，"但你向我说了这样的话：下贱，和这一类的话，我是一个荣誉的人，我不许任何人说这话的。"

彼挨尔惊异地看他，不明白他需要什么。

"虽然这是面对面的，"阿那托尔继续说，"但我不能……"

"那么你要赔礼吗？"彼挨尔嘲笑地说。

"至少你可以收回你的话。啊？假使你愿意，我就执行你的意志。啊？"

"我收，收回，"彼挨尔说，"并且请你原谅我。"彼挨尔不觉地看见了扯下的扣子，"还有钱，假使你在路上需要。"

阿那托尔笑着。这种畏缩的、卑鄙的笑容激怒了彼挨尔,这笑容他在妻子脸上看惯了。

"啊,卑鄙的,没有心肝的人!"他说,走出了房。

次日,阿那托尔起程赴彼得堡。

二十一

彼挨尔乘车去看玛丽亚·德米特锐叶芙娜,报告她的愿望的执行——赶库拉根出莫斯科。全家都在惊惶与兴奋中。娜塔莎病得很重,玛丽亚·德米特锐叶芙娜秘密地向他说,在她向她说阿那托尔已结婚了这话的当晚,她服了砒,这是她暗下弄到的。服了一点之后,她是那么惊恐,她叫醒了索尼亚,向她说明了她所做的事。消毒的方法适时地采用了,现在她已脱险,但还是那么软弱。他们不能够打算送她下乡,并且派了人去请伯爵夫人。彼挨尔看见了心乱的伯爵和流泪的索尼亚,但不能看见娜塔莎。

彼挨尔这天在俱乐部里吃饭,从各方面听人谈到罗斯托夫小姐私奔的计划,并且坚决地否认这些谈话,向大家证明,只是他的小舅子向罗斯托夫小姐求婚被拒绝,此外便没有任何别的了。彼挨尔觉得,掩饰这全部事件和恢复罗斯托夫小姐的名誉,是他的责任。

他恐惧地等待安德来郡王的回来,并且每天到老郡王那里去探听他的消息。

尼考拉·安德来维支郡王经过部锐昂小姐而知道了城里流行的全部流言,并且读了娜塔莎写给玛丽亚郡主的解除婚约的通知。似乎他比平常更愉快,并且更不耐烦地等着儿子。

在阿那托尔走后好几天,彼挨尔接到安德来郡王的信,向他通知他的到临,并请彼挨尔去看他。

安德来郡王到莫斯科后,在他来到的第一分钟,便从父亲手里接到了娜塔莎写给玛丽亚郡主的解除婚约的通知(这个通知是部锐昂小姐从玛丽亚郡主那里偷来给郡王的),并且从父亲口里听到娜塔莎私奔的故事,并有所增附。

安德来郡王是前一天的晚上到的,彼挨尔在第二天早晨去看他。彼挨尔期望看见安德来郡王几乎处在娜塔莎所处的同样情形中,因此,当他进客厅时,他听到安德来郡王在书里用大声音生动地谈到某种彼得堡的阴谋,他惊异了。老郡王和几个人的声音时而打断他。玛丽亚郡主出来迎接彼挨尔。她叹气,用眼睛指示门,安德来郡王在门内,显然她希望表示她对他的不幸的同情。但彼挨尔在玛丽亚郡主的脸上看到,她高兴所发生的事,和哥哥听到婚变时的态度。

"他说,他料到了这件事,"她说,"我知道,他的骄傲不许他表现自己的情感,但他仍然忍受了这个,远胜过我所期望的。好像,该当如此的……"

"但果真一切都完全了结了吗"？彼挨尔说。

玛丽亚郡主惊异地看他，她甚至不明白，怎么能够问这样的问题。彼挨尔走进书房。安德来郡王大大地改变了，显然健康了，但在眉毛间有一条新的横皱，他穿常服，站在父亲和灭撒尔斯基郡王的对面，热烈地争论，做着有力的手势。

谈话是关于斯撒然斯基，关于他突然贬谪与假定叛变的消息才到莫斯科。

"一个月前所有佩服他的人和不能明白他目的的人，现在都批评他、归罪他（斯撒然斯基）了，"安德来郡王说，"批评一个失意的人，把别人所有的过错都推给他，这是容易的。但我要说，假使在本朝做了什么好事情，那么一切好事都是他做的——他一个人做的……"他停住，看见了彼挨尔。他的脸发抖，并且立刻露出愤怒的表情。"后世的人要给他公道。"他说完，立刻转向彼挨尔。

"啖，你怎么样？又胖了。"他活泼地说，但新出现的皱纹在他的额上显得更深。"是的，我好。"他回答彼挨尔的问题，并发笑。彼挨尔明白，他的笑是说，"我好，但我的健康没有任何人需要"。

同彼挨尔简略地说到波兰边境上可怕的道路，说他如何在瑞士遇见了认识彼挨尔的人们，说到代撒勒先生，这是他从国外为儿子请来的教师，然后安德来郡王又热烈地加入了两个老人继续着的关于斯撒然斯基的谈话。

"假使有叛变，并且有他和拿破仑秘密来往的证明，那么就该把这些东西公开宣布，"他热烈地、急速地说，"我个人不欢喜也不曾欢喜过斯撒然斯基，但我爱正义。"

彼挨尔现在看出了：他的朋友有那种他太熟悉的兴奋与争论身外问题之要求，只是为了要压下那太痛苦的内心的思想。

当灭撒尔斯基郡王离开时，安德来郡王抓住彼挨尔的手臂，请他进了那指定给他的房间。房间里有一个折床、打开的大箱和皮箱。安德来郡王走近一只箱子，取出一个盒子。从盒子里他取出一束纸。他无言地做这一切，他又站起来，清喉噪。他的脸皱蹙，嘴唇打战。

"原谅我，假使我麻烦你……"彼挨尔懂得，安德来郡王想说到娜塔莎，他的宽大的脸上显出同情与怜悯。彼挨尔脸上的这种表情触怒了安德来郡王，他坚决地、大声地、不悦地继续说："我接到了罗斯托夫伯爵小姐的拒绝，我听说你的舅子向他求婚，或者这类的事。这是真的吗？"

"真的又不真。"彼挨尔开始说，但安德来郡王打断他。

"这里是她的信和画像。"他说。他从桌上拿了盒子交给彼挨尔。

"把这交给伯爵小姐……假使你要见到她。"

"她病得很重。"彼挨尔说。

"那么她还在这里吗？"安德来郡王说。"库拉根郡王呢？"他迅速地说。

"他早已走了。她快要死了……"

"很可惜她的病。"安德来郡王说。他冷淡地、愤怒地、不悦地发笑，好像他的父亲。

"那么是库拉根先生不肯接受罗斯托夫伯爵小姐吗？"安德来郡王说。他喷了几次鼻子。

"他不能够结婚，因为他已经结婚了。"彼挨尔说。

安德来郡王不悦地发笑，又好像他的父亲。

"但你的舅子，他现在何处，我可以知道吗？"他说。

"他到彼得堡去了……不过我不知道。"彼挨尔说。

"呶，这都是一样，"安德来郡王说，"转告罗斯托夫伯爵小姐，她过去是，现在也是完全自由的，我愿她有福。"

彼挨尔把纸束接到手。安德来郡王用不动的目光看他，好像忽然想起他是否还要向他说点什么，或者等候彼挨尔说点什么。

"听着，你记得我们在彼得堡的讨论吗？"彼挨尔说，"记得吗？……"

"记得，"安德来郡王急忙地回答，"我说过，应该原谅堕落的女子，但我没有说过我能饶恕人。我不能。"

"你能够比较这个吗？……"彼挨尔说。安德来郡王打断他，尖锐地叫起来：

"是的，再向她求婚，要大度，和这一类的事吗……是的，这是很高贵的，但我不能够踏绅士的足迹。假使你愿做我的朋友，永远不要同我说到这个……这一切。呶，再会。那么你转交……"

彼挨尔走出，并去看老郡王和玛丽亚郡主。

老郡王似乎比寻常更活泼。玛丽亚郡主同平素一样，但在她对哥哥的同情之外，彼挨尔看见她高兴哥哥的婚事破坏了。看着他们，彼挨尔懂得：他们都对于罗斯托夫家是多么轻视、愤怒；懂得他甚至不能够在他们面前提起那个女子的名字，这女子能够嫁任何人而舍安德来郡王。

吃饭时，谈话是关于战争，战争的临近已是很明显。安德来郡王不断地谈话，时而同父亲争论，时而同瑞士的教师代撒勒争论，并且显得比平常更加活泼，这活泼的内心原因是彼挨尔知道得那么清楚的。

二十二

当天晚上彼挨尔去罗斯托夫家执行他的使命。娜塔莎在床上,伯爵在俱乐部,彼挨尔把信交给了索尼亚,即去看玛丽亚·德米特锐叶芙娜,她很想知道安德来郡王接到这个消息时的态度。十分钟后,索尼亚来看玛丽亚·德米特锐叶芙娜。

"娜塔莎一定要见彼得·基锐洛维支伯爵。"她说。

"那么,带他去见她吗?你们那里还没有收拾。"玛丽亚·德米特锐叶芙娜说。

"不,她穿了衣裳,到客厅去了。"索尼亚说。

玛丽亚·德米特锐叶芙娜只耸肩。

"这位伯爵夫人何时来呢,她把我苦坏了。你当心不要向她说了一切,"她向彼挨尔说,"没有心责备她,她那么可怜,那么可怜。"

娜塔莎消瘦了,带着苍白、严厉的脸(毫无羞意,不如彼挨尔所期待的),站在客厅的当中。当彼挨尔在门口出现时,她慌忙了一下,显然不能决定,走近他呢,抑或等他走来呢。

彼挨尔赶快地走近她。他想她会如平常一样伸手给他,但她走近他身边站住了,困难地呼吸着,无生气地垂着手,完全是她来到大厅当中要唱歌时的那种姿势,但带着完全不同的表情。

"彼得·基锐洛维支,"她开始迅速地说,"保尔康斯基过去是你的朋友,他现在也是你的朋友,"她更正(她觉得,一切都是过去的,而现在一切都不同了),"他那时向我说过,要我找你……"

彼挨尔无言地吸鼻孔,看着她。他直到现在在心里责备她,并试图轻视她;但现在他是那么可怜她,他心中没有了责备的余地。

"他现在在这里,告诉他……要他饶……饶恕我。"她站起,呼吸更频促,但未流泪。

"是……我向他说,"彼挨尔说,"但……"他不知道说什么。

娜塔莎显然惧怕彼挨尔心中会有的那种思想。

"不,我知道,一切都完了,"她急疾地说,"不,这永远是不可能的。我只因为我对他所做的错误而苦恼。只向他说,我请他饶恕,饶恕,饶恕我一切!"她全身发抖,坐到椅上。

一种从未经验过的怜悯情绪充满彼挨尔的心。

"我向他说,我把一切再向他说一次,"彼挨尔说,"但……我要知道一件事情……"

"要知道什么?"娜塔莎的目光说。

"我要知道,你是否爱过……"彼挨尔不知道如何称呼阿那托尔,并且想到他便脸红,"你是否爱过那个坏人?"

"不要叫他坏人,"娜塔莎说,"但我什么——什么也不知道……"她又流泪。

怜悯、温柔与爱的情绪更支配了彼挨尔。他觉得泪在眼镜下边流,并希望不被人看见。

"我们不要再说了,我亲爱的。"彼挨尔说。

娜塔莎忽然觉得他文雅、温柔、热诚的声音是那么可怕。

"我们不要说了,我亲爱的,我要向他说一切;但我只求你一件事——把我当你的朋友,假使你需要帮助、意见,或者只需要向什么人倾吐自己的心事——不是现在,而是当你心里明白时——你想到我。"他握她的手吻。"假若我能够……我就快乐了……"彼挨尔慌乱了。

"不要这样对我说:我值不上!"娜塔莎大声说,并想走出房间,但彼挨尔抓住她的手。他知道他还需要向她说什么。但他说出时,他诧异自己的话。

"停住,停住,全部的生活在你的前面。"他向她说。

"在我前面吗?不!我的一切都完了。"她羞耻地、自卑地说。

"一切完了吗?"他重复,"假使我不是我自己,而是世界上最美的、最聪明、最好的人,假使我是自由的,我马上就跪下来求你的手和爱。"

娜塔莎多日以来第一次流出感激与热情之泪,看着彼挨尔,走出了房。

彼挨尔也跟着她几乎跑进前厅,约制着哽在喉咙里的柔情与快乐之泪，穿上皮袍坐上雪车，却找不到袖筒。

"现在到哪里？"车夫问。

"哪里？"彼挨尔问自己，"现在要到哪里去呢？去俱乐部，还是访人？"比之他所感到的那种柔情与爱的情绪，比之娜塔莎最后一次在眼泪中看他时的那种柔软、感激的目光，一切的人都似乎那么可怜。

"回家。"彼挨尔说，虽然是十度[1]的严寒，却敞着熊皮外套在宽阔的胸前喜悦地呼吸着。

天气寒冷而明亮。在污秽的、半暗的街道上，在黑色屋顶上，是黑暗的、有星的天空。彼挨尔只看着天空，不感觉到：比之他心灵的崇高，一切人世事物的可憎的卑鄙。到达阿尔巴特广场时，有星的、黑暗的天空之广大的空间，展开在彼挨尔眼前。几乎是在卜来其斯清基树道上边天空的当中，高悬着巨大辉煌的一八一二年的彗星。各方面围拱着星辰，但因为它接近地面，它的白光和长的上翘的尾巴显得与众星不同。这颗彗星，据说，预兆一切恐怖和世界末日。但在彼挨尔心中，这个有长而发光的尾巴的明星，没有引起任何可怕的情绪。相反，彼挨尔欣喜地用泪湿的眼看这个明亮的星。这彗星好像以不可思议的速度，在无限的空间，按照抛物线而飞驰，忽然好像一支射入地球的箭，插在黑暗天空中选定的地方，并且停住，猛力地高举尾巴，发着光，用它的白光在无数的、别的闪耀的星星之间戏弄着。彼挨尔觉得这彗星完全响应了——他的向新生活开展的、柔和的、勇敢的心灵中的东西。

---

[1] 俄国通常用 Rionmus 表，十度约合零上十度或华氏二十二度半。——毛